日落之后

〔美〕斯蒂芬·金 著　任战 译

斯蒂芬·金作品系列
STEPHEN KING

JUST AFTER
SUNSET

人民文学出版社
PEOPLE'S LITERATURE PUBLISHING HOUSE

著作权合同登记号　图字 01-2020-2500

JUST AFTER SUNSET
by Stephen King
Copyright © 2009，Stephen King
This edition arranged with The Lotts Agency Ltd.
through Andrew Nurnberg Associates International Limited
Simplified Chinese edition copyright ©
Shanghai 99 Readers' Culture Co., Ltd., 2020
All rights reserved.

图书在版编目(CIP)数据

日落之后 /（美）斯蒂芬·金著；任战译. —北京：
人民文学出版社, 2020(2024.5 重印)
（斯蒂芬·金作品系列）
ISBN 978-7-02-016514-8

Ⅰ. ①日… Ⅱ. ①斯… ②任… Ⅲ. ①短篇小说-小说集-美国-现代 Ⅳ. ①I712.45

中国版本图书馆 CIP 数据核字(2020)第 141774 号

出 品 人	黄育海
责任编辑	曾少美
特约策划	张玉贞
封面设计	陈　晔

出版发行	人民文学出版社
社　　址	北京市朝内大街 166 号
邮政编码	100705

印　　刷	杭州钱江彩色印务有限公司
经　　销	全国新华书店等

字　　数	310 千字
开　　本	890 毫米×1240 毫米　1/32
印　　张	10.75
版　　次	2013 年 1 月北京第 1 版
印　　次	2024 年 5 月第 3 次印刷

书　　号	978-7-02-016514-8
定　　价	69.00 元

如有印装质量问题，请与本社图书销售中心调换。电话:010－65233595

"我能想象你看到了什么。是的；是很恐怖；但究根结底，它只是一个古老的故事，一个古老的谜团……这些神秘的力量无法被命名，无法被言说，无法被想象，只能通过符号的遮掩去感知。对于大多数人来说，那样的符号是久远而诗意的幻想；对某些人来说则只是愚蠢的故事。可是你和我，不管怎么说，却已经知道恐惧或许就藏在生活的隐秘之处，并以人的血肉来彰显，虚妄之物会自生形体。啊，奥斯丁，怎么会这样？阳光为何无法在这个东西前投下阴影，坚硬的土地为何会在此重负下融化、沸腾？"

——阿瑟·梅琴《潘神[①]》

[①] 潘神，The Great God Pan，希腊神话中人身羊足、头上有角的畜牧神。

目 录

前言
.... 1

薇拉

　　这次,他真正地用心去看,发现镜子里空无一人。他目瞪口呆地转头看着薇拉……可不知为什么,在心里的某处,他其实并不惊讶。
.... 1

姜饼女孩

　　他伸出左手,抓住了她的手腕,用力一拧。什么东西吱嘎一响,也许是断了。疼痛如闪电般尖锐,瞬时攫住了她的胳膊。她试图握住刀柄,但失败了,刀脱手飞到了厨房另一边。当他松开时,她的右手瘫了下去,手指也无力地散开了。
.... 24

哈维的梦

　　他不说话了,像是在考虑接下来说什么,又像是不确定妻子是否还在听。他的珍克斯此时满脑子想的却是别的东西。她正聚集所有意志力试图说服自己，刚刚看到的那块红色不是血，而是沃尔沃的内层油漆，刮擦之后露了出来。

.... 76

休息站

哈丁被自己不经大脑的行为及其方式吓了一跳。但更让他吃惊的是，自己竟然想再踢一脚，再用力一些。他喜欢那声痛惧交加的尖叫，不介意再听一次。

.... 85

健身车

当晚，他第一次清楚地听到了汽车引擎的轰隆声，而且就在闹铃响起之前，看到前方的路上突然出现了蓝翎被拉长了的影子——只有车头前灯才有可能投下那样的影子。

.... 101

遗物

我正要迷迷糊糊睡过去，最后那段记忆却让我猛然惊醒，因为我意识到那个对话肯定是在九月十一号前不久进行的。也许只是几天前。甚至是那之前的星期五，也就是说对话发生在我最后一次见到吉米活着的那一天。

.... 131

毕业日午后

九十秒前纽约所在的地方，红云膨胀到了最高处，翻滚跳跃，像在庆祝自己的胜利。这一朵深紫红色的毒菌将这个下午、今后所有的下午，烧得千疮百孔。

.... 158

N.

但是，那里有八块石头。阿克曼地里有八块石头。八是个好数字。一个安全的数字。

.... 164

来自地狱的猫

在霍斯顿的目光注视下，猫站起来，弓起背，伸展了一下身体。也就是一瞬间，猫以丝绸被撕开般流畅的动作一跃而起，落到他的肩头。

.... 216

《纽约时报》特惠中

尽管《时报》和电视新闻都报道没有幸存者，实际上却至少有一个。她丈夫从燃烧着的飞机残骸里爬了出来，惊魂未定地在布鲁克林的街道上游荡。

.... 231

哑巴

雨越下越大，莫内特靠近后才看清男人穿着一身旧衣服，手里举了一块牌子，肮脏的两只球鞋之间放着一个破旧的棕色帆布包。

.... 240

阿雅娜

没有了制造奇迹的人，孤零零一个关于奇迹

的故事并没什么吸引人的,而阿雅娜已经不在了。

.... 262

困境

  他惊叫一声,脚抵住地面,拼命往前蹬,被卡住的恐惧再次笼罩了他的心,这次是半身在蓄污池外,半身在里面。然而,哪怕在恐惧与慌乱中,他仍然感受到了空气的甜蜜:热而潮湿,他从未呼吸过如此美好的空气。

.... 278

日落注释

.... 327

前 言

一九七二年的一天，我下班后回家，看见妻子坐在厨房的桌边，面前放了一把园艺剪刀。她面带微笑，说明等待我的不会是很大的麻烦。可是，她又说她要我的钱包，这就不妙了。

不管怎样，我还是把钱包递给了她。她翻出我的德士古[①]联名信用卡——新婚夫妇通常都会收到这样的东西——拿起剪刀把它剪成了三块儿。我抗议说，这张卡非常好用，而且我们每个月末起码都能支付最低还款额（有时还能多还些），她却只是摇摇头说，我们脆弱的经济状况承担不起利息。

"最好还是摆脱诱惑，"她说，"我已经把自己那张剪掉了。"

就这样，接下来的两年里，我们俩都没有用过任何一张信用卡。

她的做法是正确而明智的，因为当时我们才二十出头，有两个孩子要照顾，就财务状况而言，也就算是勉强能把头浮出水面。我在高中教英语，学校放暑假时则在一家洗衣店为汽车旅馆洗床单，偶尔还开车为这些旅馆送货。塔比白天照顾孩子，趁孩子们午睡时写诗，等我回家后则到唐恩都乐甜甜圈店值全职班。我们俩的收入加起来也只够支付房租、食品和小儿子的纸尿裤，想装部电话都没钱。电话的难题是通过德士古信用卡解决的，毕竟能打长途的诱惑太大了。剩下的钱还够偶尔买书——我们俩都是离了书就活不了的人——和为我的坏毛病（啤酒和香烟）买单，除此之外就不剩什么了。毫无疑问，更无法负担那个方便却本质危险的小塑料片的利息。

攒下来的一点点钱通常用来付修车费、医疗费或是塔比和我口中的"养儿费"：玩具、护栏和那些令人发疯的理查德·斯卡里童书。那些钱通常是我将短篇卖给《骑士》《纨绔子弟》和《亚当》等男性

[①] 德士古，Texaco，美国一家汽油零售企业。

杂志后赚来的。我那时的写作是谈不上什么文学性的，讨论作品的"持久价值"就像拥有德士古信用卡一样奢侈。故事成功卖出时（并不总是如此），它们仅仅被视为外快闲钱。在我眼里，它们就像是一个个彩罐①，被我不是用棍子，而是用想象力不断地击打。有时候，罐子破了，会掉出几美元。有时候，什么都没有。

　　幸运的是——当我说自己在多个方面无比幸运时，请相信我——我的工作也是我的乐趣。大多数故事都让我着迷。它们一个接一个地出现在我脑中，就像写作时在被当做书房的洗衣间里绵绵不绝飘荡的摇滚电台音乐。

　　我写得又快又用力，几乎从来不在重写后回头再看一遍，也从来没想过它们是从哪里来的，或是一篇好的短篇在结构上与长篇有什么不同；对如何掌控角色发展、背景故事和时间框架之类的问题也从未思考过。我初生牛犊不怕虎，能依赖的只有本能和孩子般的自信。我只在乎它们还在源源不断地涌出来。这是我唯一关心的问题。我无疑从未考虑过写作短篇小说是一门脆弱的技艺，假如不连续地运用，就会被遗忘。那时我可不觉得它脆弱。大多数短篇对我而言都像推土机一样结实。

　　美国的许多畅销小说家都不写短篇。我并不认为是钱的问题；能够靠稿酬衣食无忧的作家不需要考虑这个。可能的原因是，当笔下的世界被压缩进，比方说，七千字以下时，写作者会产生创作意义上的幽闭恐惧。也有可能是因为微型写作的技艺已经逐渐失传。生活中有许多事就像骑自行车一样，学会了就不会忘，但写短篇不是其中之一。你是会忘的。

　　二十世纪八十年代后期至九十年代，我越来越少写短篇，有限的几篇也是越写越长（这本书里就收了两篇较长的）。那倒没什么问题。但也有些短篇没有写出来，是因为我手头有长篇要完成，这就不好了——我能感觉得到，那些想法在我脑中哭喊着要被写出来。有些最

---

① 通常为陶质或纸质，墨西哥人过节时将糖果、玩具等装于其中吊起，让小孩子蒙住眼睛后用棒击破而得其中之物。

终还是成形了，另一些，遗憾地说，却像风吹尘土般消失了。

更糟糕和令人沮丧的是，还有些故事我再也不知道如何才能写出。我知道，在洗衣间里，用塔比的那台奥利维蒂便携式打字机，我是能写得出来的。而现在，年龄增长了许多，技巧更加老练，工具——比如今晚使用的苹果电脑——也更高级，我却觉得逮不住那些故事。我还记得搞砸一个故事后的感觉，就像自己是个上了年纪的铸剑师，只能无助地盯着一把托莱多宝剑哀叹，我曾经也知道怎么做这个东西。

三四年前的某一天，我收到卡特里娜·凯尼森的一封信，她时任"美国最佳短篇小说"丛书的编辑（后来这套丛书改由海迪·皮特洛负责，这本书就是献给她的）。凯尼森女士问我是否有兴趣编辑二〇〇六年度那一卷。我没有隔天答复，甚至都没有用下午散步的时间思考，而是立刻就答应了。答应的原因是多方面的，甚至有些是利他的，但无法否认其中也有自私的考虑。我想，要是阅读足够多的短篇，说不定就能重拾当年写作时的轻松自如。并不是我需要那些额外的支票——对于刚入行的人来说，那些支票数额不大却很管用——来为旧车换个消音器或给妻子买份生日礼物，而是因为我不想为如今满钱包的信用卡付出再也写不好短篇小说的代价。

担任客座编辑的那一年，我读了数百篇短篇小说，具体感想就不在这里多说了；假如你感兴趣，就去买一本看前言吧（同时还可以享受二十篇上乘之作的阅读快感）。如果说它们对这本书里的故事产生了某种重要影响，那就是使我再次灵感迸发并跃跃欲试，开始像从前那样写短篇。我曾经希望过能够那样，等它真的发生时却几乎不敢相信。这批"新"故事中的第一篇是《薇拉》，也是本书的第一个故事。

这些故事写得好吗？我希望如此。它们能帮你度过一段乏味的飞机旅途（如果你在读书）或是漫长的公路旅程（如果你在听CD）吗？我真心地希望如此，因为那样的话就像魔咒生效一样。

我知道自己热爱写这些故事，也知道自己希望你们能喜欢这些故事。我希望它们能让你投入。而只要我还记得如何写，就会一直写下去。

哦，还有一件事。我知道有些读者愿意了解有些故事是如何和为何写成的。假如你也是这样的读者，你会在书的末尾看到我的"说明文字"。但要是你还没看故事就急着翻阅那些注解，哼，我鄙视你。

好了，我不碍事了。但走之前，我想谢谢你们来看这本书。没有你们，我还会做我现在做的事吗？是的，我还是会坚持，因为当词句聚合、画面出现、虚构的人物听我之令行事时，我会很快乐。不过，有了你们，一如既往的读者们，一切会更好。

一直都是如此。

佛罗里达州萨拉索塔
二〇〇八年二月二十五日

薇　拉

　　你对眼前的东西视而不见，她这样说过，但有时他并非如此。他知道，她的挖苦并非全无道理，可他也不是随时随地都睁眼瞎。当落日的余晖在风河山上变成发黑的橙色时，大卫环顾车站，发现薇拉走了。他的理智告诉他这不可能，但却只能这样想——从发紧的腹部阵阵袭来的不祥预感可没有错。

　　他去找兰德，这个人对薇拉还稍微有点好感。薇拉大骂美铁公司一塌糊涂，竟然把他们丢在这里不管时，兰德夸她爽气。而大多数人根本不喜欢她，不管他们是不是被困在这里。

　　"这里有一股受了潮的饼干味！"大卫走过时，海伦·帕尔默冲他喊道。她终于坐到了角落的长凳上，正如她一直喜欢的那样。姓莱因哈特的女人暂时照顾她，好让她的丈夫休息一会儿。她对大卫笑了笑。

　　"你看见薇拉了吗？"大卫问。

　　姓莱因哈特的女人摇摇头，微笑还挂在脸上。

　　"我们晚饭吃鱼！"帕尔默太太怒气冲冲地喊道，太阳穴上的青筋都暴了出来。一些人朝这边看过来。"倒霉事一件接着一件！"

　　"乖，海伦。"姓莱因哈特的女人说。她是叫萨莉吗？但大卫觉得如果是的话，他应该会记得的；现在叫萨莉的人不多了。现在这个世界属于安贝、艾什礼和蒂芙尼。薇拉这个名字也属于濒危物种了。这个想法让他的肚子更难受了。

　　"像臭饼干！"海伦唾了一口，"露营时吃的又脏又臭的饼干！"

　　亨利·兰德坐在钟下的长凳上，一手搂着妻子。大卫还没开口，他便抬起眼，摇摇头说："她不在这儿，很抱歉。运气好的话，兴许还能在城里找到她，运气不好的话，也许就这么跑了。"他说着做了个搭便车的手势。

大卫不相信自己的未婚妻会随便搭个车就独自往西去了——这想法简直疯了——但他相信她不在这里。事实上,甚至在把困在车站的所有人都清点一遍之前,他就知道,她不在这里。莫名的,一句有关冬天的词句不知从哪本旧书还是哪首诗中跳到他的脑子里:虚空的哭声,心中的虚空。

车站是个木质的狭长结构。人们沿着长廊一字散开,要么漫无目的地来回踱步,要么呆坐在荧光灯下的长凳上。坐着的人肩膀耷拉着,所有遇上故障不得已中断旅途,只能无奈等待的人都是这副坐姿。很少有人特意到怀俄明的克罗哈特这样的地方来。

"别去找她,大卫,"露丝·兰德说,"天黑了,外面有野兽,可不只是山狗。瘸腿的图书推销员说他在铁轨那边的货仓看到过几只狼。"

"比格斯,"亨利说,"他叫比格斯。"

"就算他的名字是开膛手杰克也与我无关,"露丝说,"关键是,你不在堪萨斯,大卫。"

"但万一她去了——"

"她是白天走的。"亨利·兰德说,就好像白天就能防止一只狼(或一头熊)攻击独自行走的女人似的。而在大卫看来,那是有可能的。他是投行从业者,年轻的银行家,并不是野生动物专家。

"如果接我们的火车来了而她不在,她就会错过火车。"他似乎没办法让他们明白这个简单的道理。依他在芝加哥的办公室里的流行语来说,他没法点透他们。

亨利一挑眉毛。"你的意思是,你们两个人都错过就能解决问题?"

如果两个人都错过,他们可以一起坐巴士,或是等下一趟。亨利和露丝当然明白这一点。也许不。看着他们的大多数时间,大卫眼前就只有两个被困在西部的人疲倦又无聊的样子。还有谁会在乎薇拉呢?哪怕她消失在这片高地,除了大卫·桑德森以外,没有人会在意。甚至有人公开表示不喜欢她。那个讨厌的女人厄休拉·戴维斯还对他说,是不是薇拉的妈妈不小心在她的名字后面多加了个a,"威尔这个名字才更适合她。"

"我要进城去找她,"他说。

亨利叹了口气。"孩子,这可蠢极了。"

"要是她被扔在克罗哈特,我们就不能在旧金山举行婚礼了。"他想开个玩笑。

杜德利正巧走过。大卫不知道杜德利是那人的名还是姓,只知道他是史泰博办公用品公司的管理人员,要到米苏拉开区域会议。他通常很安静,笑起来却像驴子一样响,所以说这笑声吓了大家一跳都不够准确,简直能被称作令人震惊。"如果火车来了而你们错过了,"他说,"完全可以随手抓一个治安官,就在这儿把婚结了。回到东部后,告诉朋友们你们办了个真正的西部猎枪婚礼[①]。棒极了,伙计。"

"别去,"亨利说,"火车很快就会来的。"

"难道说我应该丢下她不管?那可混账透了。"

没等兰德或是他太太回答,他就走开了。乔治娅·安德森坐在旁边的长凳上,看着女儿在肮脏的瓷砖地上蹦来蹦去。小女孩名叫帕米·安德森,穿一条红色的旅行裙,似乎永不知疲倦。在大卫的印象里,自从火车在风河山的连接处脱轨、他们像无法投递的包裹被人遗忘在这里以来,帕米就一直没有睡过。也许头枕在妈妈腿上睡了一次?但他的记忆并不完全可信,只是因为觉得五岁的小孩应该睡得很多才产生了那样的记忆。

帕米从一片瓷砖蹦到另一片上,像是把方形的瓷砖当成巨大的"跳房子"来玩了。红色的裙子围着胖乎乎的小膝盖上下跳动。"我认识一个人,他的名字叫丹尼,"她边跳边用一个调调大声唱着,唱得大卫心烦意乱。"他绊了一跤摔倒了,屁股磕到地。我认识一个人,他的名字叫大卫。他绊了一跤摔倒了,泥巴塞满嘴。"她咯咯地笑着,一边用手指着大卫。

"帕米,住嘴,"乔治娅·安德森朝大卫笑了笑,把一侧的头发向

[①] 猎枪婚礼,shotgun wedding,一语双关,本意指奉子成婚的闪电婚姻,此处取字面意思,契合身处西部、猎枪牛仔的气氛。

后捋去。大卫觉得她看上去有着说不出的疲倦,想到她还要带着精力过剩的帕米继续长途旅行,尤其是丈夫又不在身边,不由对她心生同情。

"你看到薇拉了吗?"他问。

"走了,"她说着指了指一扇门,上面挂了个牌子,写着:班车,出租,拨打免费电话查询酒店客房。

比格斯一瘸一拐地向他走来:"要是我的话,除非有一杆装满子弹的来复枪,否则是不会到外面去的。外面有狼,我看见了。"

"我认识一个女孩,她的名字叫薇拉,"帕米唱道,"她有头疼病,必须吃药啦。"她倒在地上,笑得手舞足蹈。

推销员比格斯没等大卫回答就瘸着腿朝车站另一端走去。他的影子在身后拖得长长的,然后被上方悬挂的荧光灯压短,又再次变长。

菲尔·帕尔默倚在班车和出租标志之下的那扇门边。他从前是卖保险的,现在已经退休。夫妻二人坐车前往波特兰,计划是跟着大儿子和儿媳住一段时间,但帕尔默曾偷偷对大卫和薇拉说过,海伦很可能不再回东部了。她生了癌,还有老年痴呆。薇拉称之为买一送一。大卫对她说这个玩笑有点残忍时,薇拉看着他,想说些什么,终究还是没出口,只是摇了摇头。

帕尔默问了个他一直在问的问题:"嗨,伙计,有烟吗?"

大卫回之以一贯的答案:"我不抽烟,帕尔默先生。"

帕尔默再说:"只是考验你,小伙子。"

大卫走到水泥台上,乘客们在那里等待前往克罗哈特的班车。帕尔默皱了皱眉头:"这可不是个好主意,年轻的朋友。"

某种动物——可能是条大狗,但也有可能不是——从车站的另一边发出一声嚎叫,那边的鼠尾草和金雀花十分茂密,都快长到铁轨上来了。又一声嚎叫响起,像是在呼应同伴。随后两个声音一起消失了。

"知道我什么意思了吧,孩子?"帕尔默露出了微笑,好像那两声嚎叫是他召唤来验证自己所言不虚的。

大卫转过身,开始下台阶,风不小,刮得他身上那件单薄的夹克噼啪作响。他不想改变主意,所以走得很快。只有第一步是艰难的,迈出一步之后,他脑子里想的就只有薇拉了。

"大卫,"帕尔默在后面叫道,再无一丝开玩笑的意思,"别去。"

"为什么不呢?她去了。何况,狼在那边。"他扬起拇指朝肩膀后面指了指,"如果那真是狼的话。"

"那些当然是狼。它们很可能并不会攻击你,这个时节它们并不缺吃的。但实在没必要因为她错过了车,导致两个人都困在这个鸟不生蛋的地方。谁知道要等多久呢?"

"你好像还是不明白——她是我的未婚妻。"

"忠言逆耳,我的朋友:如果她心里有你,她就不会走了。你说呢?"

大卫一时间什么都没说,因为他也不确定自己到底怎么想的。也许是因为他通常对眼前的东西视而不见吧。薇拉就是这样说他的。最后,他转过身来,看着倚在门边的菲尔·帕尔默:"要我说,换成你,也不会把自己的未婚妻丢在鸟不生蛋的地方的。这就是我的想法。"

帕尔默叹了口气说:"我恨不得那些畜生在你这傻小子屁股上啃两口算了,说不定还能让你聪明点。小薇拉·斯图亚特只关心她自己,所有人都看出来了,只有你不明白。"

"路上有夜猫子或是7-11[①]的话,要我帮你带包烟吗?"

"为什么不呢?"帕尔默说。就在大卫走到写着出租车禁停区的空街上时,他又在后面喊道:"大卫!"

大卫转过身。

"摆渡车明天才会回来,到城里去有三英里的路。信息亭的后墙上是这么说的。来回就是六英里。步行的话,要两个小时,还不包括你找她的时间。"

大卫扬起手示意他听到了,但没有停下脚步。风从山间刮来,很冷,不过,他喜欢风掀动衣服并把他的头发吹向脑后的感觉。起初,他还不断地往路的两边左右张望,留意有没有狼的踪迹。无所斩获

[①] 夜猫子(Nite Owl)和7-11都是连锁便利店的名字。

后，他的思绪也就飘回了薇拉身上。事实上，从和她第二次还是第三次约会后开始，他就满脑子都是她。

她会错过火车；关于那一点，帕尔默很可能是正确的，但大卫不相信他说的薇拉除了她自己，不关心任何人。真正的原因是她已经厌倦了坐在那里听一群怨天尤人的人不停地抱怨，这事儿他们晚了一拍，那事儿也是，还有另外一次。城里也许并没什么好地方，可她一定觉得那里也能找点乐子，总比干等着美国铁路公司派趟专车来接他们强。

那么，她到底会去城里的什么地方找乐子呢？

他相信在克罗哈特这样的地方是不会有夜总会的，这里的车站也不过是个狭长的绿棚子，一侧用红、白、蓝三色写着怀俄明和平等之州。没有夜总会，没有迪斯科，但无疑会有酒吧，他想她会去其中一家。如果不能去夜总会，她会选择去泡吧。

夜晚来临，星星自西到东铺满天空，像挂毯上缀满了亮片。半个月亮爬了上来，端坐在两个山峰之间，把如病房灯光般惨淡的月光投射到公路和路两边的空地上。车站的屋檐下，风尚且如低吟，到了此处就变成了古怪而空旷的嗡鸣声。这让他想起了帕米·安德森跳房子时唱的调子。

他边走边留神身后火车开过来的声音，但并没有听到；耳边只有风变小后轻微却听得十分清楚的哒—哒—哒。他转过身，看见一匹狼站在身后二十步的地方。狼的身形几乎有头小牛那么大，皮毛像俄罗斯皮帽一样粗糙蓬松。星光下，它的毛看上去是黑色的，眼睛则是深黄色。发现大卫在看它后，狼停下了。它咧着嘴，像是在微笑，随后它开始喘息，声音响得像一台小发动机。

没有时间害怕。大卫朝狼迈了一步，拍拍巴掌，大喊："滚开！走，马上！"

狼调转尾巴跑开了，只在26号公路上留下一摊冒着热气的粪便。大卫张嘴笑了，但控制住没有大笑出声，他认为狂妄过度恐招厄运。他既害怕，又觉得酷极了。他想把自己的名字由大卫·桑德森改为大卫·驱狼者。对于投行人来说，绝对是个好名字。

想到这里，他真的笑了几声——实在忍不住——然后转过身，再次朝克罗哈特进发。这次，他不仅是边走边往两边看，还不停地回头。但狼没有再出现，出现的只是他心中对未来事态的判断：他相信一定会听到那匹狼呼唤同伴的叫声；也相信滞留在铁轨上的那段火车已经被拖走了，在车站等待的人们很快就会上路——帕尔默一家、兰德一家、瘸腿的比格斯、跳舞的帕米，所有人。

好吧，那又怎么样呢？铁路公司会把他们的行李放在旧金山；这点事总能信得过的。他和薇拉会找到当地的汽车站。灰狗①肯定已经发现了怀俄明州。

路上有一个百威啤酒的罐子，他踢着玩了一会。有一脚踢歪了，罐子滚进了路旁的灌木，正在犹豫要不要追上去时，他听到了隐约的乐声：低音伴奏和踏板电吉他的吼叫。他总觉得踏板电吉他声像镀铬眼泪，即使在欢乐的曲子中也是如此。

她就在那里，听着音乐。并不是因为那里是最近的有音乐的地方，而是因为那里很合适。他知道这点。所以，他不再理会啤酒罐，径自朝踏板吉他走去，运动鞋底掀起的灰尘一下子就被风刮跑了。架子鼓的声音响起后，他看到了红色的霓虹箭头指向一块写着"26"的牌子。为什么不呢？毕竟，这里就是26号公路。对于一个廉价小酒吧来说，这名字也算理所当然。

酒吧有两块停车场，前面的那个铺了路面，里面停满了敞篷小货车和轿车，大多数美国造，至少五年车龄。左边那个是石头地，明亮的蓝白色钠汽灯下停着一排排加长半挂车。到现在，大卫仍能听到吉他为主的旋律。他一抬头，看见门篷上写着：仅此一夜，脱轨器乐队②，抱歉入场五元。

脱轨器，他想。很好，她还真是找对地方了。

大卫的钱包里有五块钱，但26酒吧的前厅却没人收钱。前厅过去是一个硬木大舞池，挤满了搂着腰缓缓迈着舞步的情侣们，大多数

---

① 灰狗，Greyhound，美国跨州运营的长途汽车运输公司。
② 脱轨器乐队，The Derailers，一支以乡村音乐为特色的美国乐队。

都穿着牛仔裤和牛仔靴,乐队正将《虚掷的时光》演进至高潮。乐声响亮而忧伤,而且——就大卫·安德森听来——音韵准确,演绎完美。啤酒、汗水、香槟和沃尔玛香水的味道混杂在一起,冲撞着他的嗅觉,像是被一拳打在了鼻子上。笑声和谈话声——甚至连舞池另一端到处飘动的欢呼声——都像梦中的声音。在人生的重要转折点上,你会不断地做这样的梦:梦到毫无准备地参加一次重要的考试,梦到当众裸体,梦到坠落,梦到在某个陌生的城市狂奔,确信命运就在前方的角落里。

大卫本想把五块钱放回钱包,犹豫了一下,又在售票台前探下身去,把钱放在了里面的桌子上。桌子上除了一本丹妮尔·斯蒂尔①的简装小说和放在上面的一包好彩香烟以外,并无其他东西。之后,他走进了拥挤的酒吧内。

脱轨器乐队换了一首欢乐的曲子,年轻些的舞者们开始如在朋克摇滚演唱会上的孩子般随着音乐蹦跳。大卫的左边,二十几个年轻情侣开始成对跳起了集体舞。再次看过去时,大卫意识到其实人们只排了一列。墙面上装了镜子,使跳舞的人看上去有实际人数的两倍。

一只玻璃杯打碎了,恰巧碰上了乐队演奏中的停顿。"该你赔,搭档!"领唱叫道。跳舞的人们为他的风趣鼓起掌来。在大家都被龙舌兰酒灌得头脑发热的时候,这样的风趣还真能显得熠熠生辉,大卫想。

酒吧内部是马蹄铁的形状,头顶上方悬挂着霓虹灯组成的风河山图案,也是红、白、蓝三色。在怀俄明州,人们似乎是真的很喜欢他们的红、白、蓝。同样色彩的霓虹灯招牌声称你在上帝之国,伙计。宣言两边各有啤酒商标保驾护航,左边是百威,右边是康盛。吧台前等待点单的人们排了四排。三个身穿白衬衫和红背心的侍者像耍手枪一样摇晃着调酒器。

这里拥挤得像谷仓一样——从喧闹的程度来看足有五百人——但他一点也不担心会找不到薇拉。我的薇拉探测仪会发挥作用,他想。

---

① 丹妮尔·斯蒂尔(Danielle Steel,1947—),美国著名的浪漫小说作家。

他绕过舞池的一角，不断避开旋转的牛仔小伙和牛仔姑娘们，以至于他自己看上去都像是在跳舞。

吧台和舞池过去，是一个由高背包厢组成的幽暗小厅。大多数包厢里都挤了四个人，通常都点了一两大罐饮品，他们的身影投射在镜子上，看上去有八人。只有一个包厢没有坐满。薇拉独自一人坐着。在李维斯牛仔、棉布短裙和珍珠扣衬衫中，她的高领印花长裙显得格格不入。她也没给自己点饮料或任何食物——她面前的桌子是空的。

起初，她并没有看见他。她在看人们跳舞。她面色红润，嘴角浮现深深的酒窝。尽管她看上去与周围环境相距十万八千里，他却最爱她这副样子，将要绽放笑容的薇拉的样子。

"嗨，大卫，"她对在她身边悄然落座的大卫说，"我本来就希望你能来呢。我想你会的。乐队是不是很棒？太吵了！"她几乎要叫喊起来才能让大卫听清她的话，但他看出她喜欢这样。自从打招呼时看过他一眼后，她就一直看着跳舞的人们了。

"他们很棒。"他说。是的，他们的确很棒。他发现自己不由自主地在回应音乐，尽管他又重新开始焦虑了。既然如今他真的找到了她，他便担心会错过接他们的火车了。"领唱听上去像巴克·欧文斯。"

"是吗？"她微笑着看看他，"谁是巴克·欧文斯？"

"无关紧要。我们应该回车站了。除非你想在这里再待上一天。"

"这里也没有那么糟啊。我有点喜欢这个地方——哇哦，小心点！"

一个玻璃杯飞过舞池，在灯光下短暂地折射出绿色和金色，然后就在视线外的某处碎裂了。有人欢呼，有人鼓掌——薇拉也在鼓掌——但大卫看到T恤上写着安保二字的两个大块头朝刚刚飞行物着陆的地方走去。

"这是个十一点前能在停车场里看到四场斗殴的地方，"大卫说，"而且关门前常有人请所有人喝一杯。"

她笑了起来，用手比划成手枪的样子指着他："好极了！我想看！"

"我想和你一起回去。如果到了旧金山你还想泡吧,我陪你。我保证。"

她撅着下嘴唇,把浅金色的头发甩到脑后,说:"那不一样。不一样,你知道的。在旧金山,人们很可能会喝……我也不知道……养生啤酒。"

她的话让他忍俊不禁。想到投行人都可以改名为驱狼者,养生啤酒这个说法倒也挺有趣的。但笑声之下,他仍然焦虑;事实上,是否正因为焦虑,他才笑得这么起劲?

"我们休息一下,马上回来,"领唱擦了擦额头,"趁现在开怀畅饮吧,记住——我是汤尼·维拉诺,我们是脱轨器乐队。"

"这是提示我们该穿上水晶鞋告别了,"大卫说着拉起她的手。他往包厢外走去,可她没有跟上,也没有放开他的手,于是他只好又坐了下来,心里涌现出一阵恐慌。他觉得自己理解了鱼的感觉:意识到嘴上的鱼钩钩得死死的,绝对无法摆脱,只能眼睁睁被拖向岸边,百般拍打翻腾、垂死挣扎都是徒劳。她正看着他,还是那双狩猎者般冷静的蓝眼睛和深深的酒窝:将笑未笑的薇拉,他的未婚妻,她在早上读小说,晚上读诗歌,认为电视新闻都是……她是怎么说的来着?过眼云烟。

"看看我们。"她说着把头扭开了。

他看着左边装了镜子的墙面。在镜中,他看到了一对来自东海岸、如今被困在怀俄明州的俊男靓女。穿着印花长裙的薇拉看上去比他好看,但他觉得不管穿什么,恐怕都会是这样。他扬起眉毛,把视线从镜子转向了真实的薇拉。

"不,再看看。"她说。酒窝还在嘴角挂着,但她神色肃然——起码,是在这个狂欢的氛围中能摆出的最严肃的表情,"想想我对你说过的话。"

他差点脱口而出,你对我说过无数话,所有我都记得。然而,这个爱意绵绵的回答虽然甜蜜,却没有意义。而且,他知道她指的是什么,于是一言不发地抬头再看。这次,他真正地用心去看,发现镜子里空无一人。他目瞪口呆地转头看着薇拉……可不知为什么,在心里的某处，他其实并不惊讶。

"你难道就没纳闷过，为什么在有酒有音乐的地方，我这样一个外表还说得过去的女人会独坐一隅？"

他摇摇头。他没有。有很多事情他都没有纳闷过，起码是到现在为止。比如，他上次进食或喝水是在什么时候，或者现在是什么时候，上一次白天是多久之前。他甚至都不确知他们到底遇上了什么事。只知道，北方快车脱了轨，而如今，不知由于何种巧合，他们在这里听一支西部乡村乐队的演奏，乐队的名字叫——

"我踢了个啤酒罐，"他说，"来这儿的路上我踢了个啤酒罐。"

"没错，"她说，"而且第一次你在镜中看见了我们，不是吗？感知并不是一切，但感知和期望加在一起呢？"她眨眨眼，朝他探过身去。亲吻他的脸颊时，她的胸部碰到了他的上臂，触感很美妙——绝对是鲜活的肉体之感。"可怜的大卫，很抱歉对你说这个。你能来是很勇敢的。事实上，我并没想到你会来。"

"我们要回去，告诉其他人。"

她双唇紧抿，片刻后终于开口问："为什么？"

"因为——"

头戴牛仔帽的两个男人领着两个身穿西部衬衫仔裤、头梳马尾、笑容满面的姑娘朝他们的包厢走了过来。靠近后，相同的困惑表情——严格说来，并不是恐惧——出现在了他们脸上，一行人继而转身朝吧台走去。他们能感觉到我们，大卫想。像把他们推走的冷风——这就是现在的我们。

"因为这是该做的。"

薇拉笑了，笑声有些疲倦："你让我想起了过去在电视上卖燕麦粥的老头。"

"宝贝儿，他们一直认为自己在等一趟能把他们接走的火车！"

"说不定真有呢！"他几乎被她语气中突如其来的残酷吓了一跳，"说不定就是他们一直歌唱的那辆福音火车，开往荣耀之地，不搭载赌徒和午夜游魂……"

"我可不认为美国铁路公司有开往天堂的专列，"他本想逗她发笑，可她只是低头看着双手，脸上的表情几乎可以算是阴沉，他突然有某种不祥的预感。"你是不是还知道什么？我们应该告诉他们的事情？有，对不对？"

"我不明白为什么我们要去找麻烦，待在这儿不好吗？"那是气急败坏的语气吗？他认为是的。他不曾见过她这一面，想也没想过。"或许你有点缺乏远见，大卫，但至少你来了。为此，我爱你。"说完她又吻了他一下。

"我还遇上了一匹狼，"他说，"我拍拍手，把它吓跑了。我还考虑把名字改成驱狼者大卫呢。"

她瞠目结舌地看了他一会儿，大卫想：看来直到我们都死了，我才有本事让我爱的女人吃惊。片刻，她仰倒在包厢厚厚的椅座上，放声大笑。恰巧路过的女招待砰的把整托盘的啤酒都掉到了地上，生气地咒骂了起来。

"驱狼者大卫！"薇拉叫道，"我想在床上这么叫你！哦，哦，驱狼者，大块头！体毛男！"

女招待瞪着地上冒泡的一片狼藉，仍然像个登岸的水手般骂骂咧咧。与此同时，她一直同那个空空的包厢保持相当的距离。

大卫问："你认为我们还能吗？我是说，还能做爱吗？"

薇拉擦擦笑出眼泪的眼角，说："感知和期望，记得吗？合在一起，它们能移动大山。"她又拉起了他的手，"我仍然爱你，你仍然爱我。你爱我吗？"

"我是驱狼者吗？"他也问。他还能开玩笑，因为他的神经并不真的相信自己已经死了。他越过她，看向镜子，在里面看到了他们俩。然后，只剩下他一个人了，他的手中空无一物。接着，镜中的两个人都消失了。可仍然……他在呼吸，他能闻到啤酒、威士忌和香水的味道。

一个杂工不知从何处过来，帮助女招待清理地上的乱摊子。"我刚才就像猛地踏下台阶一样。"大卫听到她说。人在死后的世界听到的就是这样的东西吗？

"我想我会跟你一起回去，"她说，"但有这么个好地方，我是不会在那个无聊的车站和那一帮无聊的人待在一起的。"

"好。"他答应。

"谁是巴克·欧文斯?"

"我会告诉你的,"大卫说,"还有罗伊·克拉克。但首先,告诉我你还知道什么。"

"他们中的大多数我一点都不在乎,"她说,"可是亨利·兰德是个好人。还有他的妻子。"

"菲尔·帕尔默也不坏。"

她皱了皱鼻子说:"药罐菲尔。"

"你知道什么,薇拉?"

"你自己会看到的,如果你真的看的话。"

"如果你直接告诉我,不是更简单吗?"

显然,她并不这样想。她直起身体,直到大腿贴到桌子边缘,手向前指着:"看,乐队回来了!"

和薇拉手拉手走在公路上时,月亮已经高挂在天空中了。大卫不明白怎么会是这样——他们不过是听了乐队下半场的头两首歌而已——但月亮千真万确就在那里。这令他困扰,但还有更困扰的问题。

"薇拉,"他说,"现在是哪一年?"

她想了想。风吹动她的衣裙,像吹动任何一个活着的女子的衣裙一样。"我也记不清楚,"她终于回答,"是不是很怪?"

"想想我连上次吃饭或喝水都记不得了,也不是很奇怪。如果非要你猜的话,你会说什么?快,别思考。"

"一九……八八年?"

他点点头。他自己的话,会说一九八七年。"酒吧里有个女孩,穿着一件写有克罗哈特高中〇三届的T恤,而如果她的年龄都够进酒吧了——"

"那么〇三年最起码也是三年之前。"

"我就是这么想的。"他停了停,"可是,不可能是二〇〇六年,对不对，薇拉？我是说，二十一世纪？"

没等到她回答，他们就听到脚掌踩在沥青地上发出的哒—哒—哒的声音，这次，不止一匹，公路上有四匹狼在跟着他们。站在其余几匹身前的最大的一匹，就是大卫去克罗哈特时看见的。不论在哪里，他都能认出那身杂乱蓬松的黑色皮毛。它的眼睛比上次更加明亮。半月映射在它的眼中，像没入水中的灯。

"它们能看见我们！"薇拉欣喜地叫道，"大卫，它们能看到我们！"她在斑驳的过路线上单膝跪下，伸出右手。她舌头一弹，发出咯的声音，说，"这边来，小伙子！到这边来！"

"薇拉！我可不认为这是个好主意。"

她不予理会，典型的薇拉做派。薇拉总是对事情有她的一套想法。是她想搭乘火车从芝加哥去旧金山的——因为，她说，她想知道在火车上做爱是什么感觉，特别在是一趟快速且略有摇晃的火车上。

"来呀，小伙子，到妈妈这里来！"

为首的大狼过来了，身后跟着它的配偶和它们的两个……该称它们为幼仔吗？它向着那只伸向它的纤细的手撅起尖嘴（还有一口森森白牙），月光充满了它的双眼，把它们变成了银色。就在它的尖嘴即将碰到她的皮肤时，狼突然发出一阵尖利的叫声，惊慌失措地往后退去，退得那么猛，一时间只用两条后腿站立着，一双前爪抓挠着空气，腹部的白毛也露了出来。其他狼四散开来。头狼一拧身，夹着尾巴跑进路右边的灌木里去了。另三匹也尾随而去。

薇拉直起身，看着大卫，眼中的忧伤让大卫无法承受。他垂下目光，看着自己的脚。"我本来好好地听着音乐，你把我拖到黑黢黢的外面，就是为了这个？"她问，"为了让我知道我现在是什么？就好像我本来不知道一样！"

"薇拉，对不起。"

"还不到你道歉的时候，但你会的。"她又拉起了他的手，"走吧，大卫。"

他冒险偷看她一眼。"你不生我的气啦？"

"有一点——但我现在只有你了，我不会放你走的。"

遇上狼没过多久，大卫看到前方的路边有一只百威啤酒罐。他几乎可以肯定就是他来时一直踢的那只，直到他一脚踢歪把它踢进了鼠尾草中。现在，它又出现了，在最初的位置……因为他根本不曾踢动过它。感知不是一切，薇拉曾说过，但感知和期望加在一起呢？加在一起，你的脑子会变得像好时的花生巧克力杯一样美妙。

他抬脚把啤酒罐踢到灌木丛中，走过去之后，他回过头，看见它仍然在原处待着，就在某个牛仔——或许是在去 26 酒吧的路上——把它从小卡车的车窗扔出去后的着地点。他记得在《嘿—嚯》中——一档由巴克·欧文斯和罗伊·克拉克共同主持的电视节目——他们曾把敞篷小货车称为牛仔的凯迪拉克。

"你在笑什么？"薇拉问他。

"稍后告诉你。看上去我们有足够多的时间。"

他们拉着手，站在克罗哈特火车站的外面，月色下看起来就像糕饼屋外的汉塞尔和格雷特尔①。大卫的眼睛里，那座狭长建筑上的绿漆在月光下看起来如烟雾般灰蒙蒙的，尽管他知道怀俄明平等之州是用红、白、蓝三色涂写的，但事实上，它们可能是任何颜色。他注意到了一张塑膜的纸，钉在通往推拉门的宽台阶两旁的一根柱子上。菲尔·帕尔默还倚在那里。

"嗨，小伙子！"帕尔默招呼他，"有烟吗？"

"对不起，帕尔默先生。"大卫说。

"还以为你会给我带包烟回来呢。"

"我没有路过商店。"大卫说。

"你待的地方没烟卖吗，洋娃娃？"帕尔默问。他是会称呼某一特定年龄段的所有女人为洋娃娃的那种男人；看他一眼你就知道这点，就像你若碰巧和他一起度过溽热的八月下午，他必定会把帽子往后一翻，擦擦额头上的汗，并告诉你流汗不是因为热，而是因为潮湿一样。

---

① 《格林童话》中被狠心的继母抛弃在黑森林中的两兄妹。

"肯定有烟卖,"薇拉回答,"但我不好买。"

"能告诉我为什么吗,甜心?"

"你觉得是什么原因呢?"

帕尔默的胳膊抱住狭窄的前胸,没有回答。里面不知哪里传来了他妻子的喊叫,"晚饭竟然吃鱼!倒霉事一件接着一件!我讨厌这个地方的味道!臭饼干!"

"我们死了,菲尔,"大卫说,"这就是原因。鬼魂是不能买烟的。"

帕尔默盯着他看了几秒钟,在他开口大笑之前,大卫就意识到其实帕尔默不止是相信了他,而是一直都知道。"我听了很多不替别人带东西的借口,"他说,"你的最出彩。"

"菲尔——"

里面又传来叫声:"晚饭吃鱼!哦,真讨厌!"

"抱歉,孩子们,"帕尔默说,"我该走了。"说完,他就进去了。大卫转身面向薇拉,以为她会说本来就该想到会是这样,但薇拉却看着贴在台阶旁的通知。

"看看那个,"她说,"告诉我你看到了什么。"

起初,由于月亮在塑膜上的反光,他什么都没看到。于是他上前一步,又向左一步,把薇拉挤到一边。

"顶上写着萨布莱特郡治安官下令禁止拉客,接着是些小字——什么什么什么——底下是——"

她用胳膊肘撞了他一下,而且挺用力:"别捣乱,认真看,大卫。我可不想整晚待在这里。"

你对眼前的东西视而不见。

他的视线离开站台,转而看向月光下闪光的铁轨。铁轨再过去,是一块条状平顶的白色石头——嗨,伙计,看上去就像约翰·福特的老电影。

他又盯着那张通告看,自己也不明白聪明能干的投行人士驱狼者大卫·桑德森怎么会把擅入看成拉客。

"上面写着萨布莱特郡治安官下令禁止擅入。"他说。

"很好。什么什么什么下面呢?"

起初,他看不清最下面的两行字是什么;起初,这两行字只是无法理解的符号,可能是因为他的脑子不愿意相信所有字眼,无法找到不伤感的解读。于是他再次把目光转向铁轨,当看到它们不再在月光下闪光时,他并不特别吃惊。铁轨已经生锈,枕木间长满了草;再回头,站台已是一派萧条破败的样子,窗上钉了木板,顶部的木瓦也不见了大半。出租车禁停区的字样已经从沥青地面上消失,后者也是坑坑洼洼,斑驳一片。车站的一侧还能隐约看出怀俄明和平等之州,但也如幽灵般模糊。就像我们,他想。

"接着读,"薇拉说——薇拉,对事物有独到见解的薇拉,她会看清眼前的东西,也想让别人看清,即使要面对的是残酷的现实,"这是你最后的测试。读出最下面的两行字,我们就可以上路了。"

他叹了口气,念道:"上面写着此处地产已被征收,爆破时间定于二〇〇七年六月。"

"满分。现在,我们去看看还有谁想去城里听脱轨器乐队吧。我会告诉帕尔默往好的方面想——虽然买不了香烟,但我们这样的人不会被收入场费。"

然而,没有人想到城里去。

"她是什么意思?我们死了?她为什么要说这么可怕的话?"露丝·兰德问大卫,让他崩溃的并不是她谴责的语气,而是她把脸贴在身着灯芯绒夹克的亨利肩膀上之前眼中的神情。因为,她也知道。

"露丝,"他说,"我说这些不是要让你不安——"

"那就住嘴!"她叫道,声音哽咽含糊。

大卫看到,除了海伦·帕尔默,所有人都面带怒气和敌意地看着他。海伦坐在丈夫和姓莱因哈特的女人中间,后者的名字很可能是萨莉,头向下一顿一顿地嘟囔着。人们三三两两地站在荧光灯下……只不过,他眨眼之后,荧光灯不见了。月光从钉窗木板的缝隙中透过来,滞留的旅客们只剩下晦暗的身影。兰德夫妻没有坐在长椅上,而是坐在满是尘土的地上,旁边是一小堆空的可卡因玻璃瓶——看来，强效可卡因甚至已经渗透到了约翰·福特式的乡间了——距离海伦·帕尔默蹲着嘟囔的地方不远处，墙上有个褪色的圈。大卫又眨眨眼，荧光灯回来了。那座大钟，盖住了墙上的圈。

亨利·兰德说："我想你还是走吧，大卫。"

"就听我说一分钟，亨利。"薇拉说。

亨利扭头看着她，大卫清楚地看出他眼中的厌烦。就算亨利曾经对薇拉·斯图亚特有过些许好感，现在也没了。

"我不想听，"亨利说，"你让我的妻子不安。"

"对。"一个头戴西雅图水手队球帽的胖小伙说。大卫想他大概是姓奥卡西，反正是个有撇号的爱尔兰感觉的姓氏，"闭嘴，小姑娘！"

薇拉朝亨利弯下腰去，亨利往后躲闪了一下，好像她的呼吸都是有毒的。"我听凭大卫把我拖回这里的唯一理由就是，这个地方要被拆了！你听说过落锤破碎机吗？你那聪明的脑袋当然明白那是什么。"

"让她住嘴！"露丝声音含混地哭喊道。

薇拉靠得更近，双眼在她漂亮的小脸上闪闪发光："等破碎机离开，垃圾车把这个车站——这个老车站——的废墟拖走后，你们会在哪里？"

"让我们清静清静，求你，"亨利说。

"亨利——就像那个唱诗班的女孩对主教说的，逃避不是埃及的一条河①。"

自始至终就不喜欢薇拉的厄休拉·戴维斯朝前跨了一步，人未到，下巴先至。她吼道："滚开，惹人嫌的女人。"

薇拉猛地转过身："你们难道都不明白？你们死了，我们都死了，在一个地方待得越久，越难到别的地方去！"

"她是对的。"大卫说。

"当然，就算她说月亮是乳酪，你也认为是对的。"厄休拉说。她约莫四十岁，身材高挑，面容好看而严厉，让人生畏。"你对她言听

---

① Denial is not a river in Egypt，心理学上的 denial 一词意指拒绝接受痛苦的现实，与尼罗河（the Nile）发音近似。

计从，可这并不好笑。"

杜德利再次发出驴子般的笑声，姓莱因哈特的女人抽了抽鼻子。

"你们让旅客们心烦意乱，你们两个。"说话的是总摆着一副抱歉表情的乘务员拉特纳。他以前几乎没说过什么话。大卫眨眨眼，车站的灯光再次消失，月光重现。他看见，拉特纳的半个脑袋不见了。剩下的半边脸被烧得焦黑。

"这个地方会被拆毁，你们将无处可去！"薇拉哭喊道，"无处可去，明白吗？"她用两个拳头抹去了脸上愤怒的泪水，"为什么不跟着我们进城呢？我们会带路。至少，那里有人……有灯光……还有音乐。"

"妈妈，我想听音乐。"帕米·安德森说。

"嘘。"她妈妈说。

"如果我们死了，我们会知道的。"比格斯说。

"他说得对，孩子，"杜德利朝大卫眨眨眼睛，"我们遇到什么事了？我们是怎么死的？"

"我……不知道，"大卫一边说一边看了看薇拉。薇拉耸耸肩膀，摇了摇头。

"听我说，"拉特纳说，"火车脱了轨。这种事情……我很想说，这种事情一直在发生，但这话不是真的，即使在这个铁道系统需要大量整修的地方。可是，的确偶尔会发生这样的事，某一个连接处——"

"我们掉下来了，"帕米·安德森说。大卫看向她，真的看，有一刻，他看到了一具尸体，头发被烧光，身上裹着一块腐烂的破布，依稀可见原先是条裙子。"往下掉啊掉啊掉啊。然后——"她的喉咙里发出咳咳的吼声，两只脏脏的小手捂在一起，又猛地拉开：所有的孩子都用这个手势表达爆炸。

她似乎还要再说些什么，但还没来得及开口，她的母亲就一巴掌抽到她脸上，打得那么狠，打得她牙齿露了出来，嘴角流出了唾液。帕米愣了，不敢相信妈妈竟会打她，回过神之后便开始号啕大哭，哭声比先前跳房子时唱的歌谣还令人头疼。

"关于撒谎是怎么告诉你的,帕米拉?"乔治娅·安德森吼道,同时抓住那孩子的一条胳膊。她的手指陷了进去,几乎看不到。

"她没有撒谎!"薇拉说,"我们的车脱轨了,掉到了山谷里!现在我想起来了。你也是!不是吗?不是吗?你脸上都写着呢!你那该死的脸上都写着呢!"

看都没往她这边看一眼,乔治娅·安德森便朝她伸出中指,另一只手则前后摇晃着帕米。大卫从一个角度看见一个晃来晃去的孩子,从另一个角度看见的是一具烧焦的尸体。什么东西着火了呢?现在,他记起来他们是掉下去的了,那么,是什么着火了呢?他记不起来了,也可能是因为他根本不想记住。

"关于撒谎是怎么告诉你的?"乔治娅·安德森吼道。

"撒谎是不对的,妈妈,"那孩子哭着说。

母亲把孩子拖到黑暗中,孩子仍然扯着喉咙大声哭着。

一时间,人们陷入了沉默——所有人都默默地听着帕米被拖走——然后,薇拉扭头看着大卫,问他:"够了吗?"

"是的,"他说,"我们走。"

"别被门把手打到,上帝都想揍你一拳!"比格斯建议道,他听上去兴奋得像个疯子,杜德利又笑了起来。

大卫听由薇拉带着他朝推拉门走去,菲尔倚在门里,仍旧双臂抱在胸前。大卫挣开薇拉的手,走到坐在角落里前后摇晃的海伦·帕尔默身边。她抬起头,困惑的黑眼睛看着他。"我们晚餐吃鱼,"她的声音轻如耳语。

"关于晚餐我不清楚,"他说,"但你说得对,这个地方闻上去就像臭饼干。"他回过头,看见所有人都在瞪着他和薇拉,如果真的愿意那么认为,月光也完全可以被当做荧光灯的灯光。"我想,一个地方封闭得久了,就会是那种味道,"他说。

"你们最好走开,"菲尔·帕尔默说,"没人会听你们的。"

"我难道还不明白吗?"大卫说着便跟着薇拉走进了月光照耀下的黑夜。身后,仿佛风吹来的忧伤的耳语,他听见海伦·帕尔默说:"倒霉事一件接着一件。"

回到 26 酒吧的路让他们今晚行走的距离达到了九英里，但大卫一点都不累。他想，大概幽灵是不会累的，就像他们也不会渴或饿一样。而且，这是另一个夜晚了。此刻满月高高地挂在天上，犹如一枚银色的硬币，26 酒吧前的停车场上空空荡荡。旁边的石头地上，几辆半挂车静默地停着，还有一辆闪着行车灯如梦游般轰隆隆碾压过地面。霓虹灯招牌写着：本周末夜鹰乐队到来带上你的甜心和你的钱袋。

"真可爱，"薇拉说，"你会带我去吗，驱狼者？我是你的甜心吗？"

"你是，我也会带你去，"大卫说，"问题是我们现在干什么？酒吧关了。"

"我们当然还是进去，"她说。

"门肯定关了。"

"我们不想让它关就不会关。感知，记得吗？感知加上期望。"

他记得，于是，当他伸手推门时，门开了。酒吧特有的气味仍然在，只是混杂了某种好闻的清洁剂的味道，像松叶。舞台是空的，长凳倒立着放在吧台上，凳腿朝天，但霓虹灯组成的风河山图案仍然亮着，要么是闭门后一向如此，要么是因为他和薇拉希望它那样。后一种的可能性更大。由于无人，舞池看上去十分大，特别是墙上的镜子又把它放大了一倍。光滑的地板上，投射出倒立的山脉影像。

薇拉深吸一口气。"我闻到了啤酒和香水，"她说，"老式改装车的味道。很美妙。"

"美妙的是你，"他说。

她扭过头，说："那就吻我吧，牛仔。"

站在舞池边，大卫吻了她，而由他的感觉判断，做爱并非不可能。完全不是。

她回吻了他的两个嘴角，然后退后一步。"往点唱机里放个两角五分硬币好吗？我想跳舞。"

大卫走到吧台尽头的点唱机前，扔进去一个硬币，点播了

D19——《虚掷的时光》，弗莱迪·梵德的版本。外面的停车场上，决定在此休息几小时再把一车电器运往西雅图的切斯特·道森抬起头，迷迷糊糊听到了音乐，觉得肯定是做梦，便垂下头又沉入了梦乡。

大卫和薇拉在空荡荡的舞池里缓缓移动，墙上的镜子有时反射出他们的影子，有时没有。

"薇拉——"

"先别说话，大卫。甜心想跳舞——"

大卫不作声了。他把脸埋在她的头发里，听凭音乐带动他的脚步。他想，他们可以待在这里，人们时不时会看到他们。26酒吧说不定会传出闹鬼的名声，但也可能不会；喝酒时，除非独酌，人们通常并不会想到幽灵一类的事情。有时，酒吧临近打烊，侍应生和最后留下的女招待（负责分摊小费的最权威的那个）或许会有被人注视的不安感觉。有时，即使音乐已经停止，人们也会听到乐声，或是在舞池旁和包厢的镜子里看见活动的身影。通常，那些影像只出现在眼角的余光里。大卫想，他们的归宿本可以是更好的地方，但总体来说，26酒吧还不错。直到打烊，这里都有人。还有，这里总是有音乐。

他确实想知道，不久以后，当落锤粉碎机打破幻象时，其他乘客会怎样。他想到坍塌的瓦砾面前，菲尔·帕尔默试图保护他惊恐嚎叫的妻子，尽管她不会受伤，因为她，恰如其分地说，并不在那里。他想到帕米·安德森蜷缩在她尖叫的母亲的臂弯里。拉特纳，柔声细语的乘务员，会说，请冷静，乘客们，声音却完全被那些巨大的黄色机器的吼叫湮没。他想到图书推销员比格斯跛着一只脚拼命往外逃，最终，在粉碎机和推土机的咆哮中，整个世界坍塌了。

他宁愿他们的火车在那之前到来——众人的期望汇聚在一起可以使之成真——但他并不真的相信。他甚至想，震惊之下，他们会像被强风吹熄的烛火般消失，但他也不真的相信那个结局。他的脑海中清楚地看见了他们的身影：推土机、倾卸卡车和装载车开走了，山间刮来一阵风，拍打着金雀花草丛，绕着平顶山呜咽，西部天空的亿万颗星下，人们拥在一起，仍然在等他们的火车。

"冷吗?"薇拉问。

"不——为什么突然问这个?"

"你刚刚发抖了。"

"也许是一只鹅从我的墓地上走过吧,"他说。他闭上眼,和薇拉在空荡荡的舞池上踏着缓缓的舞步。有时,他们出现在镜子里;有时,他们会从镜中消失。被霓虹风河山照亮的空房间里,只有一曲乡村音乐在悠悠地响。

姜饼女孩

1

只有快跑才管用。

宝宝死了之后,埃米莉开始跑步。起初,她只是跑到车道尽头,然后站在那里,弯着腰,双手抓住膝盖上方喘粗气;接着,她跑过整个街区;再后来,她会一直跑到山脚下的可依快餐店。她在那里拿上面包或是人造黄油,假如想不起来吃什么,也可能拿一个奶油卷或者巧克力派。开始,她只是走着回来,但过了一段时间,她便一路跑回来了。最后,她连点心也放弃了。这艰难得出乎她的意料。她从未意识到甜食原来可以减轻忧伤,也可能是因为她已经对甜食上瘾了。不管怎样,奶油卷最终也卷铺盖走人了。跑步就足够了。亨利说她对跑步也上了瘾,她觉得也许他说得对。

"斯坦纳医生怎么说?"他问。

"斯坦纳医生说尽管跑吧,释放你的内啡肽。"她并没向苏珊·斯坦纳提过跑步的事儿,事实上,艾米的葬礼之后,埃米莉就没去见过她。"她还说,如果你愿意,我可以把它开到处方里。"

埃米莉总能够骗过亨利,甚至是在艾米死了之后。我们可以再生一个,当他蜷着腿躺在床上、眼泪从脸的两侧不断流下来时,她坐在他身边,对他那样说。

那句话对他来说是个安慰,很好。但不会再有一个孩子了,不会再有护工过来说孩子在婴儿床里一动不动,浑身发青。再没有徒劳的心肺复苏,或是911热线里的声嘶力竭。电话那端的接线员对她说,请放低音量,女士,我听不懂您在说什么。但亨利并不需要知道这些,而她也心甘情愿地去安慰他,起码最初是这样。她相信,慰藉,而不是面包，才是生命的支柱。或许最终她也能为自己找些慰藉。还有，她已经生了一个天生有缺陷的孩子。这是关键所在。她不能冒险再去生第二个。

这时她开始头疼了。头痛欲裂。于是她真的去看医生了，但她去看的是他们的家庭医生门德斯，而不是苏珊·斯坦纳。门德斯给她开了一种叫佐米格的药。她是坐公交车到门德斯出诊的那户人家的，然后跑到药店买了药。之后，她慢跑回家——药店离她家有两英里——到家后，她觉得从腋窝到肋骨顶部简直像植入了一个钢餐叉般僵硬。不过她并不为之担心，因为这种疼痛是会过去的。而且她筋疲力尽，感觉自己似乎可以睡上一会儿了。

她真的睡着了——睡了整整一个下午。就在怀上艾米的同一张床上，也是亨利曾经躺在上面哭泣的那张床。醒来后，她感觉眼前影影绰绰，就像幽灵飘浮在空气中，可以肯定，这是被她命名为"埃米莉经典头痛"开始的预兆。她吃了一片新开的药，出乎她的意料——简直令她震惊——头痛慢慢减轻了，先是挪到了后脑勺，最后消失了。她觉得也应该有一种药，能治疗失去一个孩子的疼痛。

她认为应该挑战自我忍耐的极限，并且认为探索的过程将是漫长的。离家不太远处有一所大专，校园里有煤渣跑道。她开始在每天早晨亨利上班后开车去那里。亨利不理解她对跑步的执着。慢跑，没问题——很多女人都慢跑。能够让她们的屁股掉个四磅，或是腰细上两寸什么的。但埃米莉并没有多余的四磅赘肉可掉。何况，慢跑对她来说已经不够了。她必须大步跑，快跑。只有快跑才管用。

她在跑道边停下车，开始跑，直到跑不动，直到身上那件佛罗里达州立大学的无袖运动衫前后都被汗水浸透。她摇摇晃晃，间或呕吐，因为精疲力竭。

亨利发现了。有人看到她早上八点独自一人跑步，告诉了亨利。夫妻俩讨论了这个问题。讨论最终升级为终结婚姻的争吵。

"这是个爱好。"她说。

"乔迪·安德森说你都倒在地上了。她害怕你会突发心脏病。那不是爱好，埃米莉。说上瘾都不够，只能叫着魔。"

他责怪地看着她。虽说是过了一小会儿她才抓起手边的书向他丢过去，但正是那眼神坏了事。责怪的眼神。她无法再忍受。那眼神，加上那张长脸，使她觉得屋里养了一只羊。我嫁了一只多赛特羊①，她想，现在他只知道咩啵咩啵，从早到晚叫个不停。

　　但她又做了一次保持理性的尝试，尽管她深知，自己为之辩解的事情根本毫无理性可言。既然有魔力化思维，当然也可以有魔力化行为。比如说，跑步。

　　"马拉松运动员也会跑到倒在地上的程度。"她说。

　　"你计划去参加马拉松吗？"

　　"说不定呢。"可是，她的眼睛却躲闪开来，看向别处。看着窗外的车道。车道在呼唤她。车道连着人行道，人行道通往外面的世界。

　　"不，"他说，"你不会去参加马拉松。你压根就没这个打算。"

　　她突然想到——这件事本如此显而易见，待到意识到时反而觉得像是灵光闪现——这就是亨利，该死的，他最擅长的就是这个。结婚六年来，他一直有本事看透她的想法、感觉和计划。

　　我安慰过你，她想——她并不愤怒，只是处在发怒的边缘。你躺在床上，一把鼻涕一把眼泪，是我安慰了你。

　　"觉得痛苦时就跑步，这是一种典型的心理反应，"他仍然是那副实事求是的口吻，"它叫做逃避。但是，宝贝儿，如果你不去面对，你永远无法——"

　　就是在这个时候，她抓起手边最近的东西，碰巧是一本简装本的《不存在的女儿》②。她曾试着读这本书，但是读不下去，亨利却接手开始读，从书签的位置来看，他已经读了四分之三。他连阅读品位都和多赛特羊一样，她想。她把书扔向他，正砸在他的肩膀上。他瞪大了眼睛，震惊地看着她，然后一把向她抓去。或许只是想拥抱她吧，

---

① 原产于澳大利亚和新西兰，具有早熟、生长发育快、全年发情、耐热、耐干旱等特点。
② 《不存在的女儿》，*The Memory Keeper's Daughter*，美国作家金·爱德华兹著，二〇〇六年出版。

谁知道呢？谁真能知道点什么呢？

如果他出手快那么一点，他就能抓住她的胳膊或手腕，或者T恤衫的后襟。但震惊拖延了他的反应速度。他抓了个空，而她已经跑起来，只在前门停了一下，抓起桌上的腰包。她跑到车道上，然后是人行道。她跑下小山。曾经有短暂的一段时间，她和其他妈妈们一起在山脚下推过婴儿车，而现在，她们都躲着她了。这次，她不打算停下来，甚至不打算放慢速度。身穿短裤、跑鞋和一件写着拯救拉拉队队长[1]的T恤，埃米莉跑进了外面的世界。顺着山往下跑时，她把腰包系在腰里，扣上搭扣。感觉如何？

棒极了！哇哦！

她跑进市区（两英里，二十二分钟），遇上红灯也没停下，只是原地踏步。在主干道和东街交叉的拐角处，一辆敞篷福特野马迎面开来，上面坐着两个男孩，一个冲着她吹口哨。埃米莉回敬他一根中指。男孩大笑着为她鼓掌，接着野马便加速沿着主干道疾驰而去。

她身上的现金不多。不过，她有两张信用卡，更好的是其中一张是运通卡，这样她就可以开旅行支票了。

她意识到自己不想回家，起码一段时间不想。意识到这一点让她感到轻松——也许还有一点流亡在外的激动——而不是难过。她怀疑也许离家不是暂时的。

她到莫里斯酒店去打电话，临时起意决定要个房间。可以只住一晚吗？可以。她把运通卡递给前台。

"似乎您不需要服务生帮您拿行李，"前台看了看她的短裤和T恤。

"我走得匆忙。"

"知道了。"可那口气显示他根本什么都不知道。她接过前台递来的钥匙，急冲冲地穿过宽敞的大堂来到电梯前，抑制住想要奔跑的冲动。

---

[1] 拯救拉拉队队长，Save the Cheerleader，出自二〇〇六年美国当红剧集《超能英雄》第一季。

2

听上去你在哭。

她想买几件衣服——两条裙子、两件衬衫、两条牛仔裤,再买一条短裤——但在购物之前,她要打两个电话:一个给亨利,一个给父亲。父亲在塔拉哈西,她决定还是先打给他。她想不起来他在车辆调配场的办公室电话,但记得手机号。电话响了一下就接通了,从那端传来了发动机的声音。

"埃姆[①]!你好吗?"

这问题本该别有所指,但此刻却意义单纯。"我很好,爸爸。但我现在在莫里斯酒店。我想我离开亨利了。"

"永远还是一时?"他听上去一点也不吃惊——他很快就能接受事实;埃米莉就爱他这一点——但电话另一端的发动机轰鸣声先是减弱,后又消失了。她猜想他进了办公室,关上了门,说不定还从一片狼藉的桌子上拿起了女儿的照片。

"不好说。不过目前我们俩关系不妙。"

"怎么回事?"

"因为跑步。"

"跑步?"

她叹了口气,说:"也不完全是。你也知道,有时候表面上是一回事,其实是关于另外一件事。说不定是关于一堆事。"

"那个孩子。"自从婴儿猝死之后,父亲就没有再称呼她为艾米过。现在提起她,一直都是"那个孩子"。

"还有我的应对方式。不是亨利想要的。只是我突然想坚持自己的方式。"

"亨利是个好男人,"父亲说,"但他看问题的角度与我们不同。

---

① 埃米莉的昵称。

毫无疑问。"

她等待着。

"我能做什么吗？"

她告诉了他。他答应了。她知道，听她说完之后，他就会答应。倾听是最重要的部分，而鲁斯蒂·杰克逊善于倾听。他能够从车辆调配场的三名技工之一变成或许是塔拉哈西校区最重要的四个人中的一个（她并没从他那里听到这个；他不会向她或是别的任何人夸耀这种事），倾听是不可缺少的本事。

"我会让马里耶特去打扫。"他说。

"爸爸，不用。我会打扫的。"

"我想这么做，早就该彻底清洁一次了。那鬼地方差不多有一年没用了。自从你妈妈去世后，我就不大去弗米利恩了。似乎我在这里能做的事情更多。"

埃姆的妈妈也不再是德布拉了，因卵巢癌去世以后，她就只是你妈妈了。

埃姆差点问，你确定不会太麻烦吗？但只有在陌生人提供帮忙时你才会那么说。或是面对另外一种父亲。

"你去那里跑步？"他问。她能听出他语气中的笑意。"那里的海滩适合跑步，路也很好。这你很清楚。而且，你还不用跟别人挤在一起。从现在到十月，是弗米利恩人最少的时节。"

"我去那里思考。还有——我想——去结束哀悼。"

"那很好，"他说，"要我帮你定航班吗？"

"我自己能行。"

"我知道你能行。埃米，你没事吧？"

"我很好。"她说。

"听上去你在哭。"

"掉了几滴眼泪，"她说着抹了一把脸，"一切都发生得很突然。"就像艾米的死，她可以再加上一句。艾米像位小淑女般死去，婴儿检测仪连一声"嘀"都不曾发出过。静静离开，不要摔门，当埃姆还是少女时，她的母亲常这样提醒她。

"亨利不会到酒店来纠缠你，是吧？"

她听出父亲用到纠缠这个词时稍稍犹豫了一下，尽管眼泪流了一脸，她还是忍不住笑了。"如果你是想问他会不会跑过来把我揍一顿……我认为那不是他的风格。"

"老婆离开他，只是为了去跑步时，一个男人的风格会变的。"

"亨利不会，"她说，"他不是那种惹麻烦的人。"

"你打定主意了？不先回塔拉哈西吗？"

她犹豫了一下。她有点想回家，但是——

"我需要一段时间独处。之后才能再作打算。"她又重复了一遍，"一切都很突然。"虽然她觉得他们之间的问题不是一天两天了。说不定矛盾从一开始就埋在这段婚姻的 DNA 里。

"好吧。我爱你，埃米。"

"我也爱你，爸爸。谢谢你。"她咽了口唾液，"谢谢你。"

亨利没有找麻烦。亨利甚至都没有问她是从哪里打来的电话。亨利只是说："也许不只是你需要暂时独处。也许这样对我们都好。"

她控制住想要感谢他的冲动——为此而感谢他似乎既正常又荒谬。沉默或许是最好的选择。他接下来说的话让她庆幸自己的选择。

"你给谁打电话求助了？调配场的老爷子？"

这次，她要控制的冲动是问他是不是已经向他妈妈哭诉了。但针尖对麦芒不能解决任何问题。

最终，她说："我要去弗米利恩岛。我爸在那里有房子。"她希望自己语气平静。

"海螺屋。"她几乎能听到他哼了一声。就像哈哈牌奶油卷、晶晶亮蛋糕一样，只有三个房间、不带车库的房子不属于亨利的信仰体系。

埃姆说："到了那边后我给你打电话。"

电话那头是长时间的沉默。她想象他站在厨房里，头倚着墙，手用力地握住话筒，握得指节都发白，努力压制自己的愤怒。在一起的六年中，毕竟大多数时间他们还是幸福的。她希望他能挺过这一关，如果他们之间的问题果真如她想象的一样。

他再开口时,听上去很平静但也很累:"带信用卡了吗?"

"带了。放心,我不会透支的。但我想要——"她停了下来,咬着嘴唇。她也差点把他们死去的女儿称为"那孩子",而那种称呼是不对的。或许对她父亲来说可以,但对她来说不行。她又重新开始。

"艾米的教育金,我想要我那一半,"她说,"钱或许不多,但——"

"比你想象得要多。"他说,听上去又有些烦躁了。刚刚尝试要孩子时,他们就开始准备这笔钱了,而不是等艾米出生以后,甚至也不是埃米莉怀孕以后。尝试怀孕的过程持续了四年,当他们开始讨论接受治疗或是领养时,埃米莉终于怀孕了。"那些投资不能仅用收益好来形容,它们被上帝保佑了——特别是软件股。入市的时候正好,出手也是黄金时机。埃米莉,你不会想要杀鸡取卵的。"

他又来了,告诉她她想要做什么。

"地址确定后我会告诉你的,"她说,"随便怎么处理你那一半都可以,但把我那部分开张支票。"

"你还在跑步。"他说。尽管他那副职业的、旁观的口气让她希望他就在身边,可以再把一本书砸到他身上,她还是保持了沉默。

最后,他叹了口气,说:"听着,埃姆,我会离开几个小时。回来拿你的衣服或是其他想拿的东西。我会在梳妆台上放一些钱。"

有一瞬间,她动摇了。但她又想到,把钱留在梳妆台上是男人们去找妓女时的做法。

"不,"她说,"我想有个全新的开始。"

"埃姆。"又是长时间的停顿。她猜想他正在努力控制情感,想到这一点又让她的眼泪流了下来,"我们就这么结束了吗,姑娘?"

"我不知道,"她努力让自己的声音不要颤抖,"现在说什么还为时过早。"

"若是让我猜,"他说,"我会猜,是的。今天证明了两件事。第一,一个健康的女人可以跑很远的距离。"

"我会打电话给你。"她说。

"第二,对于婚姻来说,活着的孩子是黏合剂,死了的孩子是硫酸。"

这是亨利说过的最伤人的话,因为他把艾米的存在抹杀成一个丑陋的比喻。埃姆做不到这一点,她觉得自己永远都做不到。"我会打电话给你。"说着,她挂断了电话。

3

弗米利恩岛烟雾蒸腾却人迹罕至。

就这样,埃米莉·欧文斯比跑到了车道尽头,又跑到了山脚下的可依快餐店,再从那里跑到了南克利夫兰专科学校的跑道上,最后跑到了莫里斯酒店。她跑出了婚姻,如同一个女人下定决心抛开一切向前跑时甩掉脚上的拖鞋般决绝。然后她跑到了佛罗里达的麦尔兹堡(在西南航空公司的帮助下),从那里租了一辆车,向南开往那不勒斯①。在六月炙人的阳光下,弗米利恩岛烟雾蒸腾却又人迹罕至。沿着海岸,从吊桥开到父亲的行车道有两英里。车道尽头是海螺屋,外观十分简陋,除了屋顶和百叶窗漆成蓝色外,整体并未上油漆,就连漆过的窗子也被海风吹得斑驳陆离,但屋内有空调,布置得十分舒适。

她关掉那辆尼桑阿维斯的引擎,空荡荡的海岸上只剩下海浪声。附近,不知哪个方向,一只受了惊吓的鸟儿叫个不停,啊—嗷!啊—嗷!

埃姆低下头,抵着方向盘哭了五分钟,把这半年来承受的压力和恐惧都释放出来,或者说,试着释放出来。除了那只不停啊—嗷叫唤的鸟,没有谁能听见。终于哭了个够,她脱下T恤,只剩一件普通的灰色运动文胸,把脸上的鼻涕、汗水和泪水抹掉,又把前胸擦干净。然后,她朝房子走去,运动鞋踩着脚下的贝壳和珊瑚碎片。草地上有个戴红帽的侏儒塑像,帽子已经褪色,但面孔看起来依旧神色自得,喜气洋洋。她弯腰从塑像下摸出一个苏克里兹润喉糖的盒子,钥

---

① 此处指佛罗里达州的那不勒斯市,下同。

匙就藏在里面。就在这时,她才想到,她已经有一周多没有头疼过了。还好,否则佐米格①远在千里之外,真不知该怎么办了。

十五分钟后,她穿着短裤和爸爸的一件旧衬衫,在海滩上跑了起来。

接下来的三个星期,她的生活简单得不能再简单。早餐喝咖啡和橙汁,午餐吃一大盘蔬菜沙拉,晚餐是"斯托弗的精益料理"②,通常是奶酪加通心粉,或是吐司配连袋煮的切片牛肉——父亲嘲笑其为鹅卵石上的一坨屎。这些食物为她提供了足够的碳水化合物。早上,天气凉爽,她赤脚在离海水很近的沙滩上跑步,那里的沙地潮湿而紧实,几乎没有贝壳。午后炎热多雨,她会到公路上去,大部分路段都有树荫遮盖。有时,她会被雨水淋得透湿。这样的情况下,她就在雨水中奔跑,总是微笑着,有时甚至会大笑出声。回家后,她一迈进客厅便开始脱衣服,再把湿透的衣服扔进洗衣机——它离淋浴喷头只有三步,十分方便。

起初,她在沙滩上跑两英里,公路上跑一英里。三周后,变成在沙滩上跑三英里,在公路上跑二英里。鲁斯蒂·杰克逊从某首老歌里得到灵感,把他的度假居所叫做小草屋。它位于弗米利恩岛的最北端,和岛上其他建筑毫无共同之处;其他的房屋都归富人和超级富豪所有,而岛最南端矗立着的三幢极其豪华的大宅则属于富得超乎想象的家伙。埃姆在公路上跑步时,偶尔会看到装载着运动场地维护器材的卡车驶过,但很少有轿车。她一路上看到的房屋都是关闭的,车道也都锁着,这种状态至少要持续到十月,那时房主们才会陆续回来。她开始在脑子里为那些房子起名字:带圆柱的那幢叫塔拉,前面有高高的铁栅栏的叫联邦俱乐部③,丑陋的灰色水泥墙后面的高大建筑叫碉堡。另有一栋小一些的,大部分被蒲葵和棕榈所遮盖,被埃米莉称为

---

① 治疗偏头疼的药。
② 斯托弗的精益料理(Stouffer's cuisine),雀巢公司出品的冷冻食品。
③ 塔拉(Tara),《飘》中女主人公斯嘉丽的庄园;联邦俱乐部(Club Fed),美国北部用以戏称监狱,比起一般监狱,此类监狱里关押的犯人所犯罪行往往较轻。

钓鱼屋——她幻想适逢旺季居住在那里的人们是否以钓鱼饼干为食。

在海滩上，有时她会碰到海龟观察项目的志愿者，很快，她就叫着他们的名字打招呼了，而她跑过时，他们也会大喊一句"嗨，埃姆！"除此之外，她基本上没有看见过别人。只有一次，一架直升机飞过，上面的乘客——一个年轻人——探出身来朝她挥挥手。埃姆同样挥手致意，她的脸安全地藏在佛罗里达州立大学内尔斯球队的帽子下。

她在41号干线上往北五英里的帕不里斯超市购物。通常，在开车回来的途中，她会去波比·特里克特的二手书店兜一圈。那家店虽然比父亲的度假屋大得多，但本质上还是个海螺屋。她在那里买了几本雷蒙德·钱德勒和埃德·麦克贝恩的平装书。书很旧，边缘发黑，纸页发黄，散发着甜蜜怀旧的味道，正如某天看到的那辆福特伍迪旅行车给她的感觉一样。那辆车的车顶上绑着两把花园椅，后备厢里露出一个破破烂烂的冲浪板，晃晃悠悠地沿着41号干线往前走。没有必要买约翰·丹·麦当劳；父亲的橙色书架上摆了一整套。

七月快过完的时候，她已经一天要跑六英里，有时还会跑七英里。她的胸部小得只剩两个疙瘩，臀部也几乎不存在了；另外一个成绩就是把父亲的两个空书架上塞满了诸如《死亡之城》和《六件坏事》一类的书。晚上，电视从来不开，甚至不看天气预报。父亲的旧电脑也一直黑着。她也没买过报纸。

父亲隔天给她打一次电话，在她说做好心理准备会通知他后，便不再反复询问是否需要他抽时间过来陪她。同时，她还告诉父亲，她并没打算自杀（这是真的），甚至也不抑郁（这不是真的），而且她还按时吃饭。这些对鲁斯蒂来说就够了。父女间一直坦诚相见，她也知道夏天是父亲的忙季——学生们在校（他也喜欢把那里称作工厂）期间不能做的所有事情都要在六月十五日至九月十五日之间做完，因为这段时间学校里只有暑期课程和一些校方主办的学术会议。

况且，父亲有一个女朋友，她的名字是梅洛迪。埃姆不喜欢到他们那边去——因为她会觉得怪异——但她知道，梅洛迪让她的父亲快乐，所以她也会在电话里问候她。很好，父亲的回答永远不变。梅气色好得像个桃子。

她给亨利打过一次电话,亨利也给她打过一次。他打电话来时是晚上,埃姆很肯定他喝醉了。他又问了一遍他们是不是结束了,而她再次告诉他,她不确定,但她在说谎。很可能是在说谎。

夜间,她睡得很沉,如陷入昏迷一般。起初,她会做梦——一遍又一遍地重现他们发现艾米死去的那个早上。有些梦里,艾米浑身发黑,像一个腐烂的草莓。另一些梦里——这些梦更糟——艾米呼吸困难,她口对口地人工呼吸才救了女儿。说这些梦更糟糕,是因为当她醒过来时,她会发现艾米还是死了。一个雷电交加的夜晚,她从这样的梦中醒来,从床上滑下来,衣服也没穿,便坐在地上放声大哭。她的胳膊肘抵着膝盖,双手托着脸。窗外,闪电划过海湾的天空,墙上映出忽明忽暗的蓝色光线。

随着她跑得更远——挑战自己耐力的极限,那些梦不再出现,也可能是她不再记得做过的梦了。醒来时,她的身体不能说多么精力充沛,但也逐渐感觉到一种由内而外受伤后的复原。尽管每一天本质上都跟前一天相同,但每一天也慢慢像新的开始——属于它自己的新的开始——而不是旧时光的延续。一天清晨,她醒过来,终于意识到,艾米的死开始变得像一件已经发生了的事,而不是正在发生的事。

她觉得自己准备好跟父亲见面了——如果他愿意,带梅洛迪一起来也可以,她会给他们准备一顿像样的晚餐,他们也可以在这里过夜(这想法有点不像话,这里本来就是他的)。然后,她开始思考自己现实中的生活该如何继续,那个很快就要到来的、吊桥另一端的生活:有些东西想要保留,有些想要抛弃。

她想,很快就会打那个电话了。一个星期后。最多两个星期。还不到时间,但差不多了。差不多了。

4

不是什么好人。

刚进入八月不久的一个下午,德凯·霍利斯告诉她,她在这个岛上有伴儿了。他从来都不说全称，都是这个岛。

德凯满面沧桑，也看不出到底是五十岁还是七十岁。他又高又瘦，戴一顶活像一只倒扣碗的破旧草帽。从早七点到晚七点，他负责管理弗米利恩和大陆之间的吊桥。这是周一到周五。周末是"孩子"值班（说是孩子，也三十岁了）。有时候，埃姆跑到吊桥，看见"孩子"替代德凯坐在门房外面的老藤椅上，读《马克西姆》或《大众机械》而不是《纽约时报》，就会吃惊地意识到这么快又到周六了。

但这个下午，值班的是德凯。弗米利恩和大陆间的通道——德凯称之为"喉咙"（她猜他想说的是"喉咙"）——在昏暗的天色下同样显得黑暗和荒凉。靠近海湾的一侧凭栏上，一只苍鹭静静地伫立着，不知是在思考还是在伺机猎食。

"伴儿？"埃姆不解地回答，"我没有任何同伴。"

"我不是那个意思。皮克林回来了。好像住在366号？带着他的一个'侄女'。"说到"侄女"时，德凯的眼睛翻了翻。他的蓝眼珠颜色很淡，几乎是无色的。

"我什么人都没看到。"埃姆说。

"有可能，"他说，"大约一小时前，他们坐在红色的大奔驰里经过这里，那时候说不定你还在系鞋带呢。"他向前探过身，身前的报纸被压在了他那没什么肉的肚子上。她看到报纸上的填字游戏做了一半。"每年夏天都是不同的'侄女'，都是年轻女郎。"他停了一下，"有时是两个，八月一个，九月一个。"

"我不认识他，"埃姆说，"也没看到什么红色奔驰。"她也不知道366号是哪幢房子。注意过那些房屋不假，可谁会去看邮箱号码呢？当然，219号是个例外，因为邮箱上面有一排木刻小鸟。（很自然的，那个邮箱后面的房子便被埃姆命名为鸟园。）

"无所谓。"德凯说。这次他没有翻白眼，而是扯了扯嘴角，像是嘴巴里有什么难吃的东西一样。"他开奔驰把她们带到这里来，再用他的船送她们回圣彼得斯堡。是一艘白色的大游艇，叫游戏床，今天上午刚从这儿过去。"他的嘴角又扯了扯。远方隐约传来了雷声。"那些侄女们参观了一下房子，坐游艇在海上兜兜风，然后我们就看不到皮克林了，直到明年一月芝加哥冷得没法待了。"

这么一说，埃姆觉得今早在海滩跑步时，似乎看到了一条白色的游艇拴在岸边，但也不是很确定。

"再过两天——也可能是一星期——他会派几个人出来办事，有一个会把奔驰开回放车的地方，谁也不知道在哪儿。我猜是在那不勒斯的私人机场附近。"

"他一定很有钱。"埃姆说。这是她和德凯聊得最久的一次，也挺开心，但她仍然开始原地跑了起来。一方面是因为她不想双腿僵硬，另一方面是她的身体在呼唤她跑起来。

"富得像史高治·麦克老鸭①，但我感觉皮克林的钱是用来花的，史高治叔叔可没他那么会花钱。听说他是做电脑发家的。"他的眼珠转了转，"富人们不都是吗？"

"也许吧。"她还在原地跑步。此时，远处的雷声听上去更清晰、也更响了。

"我知道你着急要走，但我跟你说这些是有理由的。"德凯说。他合上报纸，放到一边的旧藤椅上，又把咖啡杯压上去。"我通常不会对这个岛上的人说三道四——他们大多数都很有钱，乱说话是不会有什么好下场的——但是我喜欢你，埃米。你不太和人来往，但你一点也不势利。我也喜欢你父亲，我们偶尔还会一起喝一杯。"

"谢谢你，"她有点感动，又突然想到了什么，便笑着问他，"我父亲是不是让你看着我点儿？"

德凯摇摇头。"没有。以后也不会。这可不是 R·J② 的风格。但他会像我一样提醒你——吉姆·皮克林不是什么好人。换做我是你，就会离他远远的。如果他邀请你进屋和他的新'侄女'喝上一杯，甚至只是喝杯咖啡，记得要说不。如果他要你和他一起去海上兜风，更要坚决拒绝。"

"不管去哪儿兜风我都没兴趣。"她说。她感兴趣的是完成自己在

---

① 史高治·麦克老鸭（Scrooge McDuck），迪士尼的经典动画人物，是世界上最富有的鸭子，但十分吝啬，英语 Scrooge 就是吝啬鬼的意思，唐老鸭是他的侄子。
② 鲁斯蒂·杰克逊的姓名缩写。

弗米利恩岛上该做的事情。她觉得差不多快完成了。"我最好在下雨前赶回去。"

"我看最早也要五点才会下，"德凯说，"不过就算我说错了，你也没问题。"

她又笑了，回答："我也这么认为。女人们不像男人们想的那样会在雨中融化的。我会告诉爸爸你向他问好。"

"好。"他弯腰去拿报纸，又停下，从那顶可笑的帽子后面抬起眼来。"话说回来，你过得怎么样？"

"好些了，"她说，"每天都在好转。"她转过身，朝小草屋的方向跑去，一面扬起手算作向身后的德凯告别。此时，一直停在凭栏上的那只苍鹭从她身边飞过，嘴里叼着一条鱼。

366号原来就是碉堡。自从她到弗米利恩以来，这里的门还是第一次半开着。或者当她路过这里，朝桥边跑去时就已经打开了？她记不得了。她已经习惯了戴手表来计时，一只显示巨大数字的笨重家伙。很可能上次路过时她正在看手表。

她原本要不减速地跑过去的——雷声已经越来越近——但她身上穿的又不是吉尔·安德森店①里上千美元的小山羊皮上衣，只是运动服装店里的一套行头：短裤和耐克牌T恤。而且，她对德凯是怎么说的？女人们不会在雨里融化的。于是她放慢脚步，转过身，偷偷看了一眼，纯粹因为好奇。

她认为停在院子里的奔驰是SL 450，因为她父亲就有一辆相似的，只不过他的那辆已经很旧了，而这一辆还是崭新的。车是糖苹果②的红色，即使是在昏暗的天色下也闪闪发亮。后备厢是打开的。一束金发从里面垂出来。头发上有血。

德凯有没有说过和皮克林在一起的女孩是金发呢？这是她脑子里冒出来的第一个问题，然后她被自己吓了一跳，她怎么就不觉得吃惊

---

① 纽约的一家设计师品牌店。
② 糖苹果，整个苹果包裹硬糖衣，中间常插有小棍，西方传统中秋收季节的食品。

呢？这似乎是个完全合理的问题，答案是德凯并没这么说过。他只是转转眼珠，说那是个年轻女孩，是他的"侄女"。

雷声轰隆，几乎就在头顶。院子里除了那辆车（还有后备厢里的金发女郎），什么都没有。整幢房子看上去也很荒凉，比任何时候都更像一个碉堡，就连周围随风摇摆的棕榈树也不能让它看上去柔和些。它太大、太荒、太灰，是幢丑陋的房子。

埃姆隐约听到一声呻吟。她想都不想就冲进门去，跑到打开的后备厢前，朝里面看去。呻吟声不是里面的女孩发出的。她的双眼是睁着的，但身上不知被捅了多少刀，喉咙上的一刀从左耳划到右耳。

埃姆盯着后备厢里的女孩，吓得忘了活动也忘了呼吸。她突然想，也许里面的女孩是假的，只是拍电影用的替身而已。虽然理智告诉她那是胡扯，但头脑的一部分却拼命附和，想为眼前的一切寻找合理的解释，甚至编造故事来支持这个想法。德凯不喜欢皮克林，也不喜欢他对女性同伴的选择对吧？好吧，皮克林也不喜欢德凯！很可能就是个恶作剧而已。稍后，皮克林会故意打开后备厢，从吊桥驶过，人偶的金发随风飘舞，然后——

可是，后备厢里传来了味道，血和粪便的味道。埃姆伸出手，迎着女孩圆睁的眼睛，碰了碰她的面颊。很冷，但那是皮肤。上帝啊，那是人的皮肤。

身后传来一个响声。脚步声。她想转身，却被什么东西砸在头上。她没感到痛苦，只看到眼前炫目的白色。接着，整个世界陷入了黑暗。

5

似乎他要同她玩"可怕的小老鼠"。

醒来时，她发现自己被布基胶带捆在了一间大厨房的椅子上。厨房里摆满了可怕的金属器具：水池、冰箱、洗碗机，还有一台看上去供饭店专用的烤箱。疼痛从她的后脑勺缓缓地、长长地传到前面，每阵疼痛似乎都在呼喊快逃！快逃！

　　站在水池边的是一个高瘦男人，身穿卡其短裤和一件旧艾索德高尔夫球衫。整个厨房的金属质地反射出冷酷的光芒，使埃姆可以看到那男人眼角深深的鱼尾纹和精干短发发际线上的斑斑灰白。她判断他有五十岁。他正在水池里洗胳膊，胳膊上似乎有处刺伤，就在手肘下方。

　　突然，他转过头来，眼神如野兽般犀利，让她的心猛地一沉。他的眼睛也是蓝色，但比德凯·霍利斯的有神得多。从他的蓝眼睛里，埃姆看不到任何正常的神智，这让她的心更加冰冷。地板上——和外面一样，地板也是难看的灰色，只不过不是水泥，而是铺了瓷砖——有一长条深色滑腻、宽约九英寸的污痕，埃姆觉得可能是血。眼前的情形很容易让她联想到，说不定那是皮克林拽着金发女孩的脚把她向不可知的目的地拖去时，她的头发在地上留下的。

　　"你醒了，"他说，"好极了。很棒。你认为我想杀她？我不想杀她。她把一把刀藏在该死的袜筒里了！我不过是在她胳膊上拧了一把，仅此而已。"他似乎考虑了一下，一边用一叠纸巾捂住手肘下方带血的深色刀口，"好吧，还有乳头。那又怎么样呢，每个姑娘都有心理准备吧。或者说该有。这就叫前戏。或者，对那丫头来说，叫全戏。"

　　说到"前戏"和"全戏"时，他每次都用食指和中指摆个引用符。在埃姆看来，他那样子像是要玩"可怕的小老鼠"[①]。他看上去还很疯狂。事实上，他的精神状态毫无疑问就是那样。头顶响起了雷声，像是一堆家具轰然倒下。埃姆跳了一下——当然，绑在厨房的餐椅上，她也跳不起来——但站在双槽不锈钢水池边的男人并没理会她发出的声音，好像根本没听见。他向外努着下唇。

　　"于是我从她手上把刀夺了下来，然后我失去了控制。这点我承认。人们认为我是冷静先生，我也努力让自己配得上这个称号。的确如此。我努力了。但任何人都有可能失控。人们没有意识到这一点。

[①] 一种逗婴儿玩的小游戏。

任何人都有可能。在一定的环境下。"

大雨倾盆而下，就像上帝拉下了他私人洗手间的冲水绳。

"谁有可能知道你在这里？"

"很多人。"这个答案来得毫不犹豫。

一转眼，他就如闪电般冲到了厨房的这一边。上一秒他还在水池边，这一秒就已经重重地在她脸上打了一拳，打得她眼前顿时冒起了金星，只看到满屋都是亮点，后面还像彗星般拖着刺眼的尾巴。她的头朝一边歪去，头发盖住了半边脸，她能感到血开始往嘴里流。她的下唇破裂了，是牙齿割破了嘴唇的内侧，而且割得很深，感觉上几乎是割透了。屋外，大雨哗哗地下着。还下着雨，我就要死了，埃姆想。但她并不真的相信。也许大祸临头时，没有人真的相信。

"谁知道？"他弯下腰，冲着她的脸吼道。

"很多人。"她重复了一遍，但听上去像是"横多人"，因为她的下嘴唇肿了。她感觉到一小股血正沿着她的下巴流下来。可是，尽管又疼又怕，她的脑子却并没有糊涂。她知道，活下去的唯一希望就是让这个人相信，要是杀了她就会被捉。当然，就算他放她走，也一样可能会被捉，但那个问题待她稍后再处理。一次一个噩梦就够了。

"横多人！"她轻蔑地又说了一次。

他又闪身退回水池边，回来时，手里拿了一把刀。不大，很有可能就是死去的女孩从袜筒里拿出来的那把。他把刀尖抵在埃姆的下眼皮上，往下一按。就在那时，她的膀胱失控了，一瞬间，尿液喷涌而出。

皮克林的脸一时间被厌恶的表情绷紧，但同时又似乎高兴起来。埃姆的脑子尚有空间好奇一个人怎么能同时拥有这样两种截然相反的情绪。他后退了半步，但刀尖丝毫未动。它仍然在她的皮肤上微颤，向下拉扯她下眼皮的同时也在轻轻地把她的眼珠向上顶。

"很好，"他说，"又要清理一个烂摊子。出乎我的意料。真没想到。就像人说的，外面总比里面有空儿。是那么说的。"他竟然短促而尖利地笑了一声。接着他又探身向前，犀利的蓝眼睛瞪着她淡褐色的眼睛，"告诉我一个知道你在这里的人。不要犹豫。不要犹豫。只要你一犹豫,我就知道你在撒谎,我会马上把你的眼球挖出来扔到水池里去。我说到做到。所以,告诉我。说。"

"德凯·霍利斯,"她说。她知道自己在胡扯,不负责任地胡扯,但这真的只是下意识的反应。她不想失去那只眼睛。

"还有谁?"

她一时想不起任何名字——她的头脑犹如万马奔腾,却又一片空白——而她相信他的话,犹豫一下就会失去左眼。"没有别人,你满意了吗?"她哭喊着。德凯肯定就够了。一个人就够了,除非他是个疯子。

他把刀拿开,尽管外围视力没有立刻恢复,她也能感觉到有一颗小血珠从眼角冒了出来。可她不在乎,还能有外围视力她已经很高兴了。

"好,"皮克林说,"好,好,很好,好。"他又走到水池边,把小刀扔进去。她开始觉得放心了一点。然而,他打开水池边的一个抽屉,拿出一把更大的、又长又尖的切肉刀。

"好。"他又回到她身边。她没在他身上看到血,一点都没有。怎么可能呢?她到底昏迷了多久?

"好,好。"他用没拿刀的那只手挠了挠那头看上去花了不少冤枉钱打理的短发,手拿开,头发立刻就归了原位。"谁是德凯·霍利斯?"

"吊桥看管员,"她声音颤抖着说,"我们谈到了你。所以我才停下来朝里看。"她突发灵感。"他看到那女孩了!你侄女,他是这样叫她的!"

"是,是,女孩们通常坐船回去,他也只知道这么多。他就知道这么多。人们从来就这么爱管闲事!你的车呢?马上回答我,否则你会享受到新开发的、特别的乳房切除术。快速,但绝非毫无痛苦。"

"小草屋!"这是她唯一能想起的答案。

"那是什么?"

"岛另一端的海螺屋,是我父亲的。"她再一次灵感迸发,"他也知道我在这里!"

"是的，是的。"皮克林似乎对此不感兴趣，"是的，好吧。你是说你住在这里？"

"是……"

他低头看了一眼她那条已经变成深蓝色的短裤。"出来跑步，是不是？"她没回答，但皮克林似乎并不在意。"是，你是个长跑健将，绝对是。看看这两条腿。"出人意料地，他深深弯下腰去——像是给皇室行鞠躬礼般——响亮地在她左边的大腿上亲了一下，就在短裤的裤边上方。当他直起身后，她看到他裤子的前面突了出来。不妙。

"你跑前，你跑后。"他把切肉刀在空中划了一个又一个弧，像是乐队指挥挥舞指挥棒一样。这动作有催眠效果。外面，大雨继续瓢泼。可能还会下个四十分钟，说不定一小时，然后太阳会出来。埃姆不知道自己还能不能活着看到太阳。她认为不能。可这一切仍然很难让人相信。事实上，是不可能相信。

"你跑前，你跑后。跑前跑后。有时你和戴草帽的老头一起打发点时间，没和别人在一起过。"她害怕了，但还没有怕到意识不到他在自言自语。"对。没和别人在一起过。因为这里没有别人。要是你下午跑步时被在这儿种树割草的工人们看见了，他们会记得吗？会吗？"

他手中的刀刃来回轻点着。他看着刀尖，像是它能告诉他答案似的。

"不，"他说，"他们不会记得。我来告诉你为什么。因为在他们看来，你不过是另一个吃饱了撑着、玩命健身的富妞儿。这种人到处都有，每天都能看到。健康强迫症。恨不得他们不要挡道。不跑步的话，就骑车。戴着那些像罐子一样傻不溜秋的小头盔。明白了吗？明白了。好吧，现在祈祷吧，珍小姐，不过要快点。我赶时间。很急，很急。"

他把刀举到了肩膀的高度。她看到他绷紧了嘴唇，准备好进行致命的一击。对埃姆来说，世界突然变得清晰了；所有的一切都明白无误。她想：我来了，艾米。接着，也许是一句她在 ESPN[①] 频道看来的台词荒谬地钻了进来：等着我，孩子。

---

① ESPN，美国娱乐与体育节目电视网。

但他却停下了。他看看四周,那样子完全像是突然听到有人说话。"是的。"他说。接着,"嗯?"接下来,"是。"厨房中间有个贴了富美家塑胶贴面的食品加工台。他砰的一声把刀扔在上面,而没有刺入埃米莉的身体。

他说:"老实坐在那儿。我不会杀你的。我改变主意了。一个人是可以改变主意的。除了胳膊被刺了一刀,我从妮可身上什么都没得到。"

加工台上有一卷快用光的布基胶带,他把胶带拿起来。片刻之后,他已经跪在她身前,后脑和裸露的脖颈暴露在她眼前。在一个更好的世界里——一个更公正的世界里——她应该有机会攥紧双手,往那一小片裸露而脆弱的地方狠狠砸上一拳。可现实中,她的双手自手腕处被绑在椅子沉重的枫木扶手上。上半身则从胸以下绑在了椅背上,像是穿上了厚厚的束胸衣。双腿的膝盖、小腿上部、小腿下部和脚踝处被绑在了椅子腿上。他做得非常彻底。

而椅腿又被胶带固定在了地上,现在,他正在用新的胶带加固,先是在她身前,接着是身后。用完所有的胶带后,他也完工了。他站起身,把空的纸轴丢到加工台上。"不错,"他说,"好,都弄好了。你在那里等着。"不知他觉得哪里可笑,竟仰着头,又发出几声短促的、野兽般的笑声。"别无聊得跑掉了,好不好?我去处理你那位多管闲事的老朋友,趁着还在下雨。"

这次,他冲到一扇门前,打开后埃米莉才知道那是个衣柜。他从里面拽出一件黄雨衣。"我就知道放在这儿了。每个人都信赖穿雨衣的人,我也不知道为什么。不过是又一个难以解释的事实。好吧,姑娘,好好坐着。"他又爆发出一阵狂笑,活像一条愤怒的狮子狗在咆哮,然后就消失了。

6

还是九点十五分。

前门被砰的一声摔上后,埃姆知道他是真的离开了。随着眼前异常明亮的世界逐渐变成灰色,她意识到自己是要晕过去了。但她不能晕。如果死后真的另有一个世界,而她最后要在那里见到父亲,她有何脸面向鲁斯蒂·杰克逊解释,她生命的最后一段时间是在昏迷中度过的呢?他会对她感到失望的。即使他们在天堂相遇,站在没入脚踝的云朵里,天使围绕在身边演奏着音乐,他也会为她因昏迷而浪费了唯一的机会而失望。

埃姆故意把破裂的下唇放在牙齿边……狠狠一咬,血流了出来,世界又恢复了明亮,屋外的风声和雨声也大了起来,像是某种奇怪的音乐。

她有多少时间?从碉堡到吊桥有四分之一英里。皮克林穿了雨衣,而且没听到奔驰车发动的声音,所以她推测他应该是步行去的。她知道,因为打雷下雨,就算他发动了车子,屋里也未必听得到,但她就是不相信他会开车。德凯·霍利斯认得那辆红色的奔驰,而且不喜欢车的主人。埃米莉相信,皮克林也知道那一点。皮克林是个疯子——有时他会自言自语,有时却和只有他自己才能看到、携手犯下罪恶的隐形同伙说话——但他并不愚蠢。当然,德凯也不蠢。可是,在桥边的那间小屋里,他是独自一人的。没有车路过,也没有船只等着过去。在这样的大雨中,什么人都不会有。

而且,他老了。

"我大概有十五分钟,"她对着空无一人的房间说,也许是对着地板上的血迹说。至少,他没有堵上她的嘴。何必麻烦呢?反正,在这个丑陋、封闭的水泥碉堡里,没有人会听到她的尖叫。她想,就算她站在路中央,扯破了喉咙喊救命,仍然不会有人听到。现在,就连打理球场的墨西哥工人们都会暂停露天的工作,躲在卡车的驾驶室里抽烟喝咖啡。

"最多十五分钟。"

是的,很可能。然后,皮克林就会回来,强暴她,就像他原先打算强暴妮可那样。再之后,他会杀了他,就像他已经杀掉妮可那样。妮可和其他多少个"侄女"?埃姆不知道,但她有强烈的感觉这不是——若用鲁斯蒂·杰克逊的话说——他第一次登台竞技。

十五分钟。也许只有十分钟。

她低头看看自己的脚。它们没有被胶带贴在地上，但椅脚是被固定住的。不过……

你是个长跑健将；你当然是。看看这双腿。

这是一双好腿，没错，而且她不需要任何人去亲吻它们来让她意识到这一点，尤其是皮克林这样的疯子。她不知道，以审美的眼光来看的话它们好不好，但若是以实用的标准来衡量，它们是够格了。自从她和亨利发现艾米死在婴儿床里的那个早晨以来，这双腿带着她跑了很长的路。显然，皮克林对布基胶带的力量很有信心，也许他在好几部电影里看到过变态杀人狂们使用过胶带，而他的"侄女"中也没有一个人让他怀疑过它的有效性。或许是因为他根本没有给过她们机会，也许是因为她们太害怕了。可是，说不定……特别是在这样一个雨天，在一间没开空调、潮湿得甚至能闻到霉味的房间里。

埃姆尽力向前探身，开始慢慢地绷紧大腿和小腿的肌肉：被那个疯子夸奖的长跑健将的肌肉。起初只能活动一点点，后来能抬起一半。接近完全绷紧时，她已经快失去希望了，然而就在那时，她听到了胶带拉扯的声音。起先很轻微，轻得让她怀疑不过是自己的幻听，但声音逐渐地变大。胶带是一层层十字交叉反复捆绑的，无比牢固，但它仍然在脱离地面。然而，是缓慢的。亲爱的上帝，如此缓慢。

她放松身体，深吸了一口气，汗水从她的前额、腋窝和前胸冒出来。她本想立刻再用力，但在南克利夫兰专科学校跑道上积累的经验告诉她，必须等待她那颗狂跳的心脏把乳酸从肌肉中压出去。否则，下一次的力量将会减弱，成功的可能性会更小。可是，这太艰难了。等待太艰难了。不知道他到底走了多久。墙上有台挂钟——不锈钢材质的旭日型钟表（就跟这间可怕而冷酷的房间里的其他摆设一样，唯一的例外就是她被绑在上面的那把红色枫木椅子）——但它在九点十五分上停住了。很可能是电池问题，它的电池寿命已尽。

她试着在数到三十（每个数字之后再加上一个快乐的梅齐）之前保持不动，但只坚持到十七，便又鼓足全力继续使劲。这次，胶带立刻发出了拉扯的声音，而且更响了。她感觉到椅子开始抬起来了。只是一点点，但毫无疑问地抬起来了。

埃姆绷直了身体，头向后仰着，露出了牙齿，肿胀的下唇再次涌出鲜血，顺着下巴流下来，脖子上的青筋都暴了出来。拉扯声还在变大，突然，她听到轻微的断裂声。

同时，灸热的疼痛感包围了她右边的小腿，肌肉顿时僵硬了。埃姆忍住疼，仍然继续用力——毕竟，赌注太大了，赌上的是她的生命——但很快，她又喘着粗气在自己的枷锁内放松下来，再次开始数数。

"一，快乐的梅齐。二，快乐的梅齐。三……"

之所以要等待，是因为很可能她可以把椅子从地板上拽起来，不管小腿有多么吃劲。她几乎确定自己可以。可是，如果付出右小腿肌肉痉挛的代价（以前曾碰到过这种情况；有几次十分厉害，腿上的肌肉硬得跟石头一样），她会得不偿失地浪费更多的时间。而结果必定是，她仍然被绑在那把该死的椅子上。粘在那把该死的椅子上。

尽管知道墙上的钟停了，她仍然看了看。条件反射罢了。还是九点十五分。他到吊桥了吗？她突发奇想：德凯会拉响警报，把他吓跑。那样的事情有可能发生吗？她认为可能。她想，皮克林就像土狼，只有在确定自己占上风时才穷凶极恶。而且，很可能也像土狼，根本无法想象自己不占上风的时候。

她竖起耳朵。她听到了雷声和丝毫没有减弱的雨声，而吊桥门房方向却没有如她希望的那样响起警报。

她再次试着把椅子拖离地面，而当它突然挣脱束缚后，她差点弹出去，把脸撞到炉子上。她踉跄、摇晃，几乎要摔倒，最后是把背靠在厨房中间的富美家贴面的工作台上才保持住平衡。现在，她的心跳快得几乎没有间歇，胸腔和脖子上部、下颚之下的地方简直嗡嗡作响。万一真的摔倒了，她就会像个壳着地的乌龟，再也不会有翻身的机会。

我很好，她想，没发生那样的事。

没有。但她仍然可以看到自己躺在地上，画面清晰得可怕。躺在地上，只有妮可头发留下的那摊血迹和她做伴。躺在地上，等着皮克林回来，玩弄完后再结束她的生命。他什么时候回来？再过七分钟？五分钟？还是只有三分钟？

她又看了看钟。还是九点十五分。

她像个背上长了把椅子的女人，在加工台旁蜷缩着身体，大口呼吸空气。加工台上就有皮克林扔下的那把切肉刀，但她的双手都被绑在椅子上，无法够到。而就算她够到了又怎么样呢？还不是弯着腰，手里拿着刀，傻呆呆地站在那里？拿着刀，也够不着想割的东西。

她看着炉子，心想是不是有办法打开一个灶头。要是能做到的话，或许……

她的眼前又浮现出另一个可怕的画面：本想要烧断胶带，却在灶头上点着了身上的衣服。不能冒这个险。如果有人给她几片药（或者甚至是往她脑袋上开一枪）来摆脱可能到来的强暴、折磨和死亡——很可能是缓慢的死亡，之前有难以言表的痛苦和伤害——也许她就会无视父亲不赞同的声音（"永远别放弃，埃米，转机总是就在下一秒"），就此放弃了。但是冒着上半身三度烧伤的危险？半身烧焦地躺在地上，等着皮克林回来，祈祷他大发慈悲结束自己悲惨的命运？

不。不能那样做。但还有什么选择？她能感觉到时间在飞跑，飞跑。墙上的钟还是九点十五分，但雨声似乎减弱了一些。她的心中顿时充满了恐惧。她努力把它压下去。恐慌会要了她的命。

刀，不可行；炉子，不愿用。还有什么选择？

答案很明显。只剩下椅子。厨房里没有其他椅子，只有三把像吧台凳一样的高椅。她想，这把肯定是他从餐厅里搬来的，她希望自己永远也不要见到那个地方。他是不是曾经把其他女人——其他的"侄女们"——绑在餐桌旁沉重的红色枫木椅上呢？也许这一把上就曾绑过。内心的声音告诉她，自己的直觉没有错。而他对这把椅子的牢固性有足够的信心，即使它只是木头，不是金属。一次有用就会次次有用；她肯定他的思路也像土狼一样。

她必须冲破禁锢她的监狱，这是唯一的方法，而她只有几分钟。

7

很可能会疼的。

她靠近加工台的中间，但案台稍微突出一些，形成一个像盖子似的平面，使她觉得往上面撞并不可行。她并不想移动——她害怕摔倒变成乌龟——但又确实需要比那个突出的盖子更宽的平面。于是，她开始往冰箱的方向挪。冰箱同样是不锈钢材质的……而且体积庞大，没什么比那个更适合冲撞的了。

她的后背、臀部和双腿驮着椅子向冰箱进发，速度慢得令她心焦。感觉就像背上绑了一个量身定做的古怪棺材似的。而万一她跌倒，那也的确会成为她的棺材。或者，等房子的主人回来时，她仍然在毫无成果地把它往那位厨房助手的前面撞，也会是同样的结果。

她步履艰难，随时可能脸朝下跌倒，似乎完全凭借意志力才勉强保持了平衡。小腿上又开始疼，再次警告她可能会抽筋，使她失掉右腿的力量。她闭上眼睛，不去理会。汗水沿着她的脸滚下来，冲掉了干在脸上的泪水，而她根本不记得何时哭过。

过去多少时间了？多久了？雨声更弱。很快，她听到的将是滴水声。也许德凯在和皮克林搏斗。也许他甚至在那张破桌子的抽屉里藏了一把枪，像打死一条疯狗似的干掉了皮克林。这里能听到枪声吗？她不这样认为；风仍然很大。更有可能的是，皮克林——他比德凯年轻二十岁，而且明显身体要更强壮——会夺过德凯拿出的任何武器，把它用在老头身上。

她试着不去理会这些想法，但这很难；即使知道多想无益，也还是很难。她仍然闭着眼，慢慢往前挪。她脸色苍白，嘴唇肿胀，每一步都像婴儿学步般艰辛。婴儿步一下，两下。我还能再坚持六步吗？是的，你能。但第四步时，她几乎如蹲坐般弯曲的膝盖就碰到了冰箱。

埃姆睁开眼，不敢相信自己平安地完成了这次远征——一个手脚自由的人简单三步就能走完的距离，对她来说就像是次远征。一场见鬼的长途跋涉。

她没有时间来恭喜自己，并不仅仅是因为随时可能听到碉堡前门打开的声音。她还有其他的问题。由于试图以坐着的姿态行走，她的肌肉用力过度，颤抖不停；她觉得自己像个身体状态不佳的新手在尝试某个怪异得人神共愤的密教瑜伽姿势。如果不立刻行动，恐怕就永远没有行动的机会了。而万一这把椅子像它看上去一样坚固——

没有万一，她把这个想法抛到一边。

"很可能会疼的，"她喘着气，"你知道的，对不对？"是的，她知道，但她同时也明白皮克林脑子里盘算的东西比眼前的疼痛要糟得多。

"拜托了。"她说，一边转过身体，侧身对着冰箱。如果刚刚是她在祈祷，她觉得自己是在向死去的女儿祈祷。"拜托了。"她又说了一遍，然后猛地把身体一拧，向冰箱门撞去。

这次的结果并没有像上次椅子突然脱离地面、使她差点头冲下撞到炉子上让她那么吃惊，但也差不多了。椅背发出了响亮的断裂声，椅座松动，歪到了一旁，岿然不动的只有椅腿。

"椅子是烂的！"她对着空无一人的厨房欢呼道，"那该死的东西是烂的！"或许严格说来不能称之为腐烂，但是——上帝保佑佛罗里达州的气候——它肯定没有表面看上去那么结实。终于来了一点点运气……而如果他就在她刚刚有点运气的时候回来，她想自己一定会发疯的。

现在是什么时候？过去多久了？她不知道。通常，她脑中都有一个相当准确的时间框架，但现在，它已经和墙上那个一样报废了。像这样完全丢失对时间的概念可怕得超乎寻常。她记起来自己那块大而笨重的电子表，忙低头去看，可是表不见了，只在它原来所在的地方留有一个苍白的压痕。一定是被他拿走了。

她差点马上就侧着身体再次往冰箱上撞去，但又有了更好的主意。她的臀部已经部分摆脱了椅座，这样她就有了更好的杠杆。就像刚才大腿和小腿同时用力往前撑，把椅子拽离地面一样，她绷紧了后背。而这次,当肌肉再次发出警报时,她不顾脊柱底部的疼痛,没有停下来放松和等待再次发力。在此时的她看来,等待过于奢侈。她可以看到他在那条没什么人的路的中央,一路跑回来,脚溅起了路面上的水,黄色的雨衣噼啪作响,而且一只手上拿着某个工具。可能是个扳手,是他从奔驰车血迹斑斑的后备厢里拿出来的。

埃姆继续向上用力。背部的疼痛加深了,似乎后背随时有可能断裂。可她又听到了胶带撕裂的声音,这次不是胶带放开了椅子,而是本身吃不住力。层层粘连的胶带放松了一些,虽然达不到她的要求,但放松一些也是好事,让她能够更好地用力。

她再次把臀部向冰箱上撞去,嘴里发出用力的声音。撞击的冲力传遍了她的全身。这一次,椅子没有活动,仍然牢牢地黏在她的身上,就像帽贝黏在岩石上一样。她再次将臀部朝冰箱上撞去,这次更用力,叫得也更大声:姿势好像密教瑜伽遇上了迪斯科。又是一声断裂声,这回,椅子转到了右侧后背和臀部。

她再撞……一下……又一下……身体越来越沉重吃力。她已经忘了数撞击的次数。她又哭了起来。短裤的后腰撕裂了,一侧耷拉下来,里面流出了血。她想那里大概是扎了个碎木片。

她深吸一口气,试图让自己狂乱的心平静下来(尽管几乎不可能成功),然后用尽全力把自己和身上的木头监狱向冰箱砸过去。这次,她撞到了自动制冰箱的杆,成堆的冰块掉到了地上。随着又一声断裂声,后背猛一轻松,左臂自由了。她惊奇地看着它,活像个傻瓜。椅子扶手还绑在前臂上,但椅身完全滑到了一边,全靠长长的灰色胶带与她的身体相连,让她看上去就像是被困在了蜘蛛网里一样。事实也的确如此;那个穿着卡其短裤和艾索德球衫的疯子就是蜘蛛。她仍然没有获得自由,可是她可以用上那把刀了。她要做的只是挪回工作台边拿起它。

"不要踩到冰块。"她嘶哑着喉咙警告自己。听上去——至少是在自己的耳朵里——像个临毕业前拼命抱佛脚累得几近神经崩溃的学生。"现在可不适合溜冰。"

她躲开了冰块,但当她弯腰去拿刀时,用力过度的后背令人心忧地发出一声响。放松了许多的椅子仍然被胶带如束胸衣般缠在身体中部（还有腿上）。椅子碰到了工作台的一侧，她没有在意。刚刚解放出来的左手使她可以够到厨刀，把捆住右手的胶带割断。她抽泣着，喘着粗气，一边不住地把目光瞟向连接厨房与另一端未知之处的推拉门——她猜想那边可能是餐厅和前厅；他就是从那里出去的，很可能也会从那里回来。右手也终于自由了，她把还绑在左胳膊上的椅子残块扯下来，扔到工作台上。

"不要去找他，"在阴影重重的灰色厨房里，她这样告诫自己，"做你自己的事。"这个建议虽好，但当你知道死亡可能很快就会从那扇门里进来时，听从它变得十分艰难。

她用刀去割绑在乳房下方的胶带。原本应该小心地慢慢来，可她没有时间。刀尖一下下朝下划，她能感觉到血在皮肤上蔓延开来。

刀很锋利。坏消息是，刀锋用力的部位正在她的胸骨下方。好消息则是，几乎没费什么劲，胶带就一层层断开了。终于，胶带从上到下完全割断了，后背上的椅子又往下滑了滑。她开始对付腰上的胶带。现在，她可以更往下弯腰，割断胶带的工作进行得更快，身体所受的伤害也更小。她割断了所有的胶带，椅子向后倒去。可是椅子腿还绑在她的腿上，椅脚猛地一翘，砸在她小腿底部跟腱所在的地方。剧烈的疼痛让她呻吟起来。

埃姆背过手去，用左手把椅子往外推，小腿上沉重而刺痛的压力减轻了。这个角度非常别扭，她的胳膊扭曲得厉害，可她仍坚持一边转身一边用力，直到再一次面向炉子。然后她向后侧身，利用工作台来减轻压力。她大口喘着气，哭泣着（尽管她并没留意到滑落的泪水），尽力向前探身，去割绑住脚踝的胶带，将把她的下半身与那该死的椅子相连的束缚逐渐松开。她的速度越来越快，手也更稳，不再像开始那样割伤自己，尽管如此，右边小腿上还是很多划伤——像是她在生气地惩罚它，恨它在自己试图把椅子拽离地板时拖了后腿。

她开始割绑在膝盖上的胶带——最后的一些，正在这时，她听到前门打开又关上了。"我回来了，宝贝！"皮克林兴高采烈的声音传来，"想我了吗？"

埃姆正弯着腰，头发盖住了脸，听到皮克林的声音，她的身体一下子犹如被冷冻般僵住了，拼尽最后一丝意志力才让自己的手继续活动。没时间精细了，她把厨刀的刀刃插进绑住右膝盖的灰色胶带中，竟然奇迹般地避免了刀尖戳进膝盖骨，然后用尽全力向上拽。

厅里传来一下沉重的咔哒声，她意识到他在锁眼里转动了钥匙——从声音判断是把大锁。很可能皮克林认为今天的意外已经够多了，不想再被打扰。他穿过前厅朝这边走来，脚上穿的一定是运动鞋（她早先并没有注意），因为她能听到鞋子的胶底摩擦地板时发出的叽咔声。

他吹着口哨，是《噢，苏珊娜》的旋律。

绑住她右膝盖的胶带从下至上断开了，椅子向后倒去，砰嘣隆砸到案台上，现在，只有左边膝盖还跟椅子连着。推拉门外的脚步声停顿了片刻——脚步声此刻已经非常接近——突然又加速奔跑起来。其后发生的只在一瞬间。

随着门发出砰的一声，皮科林双手推开门冲进了厨房，手仍旧撑开伸在身前，手中没有东西——她想象中的扳手并无踪影，黄雨衣的袖管撸到了肘部。埃姆竟还有时间想，这件雨衣对你来说太小了，混账——做妻子的本该告诉你，但你没有妻子，对不对？

雨衣的兜帽被扯开。他昂贵的发型终于乱了——由于头发太短，也仅仅是稍许凌乱了一点点——雨水从脸的一侧流下来，流到眼睛里。他扫了一眼厨房，似乎立刻明白了所有的事情。"可恶的婊子！"他吼叫着朝案台冲过来抓她。

她拿起厨刀向外一刺。刀锋深深刺入了他伸开的右手，拇指和食指间的V字处血流如注。这一刺完全出乎皮克林的意料，他吃痛大叫起来。土狼们可料不到猎物会反击。

他伸出左手，抓住了她的手腕，用力一拧。什么东西吱嘎一响，也许是断了。疼痛如闪电般尖锐，瞬时攫住了她的胳膊。她试图握住刀柄，但失败了，刀脱手飞到了厨房另一边。当他松开时，她的右手瘫了下去，手指也无力地散开了。

他朝埃姆步步紧逼，埃姆顾不上手腕的剧痛，伸出双手拼力往外推。抵抗只是出于本能，而理智告诉她，仅仅用手推是不足以挡住这个男人的。然而，如今理智被挤到了大脑的角落，除了希望出现转机，什么也做不了。

他的力量比她大，但她的下半身靠在工作台上，可以借力。他踉跄着向后退了几步，脸上惊奇的表情若是放在其他场合或许会显得滑稽。他踩到了不知一个还是一堆冰块，站立不稳，一时间，他看上去就像某个卡通人物——也许是 BB 鸟[①]——在原地疾跑，努力保持平衡。接着，他踩到了更多冰块（她看到它们在地板上四散滚动），重重摔倒在地上，后脑磕在了刚刚被她砸出凹痕的冰箱上。

他举起流血的手，瞪了一会儿，又将目光投向她："你刺伤了我，"他说，"你这贱人，该死的贱人，看看，你刺伤了我。你为什么要刺伤我？"

他试图站起来，但更多的冰块从他身下冒出来，将他再一次摔倒在地。他单膝跪地，试图以这个姿势站起来，一时间，他的后背暴露在埃姆面前。埃姆从工作台上抓起断掉的椅子左扶手，上面还残留着一些灰色胶带，用双手高高举起扶手，朝他的前额狠狠砸下去。虽然右手不听指挥，但她让它屈服了。生存的本能竟还能让她记得将红色的枫木扶手短握，这样才能力量最大，而她需要最大的力量。毕竟，这只是个椅子扶手，不是球棒。

击打发出一声闷响，并不像他从外面冲进来时推拉门发出的声音那么大，但也许是因为雨小了吧，在埃姆听来仍然足够震耳。血从他的短发间和前额流下来，而他并没什么反应。埃姆直视着他的眼睛，而他将困惑不解的眼光投向她。

"不要。"他无力地说，伸出一只手想要把扶手拿过来。

"要。"她说着再次用力地打过去，这次是打在侧面；还是用双手，但右手在最后关头不争气地松开了，只有左手握得牢牢的。扶手末端——断口处露出参差的木茬——砸在了皮克林右边的太阳穴上。他的头歪到一边，径直撞到左肩膀，同时血也从头上涌出来，大滴大

[①] 卡通片《BB 鸟和大野狼》中的主人公。

滴地滚落他的脸颊,掉到灰色瓷砖的地板上。

"停下。"他含混地说,一边对着空气伸出一只手,看上去像个溺水求救的人。

"不。"她说着再次挥起扶手向他的头部击去。

皮克林发出凄厉的叫声,缩头跟跄着想跑到工作台的另一边。他踩到了更多冰块,脚下打滑,但没有摔倒。埃姆相信,那只是运气而已。

埃姆认为他会从推拉门处夺门而逃,差点就这么算了。然而,父亲冷静的声音在她脑中响起:"他想去拿刀,宝贝儿。"

"不,"她几乎咆哮,"不,你拿不到。"

她想跑到工作台另一边,把他从那里赶跑,却跑不起来。椅子的残肢还被胶带黏在她的左膝盖上,像一条该死的枷锁般拖在身后。椅子在工作台边磕磕碰碰,又不停地撞到她的腿,试图跑到她的两腿间,把她绊倒。椅子似乎是站在他那边的,她很高兴把它砸烂了。

皮克林跑到了刀旁——刀就扔在推拉门下面——像守门员扑球一样向它倒去,喉咙深处发出艰难的喘息声。就在他要翻过身时,埃姆也赶到了,挥起椅子扶手一次又一次地击向他。她浑身发抖,因为在意识的某处,她知道攻击的力道并不够,远不能产生她所希望的力量。她看见了自己肿胀的右手腕,知道它已经不堪重负。

皮克林倒在刀上,一动不动。她后退了几步,眼冒金星,喘着粗气。

脑海中又一次响起了说话声。对她来说,脑袋里的声音并非异常现象,也并非总是不受欢迎。有时,但并非总是。

亨利:"捡起那把该死的刀,扎到他的肩胛骨之间。"

鲁斯蒂:"不,亲爱的。别靠近他。他就盼着你过去呢。他在装。"

亨利:"要么刺他的后脖颈。那也不错。刺他肮脏的脖子。"

鲁斯蒂:"到他身下拿刀就像把手放在干草捆扎机下一样,埃米。你有两个选择。要么打死他——"

亨利听上去有些勉强但也很坚定:"要么跑——"

是的,也许吧,也许不。

工作台一侧有个抽屉。她拉开抽屉，希望里面还有一把刀——或是很多把：刻刀、切刀、牛排刀、带锯齿的面包刀。真若如此，她会选一把涂抹黄油用的尖刀。但抽屉里大多数是些花哨的黑色塑料餐具：一对刮板，一把长柄勺，一种满是网眼的上餐勺，还有其他零零碎碎的东西，但她能看到的最有杀伤力的也不过是一个刮皮器。

"听着，"她说，声音嘶哑，近乎喉音，她觉得喉咙很干，"我并不想杀掉你，可你不要逼我。我这里有一把餐叉。只要你翻身，我就把它插到你后脖颈上，一直刺到它从前面钻出来。"

他相信她吗？这是个问题。可以肯定的是，除了压在他身下的那把刀外，他事先特意拿走了厨房里所有的刀具，但他有把握自己也清除了所有其他利器吗？大多数男人都不知道厨房的抽屉里有什么——她是从和亨利的共同生活中得出这一结论的，在亨利之前是父亲——但皮克林显然不属于大多数男人的行列，这个厨房也不是寻常的厨房。她觉得这里更像手术室。考虑到他的晕眩程度（但他真的晕了吗？），而且他肯定也相信万一记忆出现偏差将付出生命的代价，所以她觉得自己的威胁还是有说服力的。只不过，还有一个问题：他听到了她在说什么吗？还有，就算听到了，他明白吗？要想虚张声势的威胁有效果，得被威胁的人听得懂才行。

然而，她没有时间站在这里纠结，纠结毫无用处。她弯下腰，目光不敢从皮克林身上挪开，然后把手指伸入仍然把她困在椅子上的胶带中。右手的手指比先前更加不配合，但她强迫它听话。所幸她汗湿的皮肤帮了忙。她往前拽，胶带恼怒地发出吱吱嘎嘎的声音，一层层断开了。她料想是会疼痛的，看胶带在膝盖骨上留下的血红斑痕就知道了（不知何故，朱庇特这个词突然闪过她的脑海），但现在绝不是顾虑这些感受的时候。胶带突然完全断开，滑到了脚踝，扭成一团，互相黏连。她把它从脚上扯下来，再后退一步，身体终于获得了自由。她的脑袋突突跳着疼，要么是由于用力过度，要么是由于看着奔驰后备厢里的女孩时被皮克林打的。

"妮可，"她说，"她叫妮可。"

说出死去女孩的名字似乎让埃姆恢复了一点力气。此刻，从皮克林的身下取刀看上去是个疯狂的主意。她头脑中时时出现的父亲的声音是正确的——仅仅和皮克林待在同一间屋子里都是在过度挑战自己的运气。那么，只剩下离开这个选择。只剩这个。

"我现在就走，"她说，"你听到了吗？"

他没有动。

"我拿着餐叉。你要是敢追我，我就用它扎你。我会……我会把你的眼睛挖出来。明智点，就待在原地别动。明白了吗？"

他还是没有动。

埃米莉从他身边退开，转身从厨房另一边的门离开了。她手里还拿着沾满血的扶手。

8

床边的墙上有张照片。

厨房的另一边是餐厅，那里有一张铺了玻璃的长桌，桌边摆了七把红色的枫木椅，原本第八把椅子该在的地方是空的。当然是这样。她看着位于长桌末端的空处，想起了一个细节：皮克林用刀抵在她的下眼皮上，说，好，很好，好，把她的眼角压得冒出一颗小血珠。当她说只有德凯知道她可能在碉堡里面时，他相信了，于是他把那把小刀——她当时认为是妮可的小刀——扔到了水池里。

所以，其实一直有一把刀可以威慑他。现在仍然有。在水池里。但她不能再回去。绝不。

她穿过房间，来到一个有五扇门的大厅，两侧各有两扇，最后一扇在里端。她经过的头两扇门是开着的，左侧是浴室，右侧是洗衣房。洗衣机是上开口的，盖板打开着，一件血迹斑斑的衬衫扔在盖口，一半在里，一半在外，旁边的架子上放着一盒汰渍洗衣粉。埃米莉相信那是妮可的衬衫，尽管她也没有十足的把握。而如果真的是她的，为什么皮克林还打算清洗呢？清洗并不能去掉衣服上的洞。埃米莉记得自己当时认为肯定有十几个洞，尽管那肯定是不可能的。

对吗？

事实上，她认为是可能的：发狂的皮克林什么都做得出来。

她推开浴室再往后的门，看见了一间客房。里面光线很暗，没什么家具，只有一张整齐得过分的大床，估计往上面扔一个五分钱硬币都能弹起来。是女佣铺的床吗？据观察答案是否定的，埃姆想。据观察从来没有女佣进入过这套房子。只有"侄女们"。

与客房相对的是书房，陈设和其他房间一样简单。某个角落有两个文件柜，大书桌上除了一台盖着塑料防尘罩的戴尔电脑外空无一物。地板是普通的橡木板，没有地毯。墙上没有照片。唯一的窗很大，挂了百叶帘，透出可怜的一点点阳光。和客房一样，书房也透着昏暗和被遗忘的味道。

他从来没在这里工作过，她想，而且知道自己是对的。这里就像是舞美布景一样，整套房子都是，包括她从中逃出的那个房间——那个有着易清洗的案台和地板、看上去像厨房实际上是手术室的房间。

大厅最末端的门关着。朝它走去时，她心里预感那扇门是上了锁的。如果他从厨房/餐厅那边过来，她就会被堵死在这里，无处可跑。而这些日子，跑，是她唯一擅长的事情，也是她唯一适合做的事情。

她拉住短裤——后边开线之后，这条短裤简直就像在她身上漂一样——握住了门把手。上锁的预期如此强烈，以至于把手转动时，她一时都不敢相信。她把门推开，进入了肯定是皮克林卧室的房间。里面基本上和客房一样单调，但又不完全一样。其一，床上（这张床看上去和客房的床一模一样）有两个枕头而不是一个，床罩整齐地掀开一角，随时准备为辛苦一天的主人提供舒适的睡眠。其次，脚下有地毯，虽然只是尼龙质地的便宜货，但铺满了整个地板。毫无疑问，亨利会挖苦这种便宜东西为"地毯库"①的招牌产品，但它和蓝色的墙面很相配，使整个卧室比其他房间稍许生动些。这里还有一张小桌子——像是张陈旧的课桌——和一把普通的木椅。尽管与开了大窗

---

① 一个专营地毯的专卖店品牌。

（不幸地被百叶窗遮住了）并配置了昂贵电脑的书房相比，这里的布置实在简陋，但她有种感觉，这张桌子被使用过。皮克林就曾坐在这张课桌前写字，弓着背，像个乡村学校里的小学生。至于他书写的内容，她连想都不愿想。

卧室的窗户同样很大。而且，与书房和客房不同，窗上并没有百叶帘。埃姆还没有看清窗外有什么，注意力就被床边墙上的一张照片吸引过去了。不是挂着的，当然也没有相框，只是简单地用图钉固定住。周围的墙面上还有一些小孔，似乎还有其他照片曾经被钉在墙上过。这张照片是彩色的，右下角显示"4-19-07"的日期。从相纸的质地来看，是用传统而非数码相机拍摄的，而且拍摄者并无多少摄影才能。另一方面来说，也可能是拍摄者当时情绪激动。土狼也是能亢奋的，她想，当太阳下山，附近又有新鲜猎物时。照片是模糊的，就像用远距镜头拍摄的一样，而且也没对准焦。照片中的人物是一位长腿女郎，身穿棉布短裤，歪戴的帽子上写着啤酒点钟酒吧。她用左手的手指撑着一只托盘，像诺曼·洛克威尔①画里快乐的女招待。她在大笑，头发是金色的。仅从这张模糊的照片和奔驰后备厢旁震惊的几瞥，埃姆无法断定她是不是妮可……但她相信是。她的心确定。

鲁斯蒂："这无关紧要，宝贝儿。你必须从这里出去。你必须给自己一点能奔跑的空间。"

就好像要证明父亲的声音是正确的似的，厨房和餐厅之间的门砰的一声被推开了，听上去声音如此之大，仿佛门都被从折叶上撞下来了。

不，她想，身体一下子麻木了。她觉得自己不可能被再次吓得尿失禁，但就算真的那样，她也无法判断。不，不可能。

"想来硬的吗？"皮克林喊道。他的声音听上去不太清醒，但很兴奋。"好。我乐意奉陪。没问题。你想要吗？当然。哥哥来了。"

来了。脚步声穿过餐厅。她听到他碰到其中一把餐椅上（说不定

---

① 诺曼·洛克威尔（Norman Rockwell，1894—1978），美国二十世纪早期的重要画家及插画家，作品横跨商业宣传与爱国宣传领域。

就是餐桌首端的那一把）随即又把它推开时发出的咣啷声。她眼前的世界开始晃动,变得昏暗起来,尽管暴风雨已经过去,室内已经相对明亮了。

她朝着撕裂的嘴唇咬下去。血沿着下巴流了下来,同时也把色彩和现实带回了她的世界中。她把门摔上,同时去摸锁,可是并没有摸到。她环顾四周,看上了那张不起眼的木桌前同样不起眼的椅子。就在皮克林摇摇晃晃地跑过洗衣房和书房时——他手里会握着那把切肉刀吗?当然会——她飞快地拉过椅子,放在门把手下方,翘起椅脚把门抵住。转瞬之间,皮克林的双手已经撞上了房门。

她突然想到,地面也是橡木板的话,椅子就会像推盘游戏中的圆盘一样轻易滑开。也许她应该抓住椅子,用它迫使他无法靠近。她脑中浮现出一个伟岸的形象:无畏的驯兽师埃姆。然而,她也知道那都是妄想。不管怎样,幸亏有地毯,虽然只是尼龙质地的便宜货,但纤维够长——至少对于当下的目的来说是有用的。翘起的椅腿埋入地毯中,抵住了,尽管她看到地毯上如起涟漪般皱了一团。

皮克林咆哮起来,开始用拳头砸门。她希望他砸门的时候还握着那把刀;那样说不定他会不小心割断自己的喉咙。

"把门打开!"他喊道,"打开!你不过在把自己弄得更惨!"

我还不够惨?埃米莉想着往后退去。她看看周围。接下来怎么办?窗户?还有什么?这里只有一扇门,所以,只能是窗户了。

"你把我逼疯了,珍小姐!"

不,你本来就疯了。还是个癫狂状态下的疯子。

看得出来,卧室的窗户是佛罗里达州的特色,只能往外看,却无法打开,因为要长年使用空调的缘故。那么还有什么选择呢?像意大利式美国西部片中的克林特·伊斯特伍德那样破窗而出吗?听上去似乎可行。如果她还是孩子,这个想法肯定很有吸引力;但身为成年人的她觉得真那么做的话,碎玻璃会把自己划得千疮百孔的。老电影中,从酒吧窗户飞出去时,克林特·伊斯特伍德、岩石和斯蒂文·席格是有替身的。而且,替身演员们撞碎的,也是特制的玻璃窗。

她听到门外快速而沉重的脚步声,那是皮克林退后又加速撞门。

门很厚实，但在皮克林的冲撞之下也在门框内晃了几晃，椅子往后退了一两英寸才稳住。更糟的是，地毯上的涟漪又出现了，她听到了与胶带不一样的断裂声。作为一个头部和肩膀遭结实的枫木棍重创的人，他竟然还能如此有活力，实在是出乎意料。但毕竟他一方面是个疯子，另一方面却又足够清醒，知道要是让她逃走的话，他自己就要倒霉。她想，对他来说，那是个足够有力的动力。

我应该用整把椅子砸他，她想。

"想玩？"他喘着粗气，"我奉陪，没问题。但你在我的地盘上，明白吗？我……来了！"他再次撞门。门晃了几次，折叶有些松动，椅子又往后跳了两三英寸。埃姆看到地板和翘起的椅腿间出现了泪滴般的黑色形状：不结实的便宜地毯被撕裂了。

只能从窗口出去了。如果她注定要因身上数不清的伤口流血致死，那么她宁愿那些伤口是自己弄的。或许……要是她用床单把自己裹住的话……

接着，她的目光落在了桌子上。

"皮克林先生！"她叫道，同时抓住桌子的两边，"等等！我想和你做笔交易！"

"我不和婊子做交易，听懂了吗？"他气急败坏地说，但门外的动静暂时停下了——也许他需要停下喘口气——这就给了她时间，而她最需要的就是时间。时间，是她能从他那里拿到的唯一的东西；她并不真的需要他亲口告诉她自己不是和婊子做交易的人。"你的宏伟计划是什么？告诉吉姆老爹。"

目前，桌子就是她的计划。她抬起桌子，有一半把握自己过度用力的后背会像气球一样炸开来。然而，桌子很轻，特别是上面一摞橡皮筋捆住的大学蓝皮簿似的东西掉下去之后。

"你在做什么？"他敏锐地察觉到异常，马上又喊道，"不要那么做！"

她冲向窗边，猛地停住，把桌子丢了过去。玻璃破碎的声音响得震耳。她没有停下，想也不想，看也不看——这个关口，思考对她没有任何好处，而看一眼或许就会让她失去勇气——便把床单扯了下来。

皮克林又开始撞门了。尽管椅子再次撑住了（她不用回头也知道，因为如果椅子没撑住，他现在就会冲进来抓她了），却不知何处传来木头断裂的声音。

埃姆用床单把自己从头到脚裹起来，一时间看上去就像 N.C. 怀斯[①]画中将要走入暴风雪的印第安妇女。就在门被撞开的同时，她从玻璃窗破开的洞跳了出去。破洞边缘的几块碎玻璃划破了床单，但没有一块伤到埃姆。

"噢，你这该死的婊子！"身后皮克林的尖叫声近在耳畔，而就在这一刻，她飞了出去。

9

重力是万物之母。

儿时的她是个假小子，比起在门廊上与芭比和肯[②]打发时间，她更喜欢在芝加哥郊区的家后面的树林里玩男孩们的游戏（最好玩的游戏名字很简单，就叫枪）。她穿着她的塔夫斯金[③]短裤和无袖背心，头发在脑后扎成个马尾。她和最好的朋友蓓卡在电视上看伊斯特伍德和施瓦辛格的电影，而不是奥尔森姐妹。而看《史努比》时，使她们产生心理认同的也是那只大狗，不是威尔玛和戴夫妮。文法学校的两年里，她俩的午餐都是史努比饼干。

爬树当然是她们的保留活动。埃米莉依稀记得，有个夏天，她和蓓卡每天都待在自家后院的树上玩。那年，她们好像是九岁。除了父亲教她们怎么从树上跳下来的课程外，埃姆关于那个爬树夏天的清晰记忆就是每天早上，母亲都会把某种白色乳霜涂到她鼻子上，并对她说："不许擦掉，埃米！"用她特有的"不听话你就死定了"的口气。

---

① N.C. 怀斯（N.C.Wyeth，1882—1945），美国最著名的插图家之一。
② 肯是芭比娃娃的男朋友。
③ 塔夫斯金，美国童装品牌，以结实耐穿闻名。

一天，蓓卡失去平衡，差点从十五英尺的高处掉到杰克逊家的草地上（也可能只有十英尺，但对女孩们来说，那段距离看上去简直像二十五……甚至五十）。她抓住了一根树枝才免于落地，但也只能挂在那里等人来救。

鲁斯蒂正在修建草坪。他踱过来——是的，慢悠悠地踱过来，甚至还记得关掉了剪草机——伸出了双手。"放手。"他说。当时距离蓓卡放弃对圣诞老人的信仰刚刚过去两年，她仍然处于对人十分信任的年龄，闻言就放开了手。鲁斯蒂轻而易举地接住了她，接着又让埃姆从树上下来。他让两个女孩坐在树下。蓓卡还有些抽泣，埃姆也很害怕——她害怕的主要是大人们从此不让她爬树，就像禁止晚上七点后独自去街角的商店一样。

鲁斯蒂并没有给这项活动下禁令（如果埃米莉的母亲恰巧从窗口看到这一幕，肯定就会那样做了）。他所做的是教她们怎样从树上跳下来。然后，她们练习了近一个小时。

真是酷极了的一天。

跳出去时，埃米莉看到窗户离下面铺了石板的露台还有相当距离。也许只有十英尺，但当她裹着撕裂了的床单往下跳时，那高度看上去足有二十五。甚至五十。

放松你的膝盖，十六七年前，在那个爬树的夏天，也被称为白鼻子的夏天，鲁斯蒂曾经这样告诉她们。不要让它们承受冲撞。如果坠落点离地不是太远，十有八九会是膝盖承担冲撞，可那样的话你会骨折。屁股，腿，或是脚踝，最有可能是脚踝。记住，重力是万物之母。向她屈服。让她拥抱你。放松你的膝盖，然后屈身，翻滚。

碰到西班牙风格的红色石板的一瞬间，埃姆放松了她的膝盖。与此同时，她肩膀一歪，把全身的重量甩向左边，低下头，打了个滚。不疼——没有即刻出现的疼痛——但巨大的震动传遍了全身。她的身体就像是变成了一个空旷的井筒，被人往里丢了一件巨大而沉重的家具，但她仍然保持姿势，不让脑袋撞到石板上。她觉得自己没有摔断腿，不过这一点也只有等站起来才能确定。

她撞到一张金属材质的花园桌子，力道很大，把它撞翻了。然后她忐忑地试着站起来,不知身体是否能够承受得住。幸而,她成功了。她抬起头,看见皮克林从破碎的玻璃窗里往外张望。他挥舞着手中的厨刀,脸因为愤怒而扭曲。

"停下!"他喊道,"站在原地,不许动!"

想得美,埃姆心里说。这个下午最后的雨滴已经变成了雾,让她扬起的脸庞布满露珠。好像天堂。她朝他竖起中指,并摇晃了几下以示强调。

皮克林咆哮着:"收起你的手,敢骂我,你这婊子!"说着把刀朝她扔过来。刀甚至都没靠近她,便啪的一声摔在石板上,又蹦落到煤气烤肉架下,刀刃和柄分开,成了两截。她再次抬起头时,窗户空了。

父亲的声音告诉她皮克林来了,但她不需要父亲的提醒也知道这点。她走到露台边——步履轻松,没有跛脚,她猜想可能是肾上腺素的作用——朝下看看。三英尺之下就是沙和海燕麦。比起她刚刚成功跳跃的高度而言,这根本就是小事一桩了。再过去就是海滩,她晨跑过无数次的地方。

她朝另一边公路所在的方向看去,立刻意识到那个方向是没什么指望的,那边丑陋的水泥墙太高了,况且皮克林正追过来。毫无疑问,他正追过来。

她用一只手撑住装饰性的砖墙,跳到了沙地上。海燕麦蹭得她大腿发痒,她拉住破烂的短裤,急于穿越碉堡和海滩之间的沙丘,边跑边不停地回头看。什么都没有……什么都没有……突然,皮克林从后门冲出来,叫嚷着让她待在原地。他脱掉了黄雨衣,手里又拿了把利器。他一边在通往露台的小径上狂奔,一边挥舞着左手的利器。她看不清是什么,也不想看清。她不想离他那么近。

她能跑过他。不知为何,她从他的步态感觉到,他的速度只是暂时的,很快就会慢下来,不管他有多么疯狂,或是害怕被揭发的心理有多么强烈。

她想:好像我一直以来就是为了今天而训练的。

然而,到达海滩时,她差点犯了一个致命的错误。她差点往南跑，那样的话，不到四分之一英里，就会到达弗米利恩岛的尽头。当然，到那儿之后，她可以朝吊桥的门房求救（她会扯破喉咙喊救命），但如果皮克林对德凯·霍利斯做了什么——她担心事实就是如此——她就惨了。或许会有过路船只开过，她可以呼喊，但皮克林不会对此有所顾忌；此时，即使让他在无线电音乐厅的舞台上当众捅死她，估计他也愿意。

于是，她转而向北，从这里到小草屋是约两英里的空阔海滩。她蹬掉脚上的鞋，跑了起来。

10

她没意料到的是美感。

这不是她第一次于下午的暴雨之后在海滩上跑步。潮气在脸上和胳膊上堆积的感觉很熟悉，还有高涨的海浪声（正是涨潮时分，沙滩只剩下窄窄一条）和浓烈的味道：咸味、海草、花朵，甚至还有潮湿的木头。她本以为体会到的只能是恐惧——她认为身处险境正拼力一搏的人们会感到恐惧，尽管那危险通常（但并不总是）会被化解。她没意料到的是美感。

自海湾起了雾。海水是幽暗的绿色，海浪一层层向岸边涌来。鱼儿肯定在逃亡，因为有一群鸥鹚正在大快朵颐。她目力所见只是些投射的阴影，折翅而立或在水面啄食。近处几只立于海面、上下起伏的鸥鹚看上去像假鸟一样，却在注视着她。左边，太阳像个橙黄色的小硬币，无精打采地朝这边看着。

她担心自己的小腿会再次抽筋——那样的话，她就完了。但它应该已经习惯了，它足够柔软，虽然有点过热。比起小腿，更让人担忧的是后腰，每跑三四步就会刺痛，二十几步过去必定更厉害地发作一下。她心里默默地跟它说话，哄它，许诺它等一切结束、她身后野兽般的疯子被顺利关进科利尔县的监狱后，她会给它泡热水澡并指压按摩。似乎有点作用。要么是她的劝诱生效了，要么就是跑步本身就是一种按摩。她有理由相信后者。

皮克林又吼了两次让她停下，随后再没出声，全力追逐。她回头看了一次，判断他在大约七十码之后。雾气弥漫，将近傍晚，唯一能看清的就是他那件红色的艾索德球衫。第二次回头时，他的身影变清晰了一些，她能看见那条沾了血迹的卡其短裤。五十码。可他在大喘气。很好。大喘气就好。

埃米莉跳过一根冲到岸边的浮木，短裤滑了下来，差点把她绊倒。她气急败坏地把它提上来，满心希望能有根抽绳让她把短裤拉紧，哪怕用牙咬住都行。

身后又传来一声喊叫，她觉得叫声里除了愤怒，还有恐惧，听上去就好像皮克林终于意识到自己这次不能如愿了。她怀着希望冒险回头去看。希望没有落空，皮克林被刚刚她跳过的那段浮木绊倒，跪在了地上，新武器掉在身前，在沙地上形成了一个 X。看来是剪刀了。厨用剪刀。那种用来剪断软硬骨头的大剪刀。他抓起它，跌跌撞撞地站了起来。

埃米莉继续跑，隔一小会儿就稍微加速。这并非她的计划，但她也不认为这是她的身体在自作主张。身体和思维之间还有某种力量在干预。那部分的她现在想要掌控局面，埃姆听之任之。那部分想让她一点点加速，几乎是隐蔽的，以防身后的畜生意识到她在做什么。那部分想引诱皮克林加速以保持和她之间的距离，甚至稍微缩小差距。那部分想耗尽他的力气，累垮他。那部分想听到他喘粗气，呼吸困难。甚至咳嗽，如果他平时抽烟的话（似乎太过奢望了）。她会把自己放到超速挡里，她已拥有了超速挡，之前却极少使用；出于某种原因，使用那一挡总像是挑衅命运——就像是艳阳高照的天气中插上蜡制的翅膀。然而，现在她别无选择。而若说她挑衅了命运，也是从她最初扭头朝碉堡铺了石板的院子里看了一眼开始的。

当我看见了她的头发，我又有什么选择？也许是命运挑衅了我。

她继续跑着，双脚在沙上留下了印记。再次回头时，她看见皮克林离自己只有四十码。但四十码是没问题的，结合他涨红而吃力的脸色来看，四十码没有问题。

西边，就在头顶，云层以热带特有的迅疾速度裂开了缝，立刻将灰蒙蒙的雾气变成了炫目的白色，云中透出的缕缕阳光在沙滩上投下了点点斑驳。迈步间，埃姆就在一个光斑中进出；身处其中时，她感觉到潮湿的热力，而重新进入雾中时，温度又马上下降了，就像冷天经过开着门的自助洗衣房。在她的前方，天空露出了朦胧的蓝色，像是一只猫睁开了惺忪的睡眼。蓝色的上方跃出了两道彩虹，每一道的颜色都耀眼而分明。彩虹的西端穿入已不甚完整的雾障，投入了海水；朝大陆弯曲的一端则消失在棕榈树和蜡白色的马鞭草中。

她的右脚在左脚踝上磕了一下，身体往前一栽，差点摔倒，踉跄了几步才恢复平衡。但现在，他离她只有三十码了，三十码就太危险了。没有时间看彩虹了。再不干正事，那恐怕就是她这辈子看到的最后的彩虹了。

就在再次抬头向前时，她看到一个男人站在及脚踝深的海水里，正盯着他俩。他只穿了一条毛边棉布短裤，脖子上搭了一条浸湿过的红毛巾，皮肤是棕色的，头发和眼睛则是黑色，个头不高，体格却十分结实。他从水里走出来，她看出了他脸上关注的表情。噢，感谢上帝，她能看出他的关注。

"救命！"她大叫，"救救我！"

关注的表情加深了。"Seéora？Qué ha pasado？Qué es lo que va mal？[①]"

她会一点西班牙语——只言片语而已——可听到他的声音后，就那一点也从她的脑子里跑掉了。不过没关系。几乎可以确定，他是某所大宅里的运动场看管员，借着下雨来海湾凉快一下。他也许没有绿卡，可救她的命并不需要绿卡。他是个男人，显然很强壮，而且不冷漠。她扑进他伸出的手臂中，感觉到他身上的水沾湿了她的皮肤和衣服。

"他疯了！"她冲着他的脸喊道。她能够这样做，是因为他俩个头几乎一样高。此时，一个西语单词及时钻进了她的脑子，一个在此

[①] 西班牙语，意为"夫人？怎么了？发生什么事了？"

种状况下非常宝贵的词，她想。"Loco！Loco，loco！①"

男人转过身，一只胳膊紧紧地搂住她。埃米莉顺着他的目光看去，看见了皮克林。皮克林咧嘴笑着，笑容很亲切，并带着歉意，就连短裤上的血迹和他肿胀的脸也没有削减笑容的说服力。最糟的是，剪刀完全不见踪迹。他的双手——包括曾被割伤、现在拇指和食指间血已凝固的右手——空无一物。

"Es mi esposa②。"他说。他的口气也是抱歉的——有同样的说服力——和他的笑脸一样。即使他粗气连连，看上去也没什么不对劲。"No te preocupes. Ella tiene……③"他的西班牙语也说不下去了，或者这也只是表象。他摊开手，仍然笑着。"问题？她有问题？"

说西班牙语的男人一下子明白了，释然地说："Problemas④？"

"Si⑤。"皮克林赞同道。然后，他把一只手举到嘴边，做了一个从瓶子里喝水的动作。

"啊！"男人点点头。"Dreenk！⑥"

"不！"埃姆惊叫着，她看出这个男人似乎要把她推向皮克林的怀抱，摆脱这个意想不到的 problema 和这位意想不到的夫人。她朝男人脸上哈了一口气证明自己没有喝酒。接着，灵光一闪，她指指自己肿胀的嘴唇。"Loco！他做的！"

"不，她自己弄的，伙计，"皮克林说，"好了吗？"

"好。"男人点点头，却并没有把埃米莉推向皮克林。他似乎无法断定。埃米莉又想起一个词，从某个儿童教育节目中学来的——很可能是和形影不离的蓓卡一起看的——当她没看《史努比》的时候。

"Peligro。"她强迫自己不要叫喊。疯狂的妻子们才叫喊。她盯住男人的眼睛。"Peligro。他！Seéor Peligro！⑦"

---

① 意为"疯狂"。
② 意为"这是我的妻子"。
③ 意为"不要担心，她……"。
④ 意为"问题"。
⑤ 意为"是"。
⑥ 意为"喝酒"。
⑦ 意为"危险。危险先生。"

皮克林笑着伸手拉她。和他这么近距离（就像干草捆扎机突然长出了手），埃米莉恐慌极了，不管不顾地用力一推。皮克林本身还在喘着粗气，加上没有防备，虽然没摔倒，却往后跌了一步，吃惊地瞪大了眼睛。剪刀从他后腰的裤带间掉了下来。一时间，三个人都瞪着沙地上那个金属的 X。只听见海浪单调的咆哮和雾气中传来的几声鸟叫。

11

她起身又跑了起来。

皮克林亲切的微笑——他一定向许多"侄女"展现过——再度浮现。"我可以解释，但我会的单词不够。完全合理的解释，知道吗？"他像人猿泰山般拍了拍胸膛，"不是 Seéor Loco，不是 Seéor Peligro，明白吗？"这话原本可能有效的。然而，他接着指指埃姆，仍然微笑着，说："Ella es bobo perra。①"

她不知道什么是 bobo perra，但说这句话时，他的表情变了。主要是他的上嘴唇，先是皱起来，后又抬起，像一条狗吠叫时的样子。男人一把将埃姆推到后面。并非完全是身后，但也差不多，而这个动作的含义很明显：保护。接着，他弯下腰，去捡沙地上那个金属的 X。

如果他先伸手，再把埃姆推到后面，或许还有希望。但皮克林敏感地觉察到情势有变，先行弯腰去抢剪刀。他抓到剪刀，双膝跪地，把刀尖扎进了拉美人沾满沙的左脚上。男人痛得大叫起来，眼珠瞪得大大的。

他去抓皮克林，但皮克林朝旁边一倒，接着爬起来（还是那么迅速，埃姆想），闪到了一边，紧跟着又扑了回来，一只胳膊抱住了拉美人的肩膀，把剪刀扎进了他的胸膛。拉美人想挣脱，但皮克林力量很大，把他抓得牢牢的，刺了一下又一下。刀口并不深——皮克林刺

---

① 意为"她是个愚蠢的婊子。"

得过快——但血喷得到处都是。

"不!"埃米莉尖叫,"不,停下!"

皮克林转过身看了她一眼,眼睛明亮,带着难以名状的神情。然后,他把剪刀深深刺入拉美人的嘴巴,直到不锈钢的握手敲到男人的牙齿。"好了吗?"他问,"好了吗?这样好了吗?这样你才能明白,对不对?"

埃米莉四处张望,想找到哪怕一根浮木来攻击他,但四周什么都没有。而当她再次看过去时,剪刀正从拉美人的一只眼睛里扎出来。他慢慢地倒下了,几乎像在躬身敬礼。皮克林和他一起弯下腰去,用力地想把剪刀拔出来。

埃姆大叫着冲向他。她低下肩膀,撞在他的肚子上,在此紧要关头,感官的某处竟然还能意识到这是个柔软的肚子——被无数美味珍馐滋养过的肚子。

皮克林被撞得四仰八叉地躺在地上,喘着粗气对她怒目而视。她刚要退后,却被皮克林抓住了左腿,指甲掐进了她的肉里。旁边,拉美男人躺在皮克林的一侧,浑身是血,不停抽搐。三十秒前英俊的那张脸现在只能辨认出鼻子。

"来这里,珍小姐,"皮克林说着把她拽向自己,"让我陪你玩玩,好吗?你喜欢玩,是不是,贱人?"他很强壮,尽管埃姆的双手死死抠住沙地,他还是逐渐占了上风。她能感觉到从他嘴里呼出的热气喷在脚上,接着是他的牙齿狠狠咬在她的脚跟上。

她从未感受过这样的疼痛;疼得就连海滩上的每粒沙子都在她睁大的眼睛里纤毫毕现。埃姆尖叫着伸出右脚往后一踢。多半靠了运气——瞄准这回事已经超越了她现在的能力——她踢中了他,而且力道很大。他嚎叫了一声(压抑住的嚎叫)。埃姆左脚跟上针扎般的剧痛忽然消失了,如开始时那般迅速,只剩下了灼烧感。皮克林脸上不知哪个部位断裂了。她既感觉到,也听到了。她猜是他的颧骨,也可能是鼻子。

她打个滚,双手和膝盖撑着地。手腕立刻痛起来,几乎能和刚才脚上的疼痛相比,即使撕坏了的短裤再次从臀部滑落,她也没有在意。她抬起头,像个在跑道上等待发令的运动员,然后起身又跑了起来,这次却只能一瘸一拐。她朝水边跑近一些,脑袋里充满了混乱的思绪(比如,她现在一定像某部老西部片里的瘸腿老二——这样的想法会在她脑中一闪而过),但求生的意识仍然足够清醒,让她希望脚下的沙能更坚硬一些。她再次发狂地拽了一下滑落的短裤,才发现双手满是血和沙。她抽泣着依次把两手在T恤上擦了擦。尽管不抱太大希望,她还是回头看了看。希望果然落了空,他又追上来了。

她拼了命地往前跑,沙子——她所跑之处的沙子又凉又湿——稍稍减轻了脚跟的灼烧感,但她的速度还是远不如前。她朝后看看,发现他在拼尽全身力气进行最后的冲刺,两人之间的距离不断缩短。她的前方,彩虹逐渐散去,天气变得愈发明亮和炎热。

虽然用上全力,她也知道还不够。她可以跑赢一个老妇,她可以跑赢一个老翁,她可以跑赢她可怜的、伤心的丈夫,但她跑不赢背后那个疯狂的混蛋。他会追上她的。她想找到等到那时可以用来袭击他的武器,却一无所获。她看到了烧剩下的篝火,就在沙丘和海燕麦与沙滩接壤处的下方,但那离她和海水都太远。如果她转往那个沙子更软、更容易把脚陷进去的方向,只会让自己更早被捉住。水边的情形就已经够糟糕了。她听到他越来越近的喘息声和用破了的鼻子把血往回吸的声音。她甚至听到了他的运动鞋踩在湿沙上的摩擦声。她是多么渴望能碰到什么人来解救她啊,以至于一时间她出现了幻觉,看到了一个高大的白发男子,有着大鹰钩鼻和粗糙的深色皮肤。她马上意识到那是父亲的形象——她最后所怀抱的希望——接着,幻觉就消失了。

他近得可以伸手抓她了。他的手拍到了她T恤的后背,几乎抓住了。而下次,他不会再错过。她冲进水里,海水先是没过了她的脚踝,接着是小腿。这是她能想到的唯一一条路,也是最后的。她有一个想法——模糊而不成形的——要么从他身边游开,要么在水中面对他,这样他们的身体条件能更相当一些;最起码,水可能会减弱剪刀攻击的力量,只要她到达够深的地方。

她还没来得及扎入水中开始划水——甚至还没来得及到达水能没及大腿的位置——他就抓住了她T恤的后脖颈,用力把她往后面岸边的地方拽去。

埃姆越过自己的左肩膀看见了那把剪刀并抓住了它。她想拧转身体,却没有成功。皮克林牢牢地站在及膝深的海水中,两腿分开,双脚在退潮的海水中纹丝不动。挣扎中,她被他的一只脚绊倒,摔在他身上。他俩一起倒在了水里。

即使是在浑身湿透的混乱局面中,皮克林仍然做出了迅速而清晰的反应:他又推又跳,痉挛般地拨水。真相像黑暗中的烟火一样在她脑中炸开。他不会游泳。皮克林不会游泳。他在墨西哥湾边上有套房子,却不会游泳。然而,这也说得通。皮克林在弗米利恩岛的活动都局限在室内。

她翻滚着离开他身边,他却没有做出试图抓住她的反应。他坐在齐胸的海水中,由于暴风雨的影响,海浪仍然很疾,他所有的注意力都集中在挣扎着站起身来并努力在他从未学会如何应对的介质中呼吸这件事上。

如果愿意浪费自己的呼吸,埃姆本可以对他说几句。她会说,要是我早知道你不会游泳,我们就能早点结束。那可怜的人就不会送命了。

然而,她什么也没说,只是涉水向前,伸出手,抓住他。

"不!"他大叫一声,双手慌乱地击打她。他两手空空——肯定是摔倒的时候把剪刀掉了——而且惊慌失措,甚至忘了握拳。"不,不要!放开我,婊子!"

埃姆没有放手,反而把他往更深处拽去。如果不那么恐慌的话,他就能毫不费力地挣脱她,但他就是无法做到。这时,她意识到他很可能不只是不会游泳,还说不定有某种病态性的恐惧。

什么人明明恐水还要在海湾买套房子?不是疯子是什么?

这让她真的笑了出来,尽管他还在不停地打她,疯狂挥动的双手先是拍在她的右脸,接着又重重地打在她半边脑袋上。奔涌过来的绿色海水灌进她的嘴里,她咻地吐出来,又继续把他往深处拽。此时来了一个大浪——平缓的,如玻璃般,只有顶部的泡沫开始炸裂——于是她把他的脸朝着浪头,推了进去。他的尖叫变成了窒息的汩汩声,身体埋入浪中后,连那个声音也消失了。他在她手下又扭又跳,死命挣扎。大浪盖过了她的身体时,她屏住呼吸。一时间,两人都被水淹没,她看见他的脸拧成了一张混杂着惊骇和恐惧的白色面具,非人般扭曲,也许这才算还原了他的本来面目。绿色的水中,星河般的沙砾将他俩隔开,一条看不清形状的小鱼忽上忽下地游过。皮克林的眼球从眼窝中突了出来,短发在水波中飘荡。这就是她看到的。她密切地观察着,直到银色的水泡从鼻子里冒出来。当飘荡的头发改变了方向,由佛罗里达转向德克萨斯时,她用尽全力将他一推,放开了手。然后,她脚蹬住铺满沙的水底,往上一窜。

她升入了明亮的空气中,大口喘着气。她贪婪地呼吸着,同时一步步向后退。即使离岸很近,在水中行走也不容易。退潮的海浪冲刷着她的臀部和两腿间,势头堪比回头浪。这样看来,浪头还会把他推得更远。更远处浪更大,就算是游泳高手也没有多少生机,除非他埋头朝旁边游,慢慢迂回才能绕回安全地带。

她艰难地迈着步子,突然失去了平衡,跌坐下来,又一个浪头把她浇透。这感觉好极了。凉爽,而且感觉好极了。自从艾米夭折后,她还是头一次有这样的感觉。事实上,比好还要好;身体的每一处都在疼,她明白自己又哭了,但她觉得很神圣。

埃姆挣扎着站起来,T恤滴着水,黏在她身上。她看到某个蓝色的东西漂走了,低头看看自己,再看看那东西,才意识到她的短裤掉了。

"没关系,反正也坏了,"她说。向海滩往回走时,她笑了出来。水先是没到膝盖,再是小腿,最后,只有她的脚浸在水里。她可以这样站很长时间。冰冷的海水几乎使脚跟的灼烧感消失了,她据此断定盐对伤口有好处。是不是有人说过,人类的嘴巴是世界上最容易滋生细菌的地方呢?

"是的,"她依然笑着,"但到底是谁——"

这时,皮克林尖叫着浮出水面。他现在距岸二十五英尺,疯狂地挥舞着双手。"救救我!"他大叫,"我不会游泳!"

"我知道。"埃姆说。她向他挥手,祝他一路平安。"而且你说不定会碰到鲨鱼。德凯·霍利斯上周告诉我鲨鱼在活动。"

"救——"一个浪头淹埋了他。埃姆本以为他不会再浮出来,但事实相反。他现在离岸三十英尺。至少三十。"——命!求求你!"

他的活力让人吃惊,特别是考虑到他现在的做法——两条胳膊拼命拍水,好像他能像海鸥一样飞走似的——只能火上浇油,但他离岸越来越远,而海滩上没有任何人能救他。

没有人,除了她。

虽然确信他绝无可能回来,她还是跛着脚走到那堆烧剩下的篝火旁,捡了最大的一根残木。然后,她站在那里,看着海面,影子长长地拖在身后。

12

我觉得我宁肯那样想。

他支撑了很长时间,她无法准确知晓到底多久,因为表被他拿走了。过了一会儿,他停止了尖叫。接着,他就只剩下暗红色艾索德球衫上的一个小白点和一对想要飞起来的胳膊。再然后,他突然消失了。她本以为还会再一次看到他的一条胳膊,像潜望镜般浮上来,挥动几下,但什么都没有。他就这么不见了。她竟然有些失望。稍后,她会变成原来的自己——或许是更善良一些的自己——但现在,她只想看到他继续受折磨。她想让他在恐惧中死亡,慢慢地。为了妮可和妮可之前可能存在的所有的侄女们。

我现在也算其中一个吗?

或许从某个角度来说她是。最后一个。拼尽全力奔跑的那个。活下来的那个。她在篝火灰堆的旁边坐下,扔掉手里烧焦的断木。话说回来,那段木头本来也就不会有什么杀伤力;很可能打第一下时就会像画家手中的炭棒一样碎掉。太阳的红色越来越深,点燃了西边的地平线。很快,地平线上就会烧起火来。

她想到了亨利。她想到了艾米。什么都没有了,但曾经拥有过那像海滩上的双层彩虹般美丽的东西,知道自己拥有过,并还能记得起，就已经很好了。她想到了自己的父亲。很快，她就要站起来，走回小草屋，给他打个电话。但现在不。还不到时候。现在，只要坐在这里，脚埋进沙里，用疼痛的胳膊抱住膝盖，就够了。

海浪又涌了过来。不管是她撕坏了的蓝色短裤还是皮克林的红色高尔夫球衫都不见踪迹。大海把它们都收走了。他淹死了吗？她认为那是最有可能的结果。然而，他下沉得那么突然，连最后的挥手都没有……

"说不定是什么东西把他拖下去了，"她对着渐暗的天色说，"我觉得，我宁肯那样想。上帝才知道为什么。"

"因为你是人，亲爱的，"父亲的声音响起，"仅此而已。"她觉得父亲说的是对的，答案就这么简单。

若是在恐怖电影中，皮克林会再露一次面：要么咆哮着钻出海浪，要么就会在她卧室的衣柜里等着；等她回到家，就会看到浑身滴水但仍然活蹦乱跳的他。然而，这不是恐怖电影，而是她的生活，她平凡的生活。她会继续过自己的生活，从跛着脚长途跋涉，回到那栋门前草地上有个戴红帽的侏儒塑像的房子开始。她会从塑像下的苏克里兹润喉糖盒子里取出钥匙。她会使用那栋房子和里面的电话。她会给父亲打电话。然后是警察。稍后，她想，她会给亨利打电话。她猜想亨利仍然有权知道自己一切平安，尽管他不会永远拥有这个权利。也或者，她猜想，他根本不想要。

海湾，三只鸬鹚俯冲下来，在海面轻轻一掠，重又飞起，向下观望。她屏住呼吸，看着它们在橘红色的空气中达到完美的平衡。她的脸——上帝仁慈，她并不知道——和那个本可能活下来、也喜欢爬树的孩子一模一样。

那三只鸟收起翅膀，一起扎进水里。

埃米莉鼓起掌来，尽管这弄得她肿胀的右手腕很疼。她哭着喊："嗨，鸬鹚！"

然后，她用胳膊擦擦眼睛，把头发捋到脑后，站起身来，踏上了回家的路。

哈维的梦

珍妮特从水池边转过身来。嘭，转眼间，与她结婚三十年的丈夫就已经坐在了厨房的餐桌边。他穿着白T恤和大狗牌拳击短裤，正盯着她看。

越来越多的周六早上，她会发现这个平日里衣冠楚楚的华尔街成功人士穿成这副样子，坐在这个地方：耷拉着肩膀，眼神呆滞，两颊发白，乳头在T恤下方隐约可见，后脑勺的头发立着，活像《小淘气》①里阿尔发发的衰老愚蠢版。珍妮特和她的朋友汉娜最近常讲些老年痴呆的故事吓唬对方——就像在朋友家过夜的小女孩讲鬼故事一样——谁认不出自己的老婆了，谁记不得孩子的名字了等等。

然而她并不相信，这些周六早晨静悄悄的露面真的和早期老年痴呆有任何关系；在任何一个工作日的早上，哈维·史蒂文斯都精神抖擞，六点四十五分准时离开家门。穿上他最好的西装，这个六十岁的男人看上去只有五十岁——好吧，算五十四——还可以在生意场上叱咤风云。

不，她想，他只是在练习变老，而她讨厌这一点。她害怕，等他退休了，每天都会是这样，至少直到她递给他一杯橙汁，问他——肯定是用她也控制不了的越来越不耐烦的口气——是想要麦片粥还是吐司。她害怕，只要她一转身，就会看到他坐在清晨过于明亮的阳光里。早上的哈维，穿T恤和拳击短裤的哈维，他双腿叉开，她都能看到他裆里那一小团突起——她才不稀罕看——和他大脚趾上黄色的老茧，那些老茧总让她想起华莱士·史蒂文斯那首名为《冰激凌皇帝》的诗。他无精打采、闷不吭声地坐在那儿发愣，像是在为消磨这

---

① 由佩内洛普·斯皮瑞斯执导的美国喜剧片，于一九九四年上映。阿尔发发是其中的男主角。

一天做心理准备。上帝,她希望自己错了,因为这情景让生活显得无聊而愚蠢。她禁不住想,多少年的奋斗、养育并嫁出了三个女儿、度过他必然要经过的中年出轨、努力工作、有时——坦诚一点——还要去争去抢,就是为了今天这副德行?如果穿越黑暗的森林却只是来到这样一个地方,珍妮特想,这样一个歇脚的地方,那么人们何必还要这么辛苦呢?

答案很简单。因为谁也不是事前诸葛。一路上,你抛弃了无数谎言,却还信奉"生活有意义"这一个。你为姑娘们保留了一本剪贴簿,簿子里的她们还年轻,仍然充满种种有趣的可能性:大女儿特丽莎,头戴礼帽,对着家里的可卡犬蒂姆挥舞锡纸魔棒;詹娜在花园水管喷出的水雾中跃起,身影被定格在半空中,那时候,她对大麻、信用卡和老男人的爱好还远在天边;斯蒂芬妮,最小的那个,在镇上的拼字比赛上,遭遇了"香瓜"(cantaloupe)这个滑铁卢。大多数照片里的某个地方——通常是背景里——都有珍妮特和她嫁的那个男人,总是微笑着,仿佛不笑就犯了法似的。

然后,会有一天,你犯了回头看的错误,才发现姑娘们都长大了,只剩你奋力维持的那段婚姻中的另一半叉开两腿坐在那里,眼神空洞地看着一道阳光,腿苍白得像鱼肉一样。上帝,也许穿上最好的西装他看上去只有五十岁,但那副样子坐在餐桌旁使他看上去足有七十。见鬼,七十五。他就像《女高音》里被暴徒们喊做闷蛋的那类人。

她转过身对着水池,轻轻地打起了喷嚏,一次,两次,三次。

"它们今早怎么样?"他指的是她的鼻窦炎和过敏。答案是不太好,但不好的东西中,数量惊人的一部分都有好的一面,她夏天发作的过敏症同样如此。她不用再跟哈维睡在一起,不用半夜和他争半个被子,也不用听他睡沉之后闷在被窝里的放屁声。夏天的大多数夜晚,她都能睡上六个、甚至七个小时,这对她来说就够了。秋天到来,他从客房搬回卧室,她的睡眠时间就降到了四个小时,而且连那四个小时也睡不沉。

虽然没有明说,但她知道,总有一年,他会不再搬回来。即使她从未直白相告——这会伤害他的感情,而她仍然不愿意伤害他;他们之间的爱现在只剩下诸如此类的体谅，起码她对他的感觉是这样。

她叹了口气，伸手去拿水池里的小锅，看也不看地在水池里摸索了几下。"不太糟。"她说。

就在她认为——并不是第一次——生活再无惊奇、婚姻也无深度可挖掘时，他突然以一种陌生的随意语气说："幸亏昨天晚上你没跟我睡一个屋，珍克斯①。我做了个噩梦，吓得大叫才醒过来的。"

她吃了一惊。他叫她珍克斯有多久了呢？以前，他叫她珍妮特或珍。暗地里，她讨厌珍这个昵称，因为它总让她想起小时候看的《神犬莱西》里面那个甜得发腻的女演员。那部片子里的小男孩——迪米，他的名字叫迪米——不是掉到井里，就是被蛇咬，要么就是被石头压住了腿。见鬼，什么样的父母会把自己孩子的性命交给一条牧羊犬呢？

她再次朝他转过身去，忘记了锅里还有一个鸡蛋。锅从炉子上拿下来有一会儿了，水已经变得半温不热。他做了噩梦？哈维？她试着回忆上次哈维对她说自己做了梦是什么时候，不管是美梦还是噩梦，但没有丝毫头绪。仅有的，是恋爱时期的遥远记忆，哈维会说些"我梦到了你"之类的话，而她那时候真是年轻啊，会把俗套当甜蜜。

"你说什么？"

"我叫得把自己都惊醒了，"他说，"你没听见吗？"

"没有。"她仍然盯着他，怀疑他是不是在逗她，或者在开某种无聊的清晨玩笑。但哈维不是个喜欢开玩笑的人，对幽默的理解也仅限于吃饭时说说自己当兵时的故事。每一个故事她都听过起码一百遍。

"我在喊什么话，但是又没法真的喊清楚。就像……我也不知道……就是没法开合嘴巴来好好发音。听上去就像是中风一样。嗓音也更低，根本不像我自己的声音。"他停了停，"我听到了，于是强迫自己住口。我浑身发抖，不得不把灯打开了一会儿。我想小便，却尿不出来。这些日子，我好像总是去小便——尽管有时只有一点儿——但今天凌晨两点四十七分却尿不出来。"他停下来，坐在他的阳光里。

---

① 珍妮特的昵称。

她看见阳光里微尘飞扬,像是给他戴上了光环。

"你梦到什么了?"她问。奇怪的是,自从大约五年前他们熬夜讨论该保留还是该卖掉摩托罗拉的股票(最终还是卖掉了)以来,她还是第一次对他说的话感兴趣。

"我不确定是不是想说出来,"他竟有些不好意思,这可不像他。他转过身,拿起桌上的胡椒瓶,开始不停地从一只手丢到另一只手。

"人们说,把梦说出来,梦就不会成真。"她对他说。又是一件古怪的事:突然间,坐在那里的哈维突然有了存在感。好几年了,他都没给她这样的感觉,就连烤箱上方墙壁上的影子都显得更真实了。她想,似乎他又显得重要起来了,为什么会这样呢?为什么,在我刚刚想生活没有意义的时候,应该觉得这件事有任何意义吗?这是六月下旬的清晨。我们在康涅狄格州。六月到来时,我们通常都在康涅狄格州。很快,我们俩就会有一个人去拿报纸,然后报纸会被分为三份,就像高卢人一样。

"是吗?"他扬着眉毛考虑了一下(她需要再给他修修了,那两团眉毛看上去太过杂乱,而他从来都不知道),继续把胡椒瓶从一只手扔到另一只手。她想让他停止,因为那个动作让她紧张(就像墙上他的影子,就像她自己的心脏突然无理由地狂跳起来),但她不想转移他的注意力,不管他那周六早晨的脑袋在想些什么。不过,随后他自己停止了手上的动作,把胡椒瓶放在了桌上。原本正好符合她的心意,但胡椒瓶也在桌子上拖了长长的影子,像一个过大的国际象棋棋子,就连面包屑也有阴影。她不明白那有什么可怕的,然而就是心中不安。她想到了柴郡猫对爱丽丝说过的一句话:"这里都是疯子。"于是她突然不想听哈维说他那个什么愚蠢的梦了,那个让他尖叫惊醒、像中了风一样的噩梦。突然间,她宁愿生活就这样无聊而乏味。无意义就挺好的,如果怀疑这点,请看看电影里倒霉的女主角们。

没有什么必须说出来的事,她狂热地想。是的,狂热地;像是潮热一样,尽管她敢发誓那玩意两三年前就结束了。没有什么必须说出来的事,现在是周六早晨,没有什么必须说出来的事。

她张嘴想告诉他,刚才说反了,应该是说出来的梦才会成真,可是太晚了,他已经开始讲了,她突然想到也许这是她鄙视生活无意义所遭到的惩罚。生活其实像杰思罗·蒂尤尔的歌一样丰富,她怎么会有别的想法呢?

"我梦到早上来到厨房里,"他说,"周六早上,就跟现在一样,只是你还没有起床。"

"周六早上我总是起得比你早。"她说。

"我知道,但那是在梦里。"他耐心地解释道。她看见了他大腿内侧的白色汗毛,那里的肌肉都松弛了。曾经,他经常打网球,但那已经是过去的事了。她有个完全不像她的恶毒想法:你会发心脏病的,白老头,那会要了你的命,说不定《时报》会考虑给你发个讣告,但如果一个五十年代的二流女影星或是一个四十年代半温不火的芭蕾舞女演员不巧也在那天香消玉殒,你连讣告也得不到。

"不过,梦里的情景和现在很像,"他说,"我是说,阳光从外面照进来。"他抬起一只手,搅动了头顶阳光里的微尘,她想要尖叫,让他不要那样做。

"我可以看得见地板上自己的影子,它从来没有那么明亮厚重。"他停了停,随即露出了微笑,她看见他的嘴唇干裂得厉害,"用明亮来形容阴影挺奇怪的,是不是?还有厚重。"

"哈维——"

"我走到窗边,"他说,"朝外看,看到弗莱德曼的沃尔沃边上有一块凹下去了,我知道——也不清楚自己怎么知道的——弗兰克出去喝酒了,那个凹块是在回家的路上弄的。"

她突然觉得自己要昏倒了。今天早上,她去门口看报纸有没有送来时——还没有送达——亲眼看到了弗兰克·弗莱德曼的沃尔沃,而她心里想的也是同一件事,弗兰克肯定是到高尔德酒吧去了,不知在停车场与谁撞到了一起。准确地说,她在想,对方长什么样呢。

她接下来的想法是,哈维一定看到了那辆沃尔沃,不知出于什么原因非要开这个玩笑。这当然是可能的;哈维晚上睡觉的客房可以看得到街上。但哈维不是那种人,他的字典里没有"玩笑"这个词。

汗珠从她的两颊、眉毛和脖子上冒出来,她能感觉得到,心也加速跳了起来，不祥的预感越来越强。为什么要在现在发生呢？世界一片宁静，可预见的未来一帆风顺。如果这是我自找的，那么我道歉，她想……或者她是在祈祷。收回去吧，请收回去。

"我打开冰箱，"哈维说，"看看里面，发现一盘蒙着莎纶布的辣味烤蛋。我很高兴——早上七点我竟然就想吃午餐了！"

他笑了。珍妮特——珍克斯——却低头看着水池里的小锅，和忘在里面的那颗煮得很老的鸡蛋。其他的鸡蛋都已经剥好皮，一切为二，挖出了蛋黄。它们放在滤水架旁的一只碗里，旁边放着一罐蛋黄酱。她是打算午餐做辣味烤蛋的，再配上一盘蔬菜沙拉。

"我不想往下听。"她说，但声音低得连自己都听不见。她还曾经参加过戏剧俱乐部，现在她的声音却连厨房那边都传不过去。胸腔里的肌肉感觉很松弛无力，要是哈维再试着去打网球的话，也会对自己的腿有同样的感觉。

"我想，就吃一个吧，"哈维说，"但又接着想，还是算了吧，她会冲我吼的。就在这时，电话响了。我赶紧冲过去接，生怕铃声把你吵醒了。可怕的在后面。你想听吗？"

不，她站在水池边想，我不想听可怕的那部分。但与此同时，她又的确想听，每个人都想，在这一点上我们都是疯子，她的母亲确实曾说过，把梦说出来就不会成真，意思就是应该把噩梦告诉别人，美梦留给自己，就像把掉下的牙齿藏到枕头下一样。他们有三个女儿，一个就住在同一条路上。快乐的离婚妇女詹娜，和布什双胞胎女儿中的一个同名，不知道她有多讨厌这个巧合，所以现在坚持要所有人都叫她简。三个女儿，意味着枕头下的许多颗牙齿，意味着数不尽的操劳和操心，长大些还要警惕她们不要被陌生男人用糖果和顺风车骗走。哦，她多希望母亲是对的，说出噩梦就像把木棍钉进吸血鬼的心脏。

"我拿起听筒，"哈维说，"是特丽莎打来的。"特丽莎是他们的大女儿，在开始对男孩们感兴趣之前崇拜霍迪尼和百仕通[1]。"她叫了一

---

[1] 哈利·霍迪尼，美国著名的魔术师、逃亡特技专家。百仕通，全球领先的投资管理和金融咨询公司。

声'爸爸'就不说话了，但我知道是特丽莎。你也知道，我们总能听得出来。"

是的。她知道，总能听得出来。只要说一个字，就能听出是自己的孩子，至少在她们长大、属于别人之前是这样。

"我说，'嗨，特丽莎，怎么这么早打电话，宝贝儿？你妈还睡着呢。'一开始，电话那头没有回音，我还以为断线了呢，接着却听到了低声抽泣和说话的声音。话不成句，都是断断续续的，好像是她想说话，却没有力气或无法呼吸。我是从那时开始害怕的。"

好吧，他可真迟钝，对不对？因为珍妮特——她是莎拉·劳伦斯学院的珍克斯，戏剧俱乐部的珍克斯，高超的法式接吻高手珍克斯，喜欢抽吉泰恩①同时假装喜欢喝龙舌兰酒的珍妮特——珍妮特早就开始害怕了，甚至在哈维提到弗兰克·弗莱德曼那辆沃尔沃一侧的凹痕前就开始害怕了。她想起了不到一周前和汉娜通的那个最终又发展到老年痴呆的电话。汉娜在城里，珍妮特窝在起居室靠窗的椅子上，看着韦斯特波特镇属于他们的那一亩三分地和所有蓬勃生长、美得让她双眼湿润的植物。对话发展到老年痴呆之前，她们谈到了露西和弗兰克·弗莱德曼，那句话是谁说的来着？她们俩不知谁了一句："如果他继续喝了酒开车，也不知道谁会被他撞死。"

"然后，特丽莎说了个什么词，听上去像'酒渣'什么的，但在梦里，我知道她是在……吞音？……是那么说吗？省掉第一个音节，她真正想说的是'警察'。我问她警察怎么了，她到底想说什么，然后坐了下来，就在这里。"他指了指被他们称为电话专座的那把椅子。"电话那头沉默了一会儿，然后她又说了些不成句的话，听也听不懂。我想，她这点最让我抓狂，还和以前一样大惊小怪。但就在那时，她十分清楚地说了个词'号码'。我明白了——就像我知道她刚才想说的是'警察'一样——她想告诉我，警察没有我们的号码，所以才给她打电话。"

珍妮特呆呆地点点头。两年前，记者们不停地就安然破产一事打

---

① 吉泰恩，一种味道浓烈的黑色卷烟。

电话采访哈维，尤其是在晚餐时间，他们不堪其扰，决定把自家的号码从黄页上去掉。并不是因为他跟安然有什么关系，而是大型能源公司恰好在他的专业领域内。几年前，他甚至参与了一个项目，为总统提供政策参考。当时是克林顿执政，而那时的世界（按照她谦卑的看法）是个稍微美好、稍微安全点的所在。尽管哈维身上有很多让她不喜欢的地方，但她确信一点，他的诚实守信是安然那帮蛀虫加起来都比不过的。或许她有时会觉得老实人无趣，可她知道他的可贵。

警察们不是有办法找到不在黄页上的电话号码吗？但也许如果他们急着调查案件或通知什么人时就会用这样更省力的方法。况且，梦又不需要讲逻辑，不是吗？梦，毕竟是来自潜意识里的诗歌。

而现在，她再也无法忍受一动不动地杵站着，于是便走到厨房门边，看着明亮的六月天和苏文路。对她而言，眼前的一切就是美国梦的微缩版本，多么宁静的早晨，露珠还在草叶上闪光。可她的心却在狂跳，汗水沿着脸颊往下淌，她想对他说停下，不能把这个梦说出来，不能把这个噩梦说出来。她必须提醒他，詹娜——也就是简——就住在路那头。她在村里的音像店里工作，周末的晚上常在高尔德酒吧和像弗兰克·弗莱德曼这样的人一起喝酒，消磨时光，也不管他老得足以做她爸爸了。毫无疑问，年龄上的差距正是这种交往的魅力之一。

"都是些含糊的、半个半个的词，"哈维说，"她没办法说清楚。然后，我听到了'死了'，立刻就知道说的是我们的一个女儿。我就是知道。不是特丽莎，因为打电话的是特丽莎，那么剩下詹娜，或者是斯蒂芬妮。我很害怕，甚至坐在那儿开始想宁愿是哪个呢，就像他妈的该死的'苏菲的选择'。我开始冲她喊：'告诉我是哪一个！告诉我是哪一个！看在上帝的分上，告诉我是哪一个！'但那时，真实的世界开始浮现……我一直觉得是有一个真实的世界存在的……"

哈维短促地笑了一声。在清晨明亮的阳光下，珍妮特看见弗兰克·弗莱德曼那辆沃尔沃的凹痕中央是红色的，红色的中心有一个深色的污点，也许是泥，或者是头发也说不定。她仿佛看到凌晨两点，弗兰克沿着路缘弯弯扭扭地开着车，醉得连车道都没上，更不用说把车开进车库了——别的不说，单是车库门那么窄就很麻烦。她看到他低着头跌跌撞撞地朝家里走去，鼻孔里喘着粗气。

"那时，我意识到身在床上，还听到根本不像自己的低声叫喊，而且没有一个词能听清。听上去像是'过-斯-纳-克，过-斯-纳-克。过-斯-纳-克，瑞-斯！'"

告诉我是哪一个。告诉我是哪一个，特丽莎。

哈维陷入了沉默，思考着，琢磨着。微尘绕着他的脑袋飞舞，阳光照耀下的T恤亮得让人无法凝视；那是件洗衣液的广告衫。

"我躺在那儿，等着你进来看看出了什么事，"他终于开口说，"我躺在那儿，浑身鸡皮疙瘩，不停地颤抖，一边告诉自己那只是个梦，就像你对我说的一样。但同时，我又觉得那个梦无比真实。不可思议的真实，又很可怕。"

他不说话了，像是在考虑接下来说什么，又像是不确定妻子是否还在听。他的珍克斯此时满脑子想的却是别的东西。她正聚集所有意志力试图说服自己，刚刚看到的那块红色不是血，而是沃尔沃的内层油漆，刮擦之后露了出来。她的潜意识拼了命要把"内层油漆"这个词抛出来。

"真是神奇，对不对，想象可以那么真切？"他开口道，"那样的梦就像是一个诗人——最伟大的一类——对自己诗歌的要求。每个细节都那么清晰明确。"

他再次陷入了沉默。此时的厨房属于阳光和飞舞的微尘，外面的世界仿佛停滞了。珍妮特看着街对面的沃尔沃；它似乎在她的眼中跳动起来，像砖块一样沉重。而当电话铃声响起来时，要是她还能够自由呼吸，她会大叫起来；要是她还能抬起双手，她会捂住耳朵。她听见响第二声时，哈维起身走到电话机旁，接着是第三声。

一定是打错了，她想。必须是打错了，因为只要把梦说出来，就不会成真。

哈维说："喂？"

休息站

他猜想，在杰克逊维尔和萨拉索塔之间的某处，他像电话亭里的克拉克·肯特①一样来了个文学意义上的变身。只是他记不起具体的地点和方式，这就说明其过程并无戏剧性。那么，它还有意义吗？

有时，他告诉自己，答案是否定的，这整套里克·哈丁／约翰·戴克斯特拉的转换不过是假的，纯粹文字游戏。就像阿奇博尔德·布洛格特——他的本名也有可能是别的什么——扮演卡里·格兰特，或是伊万·亨特——其出生时的名字是萨尔瓦托雷·某某某——以埃德·麦克贝恩的身份写作一样。那些人曾经给他带来灵感……还有用理查德·斯塔克的笔名写作硬派犯罪小说的唐纳德·E.韦斯特莱克，还有K.C.康斯坦丁，事实上是……好吧，没人知道他事实上是谁。写《碧血金沙》的神秘作者B.特拉文先生也是如此，没人知道他的真实身份，而这正是很大部分的乐趣所在。

名字，名字，名字里都有什么？

比方说，当他每两周一次开车回萨拉索塔时，他是谁？毫无疑问，离开杰克逊维尔的金罐酒店时，他是哈丁；回到麦金塔路运河边的住宅时，他是戴克斯特拉。不过，当他行驶在75号州际公路上，在收费公路明亮的灯光下从一个城镇奔赴另一个城镇的时候，他是谁呢？哈丁？戴克斯特拉？还是谁都不是？或许有那么一个狼人变身般的神奇时刻，靠写作名利双收的作家摇身变为专攻二十世纪美国诗人和小说家的低调教授？只要他和上帝、国税局和选修了他所开两门研究课程中的一门并偶尔来听课的足球运动员相安无事，他是谁无关紧要吧？

刚驶到奥卡拉南边时，这一切都无关紧要。要紧的是，不管他是

---
① "超人"在生活中叫克拉克·肯特，总在电话亭中换装变身。

谁，尿意都像赛马般奔腾，急需立刻释放。在金罐酒店时，他比平时多喝了两杯——也许是三杯——为了避免后视镜里警车红灯乱闪，便把捷豹车的自动控速设定为时速六十五英里。这辆车是靠哈丁写书赚钱买的，可他这一生的大部分时间都是约翰·安德鲁·戴克斯特拉，而且若是警察找他要驾照，手电筒照亮的也会是后面那个名字。在金罐酒店喝啤酒的是哈丁，但面对佛罗里达州的巡警、并往蓝色塑料盒中的可怕小仪器里吹气的却是戴克斯特拉。在六月的星期四晚上，不管他是谁，都很容易成为警察的目标，因为所有的雪鸟①都飞回密歇根了，75号州际公路上只有他一个人。

关于啤酒，任何大学毕业的人都会明白它有一个最基本的问题：你无法购买，只能租赁②。所幸奥卡拉往南六七英里就有一个休息站，可以去那里腾出一点空间。

可是，与此同时，他到底是谁？

无疑，十六年前，他是作为约翰·戴克斯特拉来到萨拉索塔的，也是以那个身份从一九九〇年起在佛罗里达州立大学萨拉索塔分校教授英语至今。然后，在一九九四年，他决定放弃暑期教课，尝试写一部悬疑小说。写小说一开始并不是他的主意。他在纽约有个经纪人，不是什么金字招牌，但足够诚实，纪录良好，已经成功地将他的四个短篇——署名是戴克斯特拉——卖给了几家文学杂志，并使他收获了不到五百块的微薄稿酬。经纪人的名字是杰克·戈尔登。杰克对他的短篇大加赞赏，但只能将少得可怜的稿酬戏称为"小菜钱"。也是杰克指出，他所有已出版的故事都有一条"扣人心弦的叙述线"——他猜想经纪人故弄玄虚的说法简单说来就是指情节——并说他能靠十万字的悬疑小说赚上个四五万美金。

"要是能找到一个足够抓人的故事设定，一个暑假你就能写完，"他写信告诉戴克斯特拉——那时他们还没先进到用电话或传真来沟通——"是你整个六月和八月耗在红树大学③里教书挣的两倍。如果

---

① 指冬季到南方来打短工的流动工人或冬季到南方过冬的旅游者。
② 意指啤酒很快就会排出体外。
③ 指戴克斯特拉教书的佛罗里达州立大学萨拉索塔分校。

真要尝试，现在就到时候了，朋友，等以后被老婆和两三个孩子缠住就来不及了。"

当时并没有出现可能成为他老婆的女人——现在也没有——但戴克斯特拉明白杰克的意思：年龄越大，尝试新东西就会变得越难。老婆孩子并不是随时间流逝而到来的唯一责任。比方说，还有信用卡。信用卡在你的脑袋上套上马嚼子，拖慢了你的脚步。信用卡是额度的经纪人，为物质服务。

于是，一九九四年一月，收到夏季授课的合同后，他并没有签字，而是附上一张简短的字条退给了系主任：我想在这个暑假试着写一部小说。

埃迪·沃瑟曼的回答态度友好、立场坚决：没问题，约翰尼，但我不能保证明年暑假你还能得到这份工作，因为在职的人有优先选择权。

戴克斯特拉考虑了一会儿，但时间并不长，便很快打定了主意。不。更棒的是他已经构思出一个角色：道格[①]。捷豹车和麦金塔住宅的文学之父，正呼之欲出，等待诞生，上帝保佑道格那颗杀气腾腾的心。

车头灯照亮了在蓝色指示牌上闪烁的白箭头，前方的匝道拐向左边，高亮度的钠汽灯把车道照得如舞台般明亮。他打开转弯信号灯，把车速降到四十，开下了公路。

匝道在中途分岔：卡车和房车向右，捷豹们向左。分岔口过去五十码就是休息站。休息站是一栋浅棕色的煤渣砖建筑，在强光下看上去也像舞台布景。把它放进电影里怎样？比方说，将它设定为一个导弹发射基地？没问题，为什么不呢？隐藏在穷乡僻壤的导弹发射基地，它的负责人深受某种小心掩饰（却不断恶化）的精神疾病的折磨。他满目皆是俄国人，不知从何处凭空冒出来的俄国人……或者将他的假想敌设定为基地组织？似乎基地组织更令人信服一些。如今，

---

① The Dog，英文中是"狗"的意思。

除了贩毒和雏妓,俄国人以恶势力形象出现得越来越少。算了,坏人是谁根本无所谓,反正也是那人脑袋里的臆想。不管怎样,他的指头就是控制不住地想去揿那个红色按钮,而且……

而且他要小解,所以拜托,请把飞转的想象暂且在脑中的炉子里烘一会儿,谢谢。还有,这样的故事里没有道格的位置。正如今晚早些时候他在金罐时说的,道格更像是个城市斗士。不过,疯狂的导弹发射井指挥员这个构思还是有点意思的,对不对?英俊的男人……深受下属爱戴……外表看上去完全正常。

晚间的这个时候,停车场上除了他的车,只有一辆克莱斯勒漫步者。他一直觉得这个车型很有喜感,看起来活像从上世纪三十年代跑出来的玩具黑帮车。

他在距克莱斯勒四五个车位的地方停下车,关掉引擎,并在开门下车前匆匆扫了一眼空荡荡的停车场。这不是他第一次于归途中在此停留,有次还又喜又惧地撞见一条短尾鳄缓缓穿过车道,朝休息站后面的糖松林爬去,那副样子有些像上了年纪的发福生意人步履蹒跚地步入会场。今晚没有鳄鱼,他打开车门走了出来,回手将车钥匙朝后一按。今晚,只有他和漫游者先生。捷豹顺从地嘀了一声,锁上了车门。前灯闪灭间的一瞬,他看见了自己的影子……只不过,那是谁的影子呢?戴克斯特拉的还是哈丁的呢?

是约翰尼·戴克斯特拉的,他得出结论。在三四十英里之前的来路上,哈丁就消失了。今晚早些时候,是哈丁为一群"佛罗里达窃贼"做了一场简短(大部分很幽默)的餐后报告,结尾处表示他将派道格去纠缠任何一个不向今年的年度慈善机构慷慨解囊的人。那个机构是"阳光读者",一个为盲人学者提供录音文本和文献的非营利机构。他认为哈丁今晚的报告十分精彩。

他穿过停车场朝休息站的楼房走去,牛仔靴嘎嘎地敲在地上。约翰·戴克斯特拉从来不会穿褪色的牛仔裤和牛仔靴出席公共活动,特别是自己担当发言人的场合,但哈丁则酷得多。与对仪表吹毛求疵的戴克斯特拉不同,哈丁并不十分在意别人如何看待自己的外貌。

休息区的建筑分为三部分:女厕在左,男厕在右,中间是个巨大的有顶门廊，可以在其间拿取介绍佛罗里达中南部景点的小册子。那里还有零食贩卖机、两台饮料贩卖机和一台投币式地图售卖机，需要投入数量惊人的硬币才能拿到一份地图。短短的煤渣砖入口的两侧，贴满了寻儿启示，每次经过那里，戴克斯特拉都不由得浑身一冷。他总是想，照片上的孩子中，到底有多少个已经被埋在潮湿粗粝的地下或是葬身在那片林间地里的鳄鱼腹中？又有多少孩子从小到大一直把拐走他们——时不时还会施以性侵或将他们转租他人——的人当做自己的父母？戴克斯特拉不愿看着那些天真无辜的小脸，或是去想那些高得离奇的赏金背后的绝望——一万美金，两万美金，五万美金，有一张写着十万美金，这份赏金是为了寻找一个微笑的、家住迈尔斯堡、于一九八〇年走失的黄发小姑娘；如果她还活着，虽然不太可能，现在也是个三十几岁的成年女子了。还有一张通告提示公众不得翻捡垃圾，另一张禁止在休息区逗留超过一小时——警方会密切注意。

谁想在这种地方逗留？戴克斯特拉想，一边听晚风在棕榈树间呼啸而过。想在这儿逗留的都是疯子。比如某个经年累月伴着凌晨一点飞驰在快车道上的十六轮卡车的轰隆声度日的疯子，红按钮都会开始对他产生吸引力。

他朝男洗手间走去，却在半路听到一个女人的声音而猛然停住脚步。声音在他身后很近的地方突如其来地响起，并被回音稍稍扭曲。

"不，李，"那女人说，"不，亲爱的，别这样。"

身后响起一个耳光，接着是击打肉体的沉闷声音。戴克斯特拉意识到自己听到的是一场寻常的家暴，他甚至可以看到女人脸颊上的红色掌印。第二个声音想必是她的脑袋撞到浅黄色的瓷砖墙面上，能稍微缓冲撞击的只有她的头发——不知是金色还是黑色。她哭了起来。明亮的钠汽灯下，戴克斯特拉看到自己的胳膊上炸起了鸡皮疙瘩。他开始咬紧下唇。

"臭婊子。"

李的声音是断然而雄辩的。很难说明为什么一听就知道那男人喝醉了，因为每个字都发音很清楚。可是戴克斯特拉就是知道。他听过别人以那样的口气说过话——在运动场、在嘉年华；有时是在没有月亮的深夜里，酒吧也关门后，透过汽车酒店的薄墙传过来，或从天花板上飘下来。对话中的女人——能称其为对话吗？——可能也喝醉了，但她更多的是害怕。

戴克斯特拉站在入口走廊的凹处，面对男洗手间，背对着女厕里的那对男女。他站在阴影中，身体两侧被失踪孩子们的照片包围。照片和棕榈树的叶片一起，在晚风中沙沙作响。他站在原地等着，希望不再有刺耳的声音传来。当然不会如他所愿。不知为何，他脑中突然钻进某个乡村乐歌手的声音，唱着装腔作势而又毫无意义的歌词："我发现自己一无所长，却已拥有太多而无法放弃。"

又传来一声巴掌打在肉上的脆响和女人的哭号。片刻的安静之后，又响起了男人的说话声，这次能听出他不仅喝醉了，而且没受过多少教育，从吐字的口音就可以判断出来。事实上，可以推断出他的一切：高中上英语课时，他总坐最后一排；放学回家后，他直接从纸盒中喝牛奶；二年级或三年级时便辍学；从事的工作需要戴手套并在后裤袋里放一把埃克托牌刀具。事实上，不该做这样笼统的判断——这样就好像在说所有的黑人天生会唱歌，所有的意大利人都会在歌剧院落泪一样——然而，在这十一点钟的黑夜里，被寻找失踪孩子的告示包围着，你就是知道那都是真的。不是为何，那些寻人启事都印在粉红色的纸上，似乎粉色是代表失踪的颜色。

"该死的小婊子。"

他有雀斑，戴克斯特拉想，而且很容易晒伤。晒伤让他看上去一副疯狂的样子，他也的确总是发疯。有钱的时候他喝卡鲁瓦咖啡酒，没钱的时候喝——

"李，不要。"女人哭着恳求。戴克斯特拉想对她说：别这样，女士。你不知道求他只会更糟吗？你不知道他看见鼻涕从你鼻子里流出来会更发狂吗？"别打我了，我——"

啪！

紧跟着又是砰的一声闷响和尖利的哀号，像是一条狗吃痛大叫，看来是老漫游者先生出手重得使她的头再次撞到厕所的瓷砖墙上了。

那个老掉牙的笑话是怎么讲的？为什么美国每年会有三十万起家暴事件发生？因为他们……操他娘的……不倾听！

"臭婊子。"这句话俨然是李今晚挂在口头的经文，引自《醉酒书》第二卷。而令人害怕的是——令戴克斯特拉毛骨悚然的是——话里全然没有任何情感。若有怒意倒还好些，对那女人来说，愤怒都要更安全些。因为，愤怒就像易燃气体，一个火星就能点着，瞬间就会燃尽。可是这个人，他只是打定了主意并坚决地要把一件事做完。他不会再打她一巴掌就开始痛哭流涕地道歉。或许他曾经在别的夜晚那样做过，但不是今晚。今晚，他不会停手。万能的圣母，保佑我赢了这场汽车赛。

那么我该怎么办？我该在其间扮演什么角色？有我能扮演的角色吗？

无疑，他不可能按原计划和原来渴望的那样去男洗手间气定神闲地解决问题。他的睾丸向上缩紧，像两颗硬邦邦的小石头，肾脏的压力扩散到后背和双腿；他的心脏在胸腔里突突狂跳，只怕再听到一个巴掌声便要发足狂奔起来。不管他有多尿急，恐怕要等一个小时或更长时间才能尿得出来了，而且只会是断断续续、毫不酣畅。上帝，他多么希望那一个小时已经过去，他正在离这里六七十英里的路上！

他再打她怎么办？

随之而来是第二个问题：如果女人拔脚往外逃而漫游者先生紧追不放怎么办？要出女洗手间只有一条路，而约翰·戴克斯特拉正堵在那条路的中间，脚蹬里克·哈丁穿去杰克逊维尔的牛仔靴。里克·哈丁每两周去那里一趟，参加一小群神秘作家的聚会——大多数都是身穿浅色西裤套装的丰满女性——讨论讨论技巧、经纪人、销量和彼此的八卦。

"李-李，别伤害我，好吗？求求你，别伤害我。求求你，别伤到孩子。"

李-李。耶稣基督都要落泪了。

啊，原来另有隐情，凄惨指数再加一分。孩子。求求你，别伤到孩子。孩子，欢迎观看该死的残酷人生频道。

戴克斯特拉快速跳动的心脏似乎在胸腔里下沉了一英寸。他感觉自己已经在男厕和女厕间狭窄的凹处停留了至少二十分钟，但一看表，他毫不意外地发现距离第一个耳光响起仅仅过了三十几秒。当大脑突然面临压力时，时间的主观性和思维的奇异速度就凸显了出来，他在写作中多次涉及二者。他想，大多数悬疑小说作家，不管出名不出名，大概都是如此，此二者都是他妈的绕不开的主题。下次再轮到他给"佛罗里达窃贼"作报告时，或许他可以以此为主题并在开场时给大家讲讲这件事。讲一讲他是如何还有时间思考《醉酒经》第二卷的。不过，对于两周一次的小聚会来说，这个话题或许有点沉重了，有点——

一连串的击打声打断了他的胡思乱想。李-李动手了。戴克斯特拉沮丧地听着，知道自己正听着永远也不会忘记的声音，不是电影特效音响，而是真实的、犹如拳打羽毛枕般的声音，出乎意料的轻微，甚至称得上柔和。女人先惊再痛地叫了两声，此后就只剩痛苦和害怕的吸气了。站在外面的黑暗中，戴克斯特拉想到了他见过的所有致力于制止家暴的组织。可从来没有一家组织暗示过，你会一只耳朵听着风吹棕榈树（别忘了，还有寻儿启事的沙沙声），另一只耳朵却听着混合了痛苦和恐惧的呻吟。

他听到了拖着脚走在瓷砖上的声音，知道李——女人叫他李-李，就像唤宠物般的称呼能抑制他的狂暴一样——正在靠近。像里克·哈丁一样，李也穿着靴子。家里的李-李到了外面喜欢穿"佐治亚巨人"牌工作靴，他们是拿着丁戈牌组装工具的男人。女人穿的是胶底运动鞋，白色低帮。他知道。

"婊子，你这臭婊子，我看见你跟他说话，一副骚样，臭婊子——"

"不，李-李，我没有——"

又一声殴打声传来，接着是一个不辨男女的呕吐声。明天，清洁员会在女厕的地板和一面瓷砖墙上看到已经干掉的呕吐物，但李和他的妻子或女友则早就不见了踪影。对清洁员来说，那不过是又一处需要弄干净的垃圾，肮脏而无趣，无须多言。可戴克斯特拉应该怎么办呢？上帝，他有勇气进去吗？如果他不插手，李或许会把那女人打死，但若有个陌生人多管闲事——

他会把我们俩都杀掉。

可是……

孩子。求求你，别伤到孩子。

戴克斯特拉握紧双拳，想着：该死的残酷生活频道！

女人还在吐。

"停下，埃伦。"

"我停不下！"

"停不下？好吧，很好，我来替你停下。臭……婊子。"

"啪"的一声脆响为"婊子"打上标点，戴克斯特拉的心又往下沉了沉。他本以为心不会沉得更低了，看来很快它就要在腹腔里跳动了。如果他能召唤出道格就好了！在故事里就行——就在犯下踏入休息区这个大错之前，他甚至还在思考身份的问题，如果这都不是那些写作手册里所说的"预示"，什么才算是？

是的，他可以化身为他的杀手，雄赳赳地走进女厕所，把李打个屁滚尿流，然后扬长而去。就像阿兰·拉德在《原野奇侠》里扮演的舍恩一样。

女人又干呕起来，听上去像是机器碾碎石子，而戴克斯特拉也知道自己无法召唤出道格。道格是虚构的。而这里是现实，像醉鬼的舌头般伸到他眼前的现实。

"你敢再吐一次试试。"李的口气中已带了致命的威胁味道。他准备好痛下杀手了。戴克斯特拉可以肯定。

我会出庭作证。要是他们问我为什么不阻止，我就不回答。我会说我听了。我会说我记住了。我会说我是证人。然后我向他们解释，这就是一个作家在他不真正动笔写作时所做的。

戴克斯特拉想跑回他的捷豹车里去——悄悄地——然后用车里的电话向州警报案。只要拨打"＊99"。每隔十英里就有这样的牌子：车祸报警请用车载无线电话呼叫＊99。可是，需要警察的时候，警察从来就不在身边。今晚离这儿最近的警察恐怕也在布雷登顿或是伊博尔城，等他赶到，这里的血腥表演早就结束了。

女洗手间里传来一连串浓重的打嗝声，中间夹着轻微的作呕声。某扇隔间的门砰地而开。和戴克斯特拉一样，那女人也知道李这次要动真格的了。再吐一次，他就会爆发。他会疯狂揍她，直到打死她才算完。警察捉住他会怎么处理呢？判个无预谋的二级谋杀罪，关上十五个月，出来还可以钓上这女人的小妹妹。

回你车里去，约翰。回你车里去，握住方向盘，离开这里。开始假想一切都没有发生过。确保接下来几天不要看报纸和电视新闻。会有用的。去吧。现在就去。你是个作家，不擅长打架。你身高五英尺九，体重一百六十二磅，还有肩周炎，你去了也只能雪上加霜。所以，马上回车里去，祈求上帝保佑像埃伦这样的女人们。

离开的那脚已经迈出去了，一个想法却电光火石般钻进了他的脑子。

道格不是真的，但里克·哈丁是。

来自诺科米斯[①]的埃伦·惠特洛跌进厕所的一个隔间里，撞到水箱上，两腿叉开，裙子掀了起来，就像李口中的"婊子"模样。李跟着也走了进去，看来是打算提起耳朵，把她那颗笨脑袋朝墙上撞。他受够了。他要给她个教训，让她永远都忘不了。

这些想法并不是连贯地出现在他的脑子里的。现在，他的脑子里只有红色。那片红色的上方、下方，和中间渗出来的是一个人的歌唱声，听上去像是"空中铁匠"[②]的史蒂文·泰勒：再也不是我的宝贝儿，不是我的，不是我的，你不能怪我，你这臭婊子。

李向前跨了三步，却被不远处传来的汽车喇叭声扯断了旋律，打破了注意力，让他回过神看看四周：叭！叭！叭！叭！

汽车警报，他想，目光从女厕门口收回，再次投向坐在隔间里的女人。哼，从房子到婊子。他有些迟疑地握紧双拳，突然伸出右手食

---

① 佛罗里达州地名。
② 美国的一支摇滚乐队。

指指向女人,指甲又长又脏。

"敢动就打死你,贱女人。"他威胁了一句,便朝门边走去。

厕所里光线很足,停车场也同样灯光明亮,但走道的凹处却是漆黑一片,李一时间什么都看不见。而就在那时,有什么东西狠狠打在他的后背上方,吓得他向前一蹿,可没等他跌跌撞撞地跑出两步,就被地上的一个东西——一条腿——绊倒了,狗啃泥地摔在地上。

没有停顿,没有犹豫,一只穿靴子的脚踹在了他的大腿上,一下子踢麻了那里的肌肉,接着他穿着蓝色牛仔裤的屁股又挨了一脚,几乎踢中了后腰。他开始手脚乱动,想爬起来——

脑袋上方响起了一个声音:"别翻过来,李。我手上有撬胎铁。趴着别动,否则我打烂你的头。"

李乖乖地躺在原地,两手还向前伸着,几乎挨着地面。

"出来吧,埃伦,"袭击他的男人说,"没时间磨磨蹭蹭。马上出来。"

一时没有回音。片刻,"婊子"颤抖含混的声音才从里面传出来:"你打伤他了?不要伤害他!"

"他没事,不过要是你不赶快出来,我就不保证了。我只能这么做,"他停了一下又补充道,"要是他受伤了,就得怪你自己。"

同时,汽车喇叭还在夜色中单调地叫着——叭!叭!叭!叭!

李又扭头往车道上看。头很疼。那混蛋到底拿什么打的他?他说的是撬胎铁吗?记不清了。

靴子又在他屁股上踹了一脚。李大叫一声,忙把脸贴到地上。

"出来,女士,否则我把他的脑袋砸开花!我别无选择!"

那女人的声音再次响起时,已经比刚才近了一些。她声音发颤,但怒气渐盛:"你为什么要这样做?你用不着那样做!"

"我用手机报了警,"李上方的男人说,"州际公路一百四十英里处有巡警。所以我们有十分钟时间,或许还要更少。李-李先生,车钥匙在你身上还是她那里?"

李想了想。

"她那里,"他终于想了起来,"她说我喝醉了,不能开车。"

"很好。埃伦，你到那边，上车，然后开走，不到莱克城别停下。如果你的脑子比鸭子管用，就不要回头。"

"我不会丢下他的！"她听上去真的动怒了，"特别是你手上还拿着那种东西！"

"不，你要走。现在就走，否则我马上打死他。"

"你混蛋！"

男人笑了，那笑声比他接下来说的话更让李害怕："我数到三十。三十下之后，要是你还没有开车离开休息区，我就把他的脑袋从肩膀上拧下来当高尔夫球打。"

"你不能——"

"去吧，埃莉①。去吧，宝贝儿。"

"你听到他的话了，"男人说，"你的泰迪熊哥哥想让你走。如果明天晚上你想让他把你打死，顺便把孩子也打死，随便你！明晚我就不在这儿了。但是现在，我受够了，快滚，滚到他妈的车上去。"

用她熟悉的语言传达了这个命令后，她听懂了。趴在地上的李看见她的光腿和凉鞋开始移动。袭击他的那个男人开始大声数数："一，二，三，四……"

"死女人，快点！"李喊道，靴子又踢了他屁股一下，力道不大，说是踹，不如说晃更恰当，但还是疼。夜色中，汽车喇叭还在响，叭！叭！叭！叭！"滚到车里去！"

听到那句话，穿凉鞋的脚跑了起来，影子跟在后面。漫游者像缝纫机般的小引擎发动时，男人才数到二十，等数到三十时，李看到车尾灯正在停车场里往后退。李本以为男人会开始打他，结果却并非如此，这令他松了一口气。

漫游者开上出口车道，引擎声也越变越小时，头顶的男人有些拿不定主意似的开了口。

"现在，"偷袭他的男人说，"我该拿你怎么办呢？"

"不要伤害我，"李哀求道，"不要伤害我，先生。"

---

① 埃伦的昵称。

汽车尾灯消失在视线中以后,哈丁开始把撬胎铁在左右手间来回倒换。他的手心里都是汗,差点连那铁棍都拿不稳。真掉到地上就糟了,砰的一声响肯定会被李听到,一眨眼工夫他就能站起来。李并不像戴克斯特拉料想的那样魁梧,但他是个危险分子,这一点已被他的行动充分证实。

没错,对孕妇来说十分危险。

不能那样想。假如他让李-李先生站起来,那么两人之间要开始新一轮的游戏了。他能感觉得到戴克斯特拉试图回来,想就这一点,或许还有其他问题进行讨论。哈丁把戴克斯特拉一把推开。这压根就不是大学英语老师该出现的时间和地点。

"现在,我该把你怎么办呢?"他问,是真的不知道怎么办。

"别伤害我。"趴在地上的人说。他戴着眼镜。这倒是个大意外。不管是哈丁还是戴克斯特拉,都没想到这家伙竟然戴眼镜。"别伤害我,先生。"

"我有了一个主意,"换做戴克斯特拉,则会说我有一个主意[①],"把你的眼镜摘下来放在旁边。"

"为什——"

"别废话,照我说的做。"

李穿着褪色的里维斯牛仔裤和西式衬衫(已经从裤腰里掉了出来,盖在屁股上),他伸出右手,想把金属丝镜架的眼镜摘下来。

"不,用左手。"

"为什么?"

"别那么多问题,照做!用左手把眼镜摘下来。"

李伸手摘下那副精致莫名的眼镜,放在一旁。哈丁立即落脚,靴子跟碾上眼镜,随着细碎的噼啪断裂声,眼镜被踩烂了。

"你干吗要这样?"

"你说呢?你有枪或别的武器吗?"

"没有!上帝啊,没有!"

---

① 原文中是时态差别,哈丁用过去时,戴克斯特拉用现在时。

哈丁相信他。就算真的有枪，也应该是放在漫游者的行李箱里了。但他觉得那也不太可能。刚刚站在女洗手间外听的时候，戴克斯特拉设想里面是个五大三粗的建筑工人。可趴在地上的人看上去更像一个每周去三次戈尔德健身房的会计师。

"我现在回我的车上去，"哈丁说，"关掉警报，然后离开。"

"好的，好的，你为什么不——"

哈丁警告似的把脚踩在他的屁股上，稍稍加重力道前后晃动。

"你为什么不闭嘴？你以为你刚才在里面做的是什么光彩事？"

"他妈的给她一个教训——"

哈丁几乎使出浑身力气朝他的屁股踢去，只在最后一秒稍稍留了情。但也只是一点点。李又惊又痛地大叫一声。哈丁被自己不经大脑的行为及其方式吓了一跳。但更让他吃惊的是，自己竟然想再踢一脚，再用力一些。他喜欢那声痛惧交加的尖叫，不介意再听一次。

从这点看来，他与趴在地上、后背被入口走道的阴影斜劈为两半的厕所狂人李有多大区别呢？似乎区别并不大。不过那又如何？这个问题太累人，像"本周推荐电影"般玩深沉。他想到一个有趣得多的问题：如果用脚去踢李的左耳朵，在保证命中的前提下，到底能使出多大力道呢？正中左耳，咔啪。他还好奇到底会发出什么样的声音。他猜，肯定是能令他满意的声音。当然，那么照头一踢可能会要了李的命，不过世界也不会有什么大损失，对不对？又有谁会知道？埃伦？该死的。

"你最好闭嘴，我的朋友，"哈丁说，"那才是最明智的做法。闭嘴。等州警来了后，你可以告诉他你想要什么。"

"你为什么还不走？走吧，放过我。你踩碎了我的眼镜，还不够吗？"

"不够。"这是哈丁的真心话。他想了一秒钟，"你知道吗？"

李没有问他"知道什么。"

"我要慢慢走到车那儿。想爬起来追我随便你。我们面对面单挑。"

"好，好极了！"李眼里挂着泪笑了出来，"离了眼镜我狗屁都看不到!"

哈丁把自己的眼镜往鼻梁上推推。他不再想小解了。真是奇怪!"看看你,"他说,"看你那副熊样!"

李一定是从他的语气中听出了什么,因为借着银色的月光,他看见李开始哆嗦。但李还是一言不发,算他聪明。而李上方站着的那个人,那个这辈子从小到大,从文法学校到高中,从来没打过一场架的人,明白这场"恶仗"终于结束了。要是李有枪的话,或许会在他背后开黑枪。不过,不会的。李已经被……那个说法是什么?

被镇住了。

老李-李被镇住了。

哈丁突然灵光一闪。"我有你的驾照号码,"他说,"我还知道你的名字。你和她的我都知道。我会留意看报纸的,浑球。"

李还是不说话,只是沉默地趴在地上,踩得粉碎的眼镜在月光里闪闪发光。

"晚安,浑球。"哈丁说。他走回停车场,开车离开,感觉自己像开着捷豹车的舍恩。

十分钟,或是十五分钟内,他还好好的。足够让他打开电台,随后又决定还是听CD机里的露辛达·威廉斯。然后,突然间他的胃就跑到了嗓子眼,装满了他在金罐酒店吃的鸡肉和土豆。

他猛地转到故障车道,停下捷豹,想跳下车,又意识已经来不及了。于是他从车窗探出头去,安全带还绑在身上,稀里哗啦吐到了驾驶座这边的车道上。吐完后,他浑身发抖,牙齿不住地打架。

身后突然出现了车灯,亮光朝他奔过来,然后慢了下来。戴克斯特拉首先想到是州警来了,州警终于来了。他们总是在你不想看见他们,不再需要他们的时候出现。转念间又想到——几乎是浑身发冷地肯定——来的是那辆克莱斯勒漫游者,埃伦开车,李-李坐在乘客座上,腿上放着他自己的撬胎铁。

然而,来的却是辆塞满小屁孩的旧道奇。其中一个长得像白痴、头发很可能是红色的男孩从车窗探出他长满粉刺的圆脸,冲戴克斯特拉喊道："吐到你自己脚上！"接着，伴随着一阵大笑，车加快速度开跑了。

戴克斯特拉把头缩回来，关上车门，闭上眼睛等待着身体平静下来。过了一会儿，果然颤抖停止了，胃也慢慢服帖。他意识到自己又想尿尿了，而这是个好兆头。

他又想起自己曾想往李-李的耳朵上踢一脚——有多用力？会发出什么动静？——然后强迫自己转移注意力。仅仅是想想自己曾经有多渴望那么做都让他浑身不舒服。

他让自己的大脑（多数时候还算顺从）转到北达科他州代号"孤鸦"（要么是蒙大拿州的"亡狼"）导弹发射中心的指挥官。那个默默失去理智的男人眼中草木皆兵，到处都潜伏着恐怖分子。他在柜子里堆满潦草写就的小册子，整夜不眠不休地待在电脑屏幕前搜索网络上的阴谋暗道。

或许道格正在前往加州执行任务的途中……之所以没有搭乘飞机而选择开车，是因为他那辆普利茅斯轧路者的行李箱里放了两把特制枪支……后来他的车出了毛病……

可以。完全可以，很不错。或者说，再仔细构思一下，会很不错的。他以前不是认为道格不适合放在广阔的中西部背景下吗？现在看来，是他思维狭隘了。因为在合适的条件下，任何人都有可能在任何地方做任何事。

身体停止发抖了。戴克斯特拉发动了引擎，又把捷豹开上了路。在莱克城的一家整夜营业的加油站里，他解决了内急问题并给捷豹加满了油（当然，是在遍寻停车场和四个加油点都不见漫游者的踪迹后）。然后，他以哈丁的大脑思考着，一路开回家，走进约翰·戴克斯特拉位于运河边的房子。外出前他总是会把防盗系统打开——谨慎些总是好的——于是他把它关上才进了房门，临睡前又再次打开。

健身车

1. 新陈代谢工作队

被他推迟了一年的体检——如果他的妻子还活着,便会揭他的短,指出事实上他拖了三年才去——过后一周,理查德·希夫基茨被布雷迪医生请到医院,告知和讨论检查结果。既然没从医生嘴里听出明显的坏消息的征兆,病人也就欣然前往了。

体检结果以一串数值的形式体现在一张纸上,纸的抬头为纽约都会医院。除了一行以外,所有的检查项目和相应数字都是黑色的。例外的一行是红色的,希夫基茨毫不意外地看到,那是他的胆固醇指标。扎眼的红墨水数字——无疑,用红色标注正是为了醒目——是226。

希夫基茨本打算问医生,这个数字是不是很糟糕,但终于忍住没开口,心想还是不要以愚蠢的问题开始这次谈话为妙。如果检查结果良好,就不会用红色标注了。毫无疑问,剩下的那些数字都不错,起码也是在可接受范围内的,所以它们才是黑色。但他被叫到这里来不是为了讨论它们的。医生们都是大忙人,不会愿意把时间浪费在安慰病人上。于是,他放弃了那个愚蠢的问题,转而问医生,226究竟有多糟糕。

布雷迪医生倚在座椅上,手指交叉放在他骨瘦如柴的胸膛上。"实话告诉你,"他说,"这个数字根本就不糟。"他抬起一根手指,"我是说,如果考虑到你的饮食的话。"

"我知道我体重超标太多了,"希夫基茨谦卑地说,"我一直打算改善这个问题。"事实上,他压根无此打算。

"再说实话,"布雷迪医生接着说,"你的体重也不是太糟。同样,还是考虑到你的饮食。现在,希望你仔细听好,因为这样的话,我只对病人们说一次。准确说,是男性病人。至于女性病人,如果没人打断,她们能就体重问题把我的耳朵磨穿。你准备好了吗?"

"是的,"希夫基茨也想手指交叉放在前胸,又发现自己不会采取这个姿势。他发现——更合适的说法是,他再次发现——自己的胸肌很不错。据他所知,比大多数快四十的男人们都强。于是,他放弃了将手指放在前胸的打算,老老实实把两手叠放在腿上。医生的说教开始得越早,结束得就越早。

"你身高六英尺,三十八岁,"布雷迪医生说,"标准体重应该是一百九十磅左右,胆固醇也差不多应该是这个数。若是放在从前,比如七十年代,胆固醇两百四也不会有人当回事儿,但话说回来,七十年代你还可以在医院的候诊室抽烟呢。"他摇摇头,"然而,高胆固醇和心脏病之间的联系太明显了。两百四的胆固醇指数自然就不再被接受。"

"你属于那种新陈代谢能力不错的幸运儿。注意,不是多么棒,但若说还不错?是的。你一周吃几次麦当劳或温迪①,理查德?两次?"

"大概一次吧。"希夫基茨说。其实他平均一周要吃四到六次快餐。还没把周末偶尔去次阿尔比算在内。

布雷迪医生抬起一只手,像是在说随你的便②……希夫基茨突然想到,这不正是汉堡王的营销口号吗?

"不管怎样,从数字上能看出你的饮食口味。体检那天,你的体重是两百二十三磅……同样与你的胆固醇指标非常接近,这可不是巧合。"

他微笑着看希夫基茨皱了一下眉,但起码这不是个毫无同情心的微笑。

"你的成年生活是这样的,"布雷迪说,"你还像十几岁时那样吃,目前,你的身体——要感谢你那虽不出众但还算不错的新陈代谢能

---

① 温迪与下文的阿尔比同为美国连锁快餐店品牌。
② 原文为 Have it your way,汉堡王曾推出以此为口号的营销活动,中国市场译为"我选我味"。

力——还能够跟得上。现在,把新陈代谢过程想象成一个工作团队是有帮助的。想象一下身穿斜纹棉布裤和马丁靴的工人们。"

是对你有帮助吧,希夫基茨想,对我一点意义也没有。同时,他的眼睛又被吸引到那个红色的数字上,226。

"他们的工作是抓住你扔下去的东西并处理它们。他们把某些东西送到各个生产部门,烧掉剩下的。如果你送下去的东西超过他们的处理能力,你就会发胖。你现在就是这种状况,只不过速度相对较慢。但很快,假如你不做改变,就会看到这个速度越来越快。有两个原因。一是你身体的生产器官所需要的燃料比过去少。二是新陈代谢的那帮伙计——身穿斜纹棉布裤、胳膊上有刺青的工人——已经不年轻了。他们不像过去那样能干,轮到分开要送走的和要烧掉的东西时,速度不如从前。有时候,他们还会犯浑。"

"犯浑?"希夫基茨不理解。

布雷迪医生仍然手指交叉放在他狭窄的胸膛上——希夫基茨断定,那是个肺结核病患者的胸膛,显然没有任何胸肌——点了点他同样狭窄的头颅。希夫基茨觉得那几乎和黄鼠狼的头一模一样,尖嘴猴腮,眼神犀利。"是的,没错。他们会说,'他难道就不会慢点吗?',还有'他以为我们是谁?神奇漫画里的超级英雄吗?',要么,'上帝,他从来就不休息吗?'其中一个——装病的家伙,每个组里都会有那么一个人——很可能会说,'他妈的,他才不会关心我们的死活呢,人家是老板,不是吗?'"

"早晚,他们会像所有被迫长时间、高强度工作、没有周末更没有假期的工人一样,来个消极怠工:混日子,不好好干活。有一天,他们中的一个干脆就不来了,然后就会有第二个——如果你活得足够长的话——他们中的一个不来了,因为他躺在家里,死于中风或心脏病。"

"棒极了。或许您可以把这个理论介绍给更多人。去巡回讲座,甚至上奥普拉的节目。"

布雷迪医生放下手,向前探身。他不带笑容地看着希夫基茨:"你必须做选择,我的工作就是让你清楚这一点,仅此而已。要么你改变生活习惯，否则十年后再来我这里时，你会有很严重的问题——体重或许超过三百磅，Ⅱ型糖尿病、静脉曲张、胃溃疡，还有和你体重相当的胆固醇指数。现在，你还有可能不用突击节食、腹部整形就能把体重减下来，也不用担心心脏负荷。以后，减肥就会变得困难。过了四十岁，会变得越来越难。四十岁以后，理查德，脂肪会黏在你的屁股上，就像婴儿的屎黏在卧室的墙上一样。"

"很妙的比喻。"希夫基茨笑了起来。他忍不住。

布雷迪没有跟着他一起笑，但脸上也露出了微微的笑意。他又倚到椅子上："你的前景可一点都不妙。医生们不会过多讨论这个话题，就像警察们不会过多谈论他们在车祸现场的水沟中发现的断头，或是圣诞树把房子点燃后的第二天在壁橱里找到的烧焦的孩子。但事实上，关于肥胖，我们所知甚多，有脂肪堆积、浑身都是褶子的女人，洗澡的时候连自己的臀部都够不到，还有走到哪里都臭气熏人的男人，因为他有十年甚至更长时间都没能好好擦身。"

希夫基茨皱皱眉头，一脸不屑。

"我不是说你会那样，理查德——大多数人都不会，似乎他们体内有限制器——但老话说得好，用叉勺也能自掘坟墓。记住这句话。"

"我会的。"

"很好。说教到此结束。你也可以称它为布道。管它呢。我不会告诉你，去吧，别再犯罪。我要说的是，你看着办。"

尽管过去十二年来，他在收入报税表"职业"一栏填的都是"自由艺术家"，但希夫基茨并不真的认为自己是个有想象力的男人。而且，自打从德保罗大学毕业以后，他从未为自己画过一幅画（连素描都没有）。他给书设计封面，画过一些电影海报、很多杂志插图、偶尔的商品目录封皮。他还做过一次唱片专辑封面——为他的偶像口水骨[①]乐队，但他说不会再做第二个了，因为除非用放大镜，否则你绝对看不清成品上的细节。这就是他做过的最接近有所谓"艺术气质"

[①] 口水骨，slobberbone，一九九四年成立于得克萨斯州的另类乡村音乐（alt-country）乐队。

的工作了。

要是被问起得意之作是什么,他必定一脸茫然。若是问得紧点儿,他可能会说是为宝洁多丽衣物柔顺剂做的广告画,画上是位跑过草地的年轻金发女郎。但就连那个回答也是谎言,纯粹是为了敷衍。事实上,他不是那种拥有——或需要——得意之作的艺术家。他已经很久没有拿起过画笔,除了按照广告商的详尽指示或临摹照片之外——那个为终于摆脱静电而欢欣鼓舞的金发女郎就是从照片上来的。

可是,就像灵感曾经击中我们中的精英——毕加索们、梵高们、达利们——一样,它终究会击中剩下的人,哪怕一生中只有那么一两次。希夫基茨搭乘穿越市区的公共汽车回家——自从大学以来,他就没有开过车——坐在座位上,他发现自己一路上不由自主地盯着过往的工人看:工地上头戴安全帽、脚步沉重的建筑工,有的提着桶,有的肩膀上扛着建筑板材;检修孔中一半身体在内、一半身体在外的联合爱迪生公司的电工,周围围着黄色的防护带,上面写着"施工中";还有三个在百货大楼橱窗前搭建脚手架的工人,旁边站着第四个在打手机。

一点一点地,他意识到脑海里酝酿出了一幅画,一幅要求在这个世界占有一席之地的画。当回到位于索霍区①既当住宅又当工作室的公寓时,他大踏步地走过天窗下杂物散落一地的凌乱小窝,甚至都没有弯腰把邮件捡起来。事实上,他随手就把脱下的夹克衫扔在了上面。

他停顿的时间仅限于瞅了瞅角落里几块空白的帆布画板,随即就否定了它们。他转而选择了一张白色的厚光面纸和一支炭笔。接下去的一个小时里,电话铃响了两次。两次他都交给了答录机。

他停停顿顿地画着这幅画,但工作的时候比停顿的时候多,特别是随着时间过去,他开始意识到这幅画有多棒——接下来的十天里,

---

① 又称休南区,美国纽约曼哈顿南面一地区,以先锋派艺术、音乐、电影和时装款式等著称。

在一个他认为合适的时间，他把画从白纸挪到了四英尺长、三英尺高的画布上。这是十年来他用过最大的画布。

画上有四个男人——都是身穿牛仔裤、府绸夹克，脚蹬大皮靴的工人——站在乡间小路的一侧，路刚刚从茂密的树林中露了个头（他以泼洒、快速、饱满的笔触，用深绿的阴影和灰色的条状涂抹来表现树林）。其中两个工人手拿铁铲，另一个双手各拎一只水桶，第四个正把头上的帽子往后推，露出前额，充分表露出一日工作即将结束时的疲乏和终于意识到工作永远没有尽头的无奈；事实上，每一天结束时要做的工作都比一天开始时还要多。第四个人戴着一顶破旧的鸭舌帽，帽舌上方印着"利皮德①"，看上去是工头。他正用手机给妻子打电话。马上回家，宝贝儿，不想出去，今天不想，太累了，明天想早点开工。那几个小子怨声载道，不过我把他们搞定了。希夫基茨不明白自己是怎么知道这些的，可他就是知道。就像他知道提水桶的人叫弗雷迪，这些人坐着来上工的卡车就是他的。卡车停在画面外的右方，可以看到车顶的部分阴影。其中一个拿铲子的工人，卡洛斯，背部劳损，正在接受脊椎推拿治疗。

画面的左边出去，是工人们正在干的活，但从画面上却看不出来，只能看出他们有多累。希夫基茨一贯是个注重细节的人（用灰绿色块描绘树林的画法完全不是他的风格），他把工人们的疲倦通过他们脸上的每一根线条、甚至衣领上的汗渍画了出来。

他们的上方，天空是古怪的肉红色。

他当然知道这幅画表现了什么，也完全明白天空为何是肉红色的。画中的人们就是上次诊疗结束时医生提到的工作队。在那片肉红色天空之外的真实世界里，这些工人的雇主希夫基茨，刚刚吃完睡前点心——剩下的一块蛋糕，或小心收藏的一个KK甜甜圈——并把脑袋搁到了枕头上。这也就意味着他们今天的工作终于结束了。从脸上就能看得出，这些利皮德公司的工人们今天累得连饭都不想吃，宁肯跷起脚来看一小会儿电视，或许还会在电视前睡着，然后几个小时后

---

① Lipid，意为"脂，脂质"。

醒过来。那时候正常的电视节目已经结束了，轮到罗恩·波佩尔[①]登场，向演播室里的粉丝们展示他的最新发明。他们用遥控器关掉电视，拖着脚向床边走，一路扔掉衣服，都懒得回头看上一眼。

所有这些都在图画里，尽管它们并不真的在画布上。这幅画并未让希夫基茨为之着迷；可是，虽然它没有变成他的生命，却让他意识到这是他生命中全新的且向善的东西。他不知道这幅画完成后要拿它怎么办，也并不真的操心。目前而言，他只是享受着每天早上起床后，边把大狗平角裤的一截从他的屁股沟里拽出来，边眯着一只眼睛打量那幅画。他想，也许等画完成后，就要给它起个名字了。现在，他已经否定了几个：《放工时分》《小伙子们喊结束》《伯科威茨喊结束》。伯科威茨是他们的老板和工头，就是拿着摩托罗拉手机、头戴利皮德帽子的那个人。那些名字都不合适，不过没关系。等他想到的时候，自然就会知道了。那时候，他的脑袋里自然会叮铃一声响。所以，现在没有必要着急。他甚至都不确定这幅画本身有多大意义。作画的过程中，他掉了十五磅肉，或许这才是意义所在。

也可能不是。

2. 健身车

忘了是在哪里——可能是在萨拉达茶包绳子末端的小标签上——希夫基茨看到：对于想减肥的人来说，最有效的锻炼就是从桌边走开。对于这句话的正确性，希夫基茨毫不怀疑。然而随着时间的流逝，他越来越相信减肥并不是他的目标；成名也不是，尽管这两者都可能是额外收获。他不停地想起布雷迪医生所说的新陈代谢工作队，那些拼了老命干活却从他这里得不到丝毫帮助的倒霉蛋儿。每天花上一两个小时来画这些人和他们的工作，不想起他们也难。

他想象了很多关于他们的事。工头叫伯科威茨，梦想有朝一日拥

[①] 罗恩·波佩尔，美国发明家，从二十世纪五十年代中期开始频繁出现在电视屏幕上。

有自己的建筑公司。卡车———一辆道奇公羊——车主弗雷迪，喜欢幻想自己是顶级木匠。背不好的是卡洛斯。还有好偷懒的韦兰。这些人的任务就是让他不得心脏病或中风。他们要把从古怪的红色天空中源源不断落下来的垃圾清走，防止它们堵住通往树林的道路。

开始作画的一周后（也是他终于认为可以完工的一周前），希夫基茨去了二十九街的"健美男孩"俱乐部。在考虑过跑步机和爬阶器——这东西倒是挺有趣，可惜太贵了——之后，他买了一辆健身车，并额外支付了四十美元送货费和安装费。

"坚持每天锻炼，半年后你的胆固醇指标会降低三十点，"T恤上写着"健美男孩"的肌肉男对他说，"这一点我可以打包票。"

希夫基茨所住建筑的地下室阴暗凌乱、布局不明，住户们的杂物堆满写着门牌号的小隔间，还有烧锅炉的声音轰轰作响。然而地下室深处有个凹进去的角落还奇迹般地空着，就好像一直在等待他。希夫基茨让送货员把健身车放在那里的水泥地上，对着一面空墙。

"你会带台电视下来吗？"其中一个送货员问。

"我还没想好，"希夫基茨说，其实他已经打定了主意。

那幅画完成之前，他每天在健身车上骑十五分钟。他也知道这点时间很可能不够（尽管肯定聊胜于无），但也知道这是他现阶段能忍受的上限。并不是因为累，十五分钟还不至于让他体力不支。真正的原因是因为枯燥。轮子转动的呼呼声和锅炉平稳的吼叫声交杂在一起，短时间内就能让他头皮发麻。对于自己在做的事情，他的认识过于清醒，那就是盯着自己的影子被头顶的两盏光杆灯泡在墙上投下重影，傻乎乎地在地下室里骑着一辆原地不动、哪儿都去不了的车。他还知道，等楼上的画完成后，他就可以着手画这里的一幅，事情就会有所好转。

还是同样的一幅画，但他这次要快得多，因为没必要把伯科威茨、卡洛斯、弗雷迪和懒汉韦兰放进去。他们已经收工回家，因此这幅画在墙上的画里，只有那条乡间小路。路以强行透视法画成，因而当他骑在车上时，它似乎从他身边渐行渐远，直至没入那片灰绿的树林中。骑车马上就变得没那么枯燥了。然而，两三天之后，他意识到这还不够，因为每天的骑车对他来说还只是单纯的体力活动。红色的天空也需要加上，但那很简单，是不动脑筋的工作。他想在路的远端两边各加一些细节，再在地上加一些散落的杂物，可是那些东西仍然很简单（虽然也很有趣）。真正的问题与画本身无关，两幅画都是如此。真正的问题在于他缺乏目标，为锻炼而锻炼总让他觉得没意思。它或许能让人瘦身健体，可它在进行过程中仍旧是毫无意义的，甚至只是存在主义的。那样的活动永远都是为了下一个事物，比如为了某家杂志美编部门的漂亮女士在派对上搭讪你，问你是不是瘦了。这远远不构成为动力。他还没有那么虚荣（或者说那么饥渴），可以为了这样的远景来忍受漫长乏味的过程。他迟早会厌烦，然后倒退回到KK甜甜圈的幸福时光。不，他必须决定这条路在哪里，又通往何方，这样他就可以假装是在那个地方骑车。真是个令人激动的主意。或许有点傻——甚至有点疯——但对希夫基茨来说，心里的兴奋却是最真实的。何况又没必要告诉别人他在干什么，对不对？绝对不用。甚至还可以买一本兰德-麦克纳利出版社的公路地图册，每天标注骑行进度。

他并不是个天性爱自省的人，但当他胳膊底下夹着新地图册从巴诺书店[1]出来时，却在思考到底是什么激励了他。偏高的胆固醇指标？对此他表示怀疑。布雷迪医生关于四十岁后减肥更难的严肃警告？可能有点关系，但也不是最重要的。或者说是他自己已经准备好改变了？似乎更有道理。

特露迪死于恶性程度极高的血液癌症，希夫基茨在医院里陪她度过了人生的最后一天。他还记得，她最后的呼吸是多么沉重，吸入空气时，她那悲伤而衰弱的胸膛用力地向上挺起，仿佛知道那是最后一口气，是几十年生命的终结。他记得她吐出那口气，"倏"的一声之后，她的胸膛就静止了。从某个意义上来讲，他这四年来就生活在那样的呼吸停顿中。只是现在，风又吹了起来，扬起了他的帆。

然而，还有别的更像真正答案的原因：由布雷迪医生召集和希夫

---

[1] 巴恩斯&诺布尔，美国最大的图书零售商，拥有多家分店。

基茨命名的工作队。队里有伯科威茨、韦兰、卡洛斯和弗雷迪。布雷迪医生并不在乎他们；对他来说，新陈代谢工作队不过是个比喻，目的不过是要让希夫基茨多关注自己身体内部的健康情况。这个比喻同妈妈们告诉小婴孩"小人儿们"正在修复他们擦伤的膝盖别无二致。

可希夫基茨关注的……

我关注的根本不是我自己，他想，一边掏出楼门钥匙。从一开始就不是。我关心的是那些被永无止境的清洁工作困住的人。还有那条路。他们为什么要拼命让路保持干净？那条路通向哪里？

他决定让那条路通往赫基默，靠近加拿大边境的一个小镇。他在公路地图册上发现纽约州北部有条未标记的蓝色细线，从首府奥尔巴尼南边的波基普西一路蜿蜒至他的目的地，距离大概是两百，或三百英里。他把这条路的起始位置在更详尽的纽约州地区图上用图钉标注，把图挂在墙上，挨着他那幅匆忙完成的……叫它什么呢？壁画不合适，姑且叫做投影图吧。

当天他跨上健身车，想象身后就是波基普西镇，而不是2-G的电视、3-F的衣箱和4-A用油布遮盖的脏自行车。眼前延伸的那条乡间公路，在兰德-麦克纳利先生那里只是条弯弯曲曲的蓝色细线，在更详细的地区图上却有了名字，叫老莱茵贝克路。他把健身车上的里程计归零，眼睛死死盯住从水泥地与墙面相接处开始铺开的灰尘，想：这真的是一条通往健康的路。把这个念头储存在脑子里的某个地方，你就不用一直想，特露迪死后你身上的一些螺丝也松动了。

他的心已经开始比平常跳得快些了（可他还没有开始骑车呢），他猜想这是大多数人在踏上旅途、期待遇到新面孔甚至新历险时的心情。健身车的控制面板上方有一个饮料槽，他在里面放了一罐红牛，据说这种饮料能迅速补充能量。在运动短裤上方，他穿了一件有口袋的旧牛津布衬衫，口袋里装了两片燕麦提子饼干。燕麦和提子据说都有降低胆固醇的功效。

说到胆固醇，利皮德公司的人们已经放工了。噢，楼上的画里——那幅毫无用处和市场、完全不像他所作的画——他们还在工作。可是在这里，他们已经挤进弗雷迪的道奇，开往，开往……

"开往波基普西，"他说，"他们一边收听 WPDH[①]，一边从纸袋里掏出啤酒喝。今天他们……今天你们做了什么，小伙子们？"

挖了几条排水沟，一个声音小声说，山洪快把普利斯维尔附近的一条路冲坏了。挖好后我们今天提早下班。

好。很好。这样他就不用下车绕过被水冲垮的路面了。

理查德·希夫基茨凝神盯着墙面，开始踩踏板。

3. 去往赫基默的路上

那是二〇〇二年的秋天，距离双子大楼在金融区的街道上坍塌已经过去了一年，纽约市带着稍许偏执多疑恢复了正常的状态……不过大家也知道，在纽约，稍许偏执多疑也是正常的。

理查德·希夫基茨从来没有感觉像现在这样清醒和快乐过。他的生活规律地划分为四部分。早上的时间用来做任何能为他的房子和肚子买单的工作，而他接到的活似乎比以前更多了。所有的报纸都在念叨经济不景气，可对自由商业艺术家理查德·希夫基茨来说，经济形势挺不错的。

他中午仍然在隔壁街区的杜根餐厅用餐，但经常吃的东西由过去油腻的双层汉堡变成了沙拉。下午，他会为自己作画：刚开始是为地下室墙面上那幅投影图增添更多细节。伯科威茨和他的工友们的那幅画已经用一条旧床单蒙好放到一边了，对于那幅画，他没什么可补充的。现在，他想让地下室里的那幅没有工人、只有通往赫基默的那条路的画更好地满足他的需要。没有理由再让工人们待在画里。这些日子以来，他难道不是在自力更生吗？而且还把自己照顾得很好。十月底，他又去找布雷迪医生检查了一次，这次的胆固醇指标变成了黑色：179。布雷迪不只对他充满敬意，简直就是嫉妒了。

"比我的还要好，"他说，"看来你是真的上心了。"

"我想是的。"希夫基茨点头同意。

[①] 在波基普西注册的主流摇滚乐电台，从北泽西至纽约州的哈德森谷都可收听得到。

"肚子上的赘肉也几乎全不见了。一直在健身吗?"

"能花多少时间就花多少时间。"希夫基茨没有在这个话题上展开。到目前为止,他的健身已经变得有些古怪了。起码以部分人的观点来看是古怪的。

"好吧,"布雷迪说,"有了好身材,就要展示出来。这是我的建议。"

希夫基茨对此付诸一笑,没放在心上。

晚上——希夫基茨常规一天的第四部分——他要么看电视要么读书,饮料由过去的啤酒换成了番茄汁或 V-8 牌果汁。他觉得既疲劳又充实,上床睡觉的时间也提前了一小时,增加睡眠很适合他。

他生活的核心是第三部分,下午四点到六点。这两个小时是他在健身车上,由波基普西向赫基默进发的时间。在地区图上,细细的蓝线变成了老莱茵贝克路、喀斯喀特瀑布路和伍兹路;有一阵,在佩尼斯顿北边,则是邓普路。他还记得刚开始的时候,十五分钟都像天荒地老般那么久。现在,他却有时不得不强迫自己在两个小时之后停下。最后,他只好弄了个闹钟,定到六点。闹钟刺耳的铃声足够……

足够把他叫醒。

希夫基茨无法相信自己竟然会在地下室的健身车上睡着,同时还保持着每小时十五英里的速度。但他不喜欢另一个解释,就是他在通往赫基默的路上发疯了。或者更正常的说法,他在自己位于索霍区的公寓里疯了,出现了幻觉。

某晚胡乱调台的时候,他偶尔看到了 A&E 频道做的一期关于催眠的节目。接受采访的人是位自称"土星乔"的催眠师。他说,每个人每一天都在自我催眠。早上我们借此进入工作状态;阅读小说或观看电影时依靠它产生"代入感";夜晚,我们用它来帮助睡眠。土星乔最爱最后这个例子,并用了很大篇幅讲了"成功睡眠者"每晚的例行惯例:检查门锁窗插,要么倒一杯水,要么念几句祈祷词或是冥想一会儿。他将这些类比为催眠师在催眠对象面前的手法和念词——比如从十倒数到零,或是一再向对象灌输他或她"越来越困"的印象。

这个节目对于希夫基茨来说不啻于雪中送炭，让他判断出自己在健身车上的两小时定是处于轻中度催眠状态。

因为，在墙上的投影图前骑车不到三周后，他不再是在地下室的凹处度过两小时了。在第三周结束前，他是真的骑行在通往赫基默的路上了。

他会心满意足地蹬着车穿过树林间满是尘土的小路，闻着松树的清香，听着乌鸦的叫声和偶尔碾过落叶时，叶片碎裂的嚓嚓声。这辆健身车化身为十二岁时他在新罕布什尔曼彻斯特郊区拥有的那辆三变速的蓝翎。虽然不是他在十七岁拿到驾照前的唯一一辆车，却是毫无争议的最好的一辆。塑料的饮料槽变成了行李篮上手工焊接的虽笨拙却实用的金属圈，里面放的东西也由红牛变成了一罐立顿绿茶。不加糖的。

去往赫基默的路上，总是十月末日落前一小时的样子。尽管他每次都骑两个小时（闹钟和健身车上的里程表都可以证明），太阳却从来不曾改变过方位；当他在小路上骑行，额前的头发被自行车带出的风吹动时，太阳总是在土路上投下同样的狭长阴影，并在同样角度的天空透过枝叶向他眨眼。

有时，当他骑行所在的那条路与别的路相接时，会看到树上钉着路牌。一块牌子写着喀斯喀特路。另一块写着距赫基默 120 英里，上面布满了陈旧的弹孔。这些牌子总是与墙上地区图的信息吻合。他决定了，一到赫基默，就直接扎进加拿大的荒野丛林中，连停下来买个什么纪念品也不要。路就在赫基默结束了，不过没关系，他已经买了一本《加拿大东部地区图》，可以用蓝色的铅笔在图上画上自己要走的路，用很多曲线。曲线意味着更长的路。

如果愿意，他可以一直骑到北极圈去。

一天傍晚，从恍惚中被闹钟惊醒后，他歪着头，若有所思地盯着墙上的投影图打量了半天。换做是别人，可能看不出什么来；在这样的近距离前，强迫透视法失去了作用，林地在未经训练的眼睛面前瓦解为杂糅的色块——曾经的路面现在只是一团淡棕色，地面上浅浅一层落叶变成了深一些的棕色，掺着一抹抹蓝灰色斑纹的绿色是地上的苔藓，最左方明亮的黄白色圆圈是将落的太阳，危险地靠近锅炉房的门。然而，在希夫基茨眼里，这些色彩仍旧完美地表现了画面。画面已经牢牢地在他脑中扎根，一直没有改变。当然，除非是他在骑车；可即使是那时，他也意识到潜在的稳定性。稳定很好。稳定性至关重要，像是某种试金石，让他确信这不过是一场复杂的脑力游戏，只要他愿意，就可以像拔掉电源插头般随时从潜意识里抽离。

他把一盒颜料拿到地下室以方便随时补色。现在，他不假思索地在路上涂了几笔掺了黑色的棕色颜料，比落叶的颜色深。他退后一步，看着画面上的新变化，点点头。只是很小的改变，但十分贴切。

第二天，骑着蓝翎穿过树林时（他现在离赫基默不到六十英里，离加拿大边境也不过八十英里），他在一个拐弯处看到一头高大的公鹿站在路中央，黑丝绒般的眼睛吃惊地望着他。公鹿摇摇白色的短尾巴，拉了一坨屎，扭头又跑进树林里了。希夫基茨看到它的尾巴再次一晃，公鹿便不见了踪影。他继续往前骑，不想让鹿屎标记他的踪迹，便小心避开。

傍晚，关上闹钟后，他从牛仔裤后袋里掏出一条印花大手帕，擦了擦额头上的汗，同时往前靠近墙上的画。他手撑着臀部，挑剔地看着画，然后以他二十年来类似工作锻炼出的自信和速度把鹿粪从画面上抹掉，原地画了一个生锈的啤酒罐，显然是某个来猎野禽或火鸡的上纽约州猎人扔下的。

"你把这个落下了，伯科威茨，"晚上喝啤酒而不是 V-8 牌果汁时，他自言自语，"明天我自己来收拾，但不要再有第二次。"

可是，当他第二天来到地下室时，根本没有必要涂掉画上的啤酒罐，因为罐子已经不见了。一时间，恐惧像钝器般搅动着他的腹部——他做了什么？半夜里梦游下楼来，拿起了松节油和画笔？但他立刻把这个念头抛到脑后，登上了健身车。健身车很快就变成了蓝翎，空气中又充满了森林的芳香，风再次将他前额的头发吹向脑后。是从那一天开始事情开始变化的吗？从他觉察到自己可能不是独自骑行的那一天？有一点毋庸置疑：就是从啤酒罐消失的那天起，他开始做很可怕的梦，并画了卡洛斯的车库。

4. 手持猎枪的男人

自打十四岁时被三四个香艳的春梦领进成年世界后，他还没做过这么生动的梦。这也是他做过最恐怖的梦，其他的梦远不能跟它相比。恐怖之处在于如红线般贯穿其中的不祥之感，哪怕那个梦境让他觉得古怪而又不真实：他知道自己在做梦，可就是无法逃脱。他感觉自己被某种可怕的薄纱裹住了，明明床就在身下，他却无法清醒过来，恢复为那个穿着大狗短睡裤，大汗淋漓、浑身颤抖的理查德·希夫基茨。

他看到了一个枕头和一部底座裂缝的米色电话机。接着是挂满照片的走廊，他知道照片是那人的妻子和三个女儿的。再过去是厨房，微波炉的面板上闪烁着4:16。富美家的料理台上放着一碗香蕉（这碗东西让他又想吃又害怕热量太高）。然后是一条顶部有遮盖的通道，名叫佩佩的狗下巴搁在前爪上躺在那里。他经过时，佩佩没有抬头，只是把眼睛上翻瞪着他，露出新月形布满血丝的吓人眼白。在梦里，希夫基茨就是从那时开始哭的，因为他知道一切都完了。

现在，他置身车库中，鼻子嗅到了机油和干草的味道。除草机仿佛某个乡下神明般站在角落，虎钳夹在工作台上，又旧又黑，上面沾着碎木屑，旁边是橱柜。女孩们的旱冰鞋堆在地上，鞋带像香草冰淇淋般雪白。工具整齐地挂在墙面的钩子上，大多数是园艺工具，看来喜欢在他的院子里干活的大块头是

（卡洛斯。我叫卡洛斯。）

女孩们绝对够不到的架子最顶端，放着一把点四一〇猎枪，荒置多年，几乎被遗忘，还有一盒黑黢黢的子弹，侧面的温彻斯特字样几乎无法辨识，只不过这对他来说不是问题，他就是知道上面的内容。希夫基茨在这个时候意识到自己钻进了将要自杀的卡洛斯的头脑。他拼命挣扎，试图阻止卡洛斯或从这里逃脱，却两者都无法做到，即使他感觉到床就在旁边，就在从头至脚包裹他的薄纱两侧。

他站到了虎钳旁边，点四一〇夹在钳爪里，子弹盒放在旁边的

工作台上，还有一把钢锯。他用钢锯锯掉猎枪的枪管，因为那样会让他要做的事情更容易完成。然后，他打开盒子，里面有两打圆鼓鼓的绿色子弹，下面是铜底。卡洛斯装好子弹合上枪机时，发出的是"锵"而不是"叮"。枪放进嘴里的感觉油腻而满是尘土，舌头感觉油腻，脸颊内侧和牙齿沾满灰尘。而且，他的背很疼，疼得要命，"他妈的混账"。十几岁时，他在波镇和迪肯家的男孩们一起满街乱窜，在废弃的建筑上写下这句骂人话。他的背就是这么疼！可是，他失业了，医疗福利也没有了。吉米·伯科威茨无法支付手下的福利，卡洛斯·马丁内斯也就无法负担能缓解他背部疼痛的按摩，还有他的房子——啊，见鬼①，他们过去曾玩笑地说过这事儿，可他知道自己没有在开玩笑，见鬼的他们真的要失去房子了。还有不到五年就还清贷款了，可他们还是保不住房子，先生②，都是该死的希夫基茨的错，好死不死养成什么清路的习惯。手指下的扳机形似新月，就像那条狗凝视的双目中可怕得无法言传的眼白。

希夫基茨从梦中惊醒，不住抽泣、浑身发抖，腿在床上，头却垂到床下，头发耷拉着，几乎挨到了地板。他手脚并用爬出卧室、穿过大房间，来到天光下的画板旁。爬了一半时他才发现自己能走了。

画板上是一条空荡荡的路，地下室凹处的墙上还有一个更完整的版本。他想都不想就把那幅画扔到一边，重新铺上一张长宽各两英尺的厚光面纸。他随手抓过离手边最近的能留下痕迹的工具（恰好是一支三菱签字笔）画了起来，一连画了几个小时。不知什么时候（他隐约记得有这么个时候）他尿急，待察觉时，热热的尿液已经顺着腿流下来了。直到这幅画完成，他才止住眼泪。而幸亏如此，他才能退后几步，好好打量自己画了什么。

画面上是十月午后卡洛斯家的车库。名叫佩佩的狗竖着耳朵，似乎是被枪声吸引。卡洛斯不在画面中，但希夫基茨知道尸体的准确方位，就在左边，边缘夹着虎钳的工作台边。要是他的妻子在家，一定

---

① 原文为西班牙语，caramba，表示"讨厌、倒霉、他妈的"之意。
② 原文为西班牙语。

也听到了枪声；如果她不在家——或许是外出购物，更有可能是去工作了——那么等她回家发现尸体就是一两个小时之后的事了。

画面下方有几个字：手持猎枪的男人。他不记得自己写过，但那确实是他的笔迹，对那幅画来说也是个合适的名字。画面里没有人，也没有枪，但就该叫那个名字。

希夫基茨走到沙发旁，坐了下来，双手托住脑袋。签字笔过细，用起来也不顺手，使得他的右手由于长时间的抓握而疼痛万分。他试着告诉自己，不过是做了个噩梦而已，那幅画正是噩梦的结果。从来就没有什么卡洛斯，也没有利皮德公司，两者都是他听了布雷迪医生的无心比喻而想象出来的。

可是，梦境慢慢消失了，那些影像——底座裂缝的米色电话、微波炉、香蕉碗、狗的眼睛——却仍旧清晰，甚至更加清晰。

有一点是确定的，他对自己说。那就是要和那辆该死的健身车说拜拜。刚刚的举动已经像疯子一样了。要是继续这样下去，很快他就会把自己的耳朵割下来寄给别人，不是寄给女朋友（他没有女朋友）[1]，而是寄给布雷迪医生，那个应该为此悲剧负有责任的人。

"跟健身车说拜拜，"他说，仍然手托着脑袋，"也许可以到'健美男孩'去办张会员卡，但该死的健身车我是不玩儿了。"

只不过，他并没有去"健美男孩"办卡。一个星期没有真正锻炼之后——他倒是散了回步，但散步完全是两回事—人行道上太过拥挤，使他无比怀念赫基默路上的宁静——他再也无法忍受。最近接的活儿是仿诺曼·洛克威尔风格为富瑞托玉米片画广告，期限已过还未完成，经纪人和广告公司负责富瑞托项目的员工都打电话来催过他。这是在他的职业生涯中还从未发生过的。

更糟的是，他失眠了。

梦的急切感已经消失了一些，所以他觉得可能是卡洛斯车库的那幅画影响了他的睡眠。它从房间的角落里瞪向他，反复强化着那些影像，像灌溉器为干渴的植物注入生命一样翻新着那个梦。他无法狠下

---

[1] 此处典出割下自己耳朵寄给女友的凡·高。

心来毁掉那幅可称得上得意之作的画，只好把它翻转过来对着墙。

一周过后的那个下午，他乘电梯下了楼，来到地下室，再次登上健身车。刚刚定神于墙上的投影图，那辆健身车就变成了三速变挡的蓝翎，载着他继续向北方前进。他试图说服自己，并没有人真的跟踪他，只是噩梦和随后待在画板前的几小时产生了幻觉。一时间，虽然心里明白，他却似乎被幻觉论说服了。他有理由这么相信。首要的两条就是他夜里能睡着，白天能干活了。

他画了几个孩子坐在田园风情的干草垛上分享一袋富瑞托玉米片，并把这画通过特快专递送了出去。第二天，他收到了一张一万零贰佰美元的支票和经纪人巴里·卡斯尔曼的一张字条，上面写着：你吓了我一跳，宝贝儿。希夫基茨想：吓了一跳的不止你一个，宝贝儿。

接下来的一周里，他偶尔会想，或许应该把他在肉红色天空下的历险对别人说说，可每次都改变了主意。要是特露迪还活着，他会告诉她；可她要是还活着，事情就不会发展到这一步。告诉巴里是很可笑的，告诉布雷迪医生则是可怕的，没等你提到明尼苏达多项人格测验①，他就会向你推荐一个好心理医生。

收到富瑞托支票的当天晚上，希夫基茨发现了地下室"壁画"的一个变化。他停下上闹钟的动作，走近几步细看——一只手里拿着低卡可乐，另一只手里是值得信赖的布鲁克斯通闹钟，旧衬衫的口袋里仍旧放着两块提子饼干——画面上似乎有什么东西变了，但他一时看不出来到底哪里不一样了。他闭上眼，默数到五——这是他常用的清空思路的小花招——然后猛地睁开，眼睛瞪得活像演员摆出一个夸张的吃惊表情。这次，他立刻就看出了变化在哪里。像当初的啤酒罐一样，靠近锅炉房房门的亮黄色圆圈也不见了。树木上方天空的颜色也变成了更深更暗的红色。太阳要么已经下山，要么只剩一点。通往赫基默的路上，夜幕即将降临。

---

① Minnesota Multiphasic Personality Inventory，简称 MMPI，是由明尼苏达大学授哈萨韦和麦金利于四十年代制定的一种纸笔式人格测验，最常用于鉴别精神疾病。

必须停止了,希夫基茨想,然而接着他又想:明天,或许明天吧。

打定主意后,他跨了上去,开始骑车。包围他的树林中,传来鸟儿回巢歇夜的声音。

5. 用螺丝刀来开场也行

接下来的五六天里,希夫基茨在健身车——或他童年时代的蓝翎——上的体验既美好又可怕。美好是因为他从来没有感觉这么舒服过;对于这个年龄段的男人来说,他的身体无疑正处于巅峰状态,而他也知道这一点。或许职业运动员会比他状态更好,但到了三十八岁,那些人也已经接近运动生涯的终点了,不管他们对自己精心维持的身体多么自负,也会因为这一事实而沮丧。希夫基茨则不同,在商业美术这一行里,只要他愿意,再画上个四十年甚至五十年也没问题。期间,五代足球运动员和四代棒球运动员将如大浪淘沙般来了又去,而他希夫基茨会在画架前岿然不动,好好地画他的图书封面、汽车广告和百事可乐的五个新商标。

只不过……

只不过,这不是熟悉此类故事的读者期待的结局,对不对?甚至也不是他自己预料的结局。

每次骑行,被跟踪的感觉都会变得更强烈一些,特别是他取下最后一张纽约州地区图,放上第一张加拿大地图之后。他用一支蓝色的笔——用来画《手持猎枪的男人》的同一支——在过去那张没有路的地区图上画了赫基默路的延伸段,加了很多蜿蜒曲折的线条。他比过去蹬得更快,常常回头看,每次骑完后都会大汗淋漓,气喘吁吁,连爬下车关掉闹钟的力气都没有。

回过头看这件事也变得有些诡异。最初,他能瞥见的是地下室的凹处和一条过道,通往布满迷宫般储藏室的那些大房间。还会看到波莫纳橙子的包装箱,上面放着标记着四点至六点时间的布鲁克斯通闹钟。后来,某种红色的阴影扫过所有的物体,红影消失后,他看到身后出现了那条路，路的两边是秋日里叶片灿烂的树木——不过，随着暮色加深，树叶的颜色没有以前那么鲜艳了——上方是变暗沉了的红色天空。再往后，回头看时压根就看不到地下室了。连个影子都没有。只有那条回到赫基默、甚至是波基普西的路。

他很清楚自己在回头找什么：车头灯。

说得更清楚点，是弗雷迪那辆道奇山羊的车头灯。因为对于伯科威茨和他的工友们来说，困惑和不满已经变成了愤怒，卡洛斯的自杀是压垮骆驼的最后一根稻草。他们将卡洛斯的死归罪于他，并跟踪他以寻求报复。捉到他之后，他们会——

会怎么样？他们会怎么样？

杀了我，他心情沉重地踩着脚蹬想，别不好意思说。追上来之后，他们会杀了我。我现在可是在荒郊野地，整个地区图上都没有城镇的影子，连个村子都没有。就算把喉咙喊破，也是叫天天不应，叫地地不灵，能听到的恐怕只有大熊巴里、母鹿黛比和浣熊鲁迪。所以，要是真的看到车头灯，不管闹钟响不响，我都要回索霍区。从一开始就不该来这儿，我简直是疯了。

可是，想回去也不是那么容易。闹钟响后三十秒甚至更长时间，蓝翎还是蓝翎，路还是路，并没有立刻变成水泥墙上的一团颜料，而闹钟的铃声听上去也十分遥远，柔和得古怪。他觉得闹铃声迟早会变得像天上飞机的轰鸣一样远，像架驶离肯尼迪机场、飞往世界另一端北极点的美国航空 767。

在这种情况下，他会停下来，紧紧闭上双眼，再猛地睁大。世界会恢复原样，不过他担心或许有一天这个小花招也不管用了。那时候怎么办呢？饥肠辘辘地抬头看着像充血眼睛般的月亮，在树林里待一个晚上？

不，在那之前他们就赶上来了，他想。问题是，他打算让那种事发生吗？难以置信的是，部分的他愿意。部分的他生他们的气，部分的他想要面对伯科威茨和他的工友，质问他们能指望他怎么办？还是破罐子破摔，继续海吃胡塞 KK 甜甜圈，排水沟堵着、溢水也不管不顾吗？那就是你们想要的？

然而，还有一部分的他知道那样的对质纯属疯狂。没错，他确实状态很好，可是一对三也太没胜算了，何况你怎么知道卡洛斯太太没有把她丈夫的猎枪借给他们呢？她还会对他们说，好极了，干掉那个混蛋，记得告诉他第一颗子弹是我和姑娘们给他的。

希夫基茨有个在八十年代成功戒掉严重毒瘾的朋友，他还记得那个人说过，第一步就是要把你想摆脱的东西丢出屋外。没错，丢了还可以再买，这年头到处都有卖可卡因的，转个街角就有，但不应该就以此为借口，把那东西放在你意志薄弱时触手可及的地方。所以，他把家里的可卡因收到一起，从马桶里冲走了，之后又把吸毒工具和垃圾一道丢了。那并不是问题的结束，他说，可是起码意味着问题开始结束了。

一天晚上，希夫基茨拿着螺丝刀到了地下室。他打定了主意要拆掉健身车，不去理会自己已经像往常一样把闹钟定到了六点钟。那只是习惯而已，他想，闹钟——和提子饼干一样——也是工具的一部分，是自我催眠的手法，是梦魇的机械基础。把健身车拆到再也不能骑之后，他就把闹钟和其他垃圾放到一起，就像他的朋友处理可卡因吸食管一样。他自然会觉得心疼——自己的愚蠢不该让那个小而结实的布鲁克斯通闹钟来买单——可他仍然会那样做。打起精神，像个男人！小时候他们曾这样互相打气；别哭鼻子了，打起精神，像个男人！

他看出健身车由四个主要部件构成，还需要一个扳手才能将它彻底拆卸。不过没关系，用螺丝刀开场也行，可以用它把脚蹬卸下来。完了之后，可以向物业借把扳手。

他单膝跪地，把借来的螺丝刀的刀尖塞入一颗螺丝钉的凹槽，正要动手时却又犹豫了。他不知道那个朋友在把所有的可卡因冲下马桶之前是否抽了最后一把，就一把，权当向过去告别。他想一定是的。低程度的迷醉很可能遏制渴望，让拆卸工作更容易进行。如果他骑上最后一次，然后在体内内啡肽充盈的情况下拆车，是不是就不会这么沮丧了？是不是就不大会想象伯科威茨、弗雷迪和韦兰在最近的路边酒吧停下，接连买了几杯滚岩啤酒，向死去的卡洛斯敬酒，并干杯庆祝终于打败了希夫基茨那个混蛋？

"你疯了。"他自言自语地说，然后再次把螺丝刀尖塞入凹槽。"动手，解决它。"

事实上，他真的拧了一圈，螺丝很轻松地就转动了，看来"健美男孩"的送货员组装时也是敷衍了事的。可是，拧螺丝时，口袋里的燕麦提子饼干也随之晃动起来，让他想起骑车时它们是何等的美味。右手放开车把，掏出饼干来咬两口，再喝上几口冰茶，真是完美的组合。疾驰中享用小小野餐，何等快活惬意，那伙狗娘养的却要将这种乐趣从他身边夺走。

再拧上十几圈，甚至不用那么多，脚踏板就会随着一声闷响掉到水泥地上。接着他就可以再卸另一只，再接下来他就能继续正常地生活。

可这不公平，他想。

再骑一次，就当是告别，他想。

他抬起腿跨过车架，把屁股（比出现红色胆固醇指标的那天紧致多了）安放在座椅上，一边想：此类故事都是这样发展的，对不对？结尾时，可怜的笨蛋总是说这是最后一次，我以后再也不做了。

绝对是这样，他想，但我敢说，在现实生活中，人们这样放纵自己是不会有什么问题的，我敢说他们不会为此承担什么后果的。

一部分的他嘟囔着在现实生活中根本不会发生这样的事，在他理解范围内的现实生活中，绝对不会有他这样的疯狂举动，还有他这样的疯狂经历。然后他把这个声音推开，不再理会。

夜色美好，正适合在林中骑行。

6. 出乎所有人意料的结局

不过，他还是又有了一次机会。

当晚，他第一次清楚地听到了汽车引擎的轰隆声，而且就在闹铃响起之前，看到前方的路上突然出现了蓝翎被拉长了的影子——只有车头前灯才有可能投下那样的影子。

就在那时，闹钟响了，不是刺耳的尖叫，而是遥远的近似乐曲般的蜂鸣。

卡车在逼近。不需要回头就能得出这个结论——也绝对不愿意回头看那可怕的魔鬼紧随在后，夜间躺在床上时他这么想。他浑身忽冷忽热，仍旧因毫秒之差躲过一劫而惊魂未定——他看得到影子正变得越来越长，越来越黑。

请快点，先生们，到时间了，他想，同时紧紧闭上双眼。闹铃声犹在耳，却仍旧还是令人心定的嗡嗡声，被弗雷迪卡车引擎发出的声音盖住。车似乎已经开到了身后，假如他们连花个一分钟来个纽约式的寒暄都不愿意怎么办？假如司机停都不停，直接轧烂车身，从他身上开过去怎么办？他会变成路上一只被压扁的死老鼠。

他没费力气睁开眼睛，也没花时间去确认自己还是在荒无人烟的土路上，而不是地下室里。相反，他把眼睛闭得更紧，集中全部注意力去听闹铃声，这次把闹钟如酒吧侍者礼貌的提醒也变成了不耐烦的吼声：

快点先生们到时间了！

谢天谢地，汽车引擎声和闹铃声间的力量对比突然发生了逆转，布鲁克斯通闹钟又恢复了它一贯的尖叫，催命般督促人快起床快起床快起床。等他睁开双眼时，面前出现的是墙面上的投影图，而不是那条路本身。

然而，如今肉红色已经被夜幕完全笼盖，天空变成漆黑。路却被光照得雪亮，蓝翎自行车的黑影清楚地投射在铺满落叶的路面上。他可以说他早就下了车，画面上那些变化是在梦游时加上去的。可他知道自己是在自欺欺人，而且并不单单是从手上没有颜料来判断的。

这是我最后一次机会，他想。最后一次机会逃开此类故事中大家预料的结局。

可他太累了，身体抖得厉害，没有办法马上处理那辆健身车。明天吧。明天早上，什么都不干，先把那辆车拆了。现在，他只想离开这个分不清现实和臆想的可怕地方。打定主意后，他走到过道边波莫纳橙子的包装箱旁——双腿像灌了铅一样，身上挂了一层薄汗，难闻的味道显示这汗是吓出来的，而不是运动出汗——关掉闹钟。他上了楼，躺在床上，不知过了多久才睡着。

第二天一早，他没坐电梯，而是一步步走楼梯来到地下室，脚步坚决、双唇紧抿，一副重任在肩的模样。他看也不看箱子上的闹钟，便径直来到健身车旁，单膝跪地，拿起螺丝刀，再一次把刀尖塞入固定左边脚蹬板的四个钉子中的一个……

……然而，没等他察觉，他已经又骑上了车，在那条路上飞驰，直到车头灯的亮光包围了他，让他觉得自己是个在黑暗舞台上被聚光灯照亮的演员。卡车的引擎声响得出奇——大概是消声器或排气管出了问题——而且有杂音，很可能弗雷迪没有在出发前对车子进行保养。是的，肯定没有，要还房贷，要买食物，还有孩子们的开销，却没了进账，哪有闲钱养车？

他想：我本有最后一次机会的。昨晚是最后一次机会，我没有抓住。

他想：我为什么要这样做？为什么，我明明心里明白的。

他想：因为不知用了何种方法，他们让我这么做的。是他们。

他想：他们会开车轧过我，我会死在树林里。

可是卡车并没有撞倒他，反而从他右边疾驰而过，左侧车轮在堆满落叶的水沟里隆隆作响，然后猛打车身，横停在他前面，挡住了去路。

又惊又怕的希夫基茨忘记了父亲把蓝翎拿回家时嘱咐他的第一件事：理查，停车时先倒蹬踏板，握前闸的时候同时刹后闸。否则——

否则会这个下场。恐慌中他双手攥拳，同时狠狠捏住左边的手闸，刹住了前轮。他被甩下座椅，朝驾驶座门上印着"利皮德公司"的卡车飞过去。他伸出的双手撞在卡车的地盘上，登时就麻木了。接着，他瘫倒在地上，不知道自己摔断了几根骨头。

车门在头顶打开，他听到了工作靴踩在落叶上的声音。他没有抬头，只等着他们抓住他，把他拽起来，可是并没有人动手。落叶散发出陈桂皮的味道，脚步声在他两边响起，突然又停住了。

希夫基茨坐起身，看着自己的双手。右手的手掌流血了，左边的手腕肿了起来,但他认为并没有骨折。他四下里看看,首先看到的是被道奇卡车尾灯映成红色的蓝翎。刚被父亲从车行买回家时,那辆自行车是很漂亮的,现在却被毁了容,前轮歪了,后轮胎也从钢圈上剥下来一半。他第一次感到恐惧之外的某种情绪。这种情绪叫愤怒。

他颤抖着站了起来。来的路上,蓝翎的后方,出现了一个真实的洞。怪异的是,那个洞是肉红色的,让他觉得自己是在看着体内某处血管的裂口。洞口的边缘不住地晃动、鼓胀和收缩着。再往后,是三个男人,包围了地下室的那辆健身车,站姿同希夫基茨平生见过的所有工人一样。那是些有事要办的人,他们正在讨论的是如何办。

突然之间,他明白了自己为什么给他们起那些名字。说来简单得可笑。戴"利皮德"帽子的那个,伯科威茨,原型是大卫·伯科威茨,所谓的"萨姆之子①",也是希夫基茨来曼哈顿那年《纽约邮报》的热点话题。弗雷迪是弗雷迪·阿尔比马尔,他的高中同学——他们曾在一个乐队待过,成为朋友的理由也很单纯:两人都讨厌学校。韦兰呢?是某个会议上碰到的艺术家。迈克尔·韦兰?还是米切尔·韦兰?希夫基茨记不清楚,只知道这人擅长画龙一类的魔幻题材。他们曾在宾馆酒吧里彻夜长谈,交换可笑又可怕的电影海报业的业内八卦。

接下来是在车库里自杀的卡洛斯。他的原型是卡洛斯·德尔加多,人称大猫。多年来,希夫基茨一直追的是多伦多蓝鸟队,仅仅因为他不愿意像所有其他职棒大联盟的球迷一样力挺扬基队。大猫是蓝鸟队为数不多的球星之一。

"你们都是我造出来的,"他哑着嗓子说,"是我用记忆和其他边角料造出来的。"事实当然就是如此,而且也不是第一次。比如说,画那幅仿诺曼·洛克威尔风格的富瑞托广告时,他就拜托广告商给他找了四个适龄男孩的照片,然后把他们画进了广告中,就这么简单。男孩们的母亲签署了必要的授权书;一切纯属商业手续。

---

① 大卫·伯科威茨,又称"萨姆之子",二十世纪七十年代纽约臭名昭著的连环杀手,有六人命丧其手,另有伤者数名。

伯科威茨、弗雷迪和韦兰对他的话毫无反应,也不知道到底听到没有。他们交头接耳讨论了几句,希夫基茨能听到说话声,却听不清楚谈话的内容。他们似乎是赶了很远的路过来的。不管他们到底是谁,或是什么,韦兰爬出了凹处,伯科威茨则在健身车旁跪了下来,就像希夫基茨曾经做的那样。伯科威茨拿起螺丝刀,眨眼间就把左踏板卸了下来,当啷一声扔到地上。希夫基茨仍然坐在路上,透过古怪的肉红色洞眼看着伯科威茨把螺丝刀递给弗雷迪·阿尔比马尔,那个曾和理查德·希夫基茨一同在糟糕的高中乐队吹着同样糟糕小号的家伙。玩摇滚时,他们的演奏要好得多。加拿大树林中的某处,一只猫头鹰叫了一下,声音说不出有多孤单。弗雷迪拿起螺丝刀,动手卸另一边的踏板。同时韦兰也回来了,手里拿着扳手。看清他手里的东西后,希夫基茨不由得一阵恐慌。

　　看到他们干活的样子,希夫基茨不由得想:要想干活快,还得行家来。毫无疑问,伯科威茨和他的工友们没有浪费一点时间。不到四分钟,健身车就只剩下躺在水泥地上的两个轮子和拆成三块的车架,简直像所谓"拆解图"一样干净。

　　伯科威茨把钉子和螺栓塞进了工装裤的前袋中,袋里鼓囊囊的像装满了零钱。与此同时,他意味深长地看了希夫基茨一眼,后者立刻被那个眼神激怒了。所有的工人都从那个古怪的、管道般的洞口钻回来(他们低着头,像走进低矮的房门一样)之后,希夫基茨再次握紧了拳头,尽管那样让他的左手腕疼得发疯。

　　"你知道吗?"他对伯科威茨说,"我可不认为你伤得了我。我不认为你伤得了我。想想你会怎么样吧。你不过是个,是个……包工头!"

　　伯科威茨从"利皮德"帽子弯折的帽檐下不动声色地看着他。

　　"你们是我造出来的!"希夫基茨喊道,一边伸出右手的食指,像枪管一样将他们逐一点过去。"你是'萨姆之子'!你是我在恩慈修女会高中时一起吹小号的朋友的成年版!你可没办法靠吹降E大调来救自己的命了。还有你,你是个专门画龙和入魔少女的画家!"

　　利皮德公司的其他成员同样也没有任何反应。

"那你又是什么?"伯科威茨反驳道,"你想过没有?你难道要告诉我有可能并不存在一个更大的世界?知道吗,你也什么都不算,只是某个会计师早晨坐在马桶上看报时脑子里一闪而过的念头而已!"

希夫基茨张了张嘴,想告诉他那太荒谬了,可伯科威茨眼里的某种东西让他不由得咽下了想说的话。继续啊,他的眼睛说,问问题,我告诉你的会比你想知道的还要多。

从希夫基茨口中冒出来的话变成:"你算老几,凭什么不让我保持体型?你想让我五十岁就死掉吗?见鬼,你管得太多了吧!"

弗雷迪接口:"伙计,我不是什么哲学家,我只知道我的卡车需要保养,而我付不起钱。"

"我有一个孩子需要买矫形鞋,另一个需要接受言语治疗。"韦兰也说。

"波士顿挖隧道①的工人们中流传一句话,"伯科威茨说,"'别赶工,让它自己结束',我们对你的要求就这么点儿,希夫基茨。让我们还有活儿干,有钱赚。"

"这太疯狂了,"希夫基茨喃喃道,"简直——"

"我才不管你怎么想,你他妈的混蛋!"弗雷迪大喊道,希夫基茨发现面前的人几乎要哭出来了。看来,这一次的交锋不止对他,对于他们来说也是极大的心理负担。不知为什么,这一点是让他感觉最糟糕的地方。"我才不管你,你他妈算什么东西?你不工作,游手好闲,满身赘肉,都不关我的事!但别把面包从我孩子的嘴里夺走,听明白了吗?我不许你那么做!"

弗雷迪冲过来,拳头扬到他眼前,摆出一个变了形的约翰·沙利文②式拳击姿势。伯科威茨伸出一只手拽住弗雷迪的胳膊,把他拉了回来。

"让我们有活儿干,"伯科威茨重复道。希夫基茨当然明白那句话的出处,他看过《教父》的书和所有三部电影。那些人就不能用一个

---

① 号称"大挖掘"的波士顿中心隧道工程。
② 约翰·沙利文,美国重量级拳击手,是首位赢得全国声誉的运动员。

不属于他自己语汇库中的单词或俚语吗？恐怕不能，他想。"让我们保有尊严，朋友。你认为我们能换份画画的工作，就像你一样吗？"他笑了，"不，朋友，要是我画只猫，就必须在下面写上'猫'这个大字，别人才能知道我画的是什么。"

"你杀了卡洛斯。"韦兰说。希夫基茨预感，如果从韦兰的语气中听出谴责，他就会再度气愤不平，可他听到的只有悲伤。"我们对他说，'坚持住，伙计，情况会好转的，'可他不是坚强的人。要知道，他从来也不懂得向前看。他绝望了。"韦兰停了停，抬头看看黑色的天空。不远处，弗雷迪的道奇在轰轰作响。"他本来就不是一个满怀希望的人。有些人就是那样的。"

希夫基茨转向伯科威茨。"别绕圈子了。你们想要什么——"

"别赶活儿，"伯科威茨说，"我们想要的就这么简单。让工作自己结束。"

希夫基茨意识到，自己很可能可以做到这个男人的要求，甚至有可能不费任何力气。有些人，只要开口吃了一个KK甜甜圈，就会收不住嘴，直到吃完盒里的最后一个。如果他是那样的人，问题就麻烦了。可他不是。

"好吧，"他说，"为什么不试试呢？"突然，一个念头在他脑中一闪而过，"我可以有顶那样的帽子吗？"他指了指伯科威茨戴的那顶。

伯科威茨露出了微笑。与他说必须注明自己画的是什么，别人才能看得出来时那一笑相比，这个笑容虽然短暂，却更真诚，"我会安排的。"

希夫基茨本以为，此时伯科威茨会伸出手来让他握，可他猜错了。伯科威茨只是从帽檐下最后一次投来思量的眼光，便转身朝道奇车走去了。另两名工人跟在他身后。

"过多久我才能断定这一切都没有发生？"希夫基茨问，"才能断定是我自己拆掉了健身车，因为我……怎么说呢……因为我玩腻了？"

伯科威茨一只手放在车门把手上，停下了脚步，回头看着他。"你想要多久？"他问。

"我不知道，"希夫基茨说，"嗨，这里很漂亮，不是吗？"

"一直如此，"伯科威茨说，"我们一直都把这里收拾得很漂亮。"他的语气中有戒备的意味，对此希夫基茨选择无视。他突然想到，胡思臆想也是有其骄傲的。

一时间，他们都站立在那条后来被希夫基茨称为'美加边境失落的高速路'的小路上，一言不发。对于一条林中的无名小土路来说，那个名字有些拔高，但也算恰当。不知何处，猫头鹰又叫了一声。

"不论是室内还是室外，对我们来说都是一样的。"伯科威茨说。然后，他打开侧门，坐到驾驶座上。

"保重。"弗雷迪说。

"但别太重。"韦兰加了一句。

希夫基茨看着道奇在狭窄的土路上来了一个漂亮的三点调头，沿着来路开走了。管道般的洞口已经消失了，但希夫基茨丝毫不担心，等时间到了，他自然可以回得去。伯科威茨并没有刻意避开蓝翎，而是直接从上面开了过去，把拆解工作完成得更加彻底。车轮的辐条被压断，发出吱吱嘎嘎的声音。道奇尾灯的光越来越微弱，然后在拐弯处不见了。过了好一会儿，希夫基茨仍能听到引擎的轰鸣声，但那也最终消失了。

他坐在路上，后又仰面躺着，受伤的左手抱在胸前。天上没有星星。他累坏了。最好别睡着，他提醒自己，树林里说不定会钻出什么东西来——也许是头熊——把你吃掉。可他还是睡着了。

醒来时，他发现自己躺在地下室的水泥地板上。被卸去钉头和螺栓的健身车七零八落地散在身旁。板条箱上的布鲁克斯通闹钟显示：8:43。显然，工人中的某一个关掉了闹铃设定。

那东西是我自己拆掉的，他想。这就是我的故事版本，只要坚持，我很快就会相信。

他登上通往大厅的楼梯。爬楼梯时，他发觉自己饿了。于是，他想说不定该到杜根餐厅去点一份苹果派。苹果派并不是世界上最不健康的甜食，对不对？等他到了那儿，他决定在派上再浇一层冰淇淋。

"有什么大不了的，"他对女服务员说，"人只能活一次，是不是？"

"嗯，"她回答，"印度人可不这么认为，但随你的便。"

两个月之后，希夫基茨收到一个包裹。

和经纪人共进午餐——希夫基茨点了鱼和清蒸蔬菜，但接着来了一杯焦糖奶油——后回到家时，希夫基茨在大厅里看到了那个包裹。包裹上没有标签，没有联邦快递、安邦快递或 UPS 的商标，也没有邮戳，只有几个歪歪扭扭的黑体字写着他的名字：理查德·希夫基茨。不知为什么，他觉得是那个在图画下方标明"猫"的男人所为。他把包裹拿上楼，从工作台上拿过一把埃克托牌刻刀划开盒子。一团纸巾下面，放着一顶崭新的鸭舌帽，后面有塑料调整带的那种。帽里的标签上写着"孟加拉国制造"。帽檐上有几个动脉血般暗红色的字：利皮德。

"那是什么？"他对着空荡荡的工作室发问，一边来回翻转、打量那顶帽子，"某种血的成分吗？"

他试着把帽子戴到头上。刚开始太小了，但他调整了后面的带子后，就完全合适了。他在卧室的镜子里照了照，仍然不太满意。他摘下帽子，把帽檐弯出一个弧度，再戴上去。现在看上去差不多了。等他脱掉午餐时的正装，换上沾满颜料的牛仔裤后就更合适了。他会更像个干体力活的工人……事实也的确如此，不管某些人怎么想。

头戴"利皮德"帽子作画最终成为了他的习惯，就像他习惯了在某周以 S 开头的日子①里多吃一道菜，并且在周四晚上去杜根餐厅吃个浇冰淇淋的派一样。不管印度哲学到底是怎么说的，理查德·希夫基茨还是相信人只能活一次。既然如此，也许你就该允许自己什么都尝试一下。

---

① 指周六和周日。

遗　物

　　我想跟你谈论的东西——他们留下的那些——是二〇〇二年八月出现在我的公寓里的。我清楚地记得时间，是因为它们中的大多数是在我帮葆拉·罗伯逊修空调后不久出现的。回忆常常需要一个标记，而我的标记就是那件事。葆拉是一位童书插画家，长得挺好看——见鬼，何止好看，她是个大美女——丈夫是做进出口生意的。对于这种真正能帮助一位漂亮女士——哪怕是一位不停地强调自己已婚的女士——排忧解难的事，男人的记忆力总是很好的；因为这样的机会也确实不多。现在的世道，骑士行为通常会把事情弄得更糟。

　　当天午后，我下楼散步时，看见她一脸沮丧地站在大堂里。我跟她打了个招呼，也就是住同一栋楼的邻居间的客套话，她却气冲冲地问我物业怎么能在这种时候去度假。我指出，就算女牛仔也会忧郁，就算物业也会度假；况且，八月本来就是适合旅游的好时光啊。在八月的纽约（或是巴黎，我的朋友），精神病医师、潮人艺术家和物业管理员都是珍稀物种。

　　她没笑。我甚至不知道她是否听出了我对汤姆·罗宾斯[①]的引用——说话晦涩是阅读课给我的后遗症。她说或许八月真的是个去海角或火岛旅游的好月份，可是她的房间热得快着火了，空调却一丝风都没有。我问她是否愿意让我看一看。我还记得她当时看我的眼神——那双冷静的灰色眼眸将我上下打量，我想那样的眼睛大概能看透许多东西。我也记得自己对她的疑问付之一笑：你安全吗？那个问题让我想起了一部电影，不是《洛丽塔》——稍后，有时是在凌晨两点，我倒是会想起《洛丽塔》——而是那部劳伦斯·奥利弗临时起意

[①] 汤姆·罗宾斯（Tom Robbins，1936—　），美国小说家，《女牛仔也会忧郁》是他的一本书。

给达斯汀·霍夫曼做牙科手术的电影，里面，他不停地问后者，安全吗？

我安全得很，我说，我有一年没攻击过妇女了。以前，我一周攻击两三个，不过心理治疗还是起作用了。

这是个挺唐突的玩笑，可我本来就处于无所顾忌的情绪中。一种夏天的情绪。她又看了我一眼，然后笑了。她伸出手。葆拉·罗伯逊，她说。她伸出的是左手，并不合乎握手的惯例，但黄色的金属小圈正套在那只手的手指上。我认为她是故意的，你怎么想？但她告诉我她有个做进出口生意的老公是以后的事了，是在换我向她寻求帮助的那天。

电梯里，我提醒她别对我期望太高。不过，要是她想找人挖掘纽约征兵暴动的内幕，或是提供天花疫苗发明过程中的有趣轶事，甚至寻找关于电视遥控器之社会影响的名人言论——据我的浅见，电视遥控器是过去五十年最重要的发明——我绝对是不二人选。

那么说你是研究人员了，斯特利先生？站在缓慢而摇晃的电梯里往上升时，她这样问我。

我给了她肯定的答复，但并没有告诉她我其实还是个新手，也没有让她叫我斯科特，那样肯定又要吓到她了。我当然也没有告诉她我正在试图忘记有关农业保险的一切。没有对她说，事实上我正在试着忘掉许多事，包括一些人。

你看，或许我正试着忘记，但我还能记住很多。我想，当你刻意去忘记时总是这样，有时是越想忘记反倒记得越清楚。我甚至还记得某位南美小说家——就是被称为魔幻现实主义的那些人中的一个——说过的话。我不记得他的名字，他是谁并不重要，重要的是他说过：婴儿时，我们的第一个胜利来自于抓住世界的一小部分，通常是我们母亲的手指。以后，我们发现，其实是世界和世界上的东西抓住了我们，而且一直都是如此。是博尔赫斯说的吗？也许是他。也有可能是马尔克斯。我真的不记得了。我只知道我让她的空调再次开始运转，冷气从排风口吹出来时，她立刻高兴起来。我还知道，关于认识倒转、我们终究会意识到是外物在掌控自我的那句话是对的。或许，物把人变成了囚徒——梭罗无疑是这样认为的——可它们也使我们保住自己在世界上的位置。囚牢是为此付出的代价。不管梭罗怎么看，我相信这笔交易是合算的。起码当时我是这样认为的；而现在，我不确定了。

我知道的另外一点是，这些事情发生在二〇〇二年八月末，离天塌下来一角，将我们的一切永久改变的那场灾难过去不到一年。

斯科特·斯特利爵士披挂他的"好撒马利亚人"甲胄战胜可怕的空调后又过了一周。某天下午，我散步到八十三街的史泰博文具店买了一盒软盘和一令纸。我欠一个人四十页关于宝丽来相机发展——这个故事比你想象得有趣得多——的背景资料。回家后，我发现在门厅通常放置未付账单和未归还图书催缴单的小桌子上，赫然放着一副镜片非常特别的红框太阳镜。我立刻就认出了它，顿时气力全无，浑身瘫软，手中的购物袋一下子掉到地上。我倚在门边，瞪着那副太阳镜，试着平复呼吸。要是身后没有倚靠的东西，我相信自己会像维多利亚时代小说里的女主角一样昏倒在地——那类半夜出现吸血鬼的故事。

我被两种相关却不相同的感情同时击中。第一种，类似在做某件永远无法解释的事时知道自己将被捉住的那种可怕的罪恶感。说到这里，我想起十六岁时发生的——或者说差点发生的——一件事。

那天妈妈和姐姐去波特兰购物，所以我本该一人在家待到傍晚。我赤身躺在床上，下体裹了姐姐的一条内裤。床上四零八落地撒了很多图片，都是我从车库里找到的杂志上撕下来的——很可能是这栋房子的前主人收集的《阁楼》和《画廊》杂志。就在那时，我听到了汽车驶过车道的声音。绝对没错，是她们俩回来了。佩吉染上了流感，路上就开始往车窗外呕吐，所以她们只开到波兰泉就掉头回来了。

我看着眼前的情景：图片扔了一床，衣服丢在地上，左手还有一堆粉红泡沫。我记得力气从身体溜走，虚弱随即取而代之的可怕感觉。妈妈在叫我——"斯科特，斯科特，下来帮我扶一下你姐姐，她病了"——我记得自己想："完了。我被抓住了。最好还是接受现实吧,我被抓住了。以后这辈子只要想到我,她们第一个想起来的就会是'枪手斯科特'。"

然而,在这种形势下,求生的欲望总会插一脚,我当时的情况便是如此。也许会被捉个现行,我想,但至少要试着挽救自己的脸面。我把图片和姐姐的内裤扔到床下,手指麻木却速度飞快地套上衣服,脑子里不由得浮现出以前看过的一个疯狂的游戏节目《争分夺秒》。

我还记得下楼后,妈妈摸摸我涨红的脸,露出担心的神情。她说:"不会你也生病了吧?"

"有可能。"我心情不错地回答。直到半小时后,我才发现裤子拉链忘了拉了。幸运的是,佩吉和妈妈都没有注意到。若是放在其他场合,她们一定会问我是不是有出售热狗的执照,在我成长的家庭里,此类玩笑是被视为机智的。而那天,她们一个生病了,另一个担心得无暇玩幽默。于是我得以全身而退。

谢天谢地。

八月的公寓里,紧随第一阵情感波澜而来的情绪要简单得多:我认为自己神志不清。因为那副眼镜不可能在那儿。绝对不可能。绝不。

然后,我抬起眼睛,又看到了一件东西,一件我同样确定半小时前离家去史泰博文具店时——我一向是随手锁门的——肯定不在这里的东西。小厨房和起居室之间的角落里出现了一根球棒,从商标上看是 H & B 牌的。虽然看不到背面,我也知道后面印着什么:理赔调查员。这几个字是用烙铁尖烫上去再涂成深蓝色的。

又一种情绪向我袭来:第三波浪潮,是一种超现实的错愕感。我并不相信鬼魂,可我确信自己当时的样子肯定像是刚刚撞见一个。

我的感觉也像是刚刚见了鬼。的确如此。因为那副眼镜理应消失了,而且消失很久了。克里夫·法雷尔的理赔调查员也是。"棒球对我灰常灰常好",有时,克里夫会坐在办公桌前,一边挥舞球棒一边说,"保险灰常灰常坏。"

我做了唯一能想到的事,就是抓起索尼娅·迪亚米克的太阳镜退回到电梯里。我把眼镜举到身前，就像抓着放假一周回家后在地板上发现的某个恶心玩意儿——一块腐烂的食物或被毒死的老鼠什么的。我想起曾和一个叫沃伦·安德森的人谈到过索尼娅。他把所见告诉我时，我心里想，她一定看上去就像自以为还能跳起来找别人要杯可乐。当时我们正在第三大道的布拉尼石酒吧喝酒，距离天塌下来已经过了六周。谈到她之前，我们举杯庆祝自己没死。

那种事情似乎总也难以忘怀，不管你是否想要记得它们。就像一段反复萦绕在你脑中的旋律或一段口水歌。凌晨三点，你起床小解，站在马桶前，头脑只有百分之十清醒，那句话就突然钻了进来：就像自以为还能跳起来找别人要杯可乐。和沃伦的交谈中，他曾经问我是否记得索尼娅那副滑稽的太阳眼镜，我回答说记得。我当然记得。

下了四层楼后，我看见门卫帕德罗站在凉棚下，正与联邦快递的快递员雷夫聊天。帕德罗向来严厉，不让快递在大楼前驻留——他遵循七分钟原则，并有怀表为标准，巡警为帮手——可他跟雷夫关系不错，两人有时会站个二十分钟，头抵在一起聊些纽约城的老派话题。政治？棒球？亨利·大卫·梭罗的福音书？我不知道，也毫不在乎。把文具拿上楼时他们就在，我失魂落魄地下楼来后他们还在。我，斯科特·斯特利发现了现实的微小漏洞，虽然小，却不容忽视。看到他们俩还在就够了。我走上前，抬起握着太阳镜的右手，举到帕德罗眼前。

"你把这东西叫做什么？"我连招呼都不打，直接打断了他们的交谈。

他不解地瞪了我一眼才回答："我为您的粗鲁而吃惊，斯特利先生。"然后低头看着我的手。他长时间没说话，一个可怕的念头冒了出来：他什么都没看见，因为本来那东西就不存在。我的手向前伸着，像在玩角色互换，等着他给我小费。我的手中实际上空无一物。一定是这样，必须是这样，因为索尼娅·迪米亚克的太阳镜已经不存在了。索尼娅的滑稽眼镜早就消失了。

"这是太阳镜，斯特利先生，"帕德罗终于开口说，"还能有别的名字吗？要么这是个脑筋急转弯的问题？"

快递员雷夫显然对此更有兴趣，从我手中拿过眼镜。看到他拿着眼镜，几乎研究般地打量它，我不由松了口气，那种感觉就像有个人不偏不倚地挠到了你两片肩胛骨间的痒处。他从凉棚中走出来，把眼镜对着太阳，阳光在那两片心形镜片上洒下星星点点的亮光。

"看上去像杰瑞米·艾恩斯演的那部黄片儿里的小女孩戴的[①]。"

听到这句评论，尽管心情沮丧，我还是不由得笑了出来。在纽约，就连快递员都是影评家，这也是这座城市让人热爱的地方之一。

"没错，《洛丽塔》，"我说着把太阳镜拿回来，"只不过心形太阳镜是斯坦利·库布里克导演的那版里面的。当时杰瑞米·艾恩斯还在到处晃悠呢。"其实，连我自己都不知道我这句话是什么意思，但我不在乎。我再次感到头晕目眩……而且不是令人舒服的那种。这次不是。

"那部电影里的变态是谁演的？"雷夫问。

我摇摇头。"我要是现在能想起来才怪了呢。"

"请别介意我实话实说，"帕德罗说，"你看上去很苍白，斯特利先生。你生病了吗？也许是感冒了？"

不，感冒的是我姐姐，我想说。我拿着她的内裤，边看四月小姐[②]的照片边手淫的时候，差二十秒就被逮个正着。可是我没有被逮住。那次没有，9·11也没有。糊弄住你们了，再次逃脱。那天在布拉尼石酒吧，沃伦·安德森告诉我，事发当天上午，幸亏他在三楼停下与一个朋友讨论扬基队的赛况才免于一死。我不知道对他来说究竟是什么情况，但从各种灾难中侥幸逃脱似乎已经成了我的特点。

"我没事儿。"我回答帕德罗。虽然不是实话，但知道自己并非是唯一能看到索尼娅的太阳镜的人还是让我稍微好过了些。如果这副太阳镜真的存在于世上，很可能克里夫·法雷尔的 H & B 球棒也是

[①] 指一九九七年阿德里安·莱恩执导，杰瑞米·艾恩斯与多米尼克·斯万主演的影片《洛丽塔》。库布里克执导的一版是一九六二年拍摄的。

[②] 指阿普里尔·珍妮特·门德斯，美国职业摔跤手，被称为四月小姐（阿普里尔与四月同音），身材火辣。

如此。

"是那副太阳镜吗？"雷夫突然以一种尊敬并随时准备好大吃一惊的口气问，"是第一部《洛丽塔》里面的太阳镜吗？"

"不是。"我说着把镜架折了起来，就在这时，库布里克那部电影里女主演的名字突然冒了出来：苏·莱恩。可到底是谁演的那变态，还是一点头绪也没有。"只是个便宜货。"

"那么它有什么特殊的地方吗？"雷夫又问，"否则你干吗特意跑下来问？"

"我也不知道，"我说，"有人把它放在我的公寓里了。"

没等他们再次发问，我便上了楼，四处查看，希望不要再发现别的东西。我的希望落空了。除了太阳镜和一侧烫有理赔调查员的球棒，还有一块豪伊牌爆笑放屁垫、一个海螺壳、一个嵌在合成树脂方块里的钢币和一个上面坐着爱丽丝的陶瓷蘑菇——红色的带着白斑点。放屁垫是吉米·伊格尔顿的，每年圣诞派对上都会被大家拿来大玩特玩。陶瓷爱丽丝原来是放在莫琳·汉农桌上的——她曾告诉过我，那是她祖母送给她的礼物。莫琳有一头及腰的美丽银发，在商务环境下很少看到那样的发型，但她已经在公司工作了快四十年，也因此觉得自己够资格自由处理发型。我对海螺壳和钢币都有印象，只是记不得是在谁的隔间——或办公室——里了。可能以后会想起来，也可能想不起来。莱特贝尔保险公司有太多隔间和办公室了。

海螺壳、蘑菇和树脂方块整齐地放在起居室里的咖啡桌上。放屁垫——我认为它的位置恰如其分——放在马桶水箱上，挨着最新一期的《斯班克农业保险简报》。我记得告诉过你们，农业保险曾经是我的专业，我知道里面所有的门道。

那么，这件事背后到底有什么门道？

我想，大多数人在生活中遇到麻烦，需要找人谈谈时，首先想到的是打电话给家人，对我来说却并非如此。在我两岁、姐姐四岁的时候，父亲就离家出走了。我妈却不是个能将家庭甩手不管的人，她坚强地把我们姐弟俩抚养成人，还在家里经营邮购订单交换所的生意。

我相信，这个商机是她一手创造出来的。她从中获得了不错的收入，尽管后来她告诉我，刚开始的一年十分艰难。老太太抽烟抽得像烟囱一样凶，四十八岁时便因肺癌去世。如果她能多活个七八年，很可能会成为互联网时代的百万富翁。

姐姐佩吉现在住在克利夫兰，在那里为玫琳凯化妆品、印第安人职棒队工作过，并接受了原教旨主义的基督教义。当然，不一定是按我所说的顺序。如果我打电话告诉老佩吉说在公寓里发现了这些东西，她一定会建议我跪下来向耶稣祈祷。可是，不管这么想正确与否，我真的觉得在这件事上耶稣帮不了我。

我还有人数不多也不少的一群叔叔阿姨和表亲，但他们大多数都住在密西西比河以西，多年未联系。基利安一家——我妈那边的亲戚——从来就没有大家庭团聚的念头。生日和圣诞节时寄张卡片对他们来说已经足够完成联系家人的义务，若是情人节或复活节也收到卡片，就绝对是意外惊喜。圣诞节时致电某位表姐或是她打过来，我们都会嘟囔着"不久的将来"找时间团聚的废话，然后同样如释重负地挂断电话。

另一个选择很可能就是邀请某个好友来喝一杯，给他说说具体什么麻烦，再问他有何建议。可我小时候就是个害羞的男孩，长大后是个害羞的男人，在目前的研究工作中也是单打独斗——纯粹是自己喜欢这样——因此也没能把同事发展为朋友。上一份工作倒是交了几个朋友——比如索尼娅和克里夫·法雷尔——可是他们死了，这个选择也就免谈了。

我想，要是没有可以谈心的朋友，退而求其次便是租一个，一点心理诊疗费我还负担得起。也许，在某个心理咨询师的沙发上躺上几次——可能四次就够——应该足够让我解释清楚事情经过并表达自己的感受。四次诊疗要花我多少钱？六百美元？要么八百？那些钱换来心里轻松也值得。可能还会有额外收获。旁观者或许能就我一直苦思不解的问题给出简单而合理的解释。我的思维中，公寓和外界之间那扇上了锁的门似乎已经打败了大多数解释，但那毕竟是我的思维；会不会这才是关键所在？或许也是问题所在？

我都计划好了。第一次诊疗，我会解释事情的经过。第二次，把相关的物品带过去——太阳镜、树脂方块、海螺壳、球棒、陶瓷蘑菇和永远流行的放屁垫，就像在文法学校里那样做个小小的展示和介绍。剩下的两次谈话中，我和租来的朋友可以找出扰乱我生活的罪魁祸首并拨乱反正。

我用了一个下午翻看黄页、拨打电话，最后终于明白了：不管理论多么美妙，心理诊疗事实上并不可行。我得到的最接近真正约诊的信息是一位前台说尧斯医生或许能在明年一月份接见我。她还暗示就算那样，也是需要"意思意思"才能挤进预约表。其他诊所则根本一点希望也不给我。我联系了六个纽瓦克的心理咨询师、四个怀特普来恩斯的，甚至还给一位昆斯的催眠师打了电话，结果还是一样。对于纽约市——更别提保险业——来说，穆罕默德·阿塔[①]和他的敢死队罪大恶极、死不足惜，但那个在电话线上浪费掉的下午却足以说明，他们极大地促进了心理咨询业的发展，尽管心理诊疗师们并不希望如此。二〇〇二年的夏天，想在某位心理咨询师的沙发上躺会儿可不是件容易的事，你必须拿号排队。

那些东西放在房里我也能睡觉，可是睡不好。我听见它们对着我低语。有时，直到半夜两点我还无法入睡。我躺在床上，想着那个认为自己到了一定年龄、对于公司也已成为不可或缺的人物，因而可以把她那头漂亮长发想怎么弄就怎么弄的莫琳·汉农。我还会想到圣诞派对上挥动着吉米·伊格尔顿著名的放屁垫的人们。我早先说过，与新年缩短了两三杯酒的距离后，放屁垫就会成为人们最喜欢取乐的玩意儿。我想起布鲁斯·梅森问我觉不觉得那东西看上去像小精灵用的灌肠袋——"小精灵。"他说——然后，经过思维的联想过程，我终于想起他就是海螺壳的主人。当然就是他，蝇王[②]布鲁斯·梅森。沿

---

① 九——事件中劫机犯的领袖。
② 英国作家威廉·戈尔丁的代表作。

着关联的食物链再走一环，我记起了杰瑞米·艾恩斯还在晃荡时出演亨伯特·亨伯特的那个人叫什么、长什么样：詹姆斯·梅森。记忆是只狡猾的猴子；有时它会吃你喂的香蕉，有时则不会。所以，尽管当时并没多想，我还是把太阳镜拿到了楼下。我想要的只是证实。乔治·塞费里斯不是有首诗里问这些是死去朋友的声音，或只是留声机？有时候，这是个好问题，一个你必须向他人求证的问题。或者……听我说下面这件事。

八十年代后期，我即将结束与酒精长达两年的苦恋。某天，我坐在书房的桌边睡着了，半夜才醒过来。我摇摇晃晃地走进卧室，伸手去摸电灯开关。就在那时，我看见有人影在晃动。第一反应——几乎可以肯定这个判断——就是遇上了入室抢劫的瘾君子，他颤抖的手里一定还拿着从某个当铺里买来的廉价点三二手枪。我伸出一只手开灯，同时用另一只手在桌上摸索，想摸到个重东西来防身——任何东西，哪怕是放我妈妈照片的银相框都行。灯亮了，我才发现是自己吓了自己。我正看着房间另一边镜子中的人：眼神惊恐，一半衬衫从裤腰中掉了出来，后脑勺上的头发还立着。这副样子连我自己都觉得恶心，不过同时也松了口气。

我希望，眼下这桩事情的真相也是如此。我希望它是镜子，是留声机，甚至是某个人的恶劣玩笑——或许是某个知道我九月的那天为什么没去上班的人。但我知道，那些都不是。放屁垫就在那里，真真切切地待在我的公寓里。我的拇指能摸到爱丽丝陶瓷鞋子上的搭扣，我的手指能抚过她黄色的陶瓷头发。树脂方块里硬币的日期，我也看得一清二楚。

某年七月，布鲁斯·梅森，又称海螺人，又称蝇王，把他的粉红色大海螺壳拿到了公司在琼斯海滩举行的聚会上。他吹着海螺壳，召集大家参加以热狗和汉堡为主菜的野餐欢宴。他还想教会弗雷迪·劳恩斯怎么吹。可弗雷迪最好的表现也不过是发出一连串虚弱的喇叭响，就像……呃，像吉米·伊格尔顿的放屁垫发出的声音。就是这样，一环套一环。每个相关联的链条组成一条项链。

九月快过完的时候，我冥思苦想，突然想到了一个极其简单的解决方法，简单到我都不敢相信为什么自己早没想到。说到底，我干吗要守着这堆不受欢迎的垃圾不放？为什么不扔掉它们？我又没有看管它们的责任；这些东西的主人以后也不会过来把它们拿走。我最后一次看到克里夫·法雷尔的脸是在一张海报上，而在二〇〇一年十一月之前，最后一张此类海报就被揭走了。人们普遍感觉——虽然没有明说——那些家庭自制的海报会吓跑重新溜回欢乐之城的游客们。大多数纽约人都认为那场灾难是可怕的，但美国仍然是美国，而马修·布罗德里克在《金牌制片人》[①]中也就只能露那么长时间的脸。

当晚我吃的是从两个街区外一家喜欢的中餐馆买来的菜。我的计划是像往常一样，边听查克·斯卡伯勒解读世界边吃晚饭。正是看着电视的时候，我突然顿悟了上面提到的解决办法。那些不受欢迎的东西，那些来自最后一个安全日子的纪念品，它们并不属于我的责任范围，也不会成为呈堂证供。是的，罪行的确是发生了——每个人都同意这一点——但罪行的实施者已经死了，而幕后的黑手还逍遥法外。或许未来的某天会有审判，可是斯科特·斯特利不会被传唤作证，吉米·伊格尔顿的放屁垫也不会成为证物。

我把"曹将军鸡"放在厨房的台面上，铝盘上的盖子都没有取下来，接着从那台几乎没怎么用过的洗衣机上方的架子上抓起一个洗衣袋，将那些东西放了进去——简直不敢相信它们塞在一起竟然那么轻，也不敢相信这简单的事自己竟然早没想到——走进电梯，下了楼，袋子就放在两腿之间。我走到七十五街和公园交界的角落，左右张望了一下，确定没有人在跟踪我——上帝才知道我为什么要这么偷偷摸摸的——然后把袋子丢进了垃圾桶。我又扭头朝四处看了看，才转身离开。球棒不识趣地从垃圾桶里露了出来。我敢肯定，有人会发现它并把它拿走。很可能在查克·斯卡伯勒讲完、顶替汤姆·布罗考的约翰·席根塔勒或其他人出场之前。

[①] 马修·布罗德里克参演的是二〇〇五年的电影，根据一九六八年的同名电影及二〇〇一年的同名百老汇歌舞剧改编而成。此处的意思是说所有的事情都会过去，就像演员在某部戏中的表演一样。

回去的路上,我在欣乐餐馆停下,又订了一份"曹将军鸡"。"上一份不好吃吗?"收银台的罗丝·明问,听上去有些担心,"告诉我原因。"

"不,上一份很好,"我说,"我今晚就是想吃两份。"

她放声大笑,笑得好像这是她这辈子听过最好笑的话。我也笑了起来。笑得很厉害,却绝不是轻佻的那种。我记不得上次这样笑是什么时候了,这么大声,这么自然。莱特贝尔保险公司掉到华尔街之后肯定是没有的。

我坐电梯到了我家那一层,走了十二步来到4-B。我浑身乏力,就像人们某天醒来,借着清晨的阳光发现自己高烧已退时的虚弱感觉一样。我把外卖袋子夹在左腋下——这个动作实在很别扭,但短时间还能撑得住——打开房门。我打开灯。就在那里,在我放未付账单、行李牌和过期图书催还单的桌子上,索尼娅·迪米亚克的太阳镜赫然放在上面,那副红色边框、洛丽塔风格心型镜片的太阳镜。索尼娅·迪米亚克,据沃伦·安德森——据我所知,他是除我以外,莱特贝尔总部唯一的幸存者——说,她从遭到攻击的那栋楼的一百一十层跳了下去。

他说看到了一张恰好捕捉到她坠楼的照片。索尼娅双手紧压住裙子,防止它翻上去;她的头发竖着,鞋尖指向下方,背景是那天浓烟滚滚的蓝天。他的描述让我想起了那首名为《坠落》的诗,詹姆斯·迪基在诗里描述了一位想把自己高空坠落的身体向水域瞄准的空姐,那位空姐似乎认为自己还能微笑着浮出水面,甩甩头发上的水珠,找人要杯可口可乐似的。

"我吐了,"沃伦在布拉尼石酒吧里告诉我,"我再也不想看那样的照片了,斯科特,可我知道自己永远也忘不了它。我看得清她的脸,我觉得,她似乎相信……相信自己会没事的。"

自从成年以后,我还从来没有放声尖叫过。可是,当我的目光越过索尼娅的太阳镜,移到又一次漠然地斜倚在通往起居室角落里,属于克里夫·法雷尔的理赔调查员时,我差点就大叫起来。残存的理智告诉我,房门还开着,四楼的两家邻居会听到我的尖叫;真要那样,就像某人说的，我就必须给他们一个解释了。

我用手捂住嘴，堵住即将冲出来的尖叫。外卖袋掉到了门厅的硬地板上，里面"曹将军鸡"的包装盒摔开了。我几乎鼓不起勇气低头看地上的狼藉。那些烹调过的黑色肉块可能是任何东西。

我跌坐在门厅里唯一的椅子上，双手捂住了眼睛，没有尖叫，也没有哭泣。过了一会儿，我终于能够起身打扫。我的思路不断跑到那些比我更快从七十五街和公园角落回到家的东西上，但我不愿纵容它。每次它刚一试图往那个方向跑，我就会一把揪住它的缰绳，把它拽到别的地方。

那天夜里，我躺在床上，听到了交谈声。先是那些东西说话了——低声地，然后它们的主人们应答，声音稍微响一点。有时，他们谈论琼斯海滩上的野餐会——防晒油的椰子香味和米沙·布雷任斯基的噪音盒中反复播放的洛乌·贝加的《曼波五号》。或者谈到小狗追逐天空下的飞盘。有时，他们还会说起在浅滩戏水的孩子，短裤和游泳衣松松地挂在身上。妈妈们鼻子上涂着白色的防晒霜，身穿从兰兹角邮购的泳衣陪在孩子旁边。那一天，有多少孩子失去了守卫他们的妈妈或扔飞盘的爸爸？天，那是个我不愿意去想的数学题。可在我公寓里呢喃的声音却不这么想。他们算了一遍又一遍。

我想起布鲁斯·梅森吹响海螺壳，宣布自己是蝇王。我想起莫琳·汉农有次告诉我——那次谈话不是在琼斯海滩发生的——《爱丽丝漫游仙境》是第一部"迷幻"小说。吉米·伊尔格尔顿有天下午对我说他儿子除了口吃以外还有学习障碍，简直就像买一送一；还说要是不给那孩子请一个数学家教再加一个法语家教，估计他是没法在可预计的将来从高中毕业的。"在他能享受'全美退休人员协会'的折扣价买课本之前"，这是他的原话。在那个漫长午后的阳光中，他脸色苍白，略有胡茬，似乎早上用的剃须刀不够锋利。

我正要迷迷糊糊睡过去，最后那段记忆却让我猛然惊醒，因为我意识到那个对话肯定是在九月十一号前不久进行的。也许只是几天前。甚至是那之前的星期五，也就是说对话发生在我最后一次见到吉米活着的那一天。还有那个口吃加学习障碍的年轻人：他的名字是叫杰瑞米吗？杰瑞米·艾恩斯的杰瑞米？肯定不是，肯定只是我的脑子在作怪——有时狡猾的猴子会吃香蕉——但看在上帝分上，差得不远。也许是杰森。或者是贾斯廷。夜半凌晨，思绪疯长，我记得当时想，如果那孩子的名字真是杰瑞米，我很可能会发疯的。宝贝儿，那会是压断骆驼背的最后一根稻草。

凌晨三点钟，我终于想起了谁是里面装着钢币的树脂方块的主人：债务部的罗兰·埃布尔森。他说那是他的退休金。就是罗兰习惯说"露西，你必须给我们一个解释。"二〇〇一年秋天的某个晚上，我在六点新闻中看到了他的遗孀。我曾和她在公司的某次野餐会——跟琼斯海滩的那次很像——上交谈过，当时就认为她很漂亮。守寡似乎进一步雕琢了她的面容，使她的漂亮变成了肃然的美丽。新闻报道中，她不断地描述自己的丈夫为"失踪"。她拒绝称他为"死亡"。而如果他果真活着——如果他真的再出现——他就必须给我们一个解释了。绝对是。不过当然了，还有她。一次大规模谋杀竟然将一个女人从漂亮变成了美丽，她也必须给我们解释解释其中的奥秘。

我躺在床上，想着这些事情——我记起了琼斯海滩上拍岸的浪花和天空下飞过的飞盘——心中满溢的难忍悲伤，终于化成眼泪流了出来。然而，我也要承认，那同样也是一个学习的过程。那天晚上，我终于明白，物体——哪怕是很小的物体，就像树脂方块里的钢币一样小——也会随着时间的流逝变得越来越沉重。可是，由于那是思维的重量，所以并没有数学公式能够计算。不像保险公司的蓝皮书中说明，如果你抽烟，寿险费率会上升 x；如果你的农场处于龙卷风多发带，农作物收成险的费率会上升 y。明白我的意思了吗？

那是思维的重量。

第二天早上，我再次把那些东西整理到一起，并发现了第七件，这件在沙发底下。坐在我旁边格子间的家伙，米沙·布雷任斯基，在桌子上放了一对潘趣和朱迪①玩偶。我从缝隙里瞥到沙发底下是潘

---

① 英国传统滑稽木偶剧《潘趣与朱迪》的主人公。

趣。到处不见朱迪的影子，不过有潘趣就可以了。幽灵般的阴影中，潘趣的黑眼睛朝我看过来，让我的心沉入可怕的沮丧中。我把玩偶勾出来。地板上留下的一条灰痕让我厌恶不已。留下痕迹的物体是真实的，是有分量的。这一点毫无疑问。

我把潘趣和其他东西一起放在小厨房外的多功能橱柜里。它们一直待在里面。我本来不确定它们会固定地待在一个地方，事实证明，它们会的。

我妈曾告诉我，要是一个男人擦完屁股之后发现厕纸上有血，他的反应应该是接下来的三十天在黑暗中拉屎，同时祈祷万事无恙。她用这个例子向我解释她心目中男性哲学的基石：忽视问题，也许问题会自己消失。

我忽视那些在房间里发现的东西，我祈祷万事无恙，形势便真的有了一点好转。我很少再听到橱柜里的低语声，除非是在深夜，尽管我越来越多地到外面去做研究工作。到十一月中旬时，我已经是在纽约公共图书馆里度过大部分时间了。管理员们肯定都熟悉我拿着苹果笔记本的身影了。

然后有一天，就在复活节前夕，我走出大楼时恰巧碰到了葆拉·罗伯逊进来，那位我通过按动空调重启键拯救于危难的美妇人。

我事先绝对没有预谋——如果有时间思考，我想我绝对不会说一个字儿——却脱口而出，问她可不可以请她吃午饭，并向她咨询一些事情。

"事实上，"我说，"我遇到了一些麻烦。或许你可以按下我的重启键。"

我们站在大厅里。帕德罗坐在角落里看《邮报》——同时倾听我们说的每一个字，对此我毫不怀疑。对他来说，这栋大楼里的住户是世界上最精彩的白日剧集——她回应了我一个愉悦而紧张的微笑。"我想我欠你一顿饭，"她说，"不过……你知道我结婚了，对不对？"

"是的。"我回答，没有指出她伸出左手跟我握手，根本不可能不注意到她的戒指。

她点点头。"嗯，你一定好几次看到我和我先生在一起，不过当时空调故障的时候他在欧洲，现在他也在欧洲。他叫爱德华。两年来，他在欧洲的时间比在这里长，尽管我并不喜欢这样，可我不管怎么说都是个结了婚的女人。"接着，仿佛是又想到了什么，她补充了一句，"爱德华是做进出口生意的。"

我过去是从事保险的，可是，有一天公司爆炸了，我想对她说。不过最后，我还是说了句听上去神志正常的。

"我并不想找人约会，罗伯逊太太。"我也同样不渴望与她以名字相称。她眼中一闪而过的是失望吗？认真地说，我认为是的。但至少，这句话可以说服她，我仍然是安全的。

她把双手放在臀部，装作一副生气的样子。也许她的气愤比我想象中真诚。"那么你想要什么？"

"只是有人能听我说说话。我试着找心理医生，但他们都太……忙了。"

"所有的？"

"似乎是。"

"要是你的性生活有问题，或是有冲动在城里乱晃谋杀穆斯林，我可不愿意知道。"

"不是那种事情。我保证，不会让你脸红。"这句话的意思并不完全等同于我保证不会吓到你或你不会认为我是个疯子。"只是吃顿午饭，给我些建议。我的请求就这么多。怎么样？"

这番话如此有说服力，连我自己都惊讶甚至是震惊了。若是提前盘算了这次对话，说不定倒会搞砸。我猜她有些好奇，而她能听出我话里的真诚则是肯定的。说不定她会推断：假如我真的是四处寻花问柳的那种男人，八月去修空调和她独处一室时就会试探了，天知道那时候她的丈夫是在法国还是德国。还有，我不知道她在我脸上看出了多少绝望。

不管怎么样，她总算是答应星期五和我在街角的唐纳德烤肉店共进午餐了。在曼哈顿的所有餐厅中，唐纳德烤肉店是最不浪漫的了——好食物、荧光灯，还有会直接请你吃快点的侍者。她的姿态像是在偿还许久之前、差不多已经忘记的一笔债。意识到这一点对我的男性自尊没有什么好处，不过我能接受。中午可以，她说，要是我在大厅里碰到她，我们可以一起走过去。我告诉她我没意见。

当晚，我过得还不错，上床后几乎立刻就睡着了，也没有梦到手贴着大腿从燃烧的大楼上坠落的索尼娅·迪米亚克，她就像诗里那位寻找水域的空中小姐。

第二天，沿着第八十六街走向餐厅时，我问葆拉，听到消息时她在哪儿。

"旧金山，"她回答，"在洛丁酒店里睡得正沉，爱德华睡在我旁边，像往常一样呼噜震天。预定我九月十二号回家，爱德华去洛杉矶开会。当时，酒店拉响了火警警报。"

"你们肯定被吓坏了吧。"

"是的，尽管我当时的第一反应不是火灾而是地震。然后，喇叭里没有实体的声音告诉我们，酒店并没有起火，被大火重创的是纽约。"

"耶稣啊。"

"在一个陌生房间的床上听到那样的消息……听到它从天花板上传来，就像上帝的声音……"她摇摇头。她紧紧抿着嘴唇，几乎看不见唇彩。"非常可怕。我能理解人们要立刻将那样的消息传播出去的心情，可就是无法谅解洛丁酒店的做法。我想我以后不会再住那家酒店了。"

"你先生去开会了吗？"

"会议被取消了。我猜那一天，有很多会议都被取消了。我们坐在床上，一直盯着电视，试图了解更多的情况，直到太阳升起来。你明白我的意思吗？"

"明白。"

"我们讨论着认识的人中谁有可能在那里。我想，我们不是唯一那样做的人。"

"你们想起了谁？"

"雷曼公司的一位经纪人,还有大厅里博德斯书店的助理经理,"她说,"一位平安。另一位……嗯,另一位出了事。你呢?"

这么看来,我不用绕着圈子把话题扯过去了。甚至还没到餐厅,该来的就来了。

"我本来是在那里的,"我说,"我本来应该在那里的。那是我上班的地方。在一百一十层的一家保险公司。"

她猛地在人行道上站定,仰面看着我,眼睛瞪得大大的。我猜,在路人的眼中,我们肯定就像一对情侣。"哦不,斯科特!"

"是的,斯科特。"我说。我终于有机会告诉别人九月十一日那天,我是怎样度过的。我一觉醒来,还以为会像往常每个工作日那样,从刮胡子时的那杯黑咖啡,一直到坐在十三号线上看午夜新闻综述时的那杯可可。与每一天都相同的一天,就是我脑子里想的。我认为,美国公民已经认为那样的每一天是他们的权利。好吧,发生了什么?一架飞机!撞上了一栋摩天大楼的侧面!哈哈,该死,天大的玩笑,他妈的半个世界都在笑!

我告诉她,我从公寓的窗户往外看,看到的是早晨万里无云的天空,天空的蓝色十分纯粹,使人觉得似乎能穿透那蓝色,看到后面的星辰。接着,我告诉了她那个声音。我想,每个人头脑里都有各种声音,而且我们都习惯听到那些声音。十六岁时,其中一个声音开口建议我拿着姐姐的内裤手淫。她有上千条内裤,少掉一条也不会注意到的,那个声音说——我没有把这个青春期历险故事告诉葆拉·罗伯逊——我只能说那个声音全然不负责任,它更为人熟知的名字是"嗨你,动起来"先生。

"'嗨你,动起来'先生?"葆拉不解地问。

"向灵魂音乐之王詹姆斯·布朗① 致敬。"

"好吧,随你怎么说。"

"嗨你,动起来"先生跟我说话的次数越来越少,特别是我戒酒

---

① 詹姆斯·布朗(1933—2006),美国灵魂乐教父级人物,"疯克"(Funk)音乐的缔造者。

之后。然而，那天，他从沉睡中醒过来，对我说了几句话，它们改变了我的人生，救了我的命。

首先（我当时坐在床边上）：嗨你，打电话请病假，快打！接着（——我拖着脚步走去浴室，一边还挠着左边屁股）：你，今天在中央公园晃一天！这不是预感什么的。声音绝对是"嗨你，动起来"先生而不是上帝的。换句话说，是我自己声音的变体——它们都是——来让我偷个懒。享受一下生活吧，老兄！上一次听到这个声音，是在阿姆斯特丹大道某家酒吧里的卡拉OK比赛上：你，唱尼尔·戴蒙德的歌，笨蛋——到台上去，跳起来吧！

"我想我明白你什么意思。"她说着微微笑了一下。

"是吗？"

"嗯……有一次我在基韦斯特的某个酒吧里脱掉上衣，跟着《热舞女郎》跳舞，赚了十美元。"她停了停，"爱德华不知道，要是你告诉他，我会用他的领带夹刺瞎你的眼。"

"哎哟，怕了你，姑娘。"我说，她脸上的微笑不自觉地放大，使她看上去年轻了些。我觉得也许她真的能帮助我。

我们走进了唐纳德烤肉店。店门上悬挂了一只纸板火鸡，桌子上方的瓷砖墙上挂着纸板做的朝圣者。

"我听了'嗨你，动起来'先生的话，所以现在我还能坐在这里，"我说，"可是，除了我以外，还有其他东西，他也帮不上忙。我没有办法摆脱那些东西。今天来这里就是想跟你谈这件事。"

"我再重复一句，我不是心理医生，"她颇为不安，笑容也消失了，"我主修德语，辅修欧洲史。"

你们两夫妻倒真是很有共同语言，我想。可我说出口的是，没关系，其实也不一定是找她谈，只要有人听我说就行了。

"好吧。只要你知道这点就好。"

我们向侍者要了饮料，她点的低卡，我点的常规。侍者走后，她问我想说的是什么。

"这是其中一件。"我从口袋里掏出里面悬有钢币的树脂方块，放在桌子上。我告诉了她其他东西和它们各自的主人。克里夫·"棒球对我灰常灰常好"·法雷尔。以齐腰长发来证明公司离不了她的莫琳·汉农。吉米·伊格尔顿,他的鼻子堪称事故伪证的最佳典范,他有一个学习障碍的儿子,还有一个雪藏于书桌里等待圣诞节大放光彩的放屁垫。索尼娅·迪亚米克,莱特贝尔公司最棒的会计师,从第一个丈夫那里得到了洛丽塔款的太阳镜作为离婚礼物。布鲁斯·"蝇王"·梅森,我的记忆里他总是在琼斯海滩光脚站在浪花里,赤膊吹海螺壳的样子。最后,还有米沙·布雷任斯基,我和他一起至少看过十来场大都会队[①]的比赛。我告诉她,除了米沙的潘趣玩偶,我把所有东西都拿到中央公园和七十五街拐角的垃圾箱里扔掉,可是它们竟然比我还先回到公寓,大概是因为我停下订了第二份"曹将军鸡"。谈话期间,树脂方块一直放在我俩中间的桌子上。尽管它的存在给人压力,我们还是勉强吃了点东西下肚。

说完之后,我的感觉比早先敢于奢望的还要好。然而,她的沉默却让气氛无比沉重。

"好吧,"我打破沉默,"你怎么想?"

她思考了一会儿,我可以理解。"我想,我们不再是最初的陌生人了,"她终于开口了,"而结交新朋友总是一件好事。我想,我很高兴知道'嗨你,动起来'先生,也很高兴告诉你我做过的荒唐事。"

"我也是。"我说的是实话。

"现在,我可以问你两个问题吗?"

"当然。"

"你对所谓'幸存者愧疚感'感触有多深?"

"你不是说你不是心理医生吗?"

"的确不是,但我阅读杂志,大家也知道,我看奥普拉脱口秀。我确定我丈夫知道,尽管我从来不强迫他一起看。所以……有多深,斯科特?"

我琢磨了一会儿这个问题。好问题,不止一个不眠之夜,我问过自己这个问题。"很深,"我说,"还有,我感觉很庆幸,这一点我不

[①] 纽约的一支职业棒球队。

想撒谎。如果'嗨你，动起来'先生是真人，他这辈子就不用住旅馆了，起码是跟我在一起的时候。"我停了一下，"听我这样说会不会觉得很怪？"

她从桌子那头伸出手，轻轻地碰了碰我的手。"一点也不。"

听到她这样说，我的感觉好得令人难以置信。我短暂地握了一下她伸出的手，随后放开。"第二个问题是什么？"

"我是否相信那些东西回来，对你来说有多重要？"

尽管树脂方块就放在桌上，糖碗旁边，我还是认为这是个很棒的问题。毕竟那些东西都不是稀罕物件。我还想，如果她主修心理学而不是德语，很可能会学得很好。

"不像一个小时之前我认为的那么重要，"我说，"单单把这件事说出来就让我好受些了。"

她微笑着点点头。"很好。告诉你我认为最有可能的情况：有人在跟你开玩笑。品味低下的玩笑。"

"要我。"我喃喃道。虽然试着掩饰，但我真的很少如此失望。或许，在某些情况下，"不相信"是覆在人身上的保护层。也或者——很可能是——我还没让自己的理智接受这才是事实。这种事情发生过，现在还在发生。就像雪崩一样。

"要你，"她同意我的措辞，又加了一句，"可你就是不相信。"

似乎确实如此。我点点头。"我出门的时候锁了门，从史泰博文具店回来时门还是锁着的。我听到锁芯转动的声音了，声音很响，不可能听不到。"

"怎么说呢……幸存者愧疚感是个很诡异的东西，而且很强大，至少杂志上是这么说的。"

"这……"我本想说，这不是幸存者愧疚感，可是说这句话也许并不明智。争取的话，我今天有交到新朋友的机会，而交到新朋友总是好的，不管这段友谊究竟会往何处发展。所以，我修饰了一下自己的措辞。"我想，这并不是幸存者愧疚感。"我指指树脂方块，"它就在这里，不是吗？就像索尼娅的太阳镜一样。你看到了。我也看到了。我猜也有可能是我自己买的，可是……"我耸耸肩，试图表达一个我们二人都知道的事实：没有什么是不可能的。

"我想你没有做那样的事。但我也不接受这样一个观点：这些东西是从现实与暮光区域之间的门里掉出来的。"

是的，这就是问题所在。对于葆拉来说，不管证据多么明显，她也绝不接受眼前的东西拥有超自然来源的可能性。我现在需要做的是决定，辨清事实的需要是否甚于获得友谊的需要。

我的答案是否定的。

"好吧。"于是我说。我引起侍者的注意力，做了一个结账写支票的动作。"我能理解你对此无法接受。"

"是吗？"她问，同时仔细地打量着我。

"是的。"连我自己也相信我说的是实话了，"如果，我是说如果，我们能偶尔一起喝杯咖啡就好了。或者在大厅里打个招呼。"

"没问题。"然而，她听上去漫不经心，并不专心在这场对话里。她盯着里面有钢币的树脂方块看了一会儿，然后抬起头来看着我。我几乎看到她头上像漫画里那样亮起了小灯泡。她伸出一只手抓住了它。我永远无法描述看到她那么做时我心里的紧张，但我又能说什么呢？我们都是纽约人，坐在光线充足、整洁干净的餐厅里。她已经表明了她的底线，把所有超现实的东西排除在外。超现实免谈。所有涉及那方面的讨论都是自讨没趣。

葆拉眼里亮起了光芒。我从那光芒可以看出，"嗨你，动起来"先生来到了这个房间，而作为过来人，我知道他的声音很难抗拒。

"把它给我，"她看着我的眼睛，微笑着说。她的样子让我意识到——第一次真正意识到——她不仅漂亮，而且性感。

"为什么？"我明知故问。

"作为听你讲故事的报酬。"

"我不知道这是不是个好——"

"可它是的。"她说。这个提议让她兴奋不已，当人们处于这样的状态时，他们是无法接受拒绝的。"这是个很棒的主意。起码我可以拽住这个小纪念品的尾巴，保证它不再回到你屋里去。我家里有保险箱。"她俏皮地做了个关上柜门、转动密码锁、又把钥匙丢到身后的动作。

"好吧,"我说,"就当是送给你的礼物吧。"说话间,我感到一丝刻薄的喜悦。姑且把那称作"嗨走着瞧"先生的声音。显然,把那恼人的重负从心中解脱还不够。她不相信我,可至少一部分的我想要被相信,且因为未得满足而憎恨葆拉。那部分的我知道,让她拿走树脂方块绝对是个糟糕的主意,但仍然幸灾乐祸地看着她把它放进挎包。

"好了,"她语气轻快地说,"妈妈说拜拜,坏坏不见了。一周,要么两周后——我猜这要取决于你的潜意识的顽固程度——要是它还没有回来,你就可以开始处理其他东西了。"事实上,她说的这句话是那天她给我的真正馈赠,尽管我当时并不知道。

"也许吧。"我微笑着说。我对新朋友展开灿烂的笑脸。对美丽的"妈妈"展开笑脸。可笑容的背后,我在想,等着瞧,你会明白的。

嗨你。

她确实明白了。

三天后,我正看着查克·斯卡伯勒在六点档新闻里解读这座城市最新的交通烦恼时,门铃响了。因为之前并没约过人,所以我想当然地以为是送包裹的,甚至也许是雷夫拿上来联邦快递的邮件。我打开门,看见的却是葆拉·罗伯逊。

眼前的女士跟上次与我共进午餐的那位大大不同。她是葆拉·"化疗真可怕"女士。她的脸色苍白蜡黄,除了少许唇膏之外,看不出其他化妆痕迹。她的双眼下方有深棕色的阴影。或许从五楼下来时,她象征性地用梳子挠了两下头发,但显然没什么效果。若是放在其他情境下,那头向两边炸开、稻草般的乱发是颇有喜剧效果的。她的手握住树脂方块贴在胸前,我也因此看到她一贯修饰整洁的指甲如今也变了模样,被她咬得露了指尖。我一个激灵,上帝啊,是的,她明白了。

她把那小玩意儿递给我。"还给你,"她说。

我一言不发地接了过来。

"他叫罗兰·埃布尔森,"她说,"对不对?"

"是的。"

"一头红发。"

"是的。"

"未婚,但向住在新泽西州罗韦市的一个女人支付子女赡养费。"

这点我倒是不知道——也相信莱特贝尔没有一个人知道——但我还是点了点头,并不只是为了让她接着说下去。我敢肯定她说的是真的。"那女人叫什么,葆拉?"我并不知道自己为什么要这样问,只是感觉必须问。

"托尼娅·格雷格森。"她恍惚地说了一个名字。然而,她的眼睛里有某种可怕的东西,可怕到让我无法凝视。不管怎样,我还是默默地记住了这个名字。托尼娅·格雷格森,罗韦。接着,就像盘存仓库一样,又加上一条:里面有钢币的树脂方块。

"他试图钻到桌子底下去,你知道吗?不,看样子你就不知道。他的头发着了火,他在哭。因为在那一刻,他知道自己再也无法拥有一艘双体船,甚至再也不能修剪草坪。"她伸出一只手,放在我的脸颊。这个举动如此亲昵,我本应该感到震惊,即使她的手凉得像冰一样。"最后,他宁愿放弃他所有财产,每一分钱、每一份股票,只为能再次修剪自家的草坪。你相信吗?"

"我信。"

"那个地方充满了尖叫声。他能闻到飞机燃料的味道,他知道死期已至。你明白吗?你明白那有多可怕吗?"

我点点头,说不出话来。就算把枪顶住我的头,我也说不出话来。

"政客们谈论着什么纪念碑、勇气和以战争终结恐怖主义,可是烧着的头发无关政治。"她咧开嘴,露出了一个无法言传的惨淡笑容。过了几秒钟,笑容消失了。"他头发烧着了,想爬到桌子底下去。桌子底下铺了一块塑料的什么东西,叫什么来着——"

"脚垫——"

"是,脚垫,一块塑料脚垫,他的手抓住那块垫子,能感觉到上面的塑胶棱线,鼻孔里充斥着自己头发烧焦的味道。你明白吗?"

我点点头。我哭了起来。我们正在谈的是罗兰·埃布尔森,我以前的同事。他是债务部的,跟我并不熟,我们的交往仅限于见面打个招呼问声好。我怎么能知道他在罗韦有个孩子?而且,如果那天我没有翘班的话,我的头发很可能也会被烧焦。以前,我从未意识到这一点。

"我不想再见到你。"她说。那骇人的笑容再次在她脸上一闪而过,可是现在她也开始哭了。"我不在乎你有什么麻烦。我不关心你那堆破事儿。我们结束了。从现在开始,不要再来打扰我。"她拔脚离开,却又再次转身面对我。她说:"他们是以上帝之名行事的,可是根本就没有上帝。如果真的有上帝,斯特利先生,他就应该让那十八个手拿登机牌的家伙死在候机厅里,可是没有上帝那么做。他们召唤乘客登机,而那些人就登机了。"

我看着她走向电梯。她的背挺得笔直,头发向两边炸开,像个周日滑稽卡通节目里的人物。她不想再见到我,我并不怪她。我关上门,看着树脂方块里钢塑的亚伯拉罕·林肯。我盯着他看了很长时间。我在想,如果永远抽着雪茄的尤利西斯·格兰特①用他的雪茄点着林肯的大胡子会有什么味道。令人不快的、烧焦的味道。电视上,有人在说,睡美人床品店正在举办床垫展销。那之后,莱恩·伯曼上了屏幕,开始讲喷气式飞机。

那天,我于凌晨两点醒来,听着房间里的低语声。我从未梦到过这些东西的主人,从来没有在梦中看到过他们的头发着火,或是跳窗逃避燃烧的飞机燃料。然而,我又为什么要看到呢?我本来就认识他们,而他们留下来的东西是留下来给我的。让葆拉·罗伯逊拿走树脂方块是错误的,错就错在她不是该拿的人。

说到葆拉,其中一个低语声就是她的。你就可以开始处理其他东西了,那个声音说。它还说,我猜那要取决于你的潜意识的顽固程度。

---

① 第十八任美国总统,内战期间任北军统帅。

我躺倒在床上，过了一会儿，终于睡着了。我梦到自己在中央公园喂鸭子，突然，某处传来音爆般的巨响，浓烟布满整个天空。在我的梦中，烟的味道闻起来像烧焦的头发。

我想到了住在罗韦的托尼娅·格雷格森——托尼娅和那个可能有着与罗兰·埃布尔森同样眼睛的孩子——然后想着应该去亲眼看一看。不过，我决定先从布鲁斯·梅森的遗孀着手。

我坐火车到了多布斯费里，从车站叫了辆出租车。车载着我到了一条住户街旁边鳕鱼角风格的房子前。我给了司机些钱，让他等我一会儿——我不会很久的——然后按了门铃。我腋下夹了一只盒子，看上去像装蛋糕的那种。

因为事先打过电话，所以门铃只响了一声，贾尼丝·梅森便给我开了门。我精心准备好了一个故事并充满自信地讲给她听了。我知道，等在车道上开着里程表的出租车容不得任何细节上的纠结。

九月七号那天，我说——也就是事发前的星期五——我拿起布鲁斯放在桌上的海螺壳，想吹出调子来，就像他在琼斯海滩野餐会上做的那样。（蝇王夫人贾尼丝点点头，那次她也去了。）是这样，我说，长话短说吧，我说服布鲁斯让我周末把海螺壳拿回家练习。星期二早上醒来的时候，我鼻窦炎发作，头痛欲裂——这个借口我已经对不少人讲过——正在喝茶的时候，我听到了爆炸声，同时看到了上升的烟雾。直到这个星期，我才想起了海螺壳。我在整理杂物柜，结果在里面发现了它。我想……嗯，这并不是多贵重的纪念物，但我想，也许你愿意……愿意……

她的眼睛充满了泪水，就像葆拉归还罗兰·埃布尔森的"退休金"时我的双眼一样。只是，与泪水相伴的，并没有我敢肯定当时看着一头乱发的葆拉时出现在自己脸上的惊恐神情。贾尼丝说她很高兴看到能作为布鲁斯纪念的东西，任何东西。

"我永远无法原谅那天我跟他告别的方式，"她抱着盒子说，"因为要赶火车，所以他总是走得很早。他亲吻了我的脸，我睁开一只眼，问他下班时能不能带一品脱稀奶油回家。他说好的。那是他对我说的最后一句话。当他向我求婚的时候，我觉得自己就像特洛伊城的海伦——这很蠢，但这是我真实的感觉——我多么希望自己说点比'带一品脱稀奶油回家'更好的话啊。可是，我们已经是老夫老妻了，那天就跟平常的每一天一样，我们……并不知道，是不是？"

"是的。"

"是的。每次告别都可能是永别，我们不会知道下一秒会发生什么。谢谢你，斯特利先生。谢谢你过来把这个给我。你真是个好人。"她浅浅一笑，"你还记得，他站在海滩上，赤膊吹起这个海螺壳的样子吗？"

"我记得。"我说，同时看着她抱着盒子的样子。稍后，她会坐下来，拿出盒子里的海螺壳，放在腿上，然后开始哭泣。至少我知道一点，那个海螺壳是不会回到我的公寓里去了。因为，它回家了。

我回到车站，搭上返回纽约的火车。午后时分，车厢里几乎是空的，我坐在一扇雨尘斑驳的窗边，看着外面的河水和逐渐接近的天际。在阴雨多云的日子，我似乎是在自己的想象中看到建筑物的空中轮廓，一次一小片。

明天，我会去罗韦，带着那个树脂方块。也许，那个孩子会用他或她胖乎乎的小手接过它，好奇地盯着看。不管怎样，我的生活将从此摆脱它。我想，唯一棘手的是吉米·伊格尔顿的放屁垫——我怎么能告诉伊格尔顿太太我周末把它拿回家练习呢？不过，需要是发明之母，我一定能想出个差不多让人相信的理由。

我突然想到，或许，其他东西迟早也会出现。如果我告诉你我一点也不喜欢这个可能性，那我就是在说谎。当归还那些被人们认为永远失去的东西、那些有分量的东西时，你会发现有所收获。就算它们只是微不足道的小物件，比如一副滑稽的太阳眼镜或是树脂方块里的一个钢币……是的。我要说，真的有所收获。

毕业日午后

贾尼丝一直没有找到合适的词来描述巴迪住的地方。叫它房子①，它太大了；称它为庄园，又太小了。还有，车道尽头邮箱上的名字，"海港灯光"，也让她无语。听上去就像是新伦敦②的餐厅似的，就是招牌菜从来都是鱼的那种。结果，她就只能说"你的地方"，比如"到你的地方去打网球吧"或是"到你的地方游泳吧"。

看着巴迪穿过草坪，朝房屋另一边人声喧哗的游泳池走去时，贾尼丝想，巴迪的名字也是一样别扭。没有人愿意叫自己的男朋友巴迪③，但如果转而叫学名就意味着只能叫他布鲁斯的话，实在也没什么挑挑拣拣的余地。

他们之间情感的表达也是如此。她知道他想听到自己说爱他，特别是在他毕业的这一天——肯定要比送他那个银质奖章要好，虽然那份礼物让她咬紧牙关，花了一大笔钱——但她就是说不出。她实在没办法说，"我爱你，布鲁斯。"她能挤出的最好听——也经过了一番内心挣扎——的语句是"我很喜欢你，巴迪。"可就连这话听上去也像是某部英国音乐喜剧中的台词。

"别在意她说什么，好吗？"到草坪另一边去换泳衣之前，巴迪对她说，"你不会是因为这个才待在后面的吧？"

"当然不，我只是想再打几个球，看看风景。"这里的确是观景的好地方，她总是看不够。从房子的这一边，能看到整个纽约市，高楼看起来就像是蓝色的玩具，阳光照在顶楼的玻璃窗上熠熠生辉。贾尼丝想，只有在远处，才能感觉到纽约宁静的美丽。虽然这种宁静只是错觉，但她喜欢。

---

① 原文为 House，美国常见的独幢住宅，通常为两层，有地下室和花园。
② 新伦敦（New London），康涅狄格州的一个城市。
③ 巴迪，英文 Buddy 是伙计、哥们的意思。

"她只是我的奶奶,"他接着说,"你现在也认识她了。她说话就这样,口没遮拦的。"

"我知道。"贾尼丝说。事实上,她喜欢巴迪的奶奶,那个毫不掩饰自己势利的老太太。她势利的原因显而易见。他们姓霍普,是和其他的天使军一起来到康涅狄格州的,哦,谢谢你。而她是贾尼丝·甘多尔维斯基。两周后,她也即将迎来自己的毕业日——从费尔黑文高中,而那时,巴迪已经和他的三个好"巴迪"去阿巴拉契亚山道远足了。

她朝球筐转过身去。她苗条高挑,身穿无袖圆领衫、棉布短裤和球鞋,腿部的肌肉随着每次跃起击球而跳动。她漂亮,自己也知道,但她并未因此虚荣,反而更实际。她拥有与外表同样出色的头脑,对此她也很清楚。费尔黑文高中的女生中很少有人能和"学院"的男生成为关系稳定的恋人——常见的只有冬季嘉年华或是春季游乐会的周末情人,大家都心知肚明,谁都不会拖泥带水——她却办到了。尽管不管她走到哪里,她的出身家世都会拖在后面,像是家用车保险杠上系的易拉罐一样。她在与被称为巴迪的布鲁斯·霍普的交往中,玩转了社交的帽子戏法。

从地下的视听室往上走时——他们刚才在那里打电玩,大多数人还头顶学位帽玩得热火朝天呢——他们无意中听到了奶奶说的话。她和其他大人一起坐在客厅聊天。这个聚会事实上是他们的聚会;孩子们自己的派对在晚上,先去219号公路上的好乐淘,吉米·弗莱德里克的父母特意把那个地方包了下来,然后去海滩对月狂欢。

"叫贾尼丝什么什么的,天知道她她的姓怎么念,"奶奶用耳聋老妇特有的毫无语调却又出奇有穿透力的声音说,"她很漂亮,不是吗?一个乡下姑娘,现在是布鲁斯的朋友。"她并没有直说贾尼丝是她情窦初开的孙子过家家玩玩儿的,但这意思都包含在她的语气中了。

贾尼丝耸耸肩,又打了几个球,腿不断屈伸,球拍有力地挥出。球高而有力地飞过球网,稳稳地落在另一端的球篮里。

事实上,他们从彼此身上学习,她怀疑他们之间就那么回事儿。在一起的意义就是那样。而且巴迪也不是那么难教。从一开始,他就十分尊重她——也许过于尊重了。她必须先教他不要以那么敬而远之的态度对待女朋友。平心而论，她承认，考虑到当孩子们的身体渴望得到满足时往往没有合适的时间和地点保障，他并不算是个糟糕的情人。

"我们已经尽力了。"她对自己说，然后决定到泳池和其他人一起游泳，让他最后一次炫耀他的女朋友。他还以为，在他去普林斯顿、她去州立大学之前，他们有整整一个暑假可以厮守，但她可不这么想；她认为，阿巴拉契亚山道远足计划某种程度上是为了毫无痛苦而又最大限度地分开他们。贾尼丝猜想这并不是他那位见了谁都客客气气的父亲的主意，也不是因为那位势利得让人感到亲切的祖母——一个乡下姑娘，现在是布鲁斯的朋友——而要归功于那位笑容优雅、行事得体却又拒人千里之外的母亲，恐怕她担心的事情——像写在她那光洁美丽的额头上那么明显——就是那姓氏后面拖着易拉罐的乡下姑娘会大了肚子，从而把她的宝贝儿子拴在一桩门不当户不对的婚姻里。

"而且这也不对。"她低语了一句，一边把球筐推到了器械室里，挂上插销。她的朋友玛西一直问她到底看上他什么了——巴迪，她皱皱鼻子，一脸不屑。你们周末都干什么？游园会吗？还是打马球？

事实上，他们确实去打了两次马球，因为汤姆·霍普还喜欢骑马——尽管如果他不控制体重的话，这很可能是他马背生涯的最后一年，巴迪坦言——但他们也做爱，有时候也会激情澎湃。也有些时候，他让她发笑。现在，让她发笑的时候不像以前那么多了——她觉得，他带给她惊喜的能力十分有限——但是，偶尔他还能做到。他是个身体瘦削、思维狭隘的男孩，以有趣和有时令人意想不到的方式打破了她对有钱人家的孩子都是纨绔子弟的成见。而且，他崇拜她，这对一个女孩的自尊心来说并不是什么坏事。

然而，她不认为他能够永远抗拒本性的召唤。她想，三十五岁之前，他就会失去流连香闺的大部分热情，转而对积累金钱更有兴趣。或者是保养殖民地时期的古董摇椅，就像他的父亲在——嗯——马车房里做的那样。

她沿着长长的草坪慢慢走着，又向远方仿佛睡梦中的蓝色玩具城看去。近处的是从泳池传来的水声和笑声。室内，布鲁斯的父母、祖母和亲友将在正式的茶会上以他们自己的方式庆祝一个小子的高中毕业。今晚，孩子们会外出，举行更正常的派对。毫无疑问，会有酒精和成人电影。扩音器里会放出震耳欲聋的酒吧音乐。没有人会放贾尼丝从小听惯的乡下玩意儿，不过没关系，她知道在哪里能找到。

到她毕业的时候，派对的规模会小得多，很可能就在凯阿姨的餐馆里。毫无疑问，她去的学校不会那么声名显赫或历史悠久，但她怀疑自己对未来的规划恐怕巴迪做梦都没敢想过。她要做记者。她会从校报开始做起，看看能做到何种程度。一步一个脚印往前走，才是做事的方法，而这个阶梯上要走的台阶很多。除了美貌和毫不张扬的自信心外，她还有天分。虽然现在还不了解自己的天分到底有多少，但她会慢慢发现的。还有运气。至于有多少运气，同样有待发现。她明白不能依靠运气，但也知道幸运女神往往青睐年轻人。

她走到铺着石头的院子，回过头，眼光沿着草坪朝并列的两个网球场看去。网球场看上去非常大，非常富，非常特别，但她知道自己才十八岁。将来或许有一天，这些在她看来会是很平常的东西，即使是在记忆里。很渺小。正是这种信念让她可以坦然接受自己是贾尼丝什么什么，是乡下姑娘，是布鲁斯现在的朋友。巴迪，头脑狭隘的巴迪，偶尔在意想不到的时刻逗她发笑的巴迪。他从来没有让她感觉过自卑，很可能一旦他有这种想法，她就会离开他。

她本可以直接穿过房子到另一端的泳池和更衣室去，但她首先轻轻地往左边侧了侧身，再一次看着远方那座蓝色的城市。有一天，它会是我的城市，我的家，她想。正在这时，巨大的光亮笼罩了她的梦想之地，像是不知何方神明突然点亮了灯。

亮光刺得她眯起了眼睛。那亮光起初像一道强劲孤立的闪电，紧接着，整个南方的天空都悄然无声地变成了流动的红色。楼房被湮没在形状不明的血红光芒中。接下来有那么一会儿，它们又出现了，但如幽灵般，像是隔了一层镜片在看。一秒钟，或许只有十分之一秒钟后，它们就永远地消失了，那片红色则粉碎如成千上万块胶片碎屑，向上方飘去，沸腾翻滚。

世界寂静无声。

布鲁斯的妈妈走到院子里，手遮住眼睛，站在她的身边。她穿着一条崭新的蓝裙子，配合茶会的场合。她的肩膀碰了一下贾尼丝的，她们并肩站着，眼看着南方升腾的猩红色蘑菇云吞噬了蓝色的天空。烟从蘑菇云的边缘升起——阳光下是深紫色的——又向里收缩进去。火球的红光过于强烈，亮到能使人失明的地步，但贾尼丝就是无法移开眼睛。大滴大滴温暖的水顺着她的脸颊流下来，但她就是无法移开眼睛。

"怎么回事？"布鲁斯的妈妈问，"如果是哪个商家的广告，我只能说品味太低下了。"

"是炸弹。"贾尼丝说。她的声音像是来自另一个地方。比如，哈特福德的现场报道。此时，巨大的黑色气泡从红色的蘑菇云上炸开来，组成不断变换的可怕形状——这一秒像猫，下一秒像狗，突然又变成魔鬼小丑——在远方对着她们做鬼脸，下面的纽约市现在变成了一个大熔炉。"核弹，而且是个大家伙，不是什么吓唬人的小玩意，要么——"

随着"啪"的一声，热流立刻在她的半边脸上下翻滚，眼泪从她的双眼飞出来，她感到头晕目眩。布鲁斯的妈妈刚刚打了她一巴掌。很用力。

"不准拿这种事情开玩笑！"布鲁斯的妈妈严厉地说，"这一点都不可笑。"

其他人也来到了院子了，但他们看上去不过是阴影；要么是因为贾尼丝的视力被火球的强光偷走了，要么就是因为乌云遮挡住了太阳。也可能两种原因都有。

"真是低级趣味！"一个字比一个字尖利，到趣味时简直是在喊了。

有人说："肯定是某种特效，一定是，否则的话，我们应该听到——"

话音未落，巨大的声响就传到了他们的耳朵里。那声音像是巨石在无尽长的水槽里滚动,震动了房屋南面的草丛,树上的鸟也受了惊,成群地飞到天上。整个世界都被填满了,响声却不停止,像是持续不断的音爆。贾尼丝看到布鲁斯的奶奶手捂着耳朵,沿着通往多车车库的小路缓缓走来。她低着头,弯着腰,屁股向外顶着,像个被逐出境的难民踏上漫长的流亡之路。有什么东西挂在她的裙子后面,不停地左右摆动,贾尼丝毫不意外地注意到——用她剩余的视力——那是奶奶的助听器。

"我想醒过来,"贾尼丝身后的一个人烦躁地说,"我想醒过来。够了。"

九十秒前纽约所在的地方,红云膨胀到了最高处,翻滚跳跃,像在庆祝自己的胜利。这一朵深紫红色的毒菌将这个下午、今后所有的下午,烧得千疮百孔。

一阵微风吹了过来。风中夹带着热气,把她一侧的头发吹开,露出了耳朵,将未曾停止的爆炸声听得更加真切。贾尼丝站在那里看着,想起了打网球,一个接一个地打过去,球纷纷落地,密集得简直可以拿煎锅去接。如果让她写报道,她会这样去写。她有写作的才能,或者说曾经有。

她想到了布鲁斯和他的朋友们不会成行的徒步旅行。她想起了今晚不可能如约举行的好乐淘派对。她想起了本来要听的杰伊-Z、碧昂斯和弗雷乐队的唱片——这倒不是多大的损失。她也想起了父亲上下班途中在载货车上听的乡村音乐。那要好一些。她要想想帕斯蒂·克莱因或斯迪特·戴维斯①,或许过段时间,她就能教会自己还剩下的视力不要再去看。

---

① 帕斯蒂·克莱因(Pasty Cline)和斯迪特·戴维斯(Skeeter Davis)都是美国乡村音乐歌手。

N.

1. 一封信

二〇〇八年五月二十八日
亲爱的查理，

　　这样称呼你似乎有些奇怪，但又十分自然，虽然上次见你时我还只有现在年龄的一半。那时我十六岁，深深地暗恋着你——你当时知道吗？你当然知道——现在，我已经幸福地为人妻，为人母，儿子尚且年幼。我总在CNN[①]上看到你主持的《医学博览》栏目，你还是像从前一样英俊。好吧，差不多英俊。那时我们三个人曾经一起钓鱼，或是去弗里波特的铁路剧场看电影。

　　那些夏日时光似乎属于遥远的过去——你和约翰尼形影不离，而我则是你们俩的小尾巴。你总是愿意带着我，对我很是纵容。但此刻，想到你哥哥般的宠爱，想到过去，我的眼泪便再也无法控制。并不仅仅是为约翰尼，也为我们三个。过去的时光是多么简单而纯粹啊，青春年少的我们又是何等美好！

　　你肯定看到了他的讣告。"意外身亡"可以掩盖许多罪恶，对不对？新闻里，约翰尼的死被报道为坠落的结果。当然，他的确是坠落了——在一个我们都很熟悉的地方，就在去年圣诞节，他还向我问起过那里——可问题是，那并不是一场事故。他的血液里有大量的镇静剂，虽不足以要他的命，但据法医说，足够让他神志不清，特别是他越过栏杆往下看时。所以，才有了"意外身亡"。

　　可是我知道，他是自杀。

　　家里和他身上都没有遗书，但约翰尼有可能认为什么都不留下才

[①] CNN，美国有线新闻网络，以提供即时电视新闻报道而闻名。

是仁慈的。而你，身为一名医生，自然知道精神病医生的自杀率有多高。患者的痛苦好像某种酸，慢慢侵蚀了治疗者的心理防线。在大多数案例中，这些防线都足够牢固，可以保持完好。但约翰尼呢？我认为他没有……一切都起因于一个不寻常的病人。而在他活着的最后两三个月里，他睡得很不好，眼睛下面的黑眼圈重得吓人！而且，他总是取消与病人的约诊，开车出去很长时间。他不说去了哪里，但我觉得我可能知道。

说到这里，希望你看完信后看看随信所附的东西。我知道你很忙，但是——如果说这些有用的话——请想想过去的时光，还当我是那个马尾辫总是绑不紧，跟在你后面，默默爱着你的少女吧。

尽管约翰尼独自行医，但最后的四年中，他和其他两位医生一直保持着并不密切的往来。他的一些正在诊断的病例文件——他已不太看病，所以不多——在他死后转交给了其中一个。那些文件是放在他的办公室里的。但当我打扫他在家中的书房时，我发现了一份稿件，现在随信寄给你。是一些笔记，跟一个病人有关，约翰尼称他为"N."，但我曾见过几次他更正式的诊断记录——并不是偷窥，而是文件夹刚好摊开在桌子上——所以知道这个跟那些都不一样。首先，它们不是在办公室里写的，因为上面没有标题，和通常的诊断笔记不一样，底部也没有红色的"保密"章。还有，你会注意到每张纸上都有一条垂直的、很淡的线。家里的那台打印机打出来就是这样的。

但是，还有别的东西，你打开盒子就能看到。封面上用加粗的黑体打了两个字：焚毁。我差点没看里面的内容就照办了。我想里面大概放了些他私藏的麻醉药，或者网上情色小说的打印稿。最后，好奇心占了上风，我打开了潘多拉的魔盒。我后悔这样做了。

查理，我觉得我哥哥可能准备写一本书，奥利佛·萨克斯[①]风格的畅销书。从这几页稿子来看，起初他是想就强迫性神经症的表现做一些研究，考虑到他的自杀——如果真的是自杀！——我怀疑他的兴

[①] 奥利佛·萨克斯（Oliver Sacks），1933年生于英国，美国哥伦比亚大学医学中心神经学和精神病学教授，畅销书作者，著作有关人体神经功能失调及其病例分析。

趣是被那句古老的格言刺激而起的："医生，先治好你自己！"

不管怎么说，我找到了关于 N. 的叙述，还有我哥哥越来越凌乱的笔记，里面净是些十分令人不安的东西。有多严重？严重到我会把这份稿子寄给你——顺便说一下，我并没有复印，所以这是仅有的一份——一个他十年未见、而我十四年未见的老朋友。最初，我的想法是，"也许可以出版，对哥哥来说也是个纪念。"

但我再也不那样想了。问题在于，这份稿件似乎是有生命的，以一种可怕的方式。我知道里面提到的那些地方——我敢打赌其几个地方你也知道——在约翰尼笔记中，N.提到的那块地方，一定和我们小时候上学的地方很近，所以，自从读了那些稿子以后，我感到一种强烈的想要找到它们的欲望。笔记中令人不安的那些东西没有打消我的渴望，反而正是它们刺激我去探寻。这不是强迫症又是什么？

我不认为找到那个地方是个好主意。

然而，约翰尼的死困扰着我，并不仅仅因为他是我的哥哥。随信附上的稿件也同样让我困扰。你会看吗？看看，告诉我你的想法好吗？谢谢你，查理。我希望这个请求不会太唐突。还有……如果你决定尊重约翰尼的遗愿烧掉它，我也绝无任何意见。

祝好

约翰尼·博恩森特的"小妹妹"

希拉·博恩森特·勒克莱尔

里斯本街 964 号

刘易斯顿，缅因 04240

又：哦，小时候我是多么喜欢你啊！

2. 病例笔记

二〇〇七年六月一日

N.，48 岁，波特兰一家大会计师事务所的合伙人，离婚，两个女儿，姐姐在加州读研究生，妹妹在缅因州的大学读三年级。他用

"疏远但友好"来形容和前妻的关系。

他说："我知道我比实际年龄看起来显老，因为我一直失眠。我吃了唑吡坦，还有另外一种绿色的，没用，只让我头昏脑涨。"

当我问他失眠多久时，他不假思索地回答：

"十个月。"

我问他来找我是不是因为失眠，他看着天花板笑了。大多数病人会选择椅子，至少是在首次问诊时——一位女性病人曾对我说，躺在沙发上让她觉得自己像《纽约人》漫画里可笑的神经病——但N.直接坐到了沙发上。他躺在那儿，双手交叉，紧紧地贴在胸前。

"我想，我们都知道不是那样，博恩森特医生。"他说。

我问他什么意思。

"如果只是想去掉眼睛下面的黑眼圈，我要么去找整形外科，要么就去找我的家庭医生了——顺便说一下，是他向我推荐你的，他说你非常优秀——向他要一些比唑吡坦更强的药。肯定是有药效更强的，不是吗？"

我没说话。

"据我所知，失眠往往只是某个问题的症状。"

我告诉他，并非总是如此，但在大多数的案例中的确如此。我又补充道，如果确有其他问题，失眠不会是唯一的症状。

"哦，是还有其他的，"他说，"成百上千个。看看我的鞋。"

我看看他的鞋。他穿的是系带的劳动靴，左脚的鞋带系在上面，右脚的却是在下面绑住的。我说，这很有趣。

"是的，"他说，"我上高中的时候，女孩们中流行，有男朋友的把运动鞋的鞋带系在下面；或者有了喜欢的男孩，她们想要谈恋爱。"

我问他是不是也有稳定的女朋友，想以这个话题消除他的紧张。紧张通过他的姿势表现出来——他的手指紧紧握在一起，指关节都发白了，就像是生怕不握紧它们就飞走了似的。然而，他没有笑，连一丝笑意都没有。

"谈恋爱我是有点老了，"他说，"但我的确有想要的东西。"

他考虑了一下。

"我试着把两只脚上的鞋带都绑在下面。没用。但是一只上一只下,似乎真的有点用。"他把右手从左手的禁锢中解放出来,拇指和食指伸出来,几乎挨在一起,比划道:"大概这么多。"

我问他想要什么。

"想要我的脑子恢复正常。但通过将高中流行的鞋带绑法稍作改变,妄图治好自己的脑袋,你也会觉得这人疯了,对不对?疯了的人们应该寻求帮助。如果他们还有残存的一点理智——这一点我倒不谦虚——他们就会知道,所以我来了。"

他又把两手紧紧握在一起,看着我的眼神有挑衅也有害怕。还有,我想,一些释然。不眠的夜里,他肯定曾经想象过告诉一个精神病医师自己精神有毛病会是怎样一种情景,而当他真的这样做了,我并没有尖叫着冲出房间,也没有叫来一群穿白大褂的进来。在一些病人的想象中,我在旁边的房间里安置了许多这样身穿白大褂,手拿蝴蝶网和约束衣的人。

我请他举几个例子来说明自己的精神困扰,他耸耸肩。

"还不是强迫症的那堆症状。恐怕你都听过一百遍了。我来这里是为了对付症状背后的东西,也就是发生在去年八月份的那件事。我想,或许你可以给我催眠,让我忘了它。"他充满希望地看着我。

我告诉他,虽然他的要求不是完全不可能做到,但催眠更有效的是用于帮助记忆,而不是屏蔽记忆。

"啊,"他说,"我不知道原来是这样。该死。"他再次看着天花板,半边脸的肌肉活动着,我猜他还有话要说。"要知道,这有可能有危险。"他住了口,但我知道他还会说下去;他下巴上的肌肉还在绷紧、又放松。"我的问题有可能非常危险,"他又停下了,"对我而言,"再次停下,"对其他人而言可能也是。"

每次诊疗都是不断选择的过程,都是一条条没有路标的分岔路。这时,我可以问他那是什么——那个危险的东西——但我没有问。相反,我问他,他所说的一堆强迫症的症状是什么。除了一只脚上的鞋带靠上,另一只靠下以外,当然这也是很好的例子。(这句话我并没有对他说。)

"你都知道。"他狡黠地看了我一眼，让我有些不舒服。我并没有表现出自己的不快；他并不是第一个让我不舒服的病人。精神病医师就像业余的洞穴勘探者，真的，而他们中的任何一个都会告诉你，洞穴里到处都是蝙蝠和臭虫。不是什么让人心旷神怡的东西，但大多数是无害的。

我请他回答我的问题，并提醒他，我们目前还处在相互了解的阶段。

"你也没有固定的女朋友？"

是的，我告诉他，我也没有女朋友。

"我们最好快点了，"他说，"因为我在你这里处于橙色预警状态，博恩森特医生，很快就要进入红色预警。"

我问他是否数东西。

"当然了，"他说，"《纽约时报》的填字游戏里有多少条线索……星期天的时候我数两次，因为填字的格子更大，数两遍更有把握。事实上，是有必要。我数自己的脚步。打电话给别人时电话铃要响几下。大多数工作日里，我在'殖民地餐厅'吃饭，离我的办公室有三个街区；去那里的路上，我会数一路上看到的黑鞋子有几双。回来时，我数棕色的。也有一次我试着数红色的，但那感觉很荒谬。只有女人才会穿红色的鞋子，而且并不常穿，特别是白天。我只看到了三双，所以我又回到了'殖民地餐厅'，从头开始，但我这次数的是棕色。"

我问他是否必须数到一定的数量才会感到满足。

"三十就可以，"他说，"十五双。大多数日子里，达到这个数字没问题。"

为什么有必要达到一定的数量呢？

他想了想，看着我。"如果我说'你知道的'，你会不会又让我解释那些你本来就该知道的东西？我是说，你对强迫症并不陌生，而我对此也查找过资料——查了不知多少——在我自己的脑子想过，也在网上看过，所以，我们能不能直入主题？"

我说，大多数执着于数数的人都觉得达到某个数量——称之为

"目标数字"——才能维持某种秩序。比方说，保证世界围绕其中心转动。

他满意地点点头，然后便滔滔不绝地说了起来。

"一天，当我数着鞋子往办公室走时，看到了一个残疾人，一条腿自膝盖以下没了。他拄着拐杖，断腿上套了一只袜子。如果他穿了一只黑色的鞋，那就没有问题了。因为，就像我说的，我是在回办公室的路上。可他的那只鞋是棕色的。于是，我一天都过得心神不宁，夜里也完全睡不着。因为奇数是不好的。"他敲了敲自己的半边脑袋，"至少在这里它们是不好的。我脑子的一部分还是理性的，告诉我这都是无稽之谈，但另一部分却知道这绝对是有道理的，而后一部分是占上风的。你会想，如果没有发生任何不好的事情——事实上那天运气很好，我们一直头疼的国税局审计竟然毫无理由地被取消了——这种偏执就能打破，可事实并非如此。我数到了三十七只棕色鞋子而不是三十八只，但世界并没有终结，脑中非理智的那个声音就说，那是因为鞋子的总数不只是超过了三十，而且是超过了许多。

"往洗碗机里放餐具时，我会数盘子。如果超过十以后是偶数，就很好。如果不是，我会再往里放入适当数量的干净盘子。餐叉和勺子也是一样。洗碗机前面的小塑料盒里至少应该有十二副餐具。因为我是一个人住，也就意味着经常要往里面放干净的。"

刀呢，我问，他立刻摇了摇头。

"从来不算刀。不放在洗碗机里。"

我问他为什么，他说他也不知道。停了一下后，他有些负疚地斜着眼看了我一眼。"我总是用手洗刀，在水池里。"

因为刀放在银器盒里会影响世界的秩序，我试探地说。

"不！"他叫了起来，"你是明白的，博恩森特医生，但你又不是完全明白。"

既然如此，我就需要你的帮助，我说。

"世界的秩序已经乱了。去年夏天，去阿克曼地时，是我打乱了它。只不过当时我并不知道。"

那么现在你知道了？我问。

"是的。并不是所有的事情，但也够了。"

我问他，他是要让世界恢复原来的秩序，还是要防止它变得更糟。

听到我的话，他的脸上露出了难以言表的轻松，所有绷紧的肌肉都松弛下来，仿佛一直以来渴望吐露的话终于被人大声地说了出来。类似这样的时刻就是我工作的意义。并非治愈，远不是，但此时，N. 得到了一些轻松。我不知道他原先对此是否抱有希望。大多数病人没有。

"我修不好，"他小声说，"但我可以不让它变糟。是的，我一直都是那样做的。"

我再次来到了分岔口。我可以问他去年夏天发生了什么——去年八月份，我想——在阿克曼地，但问这个问题很可能为时尚早。拔掉这颗坏牙之前，最好再松动一下牙根。而且，我真的怀疑患病的根源距今如此之近。更有可能的是，去年夏天发生的事情只是个导火索。

我让他再告诉我一些其他的症状。

他笑了。"那会说上一天的，而我们只有……"他朝手腕看了看，"……二十二分钟。顺便说一下，二十二是个好数字。"

因为是偶数吗？我问。

他点头的样子暗示我问答案如此显而易见的问题是在浪费时间。

"我的……我的症状，你是这么说的……有好几类。"他又抬头看着天花板，"它们可以分为三类。它们从我身上突出来……我身上理智的那部分……像石头一样……石头……哦上帝，上帝……像那片该死的地里那些见鬼的石头……"

泪水沿着他的脸颊流下来。起初，他似乎没有意识到，仍然躺在沙发上，双手交叉看着天花板。但过了一小会儿，他伸手到旁边桌子上的纸巾盒，我的接待员桑迪称之为"克里内克斯[①]的永恒之盒"。他抽了两张，擦了擦脸后把纸揉成一团，用手紧紧握住。

"有三类，"他又开始讲，声音有些发颤，"数数是第一类。它很

[①] 克里内克斯（Kleenex），面巾纸商标。

重要，但没有摸东西那么重要。有些东西是我必须摸的。比如燃气灶的炉头。早上离家之前和晚上睡觉之前都要摸一遍。其实看也能看出煤气灶是关着的——点火针是垂直向上的，炉头也是暗的——但我还是需要去摸一摸才能完全放心。烤箱门的前面也是。然后，我开始在离开房间或办公室前摸电灯开关，很快地碰两下而已。开车的话，上车之前要在车顶轻轻碰四下，到达目的地之后碰六下。四是个好数字，六更好，但十……十就像……"我看到，沿着他刚刚没擦净的一条泪痕，眼泪从他的右眼角流出来，直流到耳垂。

就像梦中的女孩成为了女朋友？我试探着问他。

他笑了。他的笑容温柔而疲倦——仿佛清早发现自己越来越瞌睡时的笑容。

"对啊，"他说，"而且她把鞋带绑在下面让所有的人都知道。"

你还摸其他东西吗？我问。其实，我知道这个问题的答案。从业的五年来，我见过许多这样的案例。有时我会觉得那些不幸的病人就像是在被食肉的鸟啄食。那些鸟是隐形的——至少在一个优秀或幸运或两者兼具的精神病医师让它们显形之前是这样——但它们仍然十分真实。奇妙的是，竟然有那么多强迫症患者还能够表面正常地生活。他们工作，他们进食——诚然，他们吃得往往要么不够，要么太多，他们去看电影，他们和男朋友或是女朋友、妻子或是丈夫做爱……而那些鸟无时无刻不在那里，抓住他们的身体，一点点地啄走他们的肉。

"我摸很多东西，"他再次看着天花板，露出了好看却疲倦的笑容，"基本上你能叫出名字的，我都会去碰。"

这么说，数数很重要，我总结道，但触摸更重要。比触摸还要重要的是什么？

"放置。"他说。他突然浑身颤抖起来，像是一条被冷雨浇透的狗。"哦上帝。"

他猛地坐起身来，腿搭在沙发边上，摇晃着。旁边的桌子上，除了"克里内克斯的永恒之盒"外，还放着一瓶花。一眨眼的工夫，他就重新摆放了盒子和花瓶，使它们呈对角线排列。然后，他从花瓶里拿了两支郁金香，花茎相接，一朵花对着盒子，一朵花对着花瓶。

"这样就安全了。"他说。他犹豫了一下，随后点了点头，像是在脑子里确认了一下自己的做法是正确的。"这样就维护了世界。"他又犹豫了一下，"起码目前可以。"

我朝腕上的手表看了看。时间到了，对于一次诊疗来说，这样的进展还算可以。

"下周见，"我说，"老时间老地方，不见不散。"有时，我会把这句略带玩笑口气的话变为一个疑问句，但对于N.，我没有。他需要再来，他自己知道这一点。

"没有灵丹妙药，嗯？"他问。这一次，他的笑容几乎有些忧伤，让人不忍心看。

我告诉他，起码他会感觉好受些。所有的精神病医师知道，这样乐观的暗示总归没有什么坏处。然后，我告诉他扔掉他的唑吡坦和那些绿色的小药片——我猜是鲁尼斯塔。如果那些药晚上不管用，它们唯一能做的就是在他清醒的时候找麻烦。在295号公路上睡着并不能解决他的任何问题。

"对，"他说，"我同意。医生，我们还没讨论过问题的根源。我知道它是什么——"

也许下周我们会讨论那个，我告诉他。而在那之前，我希望他做一个表格，分为三部分：计数、触碰、放置。能做到吗？

"可以。"他说。

我以近乎随意的口气问他有没有自杀的念头。

"那样的念头不是没有过，但我还有很多事情要做。"

这个回答很有趣，但也让人担心。

我给了他一张名片，告诉他，不管白天还是黑夜，一旦自杀的念头变得更有吸引力，就给我打电话。他说他会的。可这话又有什么用呢？大多数病人都是这么保证的。

"与此同时，"送他出门时，我把手放在他的肩膀上，"试着与生活恋爱。"

他看着我，脸色苍白，没有笑容，一个被看不见的鸟啄成碎片的人。"你看过阿瑟·梅琴写的《潘神》吗？"

我摇摇头。

"那是人类写过的最可怕的故事，"他说，"里面有一个角色说，欲望总是取胜。但他所说的其实并不是欲望。他真正所指是强迫性的内心冲动。"

给他开帕罗西汀？或是百忧解①。但直到我进一步了解这个有趣的病人才能决定。

二〇〇七年六月七日
二〇〇七年六月十四日
二〇〇七年六月二十八日

第二次见面时，N.带来了他的"家庭作业"。这完全在我的意料之中。世界上有很多事是信不过的，也有很多人是靠不住的，但强迫症患者，除非他们生命垂危，差不多总能完成任务。

从某个角度来说，他的图表是可笑的；另一个角度来说，是可悲的；再言之，又是可怕的。毕竟，他是个会计，我猜他在躺到沙发上之前交给我的文件夹中的内容就是用他的某个会计程序做的，因为文件夹里的纸张都是空白表格的格式。表格里填的不是投资，也不是收入，而是 N. 的强迫症的复杂表现。最上面的两张表标题是**计数**；接下来的两张是**触摸**；最后六张是**放置**。我浏览了一下这几张表格，难以想象他是如何有时间从事其他活动的。然而，强迫症患者总是有办法的。我又想到了那些看不见的鸟；我看到它们绕着鲜血淋漓的 N.，一点点啄走他的血肉。

等我抬起眼时，他已经躺在沙发上了，手还是像上次那样交叉着放在胸前。而且，他同样也重新摆放了桌上的纸巾盒和花瓶，让它们对角相连。今天的花是白色百合。看到它们那样摆在桌上，我不由地想到了葬礼。

"请不要让我把它们放回原位，"他抱歉地说，但态度很坚决，

---

① 帕罗西汀（Paxil）和百忧解（Prozac）都是抗抑郁药。

"否则我马上离开。"

我告诉他我绝对无此打算。我拿起表格,恭维他说那些表格看起来非常专业。他耸耸肩膀。然后,我问他,那些数字是总的概数,还是仅仅记录了上个星期。

"只是上周。"他的语气仿佛这完全是个无关紧要的问题。我想,可能的确如此。一个被鸟群啄食的人是不会在意去年甚至上个星期的侮辱和伤害的;他关心的只有今天。还有,未来。愿上帝帮助他。

"这里有两三千个条目吧。"我说。

"我把它们称作事件。共有六百零四个计数事件、八百七十八个触摸事件和两千两百四十六个放置事件。你会注意到,都是偶数。它们加起来是三千七百二十八,同样也是偶数。把每个数位上的数字加起来——三、七、二、八——得到二十,同样是偶数。一个好数字。"他点点头,像是对自己确认这一点,"三千七百二十八除以二,会得到一千八百六十四。一、八、六、四,各个数位上的数加起来是十九,一个强大的奇数,强大而糟糕。"他竟颤抖了一下。

"你一定很累吧。"我说。

他没说话,也没有点头,却仍然以他的方式回答了我。泪水沿着他的脸颊一直流到耳旁。我不想加重他的负担,但我也意识到一个事实:如果不尽早开始——希拉妹妹会说,"别磨磨唧唧绕圈子"——恐怕他根本就无法进行下去。从他的外表可以看出,他的状况在恶化:衬衫皱皱巴巴,胡子也刮得潦草,头发长久没有修剪,而且,如果去向他的同事打听,我敢说得到的是他们心照不宣、欲言又止的眼神。那些表格做得十分细致专业,但 N. 的精力已经快耗尽了。在我看来,除了直入主题,触及问题的核心以外,帕罗西汀或是百忧解或是其他什么药物,都没有任何作用。

我问他是否准备好告诉我去年八月发生了什么。

"是的,"他说,"这正是我来的目的。"他从纸巾盒里抽了几张纸,疲惫地擦了擦脸,"但是,医生……你确定想要知道吗?"

从来没有哪个病人这样问过我,也没有人以那样同情而又勉强的口气跟我说过话。但我给了他肯定的答案,我确定想知道。我的工作就是帮助他，而为了得到帮助，他必须先帮助他自己。

"即使冒着沦落到我这一步的风险吗？这是有可能发生的。我是陷进去了，但我认为——我希望——我还没有变成像溺水的人那样慌不择路，把任何试图救我的人都拖下水。"

我对他说我不太明白。

"我来这里，因为这些都在我的脑子里，"他边说边用指关节敲了敲太阳穴，像是要确保我知道他的脑袋在哪里，"但也有可能不是这样。我也不清楚。我说我陷进去了，就是这个意思。而如果这一切不是臆想——如果我在阿克曼地看到和感觉到的是真实的——那么我身上携带的就是一种感染源，可能会传染给你。"

阿克曼地。尽管所有的谈话都有录音，我还是在纸上记下了这个名词。小时候，妹妹和我生活在一个叫哈洛的小镇，安德罗斯科金河的岸边是我们的学校：阿克曼小学。那里距此不远，最多三十英里。

我告诉他我要碰碰运气，最后说——为了给他更积极的心理暗示——我确定我们都会没事的。

他发出空虚而落寞的一声笑。"那样就好了。"他说。

"告诉我阿克曼地发生了什么。"

他叹了口气，说道："是在莫顿。安德罗斯科金河的东岸。"

莫顿，离切斯特米尔镇很近。我母亲曾在莫顿的"男孩山农场"买牛奶和鸡蛋。N.说的那个地方距离我长大的农庄超不过七英里。我差点脱口而出，我知道那里！

我的话并未出口。然而，他眼神锐利地看着我，几乎像是看透了我。也许他真的知道我在想什么。我并不相信所谓超感觉，但也并非全然否定这一可能性。

"永远别去那儿，医生，"他说，"甚至别去找。答应我。"

我答应了他。事实上，我有十五年没有回过缅因州的那个破落的小镇了。那里对我而言虽然距离上近在咫尺，心理上却远在天边。在为其鸿篇巨制命名时，托马斯·沃尔夫一如往常般一语中的：《无处还乡》；并非对所有人都是如此——妹妹希拉经常回去，她和儿时的几个朋友还保持着密切联系——可对我来说是这样。若是我写一本书，书名恐怕要叫做《不想还乡》。我对那里的记忆只有长着兔唇、在操场上横行霸道欺负人的家伙们，还有空荡荡的房子，没有玻璃的窗户像眼睛一样空洞地瞪着行人，车辆破破烂烂，连天空都总是又白又冷，常有乌鸦飞过。

"好。"N.说，他仰起头，咧咧嘴，牙齿露了出来。我确信，这并非挑衅的表情，而是一个人准备举起足以让他明天腰酸背疼一整天的重物。"我不知道能不能表达清楚，但我会尽力的。要记住的重要一点是，八月的那天之前，我最接近强迫症的举动只是上班前去下洗手间，看看自己的鼻毛是不是都修理干净了。"

也许他说的是真的；更有可能不是。我没有在这个问题上纠结。相反，我让他告诉我那天发生了什么。他照办了。

接下来的三次见面中，他都在讲述去年八月的事情。第二次见面——也就是六月十五日——他给我拿来一本月历。按俗话说，那东西是第一号证物。

3. N. 的故事

我以会计为业，爱好摄影。离婚之后——孩子们都长大了，这样的离婚与在孩子年幼时离婚不同，但也差不多痛苦——大多数的周末，我都拿着我的尼康到处转悠，拍拍风景。我的相机是用胶片的，不是数码的。每年快到年末时，我会挑十二张最满意的照片做成月历。是在弗里波特的一家名叫茶隼印刷的小店里制作的。收费不菲，但做得很好。我把它们当做圣诞礼物送给朋友、同事和客户。有些客户，但不是很多——有些月入五六位数的人通常喜欢昂贵的东西。但我，宁愿每次都收到漂亮的风景照。我没有阿克曼地的照片。我拍了一些，但从来都洗不出来。后来，我借了一台数码相机。结果不仅照片没有出来，连相机里面都烧坏了，我不得不买了台新的还给人家。当然这也是小事。那时，我就想，反正就算真的拍了那个地方，我也会把照片毁掉的。那是说，如果它允许的话。

【我问他"它"指什么。N.无视我的问题，仿佛完全没听见。】

整个缅因和新罕布什尔我都拍遍了,但还是最喜欢自己的一亩三分地。我住在城堡岩,但我是在哈洛长大的,跟你一样。别那么吃惊,医生。我的家庭医生向我推荐了你之后,我就用谷歌搜索了一下你的信息——现在这年头,每个人都在用谷歌,想搜谁就搜谁,不是吗?

不管怎么说,我拍得最好的是中部缅因:哈洛、莫顿、切斯特米尔、圣利弗斯、圣利弗斯堡、坎顿、里斯本瀑布。换句话说,都在宏伟的安德罗思科金河沿岸。不知为什么,那些照片看上去更……真实。二〇〇五年的月历就是个好例子。我给你拿一本来,你自己来看。一月到四月,九月到十二月,都是在本地拍的。五月到八月……让我想想……果园沙滩……沛马奎特,当然,是那里的灯塔……哈里森州立公园……还有巴港的雷霆洞。我认为我在雷霆洞很是拍了些好照片,当时很激动,但把照片洗出来之后,现实击碎了我的得意。不过是些寻常的"到此一游"之类的照片罢了。构图不错又如何?任何风景照片做的月历构图都不错。

想听听我作为一个摄影爱好者的观点吗?我认为,摄影比大多数人想象的更艺术。人们似乎有理由相信,只要一个人构图的感觉还可以——再加上在任何一个摄影培训班里学到的一点技巧——就可以把任何漂亮的风景用胶片捕捉下来,特别是当你很喜欢那个地方的时候。不管是缅因州的哈洛,还是佛罗里达州的萨拉索塔,只要你选对了合适的滤光器,然后对焦,拍摄,就可以了。可是,事实并没有那么简单。地点在摄影中的地位就跟它在绘画、故事和诗歌中一样重要。我不知道为什么会这样,但是……

【长时间的停顿。】

其实我知道。因为一个追求艺术的人,特别是我这样的业余爱好者,会把他的灵魂放入创作中。对于一些人来说——我猜,比如那些有流浪精神的人——灵魂是可以随处安放的。但是对我来说,它似乎连巴港那么近的地方都没有去过。那些在安德罗思科金河沿岸拍摄的照片……它们仿佛在和我对话,而且也与别人说话。茶隼印刷社的人对我说,纽约的书商很可能愿意将我的照片出版,这样,就会有人为我的月历买单，但那个主意从来没有打动过我。怎么说呢，似乎有点太……公开化？或是自命不凡？说不清楚，就是那类的感受吧。我做的月历本来就是些小东西，朋友之间送送而已。而且，我有自己的工作，也乐意跟数字打交道。但可以肯定的是，如果没有这个爱好，我的生活会无味很多。知道有几个朋友会把我的月历挂在厨房或客厅，我就很开心了。甚至挂在脏衣室也无所谓。讽刺的是，自从在阿克曼地进行了几次不成功的拍摄后，我就没怎么拍照了。我想，我生活中的那部分算是完结了，它在我心里留下一个空洞，一个在夜晚会呜咽、仿佛被风贯穿的空洞。那阵风想要填满它，替代原先在那里而现在却已不在的东西。有时，我觉得生活又悲哀，又糟糕。真的，医生，我真的这样觉得。

去年八月的某一天，我无意间来到莫顿的一条土路上。我并不记得以前见过那条路。我边开车边听广播，虽然看不到安德罗思科金河，但凭着河水散发出的潮湿而又清新的味道，我知道它就在不远。你肯定知道我在讲什么。那条河的味道一直没有变。总之，我上了那条路。

路面崎岖不平，有几个地方完全被水冲坏了。天色已晚，肯定已经差不多晚上七点了，我一直没有停下来吃晚饭，到那里时肚子便饿了。就在我想要掉转车头时，前方的路突然变得平坦了，而且由一路来的下坡路转为向上爬了。河水的味道更加浓。关掉广播后，我听到了河水的声音——不太响，不太近，但可以听得到。

然后，路中间有一棵倒下的树挡住了去路，我几乎就要掉头了。虽然几乎没有倒车的空间，但原本还是可以走回头路的。我离117号公路只有大概一英里，五分钟内我就可以离开那个地方。现在想来，我们生命的光明面存在着某种力量，正是那种力量当时在给我机会。如果去年那时候我掉转车头，我的人生将会完全不同。然而，我没有。因为那味道……它总让我想起童年。而且，小山的山顶现出了更多的天光。那里的树——有松树，更多的是白桦——肯定比别处少。我还想，"那边肯定是块空地。"若真是空地的话，很有可能是俯瞰大河的。还有一个想法是，那边会比较容易倒车，但比起这些，更能说服我向前的是，说不定我能拍到日落的安德罗斯科金河。不知道你是否记得，去年八月有几次非常壮丽的日落，的确如此。

于是我走出车门去搬那棵树。那是一棵桦树，腐烂得厉害，几乎在我手里散了架。回到车里后，我又一次差点往后退。我相信，的确有一种力量把人牵引到光明的地方。但是，树搬走后，河水的声音似乎更清晰了——我知道这个想法很蠢，但当时的感觉真的是那样——于是我放慢了速度，开着我的丰田越野车继续往前。

我看到了一棵树上挂着个小牌子。上面写着阿克曼地，禁止狩猎，不得入内。再往前走，先是左边的树渐渐稀少，后是右边，再后来，就看到它了。我目瞪口呆，几乎记不得是怎么关掉引擎走出车门的，也记不得要拿相机。但我肯定是本能地抓起了相机，因为等我走到阿克曼地的边缘时，我发现相机就在我手上，背带和镜头包挨着腿。我的心像是被击中、被穿透了，一下子被抛出了日常生活的世界。

现实是神秘的，博恩森特医生，日常所做之事和所接之物是蒙在上面的一层布，盖在了它的黑暗和光明。我想，在死者身上蒙一块布也是出于同样的原因。死者的脸就像是一扇门。这扇门对于我们目前是关闭的……但我们都知道，它不会永远关着。总有一天，它会向我们打开，每个人都会走进去。

然后，世界上有些地方，盖在上面的布破了，露出了现实。下面的脸在向外张望……但不是尸体的脸。如果那样反倒好了。阿克曼地就是那样的地方，难怪那块地的主人要挂个不得入内的牌子了。

天光渐渐隐退，太阳像个红红的火球，顶部和底端略平，悬在西边的地平线上。大河蜿蜒的河水在夕阳下像是一条血红而蜷曲的长蛇，据此大约八到十英里，但水流的声音仍穿过傍晚寂静的空气传到我耳边。河的另一岸是绵延的树林，蓝灰色一片，一直到遥远的天边。看不见一栋房子或是一条路，也没有鸟的叫声，就好像我穿越到了四百年前。或是四百万年前。白色的雾气从草堆上升起，飘得很高。没有人来打扰，尽管这是块广阔的田地，草也长得好，适合畜牧。暗绿色草丛里升腾的雾气看上去像呼吸一样。就像是土地本身是活着的。

我想，我当时踉跄了一下。不是因为那块地的美丽，尽管它的确很美；而是眼前所有的一切看上去很稀薄，几乎像是幻觉。然后，我看到草地上冒出了那些该死的石头。

一共有七块石头，或许是七块，最高的两块大约有五英尺高，最矮的大概三英尺，其余的介于这两个高度之间。我记得自己走向最近的一块，但这段记忆就像是在清晨的阳光中回忆昨晚做的梦——你知道我的意思吗？你当然知道，梦肯定是你每天工作都要打交道的。但那不是梦。我能听见草被风刮着在我的卡其裤子上蹭来蹭去，能感觉到膝盖以下都潮湿了黏在腿上。时不时地会有树枝——地里零星生长着一些漆树——挂住我的镜头包，挣开后会更重地撞在我的大腿上。

我走到最近的一块石头面前，它是最高的两块之一。起初，我觉得上面刻着像是脸的图案——不是人脸，而是野兽和怪物——但当我稍微变动位置，便发现那不过因为傍晚的光线加重了阴影，使它们看上去像……像任何东西。事实上，当我在新的角度站了一会儿后，我又看到了新的脸。一些脸有点像人，但同样恐怖。不，应该说更恐怖，因为人类总是更恐怖的，你说呢？因为我们了解人类，我们理解人类。或者说我们自认为如此。这些脸看上去又像尖叫又像大笑。也许是同时在做这两件事情。

当时，我以为这些都是我的想象。眼前的景色广阔宏伟，绝世独立，时间在这里仿佛是静止的，一切都不会改变，看上去顶多还有四十分钟就会落下的太阳会永远这样悬挂在西边的地平线上，空气像是被蒙住了一样，什么都看不真切。我以为是这些因素让我在什么都没有的石头上看到了脸，纯属巧合。现在，我的想法不一样了，可是已经太迟了。

我拍了几张照片。好像是五张。不是个好数字，可惜我那时候并不知道。然后，我后退了几步，想把七块石头都拍进去，而当我对焦时，我发现，事实上那里有八块石头，围成了一个圈。可以看得出来——只要你用心去看，就能看出——它们是地下某个地质结构的一部分，要么是万古之前突出地表的，要么是距今稍近些时候被洪水冲刷出来的，阿克曼地有一个向下倾斜得很厉害的陡坡，所以我觉得有第二种可能性的存在，但它们似乎也是某个规划的产物，就像德鲁伊之圈里的石头一样。尽管上面并没有雕刻的图案，只有自然力作用的痕迹。我知道这一点，是因为后来我在白天的时候重返那里再次确认过，结果只看到石头上的沟壑。仅此而已。

我又拍了四张照片——加起来是九张，也是个坏数字，虽然比五稍微好一点——当我放下相机，再次用肉眼看去时，我又看到了石头上的脸，它们斜着眼，咬牙切齿地冲我露出狰狞的笑容。有些是人脸，有些是野兽。我数到了七块石头。

可是，当我从镜头里看时，又变成了八块。

我开始感觉头晕和害怕。我想在天完全黑下来之前离开——离开这块地，回到117号公路，把收音机里的摇滚开得大大的。但我拔不动脚，内心深处的某个东西——像让我们一直吸气、呼气的本能那样不着痕迹——不让我走。我觉得，要是我走了，就会发生很可怕的事，而且说不定牵扯的不止是我。那种稀薄感再次席卷过来，似乎在此处，世界十分脆弱，一个人就能制造不可想象的灾难，如果他不是非常、非常小心的话。

我的强迫症就是那时开始的。我从一块石头走到另一块石头，一个个地数过去、摸过去，标记它们所在的位置。我想走——疯狂地想要离开——但我把那套动作继续了下去，因为不得不那样做。我知道，就像我知道自己要活着就得不停地呼吸一样。完成之后，我回到开始的地方，才发现自己不住地颤抖，出了一身汗，再加上露水和潮气，已经湿透了。摸那些石头的感觉……很不好。你会产生一些……想法。还会看到一些画面，丑陋的画面。其中一幅画面是，我在用斧头砍我的前妻，她尖叫着，伸出鲜血淋漓的双手想挡住斧头，而我却在哈哈大笑。

但是，那里有八块石头。阿克曼地里有八块石头。八是个好数字。一个安全的数字。我知道。至于我是从镜头里看到的，还是肉眼看到的，这是无关紧要的；把它们摸过一遍后，它们就被固定住了。天更黑了，地平线上方的太阳已经落了一半，绕着石头转圈一定是花了二十分钟或更多,那个圈大约直径有四十码,但我可以清楚地看到——空气中的东西诡异地变得清晰了。我仍然觉得害怕——所有的一切、甚至连鸟儿也通过它们的沉寂告诉我这里不对劲——但我同时又感到松了一口气。我已经纠正了,至少是部分的错误,通过我摸石头……还有,再看一次。牢牢记住石头在这块地里的位置,这点与触摸同样重要。

【他停下想了一下。】

不,应该说,更重要,因为它们连着这个世界和世界以外的黑暗,不让黑暗涌上来,把我们淹没。我想,我们所有人都知道,在我们内心最深处。我转身离开,快走到车前时——我甚至已经碰到了把手——不知什么力量又让我回过头去。就是在那时,我看见了。

【他沉默了很久。我注意到他在颤抖。不知什么时候,他出了很多汗,在他额头上像露珠一样闪着光。】

石头中间有什么东西,在它们不知是偶然还是刻意围成的圆圈中间。那东西像东方的天空一样黑,又像草地一样绿。它在慢慢地转动,但一刻也没有把眼睛从我身上挪开。它是有眼睛的,令人作呕的粉色眼睛。我知道——我的理智知道——那肯定是天上的光线,但与此同时,我又知道没那么简单。是某个东西在利用光线。某个东西在利用落日来获得视觉,而它看的正是我。

【他又哭了起来。我没有递给他纸巾,因为我不想打破倾诉的状态。然而,事实上我也不确定自己究竟会不会做出递纸巾这个动作,因为他仿佛给我施了咒语。他描述的是他的幻觉,可能他自己对此也有所认识——他说,"像脸一样的阴影,"等等——然而,这些幻觉十分逼真,而逼真的幻觉会像喷嚏里的感冒病毒一样传播。】

我一定是往回走了。我并不记得那样做了,但我记得自己站在外面的黑暗中,看着那可怕怪物的脑袋,还想,有一个,就会有更多。八块石头就能关住它们——就那也是勉强的——但要是只有七块,它们就会从现实另一端的黑暗中跑出来,控制这个世界。我知道,我看见的只是最小最弱的一只。我知道,那瞪着粉色眼睛、嘴里伸出长羽毛般的东西、头像压平了的蛇头一样的怪物不过是个婴儿。

它看见我在看它。

那该死的怪物咧开嘴对我笑了。它的牙都是头。活着的人的头。

我踩到了一根枯树枝。它折断了,发出了鞭炮一样的脆响,打破了催眠。我认为,说当时石圈中漂浮的怪物在催眠我未必是不可能的,就像蛇可以催眠一只鸟那样。

我转身就跑。镜头包一直在拍打我的腿,每一下都像是在说醒醒!醒醒!离开!离开!我一把拉开车门,听到了轻微的铃声,说明我刚刚把钥匙留在打火器里了。我想到了一部老电影,威廉·鲍威尔和默娜·罗伊站在一家豪华酒店的前台,鲍威尔摇铃呼唤服务生。在那样的时刻竟然还有闲心胡思乱想,人的脑子可有意思。我们的脑子里也有一扇门——我是这样认为的。那扇门阻止疯狂淹没理性。而在关键时刻,那扇门一下子打开,所有乱七八糟的东西都跑出来了。

我发动了车子,并打开收音机,音量调大,震耳欲聋的摇滚乐跑了出来,我记得是谁人乐队[①]。我还记得打开了车头大灯,灯亮时,那些石头像是朝我跳过来一样,我差点叫了出来。但那里有八块石头,我数了,八块就是安全的。

【又是长时间的停顿,差不多有一分钟。】

接下来我记得的事情,就是回到了117号公路上。我不知道自己是怎么到那儿的,到底是调转车头还是原地倒车。我不知道花了多少时间,但到那里时,谁人乐队的歌已经放完了,收音机里放的是大门乐队[②]。上帝啊,那首歌是《跳到另一边》。我把收音机关了。

恐怕我不能再往下说下去了,医生,今天是不行了。我累了。

【他看上去的确如此。】

【下次见面】

我还以为那个地方的影响力在我开车回家的路上就能消失——只不过是一次树林里的不快经历罢了——毫无疑问,在我回到自己的起

---

① 谁人乐队,the Who,上世纪六十年代走红的英国摇滚乐队。
② 大门乐队,the Doors,上世纪七十年代美国的一支摇滚乐队。

居室里，把灯和电视都打开后，我就会没事的。但事实并非如此。如果真要说情绪上有什么变化，只能说那种混乱而又恐慌的感觉——摸到了与我们的世界敌对的另一个世界——似乎更强了。而且，我仍然相信自己确实在石圈中间看到了那张脸——更糟的是，那张脸暗示了其后有一个巨大的爬行动物的身体。我觉得被……感染了，被我自己脑子里的想法感染了。我还觉得危险，担心想得太多就会把那怪物召唤出来。而它不会独自前来。那个世界也会一并涌过来，就像从湿透了的纸袋底部泼出来的呕吐物一样。

我在屋里转了一圈，把所有的门都锁上了。可我又觉得肯定忘了两扇，于是我又转了一圈，检查了一遍。这次，我开始计数：前门、后门、食品室的门、地窖门、车库顶门、车库后门。共有六扇，我想到，六是个好数字。就像八一样，它们都是友好的数字。温暖，不冷，不像五或者……七。我放松了一些，但还是第三次绕着屋子检查了一遍，还是六扇。"六六顺，"我记得自己这样说。那之后，我想着该睡了，但又睡不着了，吃了一片唑吡坦也没用。我的脑子里一直是安德罗斯科金河上的落日，河水被映成一条红色的长蛇，草丛中的雾气像伸出的蛇头。还有石圈中间的东西，那是最可怕的。

我起身，把卧室书架上的书数了一遍。共有九十三本。那是个坏数字，并不仅仅因为它是单数。九十三除以三是三十一：十三倒过来。所以，我从厅里的小书架上又拿了一本。可九十四也只是稍微好一点，因为九和四加起来是十三。我们世界里到处都是十三，医生，你不知道。话说回来，我又往卧室的书架上加了六本书。地方不够了，但我把它们硬塞了进去。一百还行。事实上，是挺好。

我正准备睡觉，突然又想到厅里的书架。万一我是拆东墙补西墙呢。所以我又把那里的书数了一遍，还好：五十六。数字加起来是十一，虽然是奇数，但不是最坏的奇数，而且，五十六的一半是二十八，是个好数字。我终于可以睡觉了。好像做了梦，但我不记得了。

日子一天天过去，我一直想着阿克曼地。它像阴影一样笼罩了我的人生。那时候，我已经在数很多东西了，还要摸很多东西——以确保我明白它们在世界上的位置，真实的世界，我的世界——同样，我也开始摆放东西。通常都是偶数的东西，把它们摆成圆圈或对角线。因为圆圈和对角线可以把东西挡在外面。

只是说，通常情况是这样，并非永远。发生一个小事故，十四就会变成十三，八就会变成七。

九月初，小女儿来看我，说我看上去十分疲惫，问我是不是总在加班。她还注意到，起居室里所有的小玩意儿——离婚后，她妈妈没有带走的东西——都被摆成了她称为"麦田怪圈"的形状。她说："你上了年纪后有点奇怪，是不是，老爸？"正是那时，我决定重回阿克曼地，在白天的时候。我想，如果光天化日之下看到的只是几块毫无意义的石头站在荒芜的草地上，我就会明白，这整件事是多么愚蠢，而我的强迫症就会像蒲公英，大风一吹就散了。我想要那样一个结果。因为计数、触摸和放置——那些是很繁重的工作，也是很重大的责任。

路上，我在洗照片的地方停了一下，发现那晚在阿克曼地拍的照片都没有洗出来，上面只是些灰色的方块，像是被浓雾遮住了。为此，我犹豫了一下，却没放弃。我向一位店员借了一台数码相机——就是后来被烧坏的那台——再一次朝莫顿开去，而且是飞驰过去的。我有个很愚蠢的想法，想听听吗？我如同严重毒葛过敏的人飞奔到药店去买炉甘石洗剂。因为我正是像染上某种浑身奇痒的病症一样。计数、触摸和放置就像挠痒痒，但挠痒痒最多也只能暂时舒服一会儿，更多的是扩散引起瘙痒的东西。我想要的是根治病症。回到阿克曼地并不能治好我，但当时我怎么知道呢？常言道，实践出真知。而通过尝试而后失败，我们学到的更多。

重回阿克曼地的那天，天色晴朗，万里无云。树叶还是绿的，但清朗的空气足以说明季节的变换。我的前妻曾说过，这样的初秋天气是我们忍耐了三个月同游客和消夏的人们挤在一起排队买啤酒的补偿。我还记得，当时我感觉很好。我确定会结束这该死的玩意儿。我听着皇后乐队的某张畅销专辑，心里想，弗莱迪·麦卡瑞的声音真是美妙，听上去那么纯净，让我不由自主跟着哼唱。我开到了哈洛镇的安德罗斯科金河——贝尔路桥两旁的河水亮得晃眼——看到了一条鱼跃出了水面,这情景让我大笑出声。阿卡曼地的那个傍晚以来,我还是第一次放声大笑。感觉很好,于是我又笑了一次。

然后,我翻过了男孩山——我敢打赌你知道它在哪里——开过了静园墓地。我在那里拍了些好照片,但从未把它们放进月历里。不到五分钟,我就来到了那条土路。我刚要开上去,就忙踩刹车。幸亏及时,要是慢一点,我的丰田的前保险杠就被撞成两截了。路中拦了一条锁链,上面挂了一块新牌子,上面写着:绝对禁止侵入。

我当时一定是告诉自己,那不过是巧合罢了,拥有那片树林和那块地的人——那人不一定叫阿克曼,但有可能——每年秋天都会用铁链和那块牌子吓唬狩猎者。现在想来,捕鹿季直到十一月才开始,就连猎鸟的季节也要等到十月。肯定是有人看管着那块地,也许是用望远镜,也许是用非常人的方法。有人知道我来过这里,而且可能会再来。

"那就别去了!"我对自己说,"除非你想被人以侵入罪起诉,说不定你的照片会登报。你觉得那样对工作有好处吗?"

然而,我是绝对不可能停下来的,并不是因为我认为自己会在阿卡曼地里发现其实那里什么都没有,然后就会感觉好一些。而是因为,就在我告诉自己这块地的主人已经向我发出警告,而我应该尊重他的意愿的同时,我也在数牌子上的字母数。我得到了二十三,一个可怕的数字,比十三还要糟得多。我知道那样想很疯狂,但我的确就是那样想的,而且,内心有个声音告诉我,那一点也不疯狂。

我把车停在静园墓地的停车场里,然后步行回到了土路上,借来的相机装在它的小拉链包里,挂在肩头。我跨过了铁链——那很容易——沿着路朝阿克曼地走去。事实证明,就算没有铁链,我也必须步行,因为一路上竟有六棵树挡在那里,而且不像上次那样只是腐烂的桦树。五棵是粗大的松树,最后一棵是成年橡树。它们也不是自然倒下的,而是被电锯锯断的。但甚至它们都没能减缓我的步伐。我翻过松树,绕过了橡树,紧接着就爬上了通往阿卡曼地的小山。经过上次那块牌子时——阿克曼地,禁止狩猎,不得入内——我也丝毫没有理会。我看见接近山顶处，树木越来越少；我看见阳光闪耀着微尘，照在离山顶最近的树上；我看见大片大片的蓝天，明亮而晴朗。正是中午。远方不会再有流血的大蛇，只有陪伴我长大、我深爱的安德罗斯科金河，美丽的蓝色大河，以它最好的模样呈现在我的眼前。我发足狂奔，亢奋而乐观，直到我到了山顶。看到那些像毒牙般耸立的石头的那一刻，我的好心情就烟消云散了，取而代之的是恐惧和害怕。

还是七块石头。只有七块。在它们中间——我不知道该怎么描述才能让你明白——有一块褪色的区域。说是阴影并不准确，更像是……比如说，你最喜欢的蓝色牛仔裤洗了很多次后，颜色会慢慢褪掉，明白我的意思了吗？特别是膝盖这样磨损严重的地方。石头中央的区域就给人那样的感觉。草的颜色像是被水洗得只剩下油腻的石灰色，就连石圈上面的天空都不是蓝色的，而是灰白的。我感觉，要是我走过去——我身体的一部分想要走过去——就能伸出一只拳头，击穿现实的织物。而如果我这样做了，就会被某个东西抓住。另一端的某个东西。我确定。

然而，我仍然想要去那样做。想……怎么说呢……跳过前戏直奔主题。

我可以看到——或者说我以为自己看到了，关于这一点我始终没有把握——原来第八块石头所在的地方，而且我看到……那块褪色的区域……正在侵蚀过去，试图突破石头屏障的薄弱点。我恐慌极了，因为如果它成功了，另一边的所有说不出名字的可怕生物将会降临到我们的世界。天空会变成黑色，会出现新的星辰和疯狂的星座。

我摘下相机，想要拉开相机包的拉链，却把它掉到了地上。我的双手颤抖着，像是痉挛一样。我捡起相机包，拉开拉链，当我抬起头时，我看见石圈中那块地方不仅仅是褪色，而是正在变黑。而且，我又看到了眼睛。那双眼睛穿透了黑暗往外窥视。这次，它们是黄色的，瞳孔黑而狭长。像猫的眼睛。或者蛇的眼睛。

我试着举起相机，却又把它掉到地上。当我伸手去捡时，草把它盖上了，我不得不拨开草丛。不，我不得不把它拽出来。我双膝跪地，双手拉住相机的背带。这时，一阵微风从第八块石头原本所在的地方吹过来，把我前额上的头发吹到一边。风是臭的。散发着腐肉的味道。我举起相机，但一时间什么都看不到。我想，它让相机失灵了，它竟然让相机失灵了。后来，我想到拿的是一台数码尼康，必须要先把电源打开。我打开电源——听到嘀的一声——但还是什么都看不到。

此时，风力变强了，把草刮得像起伏的波浪。臭味更浓了，天色也越来越黑。天空中没有一片云，只是单纯的蓝色，但却越变越暗，好像哪个看不见的星球在吞噬太阳。

有个声音。不是英语。听上去像是"恰嗯，恰嗯，嘀呀那，嘀呀那"。但突然……天啊，突然它叫出了我的名字。它说，"恰嗯，N., 嘀呀那, N."。我想我尖叫起来了，但也不确定，因为那时已经刮起了狂风，怒吼着堵住了我的耳朵。我应该是尖叫了。我有权利尖叫。因为它竟然知道我的名字！那可怕的、不知名的怪物知道我的名字。还有……相机……你知道我意识到什么了吗？

【我问他是不是忘了打开镜头盖了，他爆发出尖利的笑声，刺得我寒毛都竖起来了，我想起了在碎玻璃上狂奔的老鼠。】

对！是的！镜头盖！该死的镜头盖！我一把拽开它，把相机举到了眼前——我的手抖得那么厉害，竟然没把相机掉到地上，这真是个奇迹。我相信，若是再掉了，草丛绝不会把相机放开，因为这次，它就准备好了。但我没有失手。我透过取景器看过去，看见了八块石头。八块。八可以维持万物的秩序。黑暗仍然在石圈中间旋转，但已经在后退了，身旁的风也在减弱。

我放下相机，石头又变成了七块。某个东西正从黑暗中撤退，我不知道怎么向你描述。我可以看到它——在梦中我也会看见它——但没有语言能够描述那个亵渎上帝的怪物。我能想到最接近的比喻，就是一个有脉搏的皮头盔，两边都有黄色的护目镜。但那两个护目镜……我想，它们是眼睛，它们在看着我。

我又举起相机，还是八块石头。记不得是拍了六张还是八张照片，我想记录下来它们的位置，永远地把它们固定住，但当然了，你也知道我没有成功，反而把相机烧坏了。透过镜头可以看见那些石头，医生——我很确定也可以通过镜子来看，甚至普通的一块玻璃也可以——但它们无法记录。唯一可以记录并保持它们的位置的，是人的大脑、人的思维。而我后来发现，就连那也是靠不住的。计数、触摸和放置暂时是有用的——我们认为神经质的那些举动事实上在维持世界的稳定，这是多么讽刺啊——但迟早，它们提供的保护也不再有效。还有，那些工作真的很繁重。

真的太繁重了。

恐怕今天我们就只能到这里了。我知道现在时间还早，但我真的很累了。

【我告诉他，如果他愿意的话，我可以开一些镇静药物，药效温和，但比唑吡坦或鲁尼斯塔可靠。只要他不过量使用，就会有效果。他感激地对我笑了笑。】

太好了，那太好了。但能请你帮个忙吗？

【我说当然可以。】

请给我开二十片，或者四十片，或者六十片。这些都是好数字。

【下次见面】

【我说他看上去好些了，但我绝对是在说谎。真实的情况是，如果无法找到自己的117号公路，他马上就会被管制治疗。不管是掉转车头还是原地倒车，他都必须离开那块地。事实上，要离开那块地的不仅是他，还有我。我一直在做关于阿克曼地的梦，一个我确定自己能够找到的地方。我并不是说我想要去找——医生是不该被病人的幻觉牵着走的——但我真的确定能找到那里。这个周末的一个晚上（不知为何睡不着），我突然想到，我肯定曾经路过那里，而且不止一次，肯定有上百次。因为我曾数百次经过贝尔路桥，上千次经过静园墓地，它就在詹姆斯·罗威尔小学校车的路线上，我和希拉正是上的那所小学。所以，毫无疑问，我可以找到它。只要我愿意。只要它真的存在。】

【我问他那些药是否有效，他是否能够入睡。他眼睛下的黑眼圈显示，他的睡眠并未改善，但我想听听他如何回答。】

好多了,谢谢你。我的强迫症也好一些了。

【说这些话的时候,他的手——更容易泄露真相——偷偷地把沙发旁的花瓶和克里内克斯纸巾盒放在了边桌的两个相对的角落上。今天,桑迪拿来的是玫瑰。他重新摆放了玫瑰,让它们连接起盒子和花瓶。我问他拿着借来的相机去阿克曼地那次接下来又发生了什么。他耸耸肩。】

什么都没有,当然,除了我赔偿了那位店员一台新的尼康。很快就到狩猎季了,即使你从头到脚都裹着发光的橙色衣,树林也是很危险的。但我也怀疑那里会不会有很多鹿;我猜它们都会绕开的。

该死的强迫症好些了,我又可以睡觉了。

嗯……只能说有时候能睡着。当然,我会做梦。梦中,我通常都在那块地里,拼命地想把相机从草丛里拽出来。黑暗像油一样从石圈中央流出来,我抬起头,看到天空从东到西裂开了一条大缝,可怕的黑色光芒从中间倒出来……那光是有生命的,饥渴的。这时,我就会醒过来,浑身都是冷汗。有时还会尖叫。

十二月初,一封信寄到了我的办公室。信封上写着私人,里面装了个小东西。我撕开信封,里面的东西掉到了桌上,是一把挂着标签的小钥匙,上面写着 A.F.①,我知道那是什么,也知道那是什么意思。如果信封里面有信的话,一定会是这样写的:"我试着阻挡你进去。这不是我的错,或许也不是你的,但不管怎样,这把钥匙,和它能够打开的,现在都是你的了。小心保管。"

那个周末,我开车去莫顿,但途中没有把车停在静园墓地。明白吗,我再也不需要那样做了。一路上,波特兰和其他小镇装饰一新,准备迎接圣诞。天非常冷,但还没有下雪。你也知道,下雪之前总是更冷的,那天就是。天空是阴沉的,当天夜里,雪就落下来了,是一场大风雪。你还记得吗?

【我告诉他是的。记得那天是有理由的——尽管我没有告诉他——那段时间,老房子在进行一些修补,当天,我和希拉回去,正

---

① 阿克曼地的缩写。

好被雪困住。我们稍微喝了点酒,听着披头士和滚石的老唱片跳舞。是个愉快的夜晚。】

铁链仍然在,但 A.F. 的小钥匙可以开锁,倒下的树也都被拖到了一边,这些都在我的意料之中。堵住路已经毫无意义,因为那块地现在是我的了,那些石头也是我的,不管它们试图禁锢什么,都变成了我的责任。

【我问他害不害怕,虽然我知道答案必然是肯定的。但 N. 的回答出乎意料。】

不,我并不是很害怕,因为那块地已经变了。甚至刚到 117 号公路与那条土路的连接处,我就知道了。可以感觉得到。用钥匙开锁时,我听到了乌鸦嘎嘎的叫声。通常,我讨厌乌鸦叫,但那天,我却觉得很动听。那声音虽然有自命不凡的嫌疑,却也像是某种救赎。

我早就知道阿克曼地里会有八块石头,事实证明我是对的。而且我知道它们不会再排成一个圆圈,我又对了。它们就像随意露出地面的岩层,由于某次地质变化引起岩床上升所形成,也有可能是由于八万年前的冰河消退,或者是略近些年代的洪水冲刷。

我也明白了另外一些事情。其中一个是,仅仅由于我看到了,这块地就被激活了。人类的眼睛带走了第八块石头,相机的镜头又把它放回原位,但无法固定。我必须用带有象征意义的动作来维持对它的保护。

【他停下来,再次开口时,似乎转换了话题。】

你知道吗?巨石阵可能混合了钟表和日历的功能?

【我回答说在某本书上读到过。】

建造它和其他类似地方的人们,肯定知道他们可以仅凭借日晷就能看出时间;至于日历,我们知道欧洲和亚洲的史前居民通过简单地在石墙上做记号就能清楚日期。既然这样,如果它真的是一个巨大的钟表或日历,它的意义何在呢?我的想法是,它是强迫症的一个纪念品——矗立在索尔兹伯里平原上的巨大的神经症。

除非,它在记录小时和月份的同时,也在保护着某个东西,把碰巧就在我们身边的疯狂的世界挡在外面。有些日子——很多这样的日子,特别是在去年冬天——我会感觉自己又回到了过去,那时的我会认为这一切都是胡扯,而我认为在阿克曼地看到的东西其实都是我脑子里臆想出来的,所有这些所谓强迫症的表现事实上只是一种精神病症。

但也有另外的日子——今年春天开始——我又确定那些都是真的:我激活了什么东西,然后,我就变成了一个长长的保护链的最后一环,而这个保护链说不定可以追溯到史前。我知道这听上去很疯狂——否则我为什么会和精神病医师谈话呢?——况且有些时候我自己也确定这些都是疯话……甚至当我在数数,或是夜里在屋里转来转去检查电灯开关和煤气灶头时,我也确定这只是……嗯……我脑子里的毛病,吃对了药,几片就能治好。

特别是去年冬天,一切都顺利或者说起码好转了的时候,这种想法尤其强烈。但今年四月,情况又糟糕起来。我数得更多,摸得更多,把所有没被钉起来的东西排成圆圈或对角线。我女儿——在附近上学的那一个——再一次对我的身体状况表示担心。她问我是不是因为离婚,我说不是,她就露出了一脸不相信的表情。她问我要不要考虑去"见见什么人",上帝,所以我到你这里来了。

我又开始做噩梦了。五月初的一天夜里,我尖叫着醒来,发现自己躺在地板上。梦中,我看到一个黑灰色的、有点像滴水兽的巨大怪物,身有两翼,生着厚皮的脑袋像头盔一样。它站在波特兰的废墟里,最少有一英里高。我看到它的前臂旁飘着云彩,紧握的魔爪里,人们在挣扎尖叫。我知道——我知道——它是从阿克曼地的石圈里逃出来的,只是另一个世界里放出来的最小最弱的一只,而这都是我的错,因为我没有履行自己的责任。

我跌跌撞撞地跑出卧室,把屋里所有能摆放的东西都摆成圆圈,同时确定构成圆圈的物品数量是双数。我想,还不太迟,它才刚刚要醒。

【我问他,"它"是什么。】

原力!记得《星球大战》吗?"利用原力,卢克"?

【他的笑声很狂野。】

但这次的情况是,不要用"原力"!阻止它!禁锢它!我想,它是一股不断冲击这个薄弱的地方——和这个世界上所有薄弱的地方——的混乱的力量。有时，我觉得这股力量的背后，是一长串被毁灭的世界，像巨大的脚印一样往后延伸到远古时代……

【他低声说了句什么，我没听见。当我让他重复时，他却摇摇头。】

把你的本子给我，医生，我给你写下来。如果我告诉你的是真实的，不是我脑子出了问题，说出那个名字就是不安全的。

【他用大写字母写下了CTHUN（恰恩）[①]。他给我看，我点头表示看清之后，他便把那张纸撕成了碎片，边撕边数——我猜他是要确保碎片是偶数——然后扔进了沙发边的废纸篓里。】

钥匙，寄给我的那把，还锁在家里的保险箱里。我拿出钥匙，又回到了莫顿——过桥，开过墓园，上了那条被诅咒的土路。我没有丝毫犹豫，因为那本来就不是需要犹豫的事情。就像你走进起居室，发现里面的窗帘着火了，你会把火扑灭，而不是坐下来想要不要这样做。所以，我去了。

还带着照相机。这种事情还是宁可信其有的。

我被噩梦惊醒的时候大约五点钟，所以到达阿克曼地时仍是清晨。安德罗斯科金河十分美丽——它看上去一点也不像蛇，而是像一条长长的银镜，一缕缕雾气升起，笼罩了整个河面。这叫逆温现象吗？我也不清楚。那层水汽完全复制了大河的曲折回环，远看起来，就像是天空中出现的一条幽灵河。

阿克曼地里的植物又开始生长，大多数漆树丛都变绿了，但我看到一件可怕的事。不管其他的东西有多少是我臆想的（我真的希望如此），这个都是真的，我拍的照片可以证明。虽然还是模糊的，但有两张照片上能够看出，离石头最近的漆树发生了变异。叶片不是绿色，而是黑色的，树枝是扭曲的……它们似乎组成了某些字母，而那些字母拼出的是……是它的名字。

【他朝废纸篓里的纸片扬扬头。】

[①] 恰恩，前文中N.首次去阿克曼地时听到的声音。

黑暗又回到了石圈里——当然，石头只有七块，所以我才会被召唤回来——但我没看到眼睛。感谢上帝，我还算及时。里面只有黑暗在不停地旋转，像是在嘲讽这个美丽而寂静的春日早晨，也像是为这个世界的脆弱而雀跃鼓舞。透过黑暗，我可以看到安德罗斯科金河，但那黑暗仿佛《圣经》里的烟柱，把大河变成了一团黑色油腻的污垢。

　　我举起相机——相机的背带就挂在我的脖子上，所以就算我没拿稳，它也不会掉到草里拔不出来——从取景器里往外看。八块石头。我放下相机，又是七块。再看取景器，八块。第二次放下相机，仍然是八块。但那还不够，我知道。我知道必须做什么。

　　强迫自己走到石圈中间是我做过最艰难的事。草蹭着我的裤边，沙沙的声音像是在说话——低沉、沙哑的反对声，警告我离远点。空气开始变得难闻，让人联想到癌症或是更糟糕的、不属于这个世界的病菌。我的皮肤在跳动，而且我觉得——事实上我现在还有这个感觉——一旦我走到两块石头中间，踏入石圈，我的肌肉便会溶化，从骨头上掉下来。我听到，风从石圈里吹出来，里面形成了小的旋风。我知道，它来了。那个脑袋像头盔的怪物。

　　【他再次示意废纸篓里的纸片。】

　　它来了，要是这么近距离地看，我肯定会发疯的。我会在石圈里送了命，为了几张除了灰云什么都看不到的照片。然而，还是有某个东西驱使我往前走。到了那儿之后，我……

　　【N.站起来，小心翼翼地绕着沙发走了一圈。不知为何，他走路的样子——既庄重又欢快，像个孩子在踩着拍子唱儿歌似的——让人有些害怕。他一边走，一边伸出手去摸那些我看不见的石头。一……二……三……四……五……六……七……八。八能维持事物的秩序。然后，他停下来看着我。我见过情况严重的病人——很多——但从来没见过这样似魔鬼缠身般的眼神。我看见了恐惧，而非疯狂；我看见了清醒，而非迷乱。困扰他的当然是幻觉，但毫无疑问，那是些他完全理解的幻觉。】

　　【我说："进去之后，你摸了它们。"】

是的，我摸了它们，一个接一个。不能说每摸一块石头，就会感到世界更安全了——更坚固，更有存在感——因为这不是我当时的感觉。事实是，每摸两块石头，心里就会踏实些。也是偶数，你注意到了吗？每摸一对，旋转的黑暗就会退去一点，等我摸完第八块，黑暗就完全消失了。石圈中央的草是枯黄死亡的，但黑暗不见了。而且，不知从何处——很远的地方——传来一声鸟鸣。

我退了出来。太阳已经完全升起来了，安德罗斯科金河上的幽灵河也完全消失了。它们看上去又像普通的石头了，不过是八个露出地面的花岗岩层，甚至也不像个圈，除非你自己加以想象。我觉得自己分裂了。一半知道这整件事都只是想象的产物，而且我的想象是病态的。另一半知道，这些都是真的。那一半甚至理解为什么情况暂时好转了。

这就是至点，明白吗？全世界都能看到这种模式——不仅是巨石阵，还有南美、非洲，甚至北极！在美国中西部也看得到——我女儿也见过，但她什么都不知道！麦田怪圈，她这么说。它们都是记录时间的工具——巨石阵和其他所有东西，它们标注的不仅是日和月，还有危险程度不同的时间。

分裂的思维分裂了我的精神。正在分裂我的精神。那天之后，我又去了十几次，二十一号——那天我取消了和你的会面，你还记得吗？

【我告诉他我记得，当然记得。】

我在阿克曼地待了一整天，监视和计数。因为二十一号是夏至，最危险的日子，就像十二月的冬至是危险程度最低的日子。去年是这样，今年还将是这样，自从这世界上有了最初的时间以来，一直是这样。在以后的几个月里——至少直到秋季——我的工作都安排好了。二十一号……我无法描述那里的情况到底有多糟糕。第八块石头忽隐忽现，不知道多难才能把它固定住。黑暗聚集又消退……聚集又消退……像潮水一般。我打了一会瞌睡，醒来抬起头便看见一只眼睛在注视着我，不是人类的，而是有三个眼球，恐怖至极。我吓得尖叫起来，但没有逃跑，因为整个世界就全靠我了。全靠我了，却没有人知道。我没有逃跑，而是拿起照相机，从取景器里往外看。八块石头。没有眼睛。做完那个动作之后，我一直保持清醒。

最后，石圈终于稳定了，我知道可以离开了，至少那天是可以了。那时又已经到了太阳落下的时候，就像我第一次来到这里的时候一样，太阳像一个火球悬在地平线上，把安德罗思科金河变成了一条流血的大蛇。

医生，不管这是真的，还是我的幻觉，我要承受的任务和责任都太繁重了。我累得不得了。想想看，维护整个世界的重任压在我肩上。

【他仰面倒在沙发上。他本来块头不小，此刻看上去却渺小而无助。过了一会儿，他笑了。】

起码冬天来了我就可以歇歇了，如果我能撑到那时候的话。你知道吗？我想，我们之间结束了，我和你。就像过去广播节目里说的，"今天的节目到此为止。"尽管……谁知道呢？说不定你会再看到我。或收到我的消息。

【我告诉他，恰恰相反，我们要做的事情还很多。我说，目前他的情况就像是在负重：一只看不见的、八百磅重的大猩猩正趴在他的背上，我们一起要做的就是说服它爬下来。我说，我们可以做得到，只是需要时间。我说了很多话，还给他开了两个处方，但在我心里，我害怕他是认真的：他结束了；尽管他接过了我的处方，可他还是结束了。也许只是跟我这里，也许是跟生命本身。】

谢谢你，医生。谢谢你做的一切。谢谢你的倾听。还有，那些？

【他指了指沙发边上的桌子，上面的东西被他仔细地排列过了。】

如果我是你，我不会移动它们的。

【我给了他一张预约卡，他小心地接过来放进口袋里。我看到他用手轻轻地拍了拍口袋，像是确认放在里面很安全，于是我觉得自己刚刚可能想错了，七月五号他还会来的。我以前也判断失误过。我慢慢喜欢上了 N. 这个人，不希望他陷到石圈中出不来。那个石圈仅存在于他的脑子里，可那并不能说明它不是真实的。】

【最后一次见面结束】

4. 博恩森特医生的手稿（零星的）

二〇〇七年七月五日

看到讣告后，我给他的家里打了电话。C.——N.在缅因上学的女儿——接的电话，她听上去十分平静。她告诉我，在她内心深处其实对父亲的死亡并不吃惊。她说她是第一个到达N.在波特兰的家的，她暑期在卡姆登打工，离那里不远，但我听出屋里还有其他人。这就好。家人的作用有许多个，但最基本的或许就是当一个成员死去时，大家能够团结在一起，这一点在暴力或意外死亡，比如谋杀或自杀时，显得尤为重要。

她知道我是谁。我们的谈话开诚布公，没什么顾忌。是的，是自杀。他的车。车库。几扇门底塞着毛巾。我确定毛巾的数量肯定也是偶数。十或者二十；根据N.的观点，这两个都是好数字。三十不是那么好，但人们——特别是独居的男人——家里会有三十条毛巾吗？我敢肯定没有。起码我家就没有。

会进行尸检，她说。他们会在他体内找到药——毫无疑问，正是我开的药——但极有可能不会是致命的剂量。我想，药的问题不管怎样都是不要紧的。毕竟，不管原因究竟是什么，N.都已经死了。

她问我是否要来参加葬礼。我深受感动。事实上，我差点落下泪来。我回答，如果她的家人能够接受，我会去的。她听上去吃了一惊，说他们当然能接受……为什么不呢？

"因为最后我也没能帮助他。"我说。

"你尽力了，"她说，"这才是最重要的。"我再次感到了泪水刺痛了我的眼睛，因为她的善良。

挂电话之前，我问她N.是否留下只言片语。她说有。三个字。太累了。

他应该再加上他的名字。那样的话就是四个字了。

二〇〇七年七月七日

　　在教堂和葬礼时，N.的亲友——特别是C.——都接纳并欢迎了我。这是亲情的奇迹，即使在这样的悲痛时刻，他们也能张开臂膀，甚至容纳我这个陌生人。参加葬礼的差不多有上百人，许多是他工作上的伙伴和朋友，此刻同样也是他的亲人。我在墓穴旁痛哭失声。这一举动既没让我吃惊也没让我尴尬：心理医生和病人间的认同往往十分强大。C.握住我的手，拥抱了我，再次感谢我尽力帮助了她的父亲。我让她不必客气，但我心里却觉得自己是个骗子，是个失败者。

　　美丽的夏日。多么讽刺。

　　今晚，我听了我和N.几次会面谈话的录音带。我想我会把谈话内容笔录下来。N.的案例至少可以写出一篇论文——为强迫症的病例文献再贡献一点——或许还有更多。比如，一本书。但我是犹豫的。原因是，我将不得不去那个地方，将N.的狂想与现实对比。将他的世界与我的对比。我确信他说的那块地是存在的。至于石头，很可能那里也有石头，只不过并没有他的幻想赋予它们的特殊意义罢了。

　　傍晚，残阳如血，非常美丽。

二〇〇七年七月十七日

　　我休假一天，驱车前往莫顿。这件事我权衡了很久，直到最后实在找不出不去的理由。用母亲的话说，我真是拿不起放不下。如果我真的想就N.的案例写点东西，就必须停止这样无谓的顾虑，不再找借口。童年记忆中的地点指引着我——贝尔路桥（忘了为什么，我和希拉小时候叫它失败路桥），男孩山，特别是静园墓地——我本来就预想，找到N.所说的那条路不会太费劲，事实果然如此。并不需要判断他说的是哪条，因为只有一条土路，路上拦了铁链，还有一块不得侵入的牌子。

　　我把车停在墓园的停车场，就像N.以前一样。尽管是晴朗的夏日正午，鸟鸣声却不多，而且都在很远的地方。117号公路上也没什么车，只有一次，一辆超载的泥浆车沉重地呻吟着，以约莫每小时七十英里的速度开过，带来一阵混杂着汽油味的风，把我前额的头发吹到一边。那之后，就只剩我了。我想起了小时候像士兵扛枪一样扛着萨克的小钓竿一路走到失败路桥的情景。那时我并不害怕，所以我告诉自己，现在也不用害怕。

然而，我却仍然心中忐忑。而且，这种忐忑在我看来并非全然是无来由的，将一个病人的精神问题追根溯源从来就不是一件舒服的事。

我站在铁链边，问自己是否真的想这么做，是不是真的想要侵入，不仅是侵入一块不属于自己的土地，还有一个强迫性的精神幻想，它的主人很可能是因之丧命。（或者——也许更准确地说——它才是 N. 的主人。）这个选择的答案不像早上那么显而易见了。早上，当我穿上牛仔裤和那双旧的红色远足靴时，面临的选择似乎很简单："出去，把现实和 N. 的幻想加以比较，要么就放弃想写的那篇论文（或书）。"但到底什么才是现实呢？我又是谁，有什么资格断定 B. 医生①的感官感知的世界就比已故的 N. 会计感知的世界更真实？

这个问题似乎很容易回答：B. 医生可没有自杀，也没有不停地数数、摸东西、放东西；他相信数字，不管是奇数还是偶数，都只是数字而已。B. 医生是个能够应对这个世界的人，而事实证明 N. 会计不行，所以，B. 医生对现实的理解要比 N. 会计更可信。

可是一到那个地方——甚至就在山脚下，还没跨过铁链时——我就感到一种沉静的力量，我突然想到，其实现在的选择简单得多：要么走上那条无人的土路到阿克曼地去，要么转身回到车上，开车离开这里。忘记想写的书，忘记更有可能写成的论文，忘记 N.，继续我自己的生活。

但是。但是。

开车离开可能——我只是说可能——意味着，在某个层面，在我潜意识的深处——那里残存着对古老迷信的敬畏，一并生存着所有的欲望冲动——我已经接受了 N. 的信仰，相信阿克曼地里有一个被魔

---

① 指博恩森特医生自己。

法石圈保护的薄弱地方，如果我到那里去，说不定会再次激活某个可怕的程序，某场可怕的斗争，曾经逼得 N. 不得不以自己的死亡来阻止（至少是暂时的）。那样做就意味着我已经接受了——还是同样的潜意识深处，我们就像在地下洞穴里忙碌的蚂蚁一样——我将会成为下一个守卫者的可能性，接受了我是被召唤而来的事实。而如果我真的相信这些……

"我的人生将会永远改变。"我大声地自言自语道，"我再不会以同样的眼光看待这个世界。"

突然间，这件事看起来似乎非常严肃。有时候，我们只是随波逐流，不是吗？总会漂到一些节骨眼，面临的选择不再简单，错误的决定会造成严重的后果。也许威胁到的是生命，或是心智的健康。

要么……假如它们根本就不是选择呢？假如它们只是徒具选择的表象呢？

我把这些想法暂放一边，从拴铁链的一边柱子旁挤了过去。病人和同行们——我想后者是在开玩笑——都曾叫我巫师医生，但我绝不愿意这样评价自己，也不愿意在盥洗镜前看着自己，想，这个男人在关键时刻所做的决定不是依靠自己的思维判断，而是一个死去病人的幻觉。

没有横着的树挡路，但我看见几棵——大多数是桦树和松树——躺在靠上坡路一边的沟里。也许是今年倒下被拖过去的，也许是去年，或是前年。我无法判断。我对树木并不了解。

我来到一座小山的上坡处，两边树林的边界往后退了许多，露出一大片明亮的夏日天空，此情此景就像是行走在 N. 的头脑中。山爬了一半的时候，我停了下来，不是因为喘不过气来，而是最后一次向自己确认是否真的要这样做。然后，我继续向前。

我希望当时没有那样做。

我看到了那块地，西方开阔的景色每一尺每一寸都像 N. 描述得那样壮观——事实上，是令人叹为观止。即使是太阳高照，金光耀眼，并不是血红的残阳悬在地平线上。我也看到了石头，就在下坡的大约四十码处。是的，它们看上去确实像个圈，尽管与我们在巨石阵能看到的圈完全不同。我数了数。八个，正像 N. 所说的。

（除了他说石头有七块的情况。）

与地里——那块地一直延伸到足有数亩的橡树、杉树和桦树林边——其他地方高及大腿、葱郁茂盛的草相比，石头中央的草也的确有些枯黄，但绝对没有死。吸引我上前的是一小丛漆树。它也没有死——起码我不那样认为，但叶片是黑色的，而不是掺杂红色叶脉的绿色，而且，它们不成形，都是些畸形发育的形状，不知为何让人很不舒服，不愿多看。它们提供了那只眼睛想要的形态。除此之外，我想不到更好的说法。

离我所站之处十码的地方，我看到灌木丛中有个白色的东西。我走过去，看清那是个白信封，立刻知道那是 N. 留给我的，即使不是在他自杀的那天留的，也不会是很久之前。我觉得腹中猛地往下一沉，清楚地意识到，决定来这儿——如果这件事真的是我能够决定的话——是个错误的选择。而事实上，我一直被教育相信理智高于本能，就注定了会犯这个错误。

垃圾。我知道不该这样想。

当然了——这才是关键！——N. 也知道，但还是继续他的做法。毫无疑问，即使在准备自己的死亡时，他也在数毛巾的数量。

以确保那是个偶数。

狗屎。人总是会胡思乱想，不是吗？阴影也能生出面孔。

信封外面套了一个干净的塑料文件袋来防潮。信封上十分清晰而坚定地写着：**约翰·博恩森特医生**。

我把信从文件袋里取出来，再次朝下坡处的石头看过去。还是八块。当然应该是这样。然而，这里没有一只鸟叫，也没听见一声虫鸣。仿佛时间屏住了呼吸，甚至连阴影都像是凝固了。我现在知道 N. 说感觉到时空穿越是什么意思了。

信封里不知装了什么东西，能感觉到它在里面滑来滑去，而在我撕开信封、把它倒在掌心之前，手指的触觉就告诉了我答案：一把钥匙。

还有一张纸条，只有几个字：对不起，B. 医生。当然还有他的名字。没有署姓氏。总数是七个字。不是个好数字。我是说按照 N. 的观点。

我把钥匙放进口袋,站在一棵不像漆树的漆树前。它有黑色的叶子,扭曲的枝条,看上去像是字母……

不!不是 CTHUN!

……我下定决心,是时候离开了。够了。如果某种物质让灌木变异了,某种环境因素毒害了土地,就由它去吧。这块土地上,灌木并不重要;重要的是石头,而它们有八块。你已经尝试了,证实了世界和你希望的一样,和你知道的一样,和它惯常的状态一样。如果说这块地似乎太安静了——也有些太过饱满——这毫无疑问是 N. 的故事在你脑中残存的印象。更何况他自杀了。现在,继续你自己的生活。别去在意这里的寂静,或是那种感觉——像黑沉沉的雷雨云一样压在心上——在寂静中潜伏着什么东西。回到你的生活中去,B. 医生。

趁还来得及,回去。

我回到路的尽头。又高又密的绿草摩擦着我的牛仔裤,沙沙作响,像是低沉的喘息声。太阳光在我的脖子和肩膀上跳动。

我想转过身再看一眼。我与这种冲动斗争了一会儿,但是失败了。

我终于还是回过头去。我看到的是七块石头。不是八块,是七块。我数了两遍才敢确认。而且,石圈中央确实更暗了,像是云遮住了太阳一样,仿佛太阳非常渺小,只在那一小块地方投下了阴影。只不过那里看上去并不像阴影,而像是某种特别的黑暗,跳动着越过发黄的草丛,径自打圈旋转着,又朝那个孔隙扑去,我确定——几乎确定,真该死——第八块石头原先就在那里。

我想,我没有相机,没法通过取景器来让它回来。

我想,必须停止,趁我还能告诉自己其实什么都没发生。不管是否正确,比起世界的命运,我更关心失去对自己精神的掌控,失去自我对这个世界所抱的观念。我一点也不相信 N. 的幻觉,但那片黑暗……

我不想让它扩散一步。一个脚趾头都不行。

我把钥匙放在原先的信封里,又把信封塞进了裤子的后袋里,文件袋还拿在手上。还没来得及细想自己究竟在做什么,我就把文件袋举了起来,放在眼前,透过它向石头看去。即使我把袋子拉直,石头的图像也有些模糊和变形,但还算清晰。石头又变成了八块,而且那片黑暗……

那个风口

或是通道

……不见了。(这是当然,从来就没有什么黑暗。)我放下文件袋——我承认我有些发抖——定神又向石头看去。八块。像泰姬陵的基座一样稳固。八块。

我沿着路往回走,这次成功地战胜了回头看的冲动。再回头有什么意义?八块就是八块。八块就是好的。

我决定放弃写那篇论文。最好还是把关于 N. 的整件事就此结束。重要的在于我真的去了那里,并面对了——关于这点的真实性,我是确定的——存在于我们每个人心中,不管是 B. 医生或是 N. 会计的疯狂。一战的时候人们是怎么说的?"去看大象[①]。"我已经看过大象了,但那并不意味着我要把大象画出来。在我的情况中,就是写篇论文来描述大象。

要是我说我认为看到了更多东西呢?哪怕只是几秒钟……

是的,确实如此。但是等等,那也只能说明控制可怜的 N. 的幻觉有多么强大,以任何临终遗言都没办法做到的形式解释了他的自杀。然而,有些东西最好还是不要去碰,很可能此类的病例就是如此。但那黑暗……

那风口——通道,那被察觉的——

不管怎样,N. 在我这里已经结束了。没有什么书,也没有什么论文。"把这一页翻过去。"毫无疑问,那把钥匙可以打开路口的铁链,但我永远不会去用它。我把它丢了。

[①] 去看大象,go to see the elephant,见世面的意思。

"继而上床就寝。"已故的伟大散文家萨米·佩皮斯[①]是这样说的。

傍晚照耀在这块地上的夕阳仍旧会是水手们最愿意看到的红色吧。会有雾气从草丛中升起吗？也许。从绿色的草中。不是黄色的。

今晚的安德罗斯科金河还会是红色的，像是一条盘亘在已死的产道中流血的长蛇。(想想看！)我想看到那个景色，不管出于什么理由。我承认这一点。

我只是累了，明天一觉醒来就会好的。明天早上说不定我甚至会愿意重新考虑一下论文，或者一本书。但今晚不行。

"继而上床就寝。"

二〇〇七年七月十八日

今天早上，我从垃圾堆里把钥匙找了回来，放进了办公桌的抽屉里。丢掉它就好像承认真的有什么事。

不管怎么说，只是一把钥匙而已。

二〇〇七年七月二十七日

好吧，是的，我承认。最近我一直在数身边的一些东西，并确保它们是偶数。纸夹、广口瓶里的铅笔。诸如此类的东西。做这些事情意外地让我平静。我肯定是被 N. 传染了流感。(我的小玩笑，但我是认真的。)

我的导师是奥古斯塔的 J. 医生，现在是静山疗养院的负责人。我给他打了电话，大致讨论了一下。我告诉他，这是我在年底的芝加哥年会上拟提交的论文课题——没错，我撒了谎，但有时，谎言确实更容易——关于强迫症症状的转移性，从病人转到心理分析者。J. 肯定了我的研究。这一现象并不普遍，但也不是完全没有。

他说："和你本人没有任何关系吧，约翰尼？"

[①] 萨米·佩皮斯（Sammy Pepys，1633—1703），十七世纪英国的政治家和作家，最著名的作品是《佩皮斯日记》。

敏锐。犀利。一直都是这样。对自己的学生了解颇多。

"不,"我说,"我只是对这个课题感兴趣。事实上,这个兴趣都快变成偏执了。"

我们大笑着挂断电话。我走到咖啡桌边,数了数上面的书。六本。很好。六六顺——N. 说的——我又看了看办公桌抽屉里的钥匙还在不在。它当然还在,否则会去哪里?一把钥匙。一是好还是坏呢?"奶酪独自一人①",很可能没什么关联,但也值得想一想。

我开始往外走,突然想到咖啡桌上不仅有书,还有杂志。我数了数。七本!我拿起那本封面是布拉德·皮特的《人物》,扔进了垃圾桶。

看,如果这就能让我感觉好些,有什么不行呢?不过是布拉德·皮特!

万一问题变得严重,我会向 J. 坦白。我向自己保证。

我想,镇顽癫②可能有用。尽管严格说来它是一种抗癫痫药,但据悉它在治疗类似案例中有效。这是当然……

二〇〇七年八月三日

我在开什么玩笑?根本没有类似的病例,镇顽癫也没有丝毫用处。完全是隔靴搔痒。

可是,计数有作用,它意外地令人安心。还有别的。钥匙不该放在桌子的那一边!这是直觉,而直觉是**无法深究**的。我重新放置了钥匙。好些了。我再在另一边的抽屉里又放了一把(保险柜的),似乎这样才平衡。六六顺,喜成双(玩笑)。昨晚睡得很好。

不。我做了噩梦,梦见了日落时分的安德罗斯科金河。红色的伤口。一条产道。却是死的。

二〇〇七年八月十日

那里出事了。第八块石头在衰弱。告诉自己情况并非如此毫无意

---

① The cheese stands alone,童谣《幽谷农夫》的最后一句。
② 镇顽癫,原文为 Neurontin。

义,因为我身体的每一条神经——皮肤的每一个细胞!!——都在为其真实性而呼喊。数书——是的,还有鞋,是 N. 的直觉,也不适宜深究——有些帮助,但无法解决**根本问题**。哪怕是摆放对角线也起不了很大作用,尽管确实……

比如厨房工作台上的面包屑。用刀刃把它们排成一条线。还有桌子上用白糖排成的线,哈!但谁知道有多少粒面包屑呢?有多少粒糖末呢?太多了,数不过来。

必须结束。我要到那里去。

我会带一台相机去。

二〇〇七年八月十一日

那片黑暗。耶稣啊!它基本上充盈了整个石圈中央。还有别的东西。

黑暗里有只眼睛。

八月十二日

昨天真的看到东西了?真的吗?

不知道。我以为自己当时知道,但我现在不知道。

这段文字有四十一个字。

四十六更好。

八月十九日

我拿起电话想打给 J.,告诉他我的问题,但我想了想,又把电话放下来。我能告诉他什么呢?除了 1-207-555-1863 是个糟糕的数字。

安定比镇顽癫有效些,我想,只要我不过量用药。

九月十六日

从莫顿回来。浑身是汗。颤抖不止。但又是八块了。我修好了它。我!修好了它!它!感谢上帝。但是……

但是!

我不能这样生活。

不，但是——**我勉强算及时。它马上就要出来了**。保护只能持续那么久，急需上门服务！（我的小玩笑。）

我看到了 N. 说过的三个眼球的眼睛。它不属于这个世界或这个宇宙。

它正试图吃掉所有挡路的障碍物，钻到这个世界来。

但我无法接受这一切。我放任 N. 的偏执侵入了我的精神，而它正在逐渐扩大地盘，像是先伸入一根手指，接着是第二根，第三根，然后是整一只手在撕扯。把我撕裂。撕裂我的

但是！

我亲眼所见。这个世界之后还有一个世界，充斥着怪物

神明

可恶的神明！

一件事。如果我杀了自己，会怎样？即使一切都不是真实的，我所受的折磨也会结束。万一是真实的，第八块的石头就会得到巩固。至少直到另一个人——下一个"照看者"——无意间走上那条路，看到……

自杀看上去似乎是个不错的决定！

二〇〇七年十月九日

最近好些了。我的思维似乎恢复了一些常态。上次去阿克曼地时（两天之前）发现，我的担心都是多余的。那里有八块石头。我看见它们像房屋一样稳固，还看见天空中飞过一只乌鸦。它绕了个圈，躲过石头上方的区域。我站在路口，相机挂在脖子上（相机到了这边就不行了，这些石头是拍不出来的，关于这一点 N. 是对的；也许是氡的作用??），不明白怎么会有时候觉得只有七块。我承认，我是数着自己的脚步回到车里的（走到车门时不巧是奇数，我不得不又绕了几步路），可是这些东西不是说停下就能停下的。它们像是精神的痉挛！但说不定……

我敢奢望自己真的在好转吗？

二〇〇七年十月十日

当然,虽然我不愿承认,还有一种可能:关于至点,N.是正确的。我们正从一个至点移向另一个至点。夏天过去了,冬天将来临。如果是真的,那么这从短期来说是个好消息。如果我将不得不来年春天接着与这精神的抽搐抗争……还有后年的春天……

回答是,我办不到。

那只眼睛困扰着我。它漂浮在不断聚拢的黑暗里。

它的后面还有别的许多东西

CTHUN!(恰恩!)

二〇〇七年十一月六日

八块。一直是八块。我现在确定了。今天,阿克曼地很安静,草枯死了,山坡下的树木也落光了叶子,烙铁般的天空下,安德罗斯科金河呈现一片黑灰色。要落雪了。

上帝啊,最令人高兴的是:一块石头上居然有只鸟。

一只鸟!

开车回刘易斯顿时,我才意识到自己没有数着步子上车。

下面是这件事的真相。真相一定是这样的:我受了一个病人的影响,但我已经好转了;就像是感冒,不咳嗽了,也不抽鼻涕了。

其实一直就像我开的那个小玩笑一样。

二〇〇七年十二月二十五日

我和希拉一家人共进圣诞晚餐并交换了礼物。唐带塞思去教堂参加烛光仪式后——我敢确定,若是虔诚的卫理会信徒知道仪式的异教起源,一定会惊讶万分——希拉紧紧握住我的手,说:"你终于回来了,太好了,我很担心。"

好吧,似乎人是无法糊弄自己的骨肉血亲的。J. 老师只是怀疑我出了状况,希拉却明确地知道。亲爱的希拉。

"今年的夏天和秋天,我遭遇了危机,"我说,"用你的话来说,是精神危机。"

但事实上，我遭遇的是心理危机。当一个人开始认为他感知周遭事物只是为了遮蔽另一个可怕的世界时，就叫心理危机。

一向很实际的希拉说："只要不是癌症就好，约翰尼。我担心的是这个。"

亲爱的希拉！我笑了，给了她一个拥抱。

稍后，当我们快要收拾完厨房的时候——一边喝着蛋酒——我问她还记不记得为什么小时候把贝尔路桥叫做失败路桥。她摇着头笑了。

"是你的老朋友想出来的。我暗恋的那一个。"

"查理·肯恩，"我说，"我有八百年没见过他了，除了在电视上。那可怜的人简直就是桑杰·顾普塔①。"

她在我胳膊上捶了一下。"嫉妒可不适合你，亲爱的。话说回来，有一天我们一起在桥上钓鱼——当时我们都有那些小钓竿——查理朝桥下看了看，说：'哎，谁从这儿掉下去都会成功地送命。'也不知怎么的，当时就觉得这句话很好笑，我们三个笑得像疯子一样。你不记得了吗？"

接下来的故事是，有一次我掉下了河却没有送命，从那天起，贝尔路桥就变成失败路桥了。老查理说的是对的。桥下方的贝尔河不过是条小溪，水非常浅。当然，它流入了水深得多的安德罗斯科金河——很可能从阿克曼地能看到它们的交汇处，但我从来没有留意过——而安德罗斯科金河又流入了大海。一个世界通往另一个世界，不是吗？每一个都比上一个深；在所有的土地上都是如此。

浑身落满了雪的唐和塞思回家了，他们是希拉的大男孩和小男孩。我们集体拥抱了一下后，我就一路听着圣诞歌开车回家了。长时间以来，我第一次感觉到发自内心的快乐。

我相信，这些记录……这本日记……这个记录着我如何避免发疯的日志——或许我与疯狂擦肩而过，我真的认为我差点"翻过了那架

---

① 桑杰·顾普塔（Sanjay Gupta），美国神经外科专家，在CNN主持健康栏目。

桥"——现在可以结束了。

感谢上帝，祝我自己圣诞快乐。

二〇〇八年四月一日

今天是愚人节，我就是那个愚人。今早，我是被关于阿克曼地的噩梦惊醒的。

梦里，天空是蓝色的，河水是更深的蓝色，雪正在融化，第一缕新草已经从残雪中钻了出来，而石头又一次变成了七块，石圈中央也再一次出现了黑暗。虽然还只有一小块，但要是我不去照看，很快就会扩大的。

醒来后，我把书数了一遍，六十四,一个好数字，不仅是偶数，而且能一直除到一——想想吧，但那也不能让我安心，于是我把咖啡倒在厨房的工作台上，排了一条对角线。问题解决了——目前是——可我还必须到那里去，再进行一次"上门服务"。不能再耽误了。

因为它又开始了

雪差不多都没了，接下来该是夏至了（虽然还有一段时间，但终究会来的）。又开始了。

我感觉

上帝帮帮我，我觉得自己像个癌症患者，病情本来在好转，却一觉醒来发现腋下出现了巨大的肿块。

不能这么做。

必须这么做。

【过了段时间】

路上还有雪，但我还是到"AF"[①]去了。我把车停在墓园的停车场，走了过去。那里的情况和梦里一样，确实只有七块石头。从相机的取景器里看，又是八块。八，就能维持世界。这交易还不错。

对这个世界来说！

对博恩森特医生来说，不是这样。

---

① AF，Ackerman's Field，即阿克曼地。

又来了；想到这个，我的精神开始痛苦地呻吟。

上帝啊，求你不要让它再开始。

二〇〇八年四月六日

今天把七变成八花了更长时间。我知道，前方还有更多的"长期"任务等待着我，比方说数数、排列对角线和——不是放置，N.这一点错了——需要做的是平衡。这是象征性的，如同圣餐礼中的张弛相间。

但我累了。而夏至还很远。

它还在聚集能量，而夏至还很远。

我希望 N. 在来到我的办公室前就死掉了。那个自私的混蛋。

二〇〇八年五月二日

我以为这次它会杀死我，或摧毁我的精神。我的精神已经崩溃了吗？上帝，我怎么知道？没有上帝，那样的黑暗面前没有上帝，那眼睛，它从里面往外张望。还有其他的东西。

那脑袋像头盔的怪物，从疯狂的、呼吸着的黑暗中诞生。

有歌声。歌声从石圈深处传出，从黑暗深处传出。但我把七块石头变成了八块，尽管花了很长很长很长很长很长时间。从取景器里看了很多遍，画圈，数步子，把绕的圈扩大到六十四步，成功了，感谢上帝。扩大的圈——好！我抬起头，我四处看。看到它的名字出现在每一丛漆树上，还有那该死的下坡处的每一棵树上：恰恩，恰恩，恰恩，恰恩，恰恩。我抬起头看天，却看见蓝天上飘过的云也拼出：CTHUN！我看着河，看见河流的弯道竟然是个巨大的C，CTHUN的C！

我如何才能为这个世界负起责任？怎么会是这样？

这不公平！！！！！！！！

二〇〇八年五月四日

如果自杀就能关掉那扇门

我能得到平静，即使以死亡为代价

　　我还要到那里去，但不会走完全程。到失败路桥就可以了。那里的水很浅，河床上铺满了石头。

　　高度肯定有三十英尺。

　　不是最好的数字，但是还凑合

　　谁从这儿掉下去都会成功地送命

　　不能失败

　　三只眼球的眼睛老是出现在我脑子里

　　还有脑袋像头盔的怪物

　　石头上尖叫的面孔

　　CTHUN！

　　【博恩森特医生的手稿至此结束】

5. 第二封信

二〇〇八年六月八日

亲爱的查理，

　　一直没有收到你关于约翰尼手稿的回信，这太好了。请你就当没收到我的上一封信，如果手稿还在你那里，烧掉它。这是约翰尼的请求，我一开始就该遵守的。

　　我告诉自己，到失败路桥就停下来——去看看我们童年时的乐园，看看他结束生命的地方。我告诉自己，这样也许就能给这件事画上句号（约翰尼会用这样的说法）。然而，不出意外，精神下面的精神——我敢说约翰尼会说在那个层面，我们都是相同的——做出了不一样的决定。否则我为什么会拿着钥匙呢？

　　因为它就在那里，在他的书房。不在我发现手稿的同一个抽屉，而是在最上面的那个——桌洞上方的抽屉。还有另一把钥匙与它"保持平衡"，正如他所言。

　　如果当时我在发现手稿的时候也看到了钥匙，我会把它们一起寄给你吗？我不知道。不知道。但总体而言，对目前的情况我还算满意。因为若是给了你，你或许会被诱惑到那边去。说不定你会被好奇心所害，也许还有别的东西。力量更大的东西。

也有可能，这一切都是胡扯。有可能我之所以拿着钥匙去了莫顿找到那条路，只是因为我正是我在上封信里说过的那种人：潘多拉的女儿。我如何能确定呢？N.无法确定，哥哥也无法确定，哪怕直到他生命的最后。就像他以前说过的，"心理分析只是我的职业，别拿工作以外的事情问我。"

不管怎么说，别担心我。我很好。而即使我不太好，我也能算清这笔账的。希拉·勒克莱尔有一个丈夫和一个孩子。查理·肯恩——根据我在维基百科里看到的——有一个妻子和三个孩子。所以，你的损失会更大。而且，也许我从未走出对你的暗恋。

不论发生什么都不要回到这里。继续报道肥胖症、滥用药物和五十岁以下男子的心脏病。关注那些正常的事情。

如果你还没有读过手稿——我只能希望如此，但恐怕事与愿违；因为我相信潘多拉也是有儿子的——请也忽略它，就当是一个意外失去兄长的女人歇斯底里的唐突之举吧。

那里什么都没有。

只有几块石头。

我亲眼所见。

我发誓，那里什么都没有，不要回来。

6. 报纸新闻

【摘自切斯特米尔《民主报》：二〇〇八年七月一日】

女性坠桥身亡
与其兄自杀方式相同

朱丽叶·萨姆威

发自莫顿——一个月前，出色的精神病医师约翰·博恩森特从位于缅因州中部小镇的贝尔路桥坠桥身亡。据朋友们说，出事后，他的妹妹，希拉·勒克莱尔一直精神恍惚，心情低落。她的丈夫，唐纳德·勒克莱尔说她"受了沉重打击"。但他接着说，任何人都没有想过她会自杀。

"尽管没有遗书，"镇里的验尸官理查德·查普曼说，"所有的证据都表明她是自杀身亡。她的车整洁地停放在桥靠近哈洛的一侧，并特意避开了公路。车是锁着的，她的钱包和驾照放在驾驶座上。"接下来，他说，只有验尸才能进一步确认她的死亡原因是溺水还是撞击。

除了丈夫以外，希拉·勒克莱尔还留下一个七岁的儿子。葬礼还未举行。

7. 电子邮件

Keen1981[①]
3:44PM
20080705
克丽丝——

请帮我取消下周的所有活动。我知道事出突然，会给你的工作带来麻烦，但我实在没有办法。有一件急事必须马上回缅因家乡处理。我的两个老朋友，兄妹俩，离奇地相继自杀……在同一个该死的地方！联想到妹妹效仿——显然是效仿——哥哥而自杀之前寄给我的十分古怪的手稿，这件事肯定是另有隐情。那位哥哥，约翰·博恩森特，是我儿时最好的朋友，我们曾在数次操场暴力中互相搭救！

那个血糖报道可以交给海登。他可能没有信心，但我知道他能行。就算他不行，我也必须走。约翰尼和希拉同我们一家人关系深厚。

还有：我不想显得这么功利，但这件事说不定有挖掘的价值。关于强迫症。虽然不像癌症那么可怕，但患者会告诉你那见鬼的玩意儿能让人多痛苦。

谢谢，克丽丝——
查理

---

① 查理·肯恩电子邮箱的用户名。

来自地狱的猫

在霍斯顿看来,轮椅上的老人病入膏肓、神色恐惧,已经时日无多。这情景对他来说并不陌生。死亡,正是霍斯顿的生意。作为一名独来独往的杀手,他曾在职业生涯中把死亡带给十八个男人和六个女人。他当然知道死亡长什么样子。

那房子——事实上,是所豪宅——冷飕飕、静悄悄的,只能听到木柴在巨大的石头壁炉里微弱的噼啪声和窗外十一月寒风的低吼。

"我想给你笔生意,"老人开口了,声音尖利、烦躁,有些发颤,"我知道你就是干这一行的。"

"你怎么知道我的?"霍斯顿问。

"我跟一个叫索尔·洛奇亚的人谈过。他说你认识他。"

霍斯顿点点头。如果是索尔·洛奇亚介绍的,那就没问题。而万一这是个圈套的话,那么这老头——他叫德鲁根——说的每一句话都是陷阱。

"你想干掉谁?"

德鲁根按了一下装在轮椅扶手上的一个按钮,轮椅便发出嗡嗡的声音向前开过来。离得近了,霍斯顿可以闻到他身上混合着恐惧和尿液的老朽的味道。这味道让他作呕,但他没有任何表示。他的脸仍然舒展而平静。

"你的猎物就在身后。"德鲁根轻声说。

霍斯顿一跃而起。对于他这样的人来说,性命完全取决于反应能力,因此他的神经是时刻紧绷的。一眨眼,他已经跳下沙发,单膝跪地,面向后方,一只手伸进特制的运动衫里,握住了那把短膛点四五手枪。这把枪挂在他腋窝下方一个带弹簧的皮套里,轻轻一按就会弹出。只是一眨眼的工夫,他掏出了枪,瞄准了……一只猫。

有那么一会儿,霍斯顿和那只猫你瞪着我,我瞪着你。霍斯顿是个不迷信、而且毫无想象力的人,但和这只猫对视却让他有奇怪的感觉。就在那单膝跪地,枪指向前方的一刻,他觉得自己认识那只猫,尽管他也知道,如果他真的见过长相这么奇特的猫的话,他肯定是不会忘记的。

这猫是阴阳脸:一半黑,一半白。分界线从脑袋上方开始,顺着鼻子,再到嘴,刚好把猫脸一劈为二。阴森森的猫脸上,两只眼睛显得特别大,圆形的深色瞳孔像两团郁郁燃烧的煤球,散发着憎恨的光芒。

猫似乎回应了霍斯顿的感觉,它的神情告诉他:我们,你和我,彼此认识。

然后,霍斯顿把这感觉抛诸脑后。他收起枪,站起身来。"我会为此杀了你的,老头儿,少耍我。"

"我没有开玩笑,"德鲁根说,"坐下,看看这个。"说着,他从盖在腿上的毛毯下面拿出一个厚厚的信封。

霍斯顿坐下来,而那只猫刚刚还弓着腰蹲在沙发上,现在却轻轻巧巧地跳到他的腿上。那双瞳孔巨大的黑眼睛盯着霍斯顿看了一会儿,包围瞳孔的金绿色细圈微微闪光,随后它安稳下来,喉咙里发出咕噜噜的猫喘。

霍斯顿怀疑地看着德鲁根。

"它很友好,"德鲁根回答了他的疑惑,"开始的时候是这样。这个友好的家伙已经杀了这屋里的三个人了。只剩我了。我老了,又有病……但我还是希望得享天年。"

"真不敢相信,"霍斯顿说,"你竟然雇我来杀一只猫?"

"请看看信封里的东西。"

霍斯顿照办了。信封里装满了面值五十和一百的钱,都很旧。"有多少?"

"六千美元。等你拿来这只猫已经死了的证明,我再给你六千块。洛奇亚先生告诉我,一万二是你的惯例。"

霍斯顿点点头,一边下意识地摸了摸趴在他腿上的猫。那只猫还在呼呼地睡着。霍斯顿喜欢猫。事实上,猫是他唯一喜欢的动物。猫自己就能过得很好。上帝——如果有的话——把猫塑造成完美而冷淡的杀戮机器。猫是动物世界的杀手，对于他在动物界的同行，霍斯顿给予恰如其分的尊重。

"我并没有向你解释的义务，但我愿意这样做，"德鲁根说，"俗话说，知己知彼，百战不殆，希望你不要轻敌。而且，看起来我有必要为自己辩护一下，以免你把我当成老疯子。"

霍斯顿再次点头。他已经决定接下这单古怪的生意，并不需要进一步被说服。但既然老头儿想说，听听又何妨？

"首先，你知道我是谁吗？我的钱又是怎么来的？"

"德鲁根制药公司。"

"正确。全球最大的制药公司之一。我就是靠这个发家的。"老人从睡袍口袋里掏出一个没有标签的小药瓶，递给霍斯顿，"复方苯巴比妥促睡剂，很容易产生依赖性，所以几乎都是给临终的人开的。这种药可以止痛、镇静，同时会让人产生轻微的幻觉，可以很好地帮助临终人面对和适应病情。"

"那你吃这种药吗？"

德鲁根全当没听见。"全球都在广泛使用。五十年代，我们新泽西的实验室合成了这种药。由于猫科动物独有的神经系统刚好合适，所以试验基本都是用猫做的。"

"你们杀了多少只猫？"

德鲁根抽了抽鼻子。"'杀'这个说法是不公平的，你对我们有偏见。"

霍斯顿耸耸肩，不置可否。

"从实验开始到食品药品管理局批准生产的四年间，大概有一万五千只猫……结束生命。"

霍斯顿吹了声口哨。也就是说，差不多一年四千只。"所以，现在你认为猫来报仇了？"

"我丝毫不觉得愧疚，"德鲁根不耐烦地说，声音发颤，"死了——一万五千只实验动物，成千上万的人可以——"

"无所谓。"霍斯顿打断他。这种自我辩护实在索然寡味。

"这只猫是七个月前来的。我从来就不喜欢猫,这些携带疾病的恶心畜生……总在野外疯跑……在谷仓里爬来爬去……身上不知沾了什么细菌……还喜欢把一些肠子都露出来的东西拖到你家里来。是我姐姐收留的它。她发现了它,并为此付出了代价。"他用憎恨的眼光盯着睡在霍斯顿腿上的猫。

"你刚才说这只猫杀了三个人。"

德鲁根开始讲述。杀手用他结实有力的手轻轻给猫挠痒,那只猫仍在呼呼大睡,只是脊柱的某个环节会偶尔一跳,猫背就突然紧张起来,摸上去就像藏在皮毛和肌肉下的钢弹簧一样。窗外,康涅狄格郊外的风绕着这栋巨大的石头房子盘旋呼啸,风声中带着冬天的凛冽。老人低沉的声音继续说着。

七个月前,这个家里有四个人:德鲁根,他姐姐阿曼达,七十四,比德鲁根大两岁,阿曼达一生的好友卡洛琳·布罗德莫——是"西切斯特的布罗德莫家族",德鲁根强调——有严重的肺气肿,最后是管家迪克·凯奇,受雇于德鲁根家二十年了。已经六十多岁的迪克是那辆大车——林肯马克Ⅳ型——的司机,是厨师,还负责准备晚间的雪利酒。白天会有女佣来帮忙家事。三个老人和他们的侍者以这种方式生活在一起已经近两年了。这是个沉闷的老年组合,有限的乐趣是收看《好莱坞广场》,和看谁活得更长命。

然后,猫来了。

"凯奇第一个发现它。他看见那只猫一直在房子周围晃悠,叫得很惨,就想把它赶走。他冲着猫扔小树枝和小石头,打中了好几次,但猫就是不肯走。当然,猫肯定是闻到屋里食物的味道了。它瘦得皮包骨头。夏天快过去的时候,人们总把猫扔到路边让它们自生自灭。真是毫无人道、可怕的做法。"

"还是拿猫的神经做试验更人道,对吧?"霍斯顿问。

德鲁根再次假装没听见,继续往下讲。他讨厌猫。一直都是。所以,当怎么都赶不走那只猫时,他让凯奇下毒。准确地说,是准备了几大盘掺了复方苯巴比妥促睡剂的嘉璐猫粮,看上去足够诱"猫"。但那猫对诱惑丝毫不理。而就在这时,阿曼达注意到了这只猫,一定要养它。德鲁根对此坚决反对，但阿曼达还是达到了目的。显然，她一向如此。

"她还是发现了那只猫，"德鲁根说，"她抱着它，亲自把它带进了屋里。猫呜呜地喘着，就像现在一样。但这只猫不愿接近我。它……从来都不接近我。阿曼达给它倒了一碟牛奶。'噢，看这可怜的小东西，它饿坏了，'她用溺爱的口气说。她和卡洛琳都宠着这只猫，真令人作呕。当然，这是她们俩报复我的方式。她们知道自从二十年前的复方苯巴比妥试验项目开始以来，我有多讨厌猫科动物。她们喜欢取笑我，用这个折磨我。"他阴沉地看着霍斯顿，"但她们付出了代价。"

五月中旬的一天，凯奇起床准备早餐，发现阿曼达·德鲁根躺在主楼梯的脚下，身边散落着破瓷片和猫酥脆。她的眼睛微微凸起，瞪着天花板，嘴巴和鼻子大量出血。她摔断了脊柱和两条腿，脖子碎得就像玻璃碴。

"猫睡在她的房间，"德鲁根说，"她像对待婴儿一样对它……'你饿了吗，宝贝儿？要到外面去噗噗吗？'从一个像我姐姐一样泼辣的老女人嘴里听到这样的话可真肉麻。我猜是那猫喵喵叫着把她吵醒了。然后她起身给它准备猫粮。她以前说过，除非倒一点牛奶把猫粮泡湿，否则山姆是不喜欢吃猫酥脆的。所以她要到楼下去。猫在她腿上蹭。而她，年龄大了，腿脚不稳，又半睡半醒的。人和猫走到楼梯口，那猫窜到她身前……绊了她一脚……"

是的，可能是这样，霍斯顿想，他仿佛看到了老妇人向前一趔趄，摔了出去，一切发生得太突然，她连尖叫的时间都没有。她滚下楼梯，猫粮泼得到处都是，碗也摔碎了。最后，她滚下了最后一节台阶，摔断了一身老骨头，眼睛瞪得大大的，鼻子和耳朵汩汩淌血。而那只猫一边呜呜叫着，一边优哉游哉地下了楼梯，心满意足地吃起它的猫酥脆来。

"验尸官是怎么说的？"他问德鲁根。

"当然说这是意外。但我知道是怎么回事儿。"

"你那时为什么不扔掉这只猫？既然阿曼达已经死了。"

答案显而易见。因为卡洛琳威胁他，猫走她就走。她很偏执，谈到这个话题就变得歇斯底里。这个病歪歪的女人对于魂灵一事很是迷信。在收取了二十美元的酬金之后，一个哈特福德的灵媒告诉她，阿曼达的灵魂寄托到了山姆这只猫的身体上。卡洛琳对德鲁根说，山姆曾是阿曼达的，如果山姆走了，阿曼达的灵魂就不见了。

霍斯顿一向长于捕捉别人并未说出的话。据他推测，德鲁根和这位布罗德莫家的老小姐很可能多年前是恋人，而这位老伙计可不想因为一只猫就失去她。

"她离开这里无异于自杀，"德鲁根说，"在她心目中，自己还是个富有的女人，完全有能力收拾收拾，带上那只猫一走了之，去纽约、伦敦，甚至蒙特卡洛。而事实上呢，她不过是没落望族的最后一员，六十年代投资不利，败光了家产，只能靠微薄的收入维持生计。她住在这栋房子的二楼，室内环境是特殊设定的，高度潮湿。那女人七十岁了，霍斯顿先生。直到死前的最后两年，她一直抽烟抽得很凶，患有严重的肺气肿。我想让她待在这儿，如果这样就不得不留下那只猫……"

霍斯顿点点头，若有所指地看了看手表。

"六月末的一天夜里，她死了。医生似乎认为她的死亡不过是早晚的事儿……他过来，写了份死亡证明书，就了事了。但那只猫当时在她房里。凯奇是那么告诉我的。"

"人都有死的时候，朋友。"霍斯顿说。

"此话不假，医生也是这么说的。但我知道真相。我记得。猫喜欢对熟睡的老人和婴儿下手，偷走他们的呼吸。"

"愚蠢的传说而已。"

"像大多数所谓愚蠢的传说一样，是有事实依据的，"德鲁根反唇相讥，"猫喜欢用爪子挠柔软的东西。枕头啦，厚地垫啦……或者是毛毯。婴儿毯或是老年人盖的毯子。一个本来就虚弱的人身上再压上额外的重量……"

德鲁根不吭气儿了。霍斯顿的脑中浮现出了画面。卡洛琳·布罗德莫在房间里熟睡，破旧的肺部拉风箱般喘着粗气，声音却几乎淹没在空气加湿器和空调的嗡嗡声中。长着阴阳脸的猫悄悄跳上老姑娘的床,深色的猫眼闪着绿光,盯着她长满皱纹的脸。它悄无声息地爬上她单薄的胸膛,全身的重量压在那儿,呼呼喘着气……老妇人的呼吸变慢了……在胸口重量的压力下,她慢慢窒息,猫仍在呼呼喘气。

尽管霍斯顿不是个有想象力的人,但想到那情景,他仍然不寒而栗。

"德鲁根,"他说,手仍在抚摸躺在腿上的猫,"你为什么不处理掉这只猫?花上二十块钱,兽医就能解决问题。"

德鲁根说:"葬礼安排在七月一号。我把卡洛琳葬在家族墓园里,就在我姐姐旁边。她会喜欢这样的。就在七月三号,我把凯奇叫到屋里来,交给他一只柳条篮……野餐用的那种。你知道我的用意吧?"

霍斯顿点点头。

"我叫他把猫装在篮子里,送到米尔福德的一位兽医那里解决掉。他回答:'是,先生。'然后接过篮子,出去了。对于我的吩咐,他一向立刻执行。这是他活着时我最后一次见他。发生了车祸。林肯车以超过六十英里的时速撞在了桥墩上。迪克·凯奇当场死亡,被发现时,尸体的脸上有抓痕。"

脑中的画面让霍斯顿陷入沉默。房间里很安静,只能听到壁炉里木材燃烧的劈啪声和猫平稳的呼吸声。炉火前的猫和他看上去一定是幅美好的画面,正如埃德加·贾斯特的一首诗:"在腿上熟睡的猫,炉火如此美好/……如果你问起,我是快乐的。"

迪克·凯奇驾驶林肯车朝米尔福德开去,超速大约五公里,类似于野餐用的柳条篮放在身旁。他全神贯注地看着路面上的车辆,或许前方正驶过一辆大的载货汽车,所以,当那张半边黑半边白的猫脸从柳条篮一边探出来的时候,他并没有注意到。猫是从靠近司机的那一边钻出来的。他没有留意是因为大货车就在前方,而那只猫,也正是在此时抓住时机,跳到他脸上,又抓又挠,邪恶的猫爪伸向他的一只眼睛,抠进去,抓破眼球,弄瞎了他的眼,另一只爪子则吊在他的鼻子上,让人疼得无法忍受。此时车子时速高达六十英里,林肯的大发动机在轰鸣,或许一个右疾转,冲到货车的车道上,货车的气动喇叭随即发出震耳欲聋的尖叫，但凯奇什么都听不到，因为那只猫正在嘶叫。它展开身体，像一只巨大的长毛黑蜘蛛般趴在凯奇脸上，耳朵向后翘着，深绿色的眼睛仿佛地狱的鬼火，两条后腿则又蹬又挠，利爪刺进了老人脖颈柔软的肉里。车朝反方向猛一打弯，正是桥墩的所在。猫跳下车，而林肯则像一枚闪闪发亮的黑色鱼雷，冲着水泥墩撞了过去，爆炸了。

霍斯顿用力咽了口唾液，听见自己嗓子里"咯"地响了一下。

"猫又回来了？"

德鲁根点点头。"一周后。事实上，是在迪克·凯奇葬礼的当天，正像那首老歌唱的。猫又回来了。"

"时速六十英里的撞车都没死？难以置信。"

"人们说猫有九命。它又回来了……我就是在那时开始怀疑它会不会是……是……"

"鬼猫？"霍斯顿轻声替他说出来。

"是的，如果没有更合适的词的话。魔鬼派来的猫，来……"

"来惩罚你。"

"我不知道，但我害怕它。我喂它，或者说，做家务的女佣帮我喂它。她也不喜欢那只猫。她说那张脸是被上帝诅咒的。当然，她是本地乡下人，也没什么见识。"老人试着挤出个笑脸，但没成功，"我想让你杀了它。过去的四个月里，我和它住在一起。它总在阴影里发出惨叫。它盯着我看，就好像在……等待时机。每晚，我都把自己锁在房间里，但仍然担心会不会在凌晨醒来，发现它蜷在我胸口……喉咙里呜呜地响。"

孤寂的风在外面吹着，石头烟囱里发出类似于猫头鹰号叫般的古怪声音。

"终于，我找了索尔·洛奇亚。他向我推荐了你。我记得他说你是一把好手。"

"而且是个独行侠。"

"他说你从未失手，也从未引起过怀疑。他说不管发生什么，你总能安然脱险……像猫一样。"

霍斯顿看看轮椅上的老人。突然，他细长而有力的手移到了猫的脖子上方。

"如果你愿意，我现在就能干掉它，"他轻声说，"拧断它的脖子。它甚至感觉不到——"

"不！"德鲁根喊道。他颤抖着深吸一口气，青灰色的脸颊涨红了。"不……不要在这里。带它走。"

霍斯顿淡淡一笑，又开始温柔地抚摸正在熟睡的猫的头、肩和背。"好吧，"他说，"成交。你要验尸吗？"

"不。杀了它，把它埋了。"他停顿一下，向前探了探身体，背弓着，像一只老秃鹫。"把尾巴带回来给我，"他说，"好让我把它扔到火里，看它烧成灰。"

霍斯顿开的是一辆一九七三年的普利茅斯，车内安装了订制的水星气旋发动机。车的外观彪悍结实，发动机罩向下倾斜，与地面呈二十度角。他自己对差速齿轮和车尾进行了改装，换挡装置是潘西牌的，链接装置是赫斯特的。车身架在鲍比·温赛尔式的大轮胎上，最高可以飙到时速一百六十英里。

霍斯顿离开德鲁根家时刚过九点半。头顶上，一弯冷冷的新月挂在破碎的云层之中。弥漫在屋里的衰老和恐怖的味道仿佛沾到了他的衣服上，让他浑身不自在，于是他打开了所有的车窗。窗外的冷空气像动物的獠牙，坚硬而锋利，但霍斯顿无所谓，好歹这风把那股讨厌的味道吹散了。

他在砂矿谷下了收费公路，驶过静悄悄的镇子。镇子的十字路口有一盏黄色的警示灯在闪烁，于是霍斯顿把车速控制在绝对没有问题的三十五英里。出了镇子，驶上35号州际公路，他微微加速，让普利茅斯跑了起来。引擎发动的声音有点像今晚些时候那只睡在他腿上的猫发出的呜呜声，这个联想让他不禁莞尔。车以略超过七十的速度行驶在十一月霜冻的田野里，玉米早已收割，田里只剩下光秃秃的玉米秆。

猫被塞进一只加厚的购物袋里，放在副驾驶的位置上，袋口用粗麻绳扎紧。被放进袋子里时,猫就一副睡眼惺忪的倦相,这一路都在呼呼大睡。也许它能感觉到霍斯顿喜欢它,所以跟杀手待在一起它很自在。就像霍斯顿自己,猫也是孤独的动物。

奇怪的杀手,霍斯顿想,随即又为自己竟然真把它当成杀手而吃惊。也许最奇怪的在于,事实上他喜欢这只猫,觉得跟它投缘。如果它真的解决掉了那三个老家伙,它的确挺厉害的……特别是对付凯奇,那老头正打算把它送到米尔福德的兽医那里,后者则会很高兴地把它塞进镶着陶瓷边儿的、微波炉大小的毒气箱里。可是,虽然他对这猫有亲近感,他也并不会因此砸了这单生意。为了表达对同行的尊敬,他将会速战速决,让猫毫无痛苦地上路。他可以在某块荒凉的田地旁边停下,把它从袋子里掏出来,抚摸它,然后一把拧断它的脖子,再用随身的匕首割下它的尾巴。他想,至于它的尸体,我要好好安葬,不让它被什么吃腐肉的动物叼了,地里的虫子我管不了,但起码不能让它生蛆。

车如蓝色的幽灵般在黑暗的夜里穿行。霍斯顿正在胡思乱想,突然间一抬眼,发现猫就在他的眼前,立在仪表板上,尾巴骄傲地竖起,黑白各半的阴阳脸正冲着他,嘴咧开,好像在笑。

"嘘嘘——"霍斯顿吓唬它。他扭头一看,右边座位上的购物袋一侧破了个洞——猫咬的,或许是抓的。他把头转回来……猫抬起一只爪子,顽皮地拍了他一下,爪子划过他的前额。霍斯顿向后一闪,普利茅斯猛地从狭窄的柏油路的一侧打到另一侧,轮胎发出刺耳的摩擦声。

猫挡住了霍斯顿的视线,让他心烦意乱,于是他冲着仪表板上的猫一拳打过去。那畜生向他喷了口吐沫,弓起了背,却没有动。霍斯顿再度出手,猫没有躲闪,反倒朝他扑了过来。

凯奇,他想,和凯奇一模一样——

他猛踩刹车。猫趴在他的头上,毛茸茸的肚子遮住他的视线,对着他嘴咬爪挠。霍斯顿忍住疼痛,稳稳握住方向盘。他朝猫打了一拳,又一拳,再一拳。突然,路面消失了,普利茅斯掀进了沟里,又跌跌撞撞翻了几个跟斗。虽然系着安全带,霍斯顿的身体还是向前甩去。他最后听到的声音是猫狂野尖利的叫声,听上去像一个正在经历剧痛或强烈性快感的女人。

他握住拳头,向那畜生击去,却只感到自己的肌肉软弱无力,不听使唤。

第二次撞击后,周围陷入黑暗。

月亮下去了。此时是天亮前的一小时。

普利茅斯躺在晨雾笼罩的沟底,车头的栅栏被撞成了搅成一团、带倒钩的金属网。车篷松动了,一缕缕烟从破裂的散热器里冒出来,和周遭的雾气混在一起。

他的腿没有知觉。

他低头一看,普利茅斯的防火隔板已经塌下来了,而水星气旋大引擎的后座刺穿了他的双腿,将它们牢牢钉住。

车外,一只猫头鹰发出捕猎的尖叫声,某只小动物在仓皇奔逃。

车内,离他很近的地方,传来猫平稳的呜呜声。

似乎猫在笑,就像《爱丽丝漫游仙境》里那只会笑的柴郡猫。

在霍斯顿的目光注视下,猫站起来,弓起背,伸展了一下身体。也就是一瞬间,猫以丝绸被撕开般流畅的动作一跃而起,落到他的肩头。霍斯顿试着抬起手把它打掉。

他的胳膊却纹丝不动。

脊柱休克,他想,全身瘫痪。也许是暂时的。更有可能是终身。

耳边,猫喘听上去像雷鸣。

"滚开。"霍斯顿说,他的声音沙哑而干燥。猫的身体绷紧了,随后又放松下来。突然,它的爪子在霍斯顿的脖子上抓了一下,这一次,锋利的指甲是伸出来的。霍斯顿立刻感到脖子上一阵火辣辣的疼,温暖的血滴渗了出来。

疼痛。

知觉。

他命令自己的脑袋向右转,它遵命了。马上,他的脸被光滑干燥的毛盖住了。他冲着那堆毛猛咬一口。猫又惊又怒地叫了一声,跳到了椅子上。它愤怒地瞪着霍斯顿,两只耳朵向后翘着。

"难道我不该这样做吗,嗯?"霍斯顿哑着嗓子说。

猫张开嘴,冲他嘶嘶叫着。看看那张怪异的阴阳脸,霍斯顿明白了德鲁根为什么认为这是只鬼猫。它——

霍斯顿的思路被打断了,他的胳膊和双手突然恢复了一点知觉。

知觉。慢慢回来。像针扎一样,一点点回来。

猫伸出爪子,扑到他脸上,嘴里喷着唾液。

霍斯顿闭上眼,张开嘴。他朝猫肚子咬去,却只咬了一嘴毛。猫的两只前爪抓住了他的双耳,狠狠掐了进去。疼,酷刑般的疼。霍斯顿想抬起手,它们动了动,却怎么也无法离开腿面。

他向前探下头去,左摇右晃,像是一个人摇着头不让肥皂沫流到眼睛里似的。他想把猫甩下来,但那只猫却尖声叫着,抓得牢牢的。霍斯顿能感到血从自己的脸上流下来。他难以呼吸,因为猫的前胸正抵住他的鼻子,尚且能够勉强用嘴吸入一点空气,但还远远不够,就连能够呼吸到的空气都是透过猫毛才传进来的。他耳朵的感觉就像被人泼了汽油又点上了火。

他猛地往后一仰头,痛苦地大叫起来——普利茅斯翻到沟里的时候,他已经浑身是伤了。霍斯顿的突然爆发让猫始料未及,它噌地跳开了。霍斯顿听到它落到了后座上。

血流到了他的眼里。他再次试着活动双手,想要抬起一只手擦掉眼睛里的血。

可是,他的双手只是在腿上颤抖,无法真正移动。他想到了左胳膊下放着的点四五。

等我拿到家伙,小猫咪,你有九条命也玩完了。

又一阵麻嗖嗖的刺痛。他的脚隐隐作痛,被钉住的双腿也一点点有了痛感——这感觉就像睡觉时把一条腿压在身底,醒来后必定腿脚发麻一样。这时候,脚并不是霍斯顿关心的问题。知道自己的脊柱没有断,不会一辈子只有脑袋能活动,这就足够了。

说不定我也有好几条命呢。

干掉那只猫。这是第一件事。然后,从这一堆废铁中出去——也许会有人路过，两个麻烦就都解决了。虽然不太有人会在凌晨四点半踏上这条偏僻的小路，但也不是绝无可能。

等等，那只猫在后面干什么呢？

他并不喜欢那只猫蹲在他脸上，但他同样也不喜欢它在背后自己无法看见的地方。他想用后视镜看看那只猫的动静，可惜不顶用。后视镜已经被撞歪了，看不到后面，只能看到长满草的地沟，也就是他的倒霉地。

身后传来一个轻轻的声音，像布被撕开。

猫喘。

去他妈的鬼猫，竟然在后面睡着了，不过是只畜生嘛。

而且，就算它没睡着，就算它在盘算着杀人的勾当，它又能做什么呢？

霍斯顿坐起身，等待着。像针刺一样麻嗖嗖的知觉不断回到他的身体。荒唐的是，也许只是大难不死的本能反应，他竟然有短暂的勃起。这种情况下还真不好办呢，他想。

东边的天际出现了一丝黎明的曙光。不知何处传来了鸟鸣。

霍斯顿又试着动了动双手。这次，它们挪动了八分之一英寸才无力地瘫回腿面。

现在还不行，但也快了。

一个东西跳到副驾驶的椅背上，发出轻轻的"砰"的一声。霍斯顿扭过头，看着那张黑白对开的猫脸和上面闪闪发亮的巨大的眼睛。

霍斯顿对它开口说话。

"我还从来没砸过一单生意，小猫咪。说不定今天是第一个。我的手马上就好了。五分钟？十分钟顶多了。你想听听我的建议吗？从窗户跳出去。车窗都开着呢。走，带着你的尾巴逃命吧。"

猫瞪着他。

霍斯顿再次动了动手。手颤抖得很厉害，但还是抬起来了。半英寸。一英寸。又掉下去了。手从腿面上滑落，砸在座位上。苍白的双手在晨曦中微微发光，像是两只巨大的热带蜘蛛。

猫冲着他咧嘴，像是在笑。

我是不是错了？霍斯顿有些疑惑。他是个相信直觉的人，而现在，他强烈地感觉到自己已经犯了个错误。就在这时，猫绷紧了身体，就在它跳起来的一瞬间，霍斯顿知道了它要干什么，不禁张大嘴尖叫起来。

猫落在了他的下身，尖尖的爪子伸出，抓进了肉里。

一时间，霍斯顿真希望自己的身体麻痹了倒好。下身传来可怕的痛楚，痛得难以忍受，他从没有想过人世间还能有这样的痛苦。那猫像一团扭曲的毛球，利爪抓在他的睾丸上。

他最后看了一眼那张一半黑一半白的脸、向后翘着的耳朵和闪烁着疯狂恨意的巨大眼睛。它已经干掉了三个老家伙，现在，它就要干掉约翰·霍斯顿了。

猫像一只长毛的炮弹，窜到他嘴边。他拼命闭上嘴。猫的前爪挠抓着向前爬动，像享用一块肮脏般撕裂了他的舌头。霍斯顿胃里一阵翻腾，他吐了，呕吐物沿着气管流了回去，堵住了气管，他喘不过气来。

在这种极端的情况下，求生的本能压过了身体的麻痹状态。他慢慢抬起双手去抓那只猫。哦，上帝啊，他想。

猫压平了身体，扭动着从他嘴巴里往里钻，一点点，慢慢挤进去。他能感到自己的下颚被越撑越大。

他抬起手，想要抓住它，把它拖出来，把它弄死……可他的手只抓住了猫尾巴。

猫竟然把整个身体挤进了他的嘴巴，那张黑白对半开的怪脸一定正卡在他的喉咙上。

霍斯顿的喉咙像花园里的水管那样胀大了，发出了低沉而可怕的吞咽声。

他的身体扭曲起来，双手落回腿面，手指无意识地颤抖着。他的眼睛突然一亮，继而发直，没了光彩，两只眼睛透过普利茅斯的挡风玻璃直勾勾地瞪着慢慢到来的黎明。

一根两英寸长的毛茸茸的尾巴从他张开的嘴巴里露出来……也是一半黑，一半白。尾巴慵懒地左右摇晃。

然后，尾巴消失了。

不知从哪里又一次传来了鸟儿的鸣叫声。曙光，终于在一片连呼吸声都听不到的寂静中，笼罩在晨雾霭霭的康涅狄格郊外的田野上。

那个农民名叫威尔·瑞斯。

他去砂矿谷为他的农用卡车更新车检标签。在上午明晃晃的阳光下，他看到路边的沟里有什么东西在闪闪发亮。他停下车，看到一辆普利茅斯歪歪斜斜躺在沟底，车前栅栏的金属丝乱七八糟搅成一团。

他慢慢下到沟底。眼前的情景让他到吸一口冷气。"老天呀，"十一月明媚的阳光里，他却浑身发冷。驾驶座上有一个男人，坐得笔直，眼睛睁得大大的，无神地瞪着前方。洛佩尔公司再搞当地民意测验时是无法把他计算在内了。他的脸上全是血，安全带还系得牢牢的。

驾驶座那边的车门已经变形，但瑞斯用两只手的力气还是把它扳开了。他探下身去，解开安全带，想设法确认死者的身份。他正要伸手去脱死者的外套，突然发现那人的衬衫里有什么东西在动，就在腰带扣的正上方。然后又是一动，鼓了出来。那个部位渗出了斑斑血迹，像邪恶的红玫瑰。

"见鬼，怎么回事？"他伸出手，一把掀开死人的衬衫。

威尔·瑞斯看清了那是什么，随后失声大叫起来。

就在肚脐上方，霍斯顿的肚子被硬生生地掏了一个洞。一张沾满血污的、一半黑一半白的猫脸从洞里探出来，巨大的眼睛十分有神。

瑞斯跌跌撞撞向后退去，双手捂住脸，无法停止尖叫。叫声惊动了隔壁地里的一群乌鸦，它们呼啦啦飞上天去。

猫从霍斯顿肚子上的洞里挤出来，伸了个懒腰。

然后，它从打开的车窗跳了出来。瑞斯从指缝中看到它迅速穿过田里高高的枯草，消失了。

它似乎很匆忙，瑞斯后来对当地报纸的记者说。

就好像它还有没做完的事儿。

《纽约时报》特惠中

电话铃响的时候,她刚洗完澡。虽然家里来了很多亲戚——她能听到他们在楼下的说话声,她似乎从来不知道自己竟然有这么多亲戚,而他们也似乎永远不会离开——但没有任何人接电话。连留言机也没有按照詹姆斯设置的那样,在响铃五次之后应答。

安妮用浴巾裹住身体,走到床头柜边,湿哒哒的头发不舒服地挂在她的后脖颈和裸露的肩膀上。她拿起电话,说了声"你好",电话那头叫出了她的名字。是詹姆斯。他们在一起生活了三十年,一个词就能让她听出来是他。从来没有人能用他那样的语气叫她安妮,从来没有。

一时间,她说不出话来,甚至忘了呼吸。他开口时,她恰好在呼气,现在她觉得自己没有空气的肺扁得像一张纸。然后,他又叫了她一次。这次,声音是犹豫而不确定的,这不像平时的他。力量瞬间从她的腿上溜走,就像突然塌陷的沙堆一样,她轰然瘫坐在床上,浴巾滑了下来,满是水的臀部弄湿了身下的床单。如果身后不是床,她肯定就坐到地上去了。

她的牙齿开始打架,这倒让她恢复了呼吸。

"詹姆斯,你在哪里,发生了什么事?"如果在平时,她的口气也许会有些不耐烦,或许像母亲责怪她十一岁的儿子怎么又不按时回家吃晚饭,但现在,她听上去吓坏了。要知道,楼下窃窃私语的亲戚们,正在商量他的葬礼。

电话那头笑了。笑声有些不知所措。"噢,怎么说呢,"他说,"我也不确定我在哪儿。"

她的脑子一团乱,第一个冒出来的想法是,他在伦敦误了飞机,虽然她还记得飞机起飞前他在希斯罗机场给她打过电话。第二个想法更合情理些:尽管《时报》和电视新闻都报道没有幸存者,实际上却至少有一个。她丈夫从燃烧着的飞机残骸里爬了出来，惊魂未定地在布鲁克林的街道上游荡。残酷的事实是，燃烧的飞机撞上了一栋房子，死了二十四个居民，而这个数字还在升高，直到世界的注意力被另一场悲剧吸引。

"吉米，你好吗？你……有没有被烧伤？"这个问题可能带来的悲惨答案突然击中了她，这冲击力就像一本很重的书砸到了光脚上，她哭了起来。"你在医院吗？"

"安静，安静。"他说。她焦虑时，他总是这样哄她的，这个词也是构成他们三十年婚姻生活的细小部件之一，于是她哭得更厉害了。"安静，宝贝儿。"

"我不明白！"

"我很好，"他说，"我们大多数人都很好。"

"大多数——？还有其他人？"

"飞行员不行，"他说，"他情况不好。也许他是副驾驶。他一直在尖叫。'我们掉下去了，没燃料了，哦，上帝啊。'还有'这不是我的错，别怪我。'他还这样喊。"

她浑身冰凉。"你到底是谁？为什么这么恶劣？我刚刚失去了丈夫，你这混蛋！"

"宝贝儿——"

"别这样叫我！"由于哭得太厉害，清鼻涕从她的一个鼻孔里流了出来，她用手背擦了擦，又随手一甩，这个举动是她以前从来不会有的。"听着，先生——我会查询号码，然后报警，警察会收拾你的，你这个不管别人死活，没有感情的混蛋……"

但她说不下去了。电话那头是他的声音，确定无疑。何况这个电话楼下一屋子人都不接，留言机也不应答，似乎表明这是专门打给她的。还有……安静，宝贝儿。就像那首卡尔·帕金斯的老歌里唱的。

他一直没说话，像是在等她自己想明白。但还没等她开口，电话那头嘀了一声。

"詹姆斯？吉米？你还在吗？"

"在，但也说不长了。飞机掉下来的时候，我试着给你打电话，我猜这是我能打通这个电话的唯一原因。其他人也在试，打了很多遍，但都打不通。"又嘀了一声，"我的手机快没电了。"

"吉米，出事时你知道吗？"这一点对她来说是最难以接受和最可怕的——就是他当时是知道的，哪怕只持续了一两分钟。或许别人脑子里的情景是烧焦的尸体，与身体分家的、露着牙齿的头颅，甚至是先到的手脚不干净的人会去顺手牵羊摘掉受难者的结婚戒指和钻石耳环，但让安妮·德里斯科尔失眠的却是这样一个画面：吉米从下坠的飞机窗口往外看，街道、车辆和布鲁克林棕色的公寓建筑不断逼近；毫无用处的黄色面具像小动物的尸体，被下降的气流吹得呼啦啦往后翻着；头顶的行李柜砰地打开，随身物品满仓飞，某人的诺瑞克①剃须刀沿着倾斜的过道滚过来。

"你知道你们要掉下来了吗？"

"不，"他说，"一切似乎都很正常，直到最后关头——也许只有三十秒，尽管在那种情势下很难对时间有正确的判断，我总是这么想。"

那种情势。下面那句更是话中有话：我总是这么想。就像他遇上过半打的波音767失事，而不是一次。

"不管怎样，"他接着说，"我打电话是想告诉你，我们提前到了，所以在我到家之前，赶快让联邦快递的家伙从我床上滚下去。"

她曾莫名地认为送快递的人很有魅力，很多年来，他们俩一直拿这个婚姻中的小插曲开玩笑。她又开始哭了。他的手机又发出几声嘀嘀的声音，像是在责怪她。

"我想，我大概是在手机开始响第一声前一两秒钟死的。所以我才能打通这个电话，但这家伙很快就不愿为鬼魂服务了。"

他咯咯笑了起来，好像这有什么好玩的。她想，也许在某个层面上，这件事确实有滑稽的地方。或许，她最终也能发现其中的幽默。再给我几十年吧，她想。

然后，他用那种她再熟悉不过的自言自语的口气说："昨晚为什

---

① 诺瑞克（Norelco），飞利浦剃须刀的某一系列产品。

么不给这该死的东西充电呢?怎么就忘了呢。忘了。"

"詹姆斯……宝贝儿……飞机是两天前坠毁的。"

电话那头停顿了一下。谢天谢地,没有再传来嘀嘀声。然后:"是吗?科里太太说过,这里的时间很奇怪。有些人同意,有些人不同意,我当时也不同意,可现在看来她是对的。"

"玩红心牌了吗?"安妮问。她觉得自己的精神已经脱离了那具臃肿潮湿的中年妇女的皮囊,恍恍惚惚飘荡在外,但她仍然记得吉米的老习惯。玩克里比奇或塔牌也行,但红心牌[①]是他的最爱。

"嗯。"他承认了。紧接着,嘀嘀声又响起来了,仿佛是在补充他的说法。

"吉米……"她犹豫了一下,以便确认自己是否真的想要答案,但却仍然拿不定主意,"你现在到底在哪里?"

"有点像中央车站,"他说,"但更大,更空。怎么说呢,就像并不是真的中央车站,而是……拍电影搭的场景。你明白我说的意思吗?"

"嗯……我想我能理解。"

"这里绝对没有一辆火车……而且,我们也听不到远方有火车的声音……但这里到处都是门。哦,还有个坏了的自动扶梯,上面都是灰,有几阶台阶还坏了。"他停了一下,再说话时,他压低了声音,像是怕被人听见,"人们正在离开。有些人沿着扶梯走上去了——我看见了——但是大多数人走的是门。我想我很快也要走了。首要一点,这里没东西吃。倒有个糖果贩卖机,可是那也坏了。"

"你……饿吗,宝贝儿?"

"有点。我最想喝水。给我一瓶达萨尼[②],让我干什么都行。"

安妮有些歉疚地看看自己仍然挂满水珠的双腿。她想象他舔去这些水珠,这个念头竟让她身体一阵震颤,她觉得自己真是个罪恶的女人。

---

① 红心牌(hearts)、克里比奇(cribbage)、塔牌(canasta)都是纸牌的玩法。
② 达萨尼(Dasani),可口可乐公司出品的瓶装纯水。

"我不要紧,"他急忙说,"起码现在还挺好。但留在这里没意义。只是……"

"怎么了?怎么了,吉米?"

"我不知道该走哪扇门。"

又是嘀的一声。

"要是知道科里太太走哪扇就好了,她把我的牌拿走了。"

"你……"她用浴巾擦了把脸。刚出浴室时,她浑身清爽,现在却鼻涕眼泪一大把。"你怕吗?"

"怕?"他想了想,"不。只有一点担心。主要是不知道该去哪儿。"

回家,她几乎脱口而出。找到正确的门,回家来。但如果他真的做到了,她会想见他吗?鬼魂倒没什么,可万一她打开门,看见的吉米冒着焦烟、双眼通红、牛仔裤——他出行总是穿着牛仔裤——烧得黏在腿上怎么办?万一科里太太也跟他在一起,扭曲的一只手上攥着一把烧煳了的纸牌,又怎么办?

嘀。

"我再也不需要提醒你注意联邦快递的那家伙了,"他说,"如果你真的喜欢他,就和他在一起吧。"

她竟然被逗乐了,连她自己都没想到。

"但我想说,我爱你——"

"哦,宝贝儿,我也爱你——"

"——今年秋天不要再让麦克柯马克家的孩子清理排水沟了,他干活挺卖力,但是太不小心了,去年就差点摔断他该死的脖子。还有,星期天不要去面包房,会出事,我知道是在星期天出事,但我不知道具体哪一天。这里的时间确实很奇怪。"

他说的麦克柯马克家的孩子一定就是他们住在佛蒙特州时看门人的儿子,但十年前他们就把那栋房子卖了,而那孩子应该已经二十多岁了。还有面包房……他说的应该是佐尔丹面包房,但到底——

嘀。

"我猜这里有些人是在失事现场的。这对他们来说肯定难以接受,因为他们根本不知道自己是怎么到这儿来的。那个飞行员，也许是副驾驶，还在尖叫。我想他肯定要在这里待一段时间了。他看上去完全手足无措，只是到处晃荡。"

嘀嘀的声音间隔越来越短。

"我要走了，安妮。我不能留在这里。这破电话随时都会断掉。"又是用那种自责的语气——很难相信今后她再也无法听到这个声音了；然而不相信却也是不可能的——他嘟哝着，"要是充上电就好了……算了，别管了。我爱你，亲爱的。"

"等等！别走！"

"我——"

"我也爱你！别走！"

但他已经走了，她的耳朵里只有黑暗的死寂。

她握着断了线的电话又坐了一两分钟，然后挂断了。也许严格来说，不能说她挂断了电话。随后她又提起电话，里面传来正常的等待拨号的声音，最终她按了号码查询。里面传出来的机器声音告诉她，最后一个电话是上午九点钟的。她知道那是谁：她妹妹尼尔从新墨西哥打来的。尼尔打电话通知安妮，她的飞机延迟了，她今晚才能到达。尼尔还告诉她要坚强。

所有远的近的亲戚——詹姆斯的，安妮的——都赶了过来。显然，他们认为詹姆斯把这一大家族所有的不测都耗光了，最起码现阶段是。

没有刚刚的电话记录。她看了看表，现在是下午三点十七分，也就是刚刚的电话是三点十分左右打来的，在她成为寡妇的第三天下午。

有人敲了敲门，是她哥哥。"安妮？安妮？"

"我在穿衣服！"她回答。她的声音带着哭腔，幸运的是，这屋里没有人认为那有什么奇怪的。"让我一个人待会！"

"你还好吧？"他隔着门问道，"我们好像听到你说话了。爱丽还听到你在喊。"

"我很好！"她边说边又用浴巾擦了把脸，"马上下去！"

"没事儿，不用急。"停了停，"你还有我们。"然后，他咚咚地走开了。

"嘀。"她小声说，然后捂住嘴，不让自己笑出声来。有一种情绪，比伤悲更复杂，奔涌而来。"嘀。嘀。嘀，嘀，嘀。"她躺倒在床上，大笑着，眼睛瞪得大大的，泪水流到脸上、耳朵上。"他妈的，嘀什么嘀。"

她笑了好一会，然后穿好衣服，下楼来，回到前来分享她的悲伤的亲戚中间。但他们跟她是不一样的，因为他没打电话给他们中的任何一个人。他给她打了电话。不管这是好事还是坏事，他给她打了电话。

那年秋天，飞机坠落时撞毁的建筑依旧被黄色的警戒带与世界的其他部分隔开——虽然已经有好事之人进去，留下了喷漆涂鸦，写着酥脆伙计到此一游——安妮从网上收到了骇人听闻的信息，就是网虫们常喜欢向一大堆人群发的那种。这条消息来自戈特·费舍尔，佛蒙特州提尔顿镇的图书馆员。和詹姆斯在那里过夏天时，安妮曾在当地图书馆做志愿者，而尽管这两个女人相处得也不怎么好，戈特却此后一直把她作为自己季度八卦报告的对象之一。通常，这些消息都没什么意思，但这一次，在一堆婚礼、葬礼、4-H协会活动中间，一则消息让安妮顿时屏住了呼吸。杰森·麦克柯马克，老休尼·麦克柯马克的儿子，劳动节那天出事故死了。他爬上一栋小型消夏别墅的屋顶清理排水沟，掉了下来，摔断了脖子。

"他只是在帮父亲做事，你知道，他父亲前年中风了。"戈特写道，然后又开始闲扯图书馆夏末露天书会下了场大雨，还说那场雨扫了所有人的兴。

在长达三页的八卦新闻中，戈特并没说杰森是从谁家的屋顶上掉下来的，但安妮却深信他是在曾经属于他们的别墅上出事的。事实上，她有十足的把握。

丈夫去世——不久后杰森·麦克柯马克也出事了——五年之后，安妮再婚了。尽管他们搬到了波克拉顿的新居，她仍然常回以前住的地方。克雷格,她现在的丈夫,还没有完全退休,每三到四个星期就要去纽约公干。安妮几乎每次都和他一起去,因为她在布鲁克林和长岛仍有亲人。尽管他们人数多得让她不知如何相处,但她爱他们,爱他们表现出的专属五六十岁人们的丰富情感。她永远都忘不了詹姆斯的飞机失事之后,他们是怎样陪伴在她身边,给她支持,帮她渡过难关的。

回纽约时,她和克雷格从来都是坐飞机。她对飞行没有心理阴影,但她在家时,再也不周日时去佐尔丹面包房了,尽管她认为那里的葡萄干百吉圈够资格供天使们享用。相反,她改去弗罗格。事实上,当她听到爆炸声时,她正在弗罗格买面包圈——那儿的面包圈还凑合——尽管佐尔丹远在十一个街区以外,她仍然清楚地听到了爆炸声。液化石油气爆炸,死了四个人,其中包括常接待安妮的女店员。她总喜欢把袋子的口卷起来,对安妮说:"拿回家再打开袋子,要不然就不好吃了。"

人们站在路边,手遮眼睛,朝发出巨响并冒着浓烟的东边看去。安妮目不斜视地从他们身边走过。她不想看到爆炸之后的浓烟,不需要这样的提醒,她也已经无数次地想念詹姆斯,特别是在一个个无眠的夜晚。到家时,她听到屋里的电话在响。要么家里每一个人都去看当地学校的露天美术展了,要么就是没人听到电话响。只有她。等她掏出钥匙开门时,铃声停止了。

进门后她才知道,莎拉,她唯一没结过婚的妹妹,在家,但没有必要问她为什么不接电话。莎拉·伯尼克,曾经的迪斯科舞后,在厨房,正一手握着吸尘器,一边跟着乡村小子①的音乐跳舞,活像电视广告里的人物。她连面包房的爆炸都没听见,尽管佐尔丹离这里比离弗罗格还要近。

安妮看了看电话留言,但"待回留言"界面上只有一个大大的、红色的"无"。这并不能说明什么问题,很多人打电话都不留言,但——

---

① 乡村小子(Village People),美国的一支迪斯科乐队。

电话查询显示最后一个电话是昨晚八点四十分打来的。尽管知道徒劳,她还是拨通了那个号码,虽然不抱什么希望,可万一吉米在那个像中央车站的布景里找到充电的地方了呢?或许对他而言,他跟她通话是在昨天。说不定只是几分钟前。他不是也说过,这里的时间很奇怪吗?她有太多次梦到了那次通话,结果它现在反倒变得像一场梦。她没有把这件事告诉过任何人,没有告诉过克雷格,甚至也没有告诉过自己的母亲,老人家已经九十岁了,对死后灵魂的生活深信不疑。

　　厨房里,乡村小子的声音在告诉大家,没有必要觉得沮丧。的确如此,她也并没有情绪低沉。不管怎样,拨通电话查询里翻出的那个号码后,她紧紧握住电话听筒,嘟——,电话那头传来声音,又是一声。安妮站在起居室,话筒紧贴着耳朵,另一只手抚弄着左胸口的胸针,似乎这个动作能让胸针下面噗通乱跳的心平静下来。嘟——,声音停止了,一个录制的声音告诉她,《纽约时报》正在搞优惠订阅的活动,优惠幅度前所未有,也不会再有。

哑 巴

1.

　　这里有三间告解室。正中那间的门上灯亮着。没有人在等待。教堂里空荡荡的。光线从彩色的玻璃窗透过来，在中央走廊上投下方形的阴影。莫内特想到要离开，但没有那么做。相反，他走进开放的那间忏悔室。当他关上门并坐下后，右边的小隔板向一边移开了。他的眼前，一张档案卡被蓝色的图钉固定在墙上。上面打印着：因为世人都犯下罪孽，亏缺了上帝的荣光。这张卡片看上去年代久远，但莫内特认为这并不是标准的措辞，他甚至认为这不符合巴尔的摩教义。

　　纱窗的另一边，牧师开口问道："你好吗，我的孩子？"

　　在莫内特看来，这种开场也不标准。不过，没有关系。可他还是一时无法回答。一个字都答不出。这就滑稽了，考虑到他下面将要说的。

　　"孩子？猫咬住了你的舌头吗？"

　　他还是没有说话。要说的词句都在，但它们挤成了一团。不知算不算荒谬，莫内特的脑子里突然浮现出一个堵住的马桶。

　　纱窗后面的身影晃动了一下。"有一阵了？"

　　"是的。"莫内特回答。他确为某事困扰。

　　"需要我给你点提示吗？"

　　"不，我记得。保佑我，神父，我犯了错。"

　　"嗯，距离你上次忏悔有多久了？"

　　"我记不得了。很久了。长大后再也没有过。"

　　"没关系——这就像骑自行车一样。"

　　话虽如此，他还是一时间什么都说不出来。他看着图钉下的打印字句，喉咙动了动，双手绞在一起，越拧越紧，直到它们变成了一个大拳头,在两腿之间来回摇晃。

"孩子?时间飞跑,我午餐约了人。事实上,是那个人带着我的午餐——"

"神父,我可能犯下了可怕的罪恶。"

此刻,神父沉默了。静默,莫内特想。如果有隐形的词,它就应该算一个。若是打印在档案卡片上,它应该会消失。

再次开口时,纱窗那边的牧师听上去仍然和善,却更严肃了。"你犯了什么罪,我的孩子?"

莫内特说:"我不知道。要您来告诉我。"

2.

莫内特驶上北行通往收费公路的入口坡道时,天开始下雨了。他的手提箱在后备厢里,样品箱——大箱子,律师们去法庭上举证时会带的那种——放在后座。样品箱一棕一黑,上面都有伍尔夫父子公司的商标:一只嘴里衔着书的大灰狼。莫内特是个销售员,负责跑整个新英格兰北部的业务。那是周一的早晨,他刚刚度过一个糟糕的周末,非常糟。他的妻子离家搬到了汽车旅馆住,而且很可能不是独自一人。说不定她很快就会坐牢。丑闻是肯定的,而通奸不过是其中最轻的一桩。

他在夹克的翻领上配了一颗纽扣,上面印着向我咨询秋季最畅销书单!

坡道底部站着一个男人。雨越下越大,莫内特靠近后才看清男人穿着一身旧衣服,手里举了一块牌子,肮脏的两只球鞋之间放着一个破旧的棕色帆布包。其中一只球鞋鞋面上的尼龙搭扣坏了,像扭曲的舌头般翘起。这个想搭便车的男人没有戴帽子,更没有打伞。

起初,莫内特只能看出牌子上是粗糙画就的嘴唇和一条对角划过的黑线。再靠近些时,他看到嘴唇的上面还写着我是哑巴!嘴下面则是:你能载我一程吗???

莫内特亮起方向灯,准备打弯驶上坡道。搭便车的男人把手中的牌子翻了过来。反面是画得同样粗糙的一只耳朵,也有一条黑线划过。耳朵上面写着:我是聋子!下面是:我能搭便车吗???

从十六岁起,莫内特已经开车驶过了千万里路,大多数都是在为伍尔夫父子公司销售一季接着一季最畅销商品的路上,而在此期间,他从来没让人搭过车。今天,他毫不犹豫地打弯从坡道边缘绕过,停了下来。当他用门上的按钮弹开门锁时,挂在后视镜上的圣克里斯托弗勋章还在前后摇晃。今天,他觉得自己已经没有什么可失去了。

搭便车的男人钻了进来,把破烂的小包放在又脏又湿的球鞋之间。早先看见他的时候,莫内特就猜这个人的气味不好闻,事实果真如此。他问:"你要坐多远?"

男人耸耸肩,指指前方的匝道。然后,他弯下腰,小心地把牌子放在包上。他的头发很稀薄,看上去黏糊糊的,夹杂着一些灰发。

"我知道是哪个方向,可是……"话说了一半,莫内特才想起男人听不到,只好等着他直起身来。这时,一辆车从后面呼啸而过,向前方的匝道驶去,长按着刺耳的喇叭,不顾莫内特已经给它让出了足够的空间超车。莫内特向那辆车竖起了中指。他以前用过这个手势,但从来没有因为这点儿小事。

搭车人束好了安全带,然后看着莫内特,好像在问为什么还不开车。他的脸上布满了皱纹,还有胡茬,莫内特一点也猜不出他的年龄。在老和不老之间的某个点,这就是他所能知道的。

"你要搭车到哪里?"莫内特问,这回是一个个蹦出每个单词,可即使这样,那伙计却仍然只是呆看着他——中等身材,瘦瘦小小,不会超过一百五十磅——"你能看懂口型吗?"他摸着自己的嘴唇说。

搭车人摇了摇头,做出一些手语。

储物匣里有一个便签本,莫内特正在上面写"到哪里?"时,又有一辆车驶过,在车尾拖出一条细长的、公鸡尾巴似的湿痕。莫内特经常到德里去,大约一百六十英里的路途中,有很多让莫内特挠头的路况,仅仅比大雪封路好一些。但今天他认为那也无所谓。今天的天气——跟在乌压压的黑云后面的,将是滂沱的大雨——正好可以让他集中精力不去想别的烦心事。

更不用说这伙计了。他那新来的搭车人，看看便签本，又看看莫内特。莫内特突然想到这伙计可能也不会阅读——对又聋又哑的人来说，学习阅读真他妈的太难了——但他一定认识问号。那人透过挡风玻璃指向前方的匝道，然后张开又合上他的手掌八次。也许这代表"十"吧。八十英里。又或者是代表"一百"？谁知道呢。

"沃特维尔？"莫内特猜道。

搭车人面无表情地看着他。

"好吧，"莫内特说，"管他呢，到你要去的地方了你就拍拍我的肩膀。"

搭车人仍旧面无表情。

"嗯，我猜你会的，"莫内特说，"就假设你心里有一个目的地吧，就这样。"他检视了一下后视镜，然后发动了车子，"看来你与世隔绝已经很久了吧，是吗？"

那伙计仍然看着他，接着耸耸肩，把手掌放在两个耳朵上。

"我知道，"莫内特喃喃地说，"一定是很久了，就像是电话线断掉了一样。但是今天我几乎想让我变成你，而你变成我。"他停顿了一下，"几乎。不介意来点音乐吧？"

搭车人这时把头转向了车窗外，莫内特只好笑起自己来。德彪西，AC/DC[①]，或者拉什·林堡[②]，对这伙计来说都是一样的。

他买了乔希·里特[③]新专辑的CD准备送给他的女儿——再过一周就是她的生日了——但至今他还没想起来给她寄出去。最近实在是有太多事情了。一驶出波特兰他就把车打到自动挡，用拇指剥开包装纸，将那盘CD放入了碟片机。他意识到，现在这只是一张用过的光盘了，不再是送给心爱的女儿的礼物。不过，他可以再买一张给她，如果他还有足够的钱的话。

乔希·里特的确很棒，有点像迪伦早期的风格，但更好。他听着音乐，想起了钱的事。为凯尔西的生日再买张CD，是他目前所有麻

---

① AC/DC，澳大利亚的一支摇滚乐队。
② 拉什·林堡（Rash Limbaugh），美国某政治脱口秀节目的主持人。
③ 乔希·里特（Josh Ritter），美国创作型歌手，皇家城市乐队成员。

烦中最轻的。事实上她真正想要的——并且需要的——是一个新的笔记本电脑,这在他的购物清单里还排不到前面。如果芭芭拉真的像她说的那样做过那些事——被国税局确定了的那些事——他真不知道怎么负担孩子在凯斯西储大学一年的费用,即使是假定他自己没有丢掉工作。那才是真正的麻烦。

他开大音乐,想把问题赶出脑袋,也差不多成功地做到了,但到达加德纳时,CD放完了。搭车人的脸和身体早已转向了另一边的车窗。莫内特只能看到他拧转的后背、褪了色的带帽大衣和一缕缕搭在衣领上、少得可怜的头发。大衣的背后似乎曾有某种印花,现在旧得无法辨识了。

这可怜人的一生都在这背影里了,莫内特想。

起初,莫内特无法断定搭车人是睡着了还是在看风景。然后,他注意到搭车人的头不住地往下点,呼吸也把车窗玻璃弄花了一片,看来更有可能是在打瞌睡。为什么不呢?唯一比奥古斯塔南面的缅因收费公路更乏味的,就是阴冷春雨中的奥古斯塔南面的缅因收费公路。

莫内特在中间的储物匣里还放了其他CD,但他没有在里面翻找,反而关掉了音响。通过加德纳收费站后——多亏了神奇的电子收费系统,他只是减慢了速度,并不需要停下——他开始述说了。

3.

莫内特停止了叙述,看了看表,差一刻十二点,而牧师说过他午餐约了人。事实上,是来人带着他的午餐。

"神父,对不起我说了这么久。要是知道怎么能说快点的话,我会加快速度的,可我真的不知道。"

"没关系,孩子。我现在开始感兴趣了。"

"您的访客——"

"他会等我做完上帝给我的工作的。孩子。那个男人抢劫了你吗?"

"没有,"莫内特说,"除非您把我心灵的平静也算上。那算吗?"

"差不多应该算上。他做了什么？"

"什么都没做,只是望着窗外。我想,他是在打瞌睡,但后来,我有理由相信事实并非如此。"

"你做了什么？"

"谈论我的妻子。"莫内特说。说完他停顿了一下,想了想。"不,不是谈论,而是发泄,是咆哮,是毫无顾忌地倾诉。我……你知道……"他仿佛在进行心理斗争,嘴唇紧紧地抿在一起,眼睛死死盯着置于双腿间拧在一起的双手。最后,他终于不吐不快,"他又聋又哑,明白吗？我可以说任何话,而不用听他给我分析、发表看法,或是提供建议。他是聋子,又是哑巴,见鬼,我当时还认为他十有八九睡着了,所以我他妈的想说什么就可以说什么！"

在墙上钉着文件卡片的告解室里,莫内特懊悔不已。

"对不起,神父。"

"你到底说了关于妻子的什么话？"牧师问。

"我告诉他,她五十四岁,"莫内特说,"我就是这么开场的。因为这部分……怎么说,我就是无法跳过这部分。"

4.

过了加德纳收费站后,缅因收费公路又变成了一条自由之路,三百英里的路段空旷畅通:只有树林、田地,偶尔有个屋顶上装了卫星锅、旁边院子里停着卡车的房车。除了夏季,这段路鲜有人过。每辆车都自成一个小世界。那时,莫内特甚至联想到——可能是因为芭芭拉曾经的礼物:挂在后视镜上摇摆着的圣克里斯托弗徽章——自己就像是在一个流动告解室里。他慢慢地开始讲述了,正像很多告解者那样。

"我结过婚了,"他说,"我五十五岁,我妻子五十四岁。"

随着雨刷的左右刮动,他陷入了回忆。

"五十四岁,芭芭拉五十四岁。我们结婚二十六年了,有一个孩子,是女儿,一个可爱的女儿,名叫凯尔西·安。她在克利夫兰读书，而我不知以后怎么再供她继续在那里读下去。因为就在两周前，没有任何前兆，我的妻子突然去了圣海伦山。原来，她有了男朋友，关系已经维持两年了。那男人是个老师——当然是了，他还能是什么呢？——但她叫他牛仔鲍勃。在那些我以为她是在互助扩展培训班或者读书兴趣小组的晚上，她其实是在和他妈的牛仔鲍勃喝着龙舌兰酒跳着舞鬼混。"

很滑稽，任何人都能看出来滑稽，简直像狗屎肥皂剧里面的情景。但他的眼睛——尽管没有眼泪——却像浸满了毒藤汁水一般刺痛。他瞥了一眼他的右边，搭车人仍然无动于衷，前额靠在车窗玻璃上，肯定已经睡着了。

差不多肯定是睡着了。

莫内特不曾大声宣扬过她的不忠。凯尔西还不知情，尽管真相的蛛丝马迹已经像风中的稻草般纷飞，很快就会戳破她无知的泡沫。此次上路之前，他已经挂断了三个记者的电话，但他们目前还没有得到任何可以报道的确凿消息。虽然这种情况很快就会改变，但莫内特还是会用"无可奉告"能拖多久就拖多久，主要还是为了少让自己丢脸。然而，与此同时，他在心里已经"告"了许多，这么做对他来说是一种愤怒的发泄，让他的情绪在很大程度上得到安抚。某种意义上，这么做就像淋浴的时候唱歌，或是在浴室呕吐。

"她五十四岁，"他说，"我耿耿于怀的正是这一点。因为这就意味着她和这个男人，他的真名叫罗伯特·扬多夫斯基——牛仔竟叫那样的名字——她和这个男人开始的时候已经五十二岁了！五十二！你会不会也觉得五十二岁是个老到应该理智些的年龄了，我的朋友？老到就算播了野燕麦的种，也知道把它们拔出来种点更有用的庄稼？上帝，她戴双光镜！还摘除了胆囊！却和这么个男人搅在一起！他俩竟然在葛洛夫旅馆安家了！我给了她巴克斯顿的一栋好房子、双车位的车库，还有一辆长期租约的奥迪，她却把这些都扔掉，宁肯周四的晚上在山行者酒吧里买醉，然后和这个男人鬼混到天亮。她都五十四了！更别提她的牛仔鲍勃了，他妈的都六十了！"

他听到自己在咆哮，提醒自己住口，看到搭车人一动不动——也许除了往大衣领子里埋得更深了一点——才意识到根本无需收敛。他在一辆车里。车在 I-95 公路上，太阳的东边，奥古斯塔的西边，他的旅伴天聋地哑，他想怎么吼就怎么吼。

于是他接着吼。

"芭芭拉什么都说了，不傲慢，也不羞愧，她看上去……很平静。也许是跟弹震症一样。也许她还活在自己的幻想里。"

而且，她还说他也有责任。

"我很多时间都在路上，这倒不假，去年超过了三百天。她一个人在家——我们只有一个女儿，高中毕业，也算离家闯荡了。所以，这都变成了我的错。牛仔鲍勃和所有的问题。"

他的太阳穴突突地跳动，鼻孔几乎闭住。他猛吸一下鼻子，眼前黑点纷飞，却没感到丝毫轻松。反正鼻子里没有。而他的脑子里终于好受了点。他很高兴自己让那人搭了车。对着空车讲也不是不行，但——

5.

"但不会是一样的感觉，"告解室里，他对着隔窗后的身影讲。说这话时，他的眼睛直直地望着前方，正盯着因为世人都犯下罪孽，亏缺了上帝的荣光。"您明白我的意思吗，神父？"

"我当然明白，"牧师回答，语气相当欢快，"就算你显而易见已经脱离教堂的怀抱多年——你的信仰只残存些迷信的痕迹，比如你的圣克里斯托弗勋章——也无需多此一问。告解有益于灵魂。关于这一点，我们已经知晓了两千年。"

莫内特已经把从前挂在后视镜上的圣克里斯托弗勋章佩戴在了身上。也许是迷信吧，但有那枚勋章做伴，他行车数百万里，遭遇各色恶劣天气，从未出过事故，连挡泥板都不曾撞出哪怕一点凹痕。

"孩子，她还做了什么，你的妻子？除了与牛仔鲍勃犯下的罪孽外。"

莫内特也没想到自己会大笑。隔窗的另一端，牧师也笑了起来。

只不过他们的笑声并不相同。牧师是察觉到此事的可笑之处，而莫内特觉得自己是用笑声防止神志失常。

"嗯，还有内衣。"他说。

6.

"她买内衣。"他对搭车人说，后者还缩在座椅上，背过了大半个身体，额头贴着车窗，呼出的气模糊了玻璃。他的包放在两脚间，牌子放在包上，写着"我是哑巴！"的一面冲上。"她给我看了，就放在客房的衣橱里，差不多塞满了整个衣橱。紧身胸衣、背心、胸罩、丝袜，十几双，还没拆封，吊袜带看上去简直有上千条。但最多的还是内裤，内裤，内裤。她说，牛仔鲍勃是'内裤控'。我还以为她会接着向我描述具体意思，但不用她说我也明白，我倒宁肯脑子中浮现的画面不要那么清晰。我说：'他有内裤癖也没什么奇怪的，是先有他才有的《花花公子》，他妈的他都六十了！'"

他们路过了费尔菲尔德的路牌。透过挡风玻璃，绿色的路牌看上去很脏，上面还蹲着一只湿漉漉的乌鸦。

"她买的还都是些好东西，"莫内特说，"很多是商场里买来的'维多利亚的秘密'，但也有很多是一个高价的内衣专卖店里的，牌子叫糖果，在波士顿。以前我根本不知道还有内衣专卖店，现在也算长了见识了。衣柜里堆的东西价值足有数千美金。里面还有鞋，大部分是高跟，细高跟，热辣得很。我想象得出她摘下双光眼镜，穿上最新买的胸罩和小内裤的样子。可是——"

一辆半拖车轰隆隆地开过。莫内特亮起车头灯，并打开自动照明的高光束。拖车司机一闪一灭地点亮尾灯，表达他的谢意。这是公路上的符号语言。

"可是许多根本没有穿过，这就是问题所在。那些东西带着包装原封不动地放着。我问她为什么买那么多，可她自己也不知道，解释不清。'我们只是成了习惯，'她说，'我想，就像前戏一样。'没有羞耻感，没有示威。似乎她在想，这一切只是很快将醒的一个梦。我们两个人站在那里，看着那堆胸罩、内裤、鞋子和装在袋子里的不知什么东西。然后，我问她钱从哪儿来的——我是说，我每个月底都会看到信用卡的账单，而上面没有任何一项是来自波士顿的糖果内衣店——这才涉及到真正的问题。也就是盗用公款。"

7.

"盗用公款。"牧师重复道。莫内特不禁好奇这个词是否曾在这个告解室里被使用过，然后觉得答案很可能是肯定的。起码，"偷盗"肯定有过。

"她为MSAD19工作，"莫内特说，"MSAD代表缅因学校管理区域①，是比较大的一个区，在波特兰南面。事实上，位于多瑞，山行者酒吧——跳排排舞的地方——和划时代的葛洛夫旅馆都在那里，从公路下去就是。还真方便，跳舞和上……和做爱在同一个地方。不是吗？突然想要喝上一杯时，连车都不用开。而大多数晚上，他们确实有来一杯的念头。她点龙舌兰，他是威士忌。喝威士忌才像男人，她告诉我。她什么都告诉我。"

"她是老师吗？"

"哦，不——老师们不会有机会接触那种钱；如果是老师，她永远也不会盗用超过十二万美元的巨额公款。学区主管和他的妻子来我们家吃过晚饭，当然，所有的学年年终野餐会上也会见到他，通常都在多瑞乡村俱乐部举行。维克多·麦克科瑞，缅因大学毕业生，踢足球，主修物理教育，平头。很可能在校期间都是靠老师们仁慈赏赐的C过关，但是个好人，知道五十个不同的'一个人走进酒吧'笑话的那种好人。他管理着从五个小学到玛斯基高中的十二所学校，拥有巨额经费预算，必要时还可自主增加一定数额。芭芭拉给他当执行秘书当了十二年。"

莫内特顿了一下。

---

① MSAD，Maine School Administrative District.

"支票本在芭芭拉手上。"

8.

雨越下越大，几乎可称为倾盆而下。莫内特想都不想就把速度降到了每小时五十，而其他车辆则急匆匆从他左边的车道上超车驶过，每辆车尾都拖着一道水雾。让它们超去吧。在兜售史上最畅销秋季书目——还有主要由烹饪书、减肥书和打折的《哈利·波特》组成的史上最畅销春季书目和几次春季惊喜书目——的漫长职业生涯中，他保持着零事故的记录，他想把这个记录一直坚持下去。

他的右边，搭车人动了一下。

"你醒了，伙计？"莫内特问，这是一个很自然的问题，虽然没什么用。

搭车人的身体底部发出了回应，显然那里并不是哑的：噗。小声，礼貌，而且——最重要的是——不臭。

"我就当你回答'是'了，"莫内特说，重新把注意力转移到驾驶上，"我刚刚说到哪儿了？"

内衣，他说到内衣了。到现在他还能清楚地看到它们堆在衣柜里，那情景犹如少年的春梦，接着是她承认自己挪动了数字惊人的公款。他先是怀疑她是否因为某个疯狂的理由——当然，这整件事都很疯狂——而撒谎，接着问她还剩多少，而她回答——还是那副不知深浅的冷静语气——什么都不剩，尽管她本来以为还能多拿点。至少，短期内可以。

"'可如今他们很快就要发现了，'"她说，"如果只是可怜的糊涂维可，也许我能一直这样下去，没想到上星期州审计局的人来了。他们问了很多问题，还复印了账本。用不了多久就会暴露了。"

"于是我问她怎么会在内裤和吊袜带上花掉十万美金，"莫内特对沉默的旅伴说，"我并不生气——至少那时并不生气，我猜我是太震惊了——我是真的很好奇。而她回答，还是那副口气，不羞耻，不挑衅，活像梦游一样：'嗯，我们对彩票起了兴趣，本想着可以买彩票把钱赚回来。'"

说到这里,莫内特停了一下。他看着雨刷来来回回地摆动,短暂地考虑了一下要不要向右打弯,把车撞上前方天桥的立柱上。这一想法随即被他推翻。在日后的告解中,他会告诉牧师,没有选择自杀的原因一部分是因为幼年所受的教育,但主要是因为他想在死之前再把乔希·里特的专辑听一遍。

再说,他并不是一个人。

于是,他没有自杀,同时也连带杀死他的乘客,而是继续以五十英里的时速稳稳地将车从天桥下开过——挡风玻璃大概干净了两秒钟,很快雨刷就又有事可做了——接着讲他的故事。

"他们肯定比历史上任何一个人买的彩票都多。"他想了一下,又摇摇头,"嗯……这个说法也许不对,不过一万美金总是有的。她说,去年十一月——整个月我几乎都在新罕布什尔和麻省,还去特拉华州参加了一次销售会议——他们买了两千多。能量球、百万美金、大薪金、选三、选四、三杀,他们试了一圈。刚开始还自己挑数字,一段时间后芭芭拉嫌太费事,就改用简单的方法了。"

莫内特指指后视镜支杆下方、黏在挡风玻璃上的白色塑料小方块。

"这些小玩意儿加速了世界的运转。或许这是件好事,但我有些怀疑。她说:'要是花时间太长的话,排在你后面的人会不耐烦,特别是累积奖金超过一亿时,所以我们就掷骰子决定选什么数字。'她还说,有时候她和扬多夫斯基会分头去不同的店,最多时一晚去了二十几个。当然,他们去跳排排舞的酒吧里也有得卖。"

"她说:'第一次,鲍勃玩的是选三,我们赢了五百块。真是太浪漫了。'"莫内特摇摇头,"那之后,浪漫倒是持续了,赢钱的运气却结束了,她是那么说的。她还说,有一次他们赢了一千块,但在此之前已经扔进桶里三万了。扔进桶里是她的说法。"

"一次——那是一月,我正在外面拼死拼活地想把圣诞节送她的那件山羊绒大衣挣回来——她说他们去德里待了几天。我不知道那儿有没有排排舞,从来没去过,但有个叫好莱坞赌城的酒店。他们住在套房里，海吃山喝——她说海吃山喝——花了七千五百块玩电子扑克。可是，她又说，他们并不是很喜欢那种游戏。大多数时候，他们还是只玩彩票，不断地从学区的预算中揩油，想在州审计局检查之前赚回来，补足亏空。当然，她时不时还要买新的内衣，因为姑娘们总想一身新地去便利店里买能量球。"

"你还好吧，伙计？"

他的旅伴没有回应——这是当然——于是莫内特伸出手晃了晃他的肩膀。他把头从车窗上挪开——玻璃上已经留下了油乎乎的一块——左右看看，眨了眨红眼圈的眼睛，似乎刚刚睡着了。可莫内特觉得他并没有睡着。说不出原因，只是一种感觉。

他朝搭车人做了个"OK"的手势，扬了扬眉毛。

好一会儿搭车人的脸上一片茫然，让莫内特不由得认为他看来不止天聋地哑，智商也有问题。可几秒钟后，他微笑着点点头，也回了一个同样的手势。

"好的，"莫内特说，"只是问问。"

搭车人再次把头倚在车窗上。此时，搭车人所谓的目的地，沃特维尔，已经被他们甩在了身后的雨中，莫内特却没有注意。他还沉浸在对往事的叙述中。

"如果只是内衣和那种要选一大串数字的彩票形式，可能损失还是有限的，"他说，"因为那样玩彩票需要时间，就能给人机会恢复理智，当然前提是还有残存的理智。你必须排队、买彩票，把它们放在钱包里，还要等着电视或报纸揭晓结果。那样的话也许还算可以。我说的是，假设你认为老婆和一个又老又蠢的历史老师鬼混还拿学区三四万的公款冲马桶还可以接受的话。可是，如果真的只是三万的亏空，我还有能力填上。可以把房子做二次抵押。不是为了芭芭拉，绝不是，而是为了凯尔西·安。她的人生才刚开始，不能让这个污点像条腥臭的鱼一样挂在她身上。这种事可以用钱来赔。我愿意赔，哪怕那样意味着今后只能住在两间屋的小公寓里。你明白吗？"

显然，搭车人并不明白。不管是人生之路刚刚开始的可爱女儿，还是二次抵押和赔偿，对他来说都是不可知的概念。他安全地待在自己那个温暖无声的世界里,很可能那个世界更美好。

莫内特并不期待他的回答,自顾自往下说。

"不幸的是,还有更快的方法来花钱,就跟……买内衣一样合法。"

9.

"接下去他们买刮开就知道结果的彩票了,对不对?"牧师问,"博彩委员会称之为即时开奖。"

"听上去似乎你也买过。"莫内特说。

"偶尔吧,"牧师毫不犹豫地坦然承认,"我总是对自己说,要是真的中了大奖,就把钱都捐给教会。可我买彩票的钱每周从来不会超过五块。"这次他犹豫了一下,"有时也会花十块。"又停了一下,"刮刮卡刚出来的时候,我买了二十块钱。那是一时冲动,我再也没做过那样的事。"

"起码到目前为止没有。"莫内特说。

牧师笑了。"有过血泪教训的人说的话啊,孩子。"他叹了口气,"你的故事很吸引人,可是我们能不能稍微快点?当我为上帝效命时,我的同伴会等我的,可他不会永远等下去。而且我相信今天会吃鸡肉沙拉,上面浇厚厚一层蛋黄酱。我最喜欢的食物之一。"

"快讲完了,"莫内特说,"既然你也买过,想必你知道它的妙处。在买能量球和百万美元彩券的地方就能买到刮刮卡,远不止如此,能买到它的地方非常多,公路休息站都包括在内。你甚至不用跟人打交道,从机器上就能买。机器都是绿色的,钱的颜色。到芭芭拉交底之前——"

"到她告解之前。"牧师说到,口气中似乎有一丝可以定义为狡黠的意味。

"好吧,到她告解之前,他们基本上只买二十元一张的刮刮卡了。芭芭拉说她从来没有独自买过,但和牛仔鲍勃一起的时候,他们俩会买很多。希望能中大奖,你也知道。有次她说,他们曾经一个晚上就买一百张，那可是两千美元，结果赚回来八十。两个人各有一个专门的塑料小刮板，看上去像精灵们用的雪铲，柄上印着缅因彩票，是绿色的，和自动贩卖机一个颜色。她把她的给我看了——就放在客房的床底下，上面只剩下 TERY 几个字母。也许本来写的神秘而不是彩票①。她手掌上的汗把其他字母都擦掉了。"

"孩子，你打她了？所以你才来这里？"

"不，"莫内特说，"我的确曾有杀了她的念头，是为了钱，而不是因为她的不忠。她的不忠就是让我觉得那么不真实，哪怕所有的……所有的内衣都堆在我眼前。可我连一个手指也没碰过她。我想是因为我太累了，这么多事情让我觉得太累了。我只想睡一觉，睡一大觉，一口气睡上两天。奇怪吗？"

"不。"牧师说。

"我问她怎么能够这样对我。她就这么不在乎我？而她问我——"

10.

"她问我怎么会不知道，"莫内特对搭车人说，"还没等我说话，她已经给出了自己的答案，所以我想她是在反问吧。她说：'你不知道，是因为你不在乎。你总是在路上，不在路上的时候你也想到路上去。有十年了吧，你没有关心过我穿什么样的内衣——这是当然了，既然你连衣服里的那个女人都不关心。可你现在在乎了，是不是？你现在在乎了。'"

"伙计，我就那么看着她。我累得没法杀她——连打她一耳光的力气都没有——可我还是气疯了。哪怕那么震惊，我还是气疯了。她试图归罪于我。你也看出来了，对不对？她想把一切怪到我的工作上，就好像我能找到另一份哪怕收入只有它一半的工作。我是说，到了我这个年纪，我还能干什么？也许能到学校当个帮孩子们过马路的校工——我道德上没有任何不良记录——但说这些有什么意思。"

---

① 神秘 mystery，彩票 lottery。

他停了一下。公路的远端，一块蓝色的路标在飘洒的雨水中若隐若现。

短暂地考虑后，他接着说："但那也不是问题的关键。你知道关键是什么？她到底想说什么？她想说，我应该为喜欢自己的工作而内疚，为没有无聊地混日子、直到等到合适的人来放纵一把而内疚！"

搭车人身体晃动了一下，很可能是车轧过了路面的凸处，或是某个不幸丧生车轮的小动物，但这仍让莫内特意识到自己在吼叫。说不定那人不是全聋呢。即使真是全聋，音量超过一定高度后，他的脸上或许能感到震动。这种事儿谁他妈的知道呢？

"我没有上她的当，"莫内特放低了声音说，"我拒绝跟着她的逻辑走。我知道，要是真顺着她的思路，要是真跟她吵，什么事都有可能发生。我想趁自己还没从震惊中恢复过来时赶快出去……因为这样才能让她免受伤害，明白吗？"

搭车人什么都没说。莫内特接着往下说。

"我问：'现在会怎么样？'她回答：'我想我会坐牢的。'你知道吗？如果她那时哭起来，我也许会拥抱她。经过了二十六年的婚姻，那样的反应就像条件反射一样，哪怕你对她已经没什么感情了。可她没有哭，所以我就走出去了。转过身就走出去了。等我回来时，只看到一张便条，告诉我她搬出去了。差不多是两周前的事了，那之后我就没见过她，只在电话上谈过几次。也跟律师谈过，冻结了所有的账户，可是司法程序很快就会介入，到那时，冻结也没什么用，制冷系统会被堵住，你懂我的意思吗？我想大概会再见到她吧。在法庭上。和该死的牛仔鲍勃一起。"

此时可以看清蓝色路标上的字了：彼茨菲尔德休息站前方两英里。

"哦，见鬼！"他骂了一句，"沃特维尔已经过去十五英里了，伙计。"看到哑巴没有任何反应——当然不会有——他才意识到自己也并不确定搭车人是否真的要去沃特维尔，一开始就没有确认过。不过，还有时间弄清楚，这件事可以放到休息站去做。不过，接下来的几分钟里，他们还会待在这个带轮子的告解室里，他觉得还有一件事要说。

"说实在的，我已经很久对她没有任何感觉了，"他说，"有时，爱情是会耗光的。要承认，我自己也没有百分之百忠诚——出差在外的日子，我偶尔也会找点乐子。但那就能为她的行为开脱吗？能解释一个女人像孩子用爆竹炸掉烂苹果似的毁掉自己的生活吗？"

他把车开进休息站。粗看之下，停车场里有四辆车，挤在前方有自动售货机的棕色建筑前。在莫内特看来，那些车就像被留在雨水里的落汤鸡。他停下车。搭车人疑惑地看着他。

"你要去哪儿？"莫内特也知道自己的问题不会被回答。

哑巴考虑了一下。他看看四周，明白了身在何处，然后扭过头看着莫内特，似乎在说，不是这里。

莫内特指指南面，扬了扬眉毛。哑巴摇摇头，指了指北方。他摊开手，又握拳，如此反复六次……八次……十次，基本上和以前一样。但这次莫内特明白了。他想，如果哑巴知道倾斜的数字八的手势代表无限，他流浪的日子就会好过些了。

"你只是漫无目的地游荡，对不对？"莫内特问。

哑巴只是看着他。

"是的，你是的，"莫内特说，"让我来告诉你下一步怎么办。你听完了我的故事——哪怕你并不知道自己在听——我呢，就把你送到德里。"他突然灵机一动，"事实上，我可以把车停在德里收容所。你会有饭吃，有床睡，起码一个晚上没问题。我要去小解了，你去吗？"

哑巴茫然而耐心地看着他。

"小解，"莫内特说，"小便。"他想指指下身，却意识到这个动作可能会让公路流浪汉误会，手转而向建筑物一侧的标示指去——黑色的男性剪影和女性剪影各一个。男人腿分开，女人腿并拢，两个符号差不多道尽了人类种族的故事。

看到那两个符号，搭车人懂了。他坚定地摇了摇头，又做了个"OK"的手势。他不去的话，莫内特就面临一个微妙的问题：自己去办事儿的时候，是把沉默的流浪汉先生留在车里，还是让他到外面站在雨里等……第二种情况下,搭车人无疑会明白为什么会被请出去。

然而这根本不算个问题,他很快便打定了主意。车里没有钱,他自己的行李锁在后备厢里,只有两只样书箱放在后座。然而,他认为搭车人不会偷两只重达七十磅的大箱子,还要把它们拖到休息区后出口。别的不提,单说他怎么举他那块我是哑巴!的牌子吧。

"我去去就来。"莫内特说。搭车人还是用那双眼圈发红的眼睛看着他,于是他指指自己,又指指洗手间的牌子,再指指自己。这次打车人明白了,他点点头,又做了个"OK"的手势。

莫内特走进洗手间方便,他自己感觉简直像有二十分钟之久。释放之后无比轻松,自从芭芭拉用那些惊人的消息把他砸晕以来,他还是第一次感觉这么好。他会帮助凯尔西渡过难关的。他想起了一句古老的德国谚语——也可能是俄罗斯的,这句话听上去无疑符合俄罗斯人的生活哲学——打不倒我的只会让我更坚强。

他吹着口哨走回去,甚至路过可以投掷硬币的彩票机时还友好地拍了它一下。他想,没看到搭车人的身影是因为那人躺下来了……不管怎样,发动车辆之前,莫内特要让他起来坐直。可是,搭车人并没有躺着。他走了,拿着他的背包和牌子走了。

莫内特检查了一下,发现伍尔夫父子公司的样品箱原封不动地放在后座,收纳匣中乱七八糟的小东西也都在——登记证、保险卡、汽车协会会员卡等等。流浪汉留下的只是并不难闻的味道:汗味中混杂着淡淡的松叶香,好像他是在野外露宿一样。

他本以为会在出口的斜坡处看到那个人,还耐心地翻转牌子以便让路过的好心人对他的残障有个全面的了解。要是这样,莫内特就停下来,再载他一程。不知为何,他觉得事情还没做完,把那个流浪汉送到德里收容所才会让他有完结感。那样做会给这件事画上句号,或说把这一页翻过去。不管他究竟有多失败,他还是喜欢有始有终。

然而,搭车人并不在出口处;他完完全全消失了。而直到莫内特经过德里前方十英里的路牌时,他才抬头发现挂在后视镜上、陪伴了他数百万英里的圣克里斯托弗勋章不见了,肯定是被哑巴偷走了。可是,莫内特新生的乐观并未因此受到影响。也许哑巴比自己更需要它吧，莫内特希望它能给他带来好运气。

两天后——当时他正在普雷斯克岛销售史上最棒的秋季书目——他接到了缅因州警察局的电话。他的妻子和鲍勃·扬多夫斯基在葛洛夫旅馆被人打死了，凶手用的是一根包在旅馆毛巾里的水管。

11.

"噢……上……上帝啊！"牧师倒抽一口冷气。

"是啊，"莫内特说，"我也是这个反应。"

"你女儿……？"

"伤心欲绝，这是当然。她现在和我在一起待在家里。我们会熬过去的，神父。她比我想象中要坚强。当然，她对其他的事一无所知。我说的是她母亲盗用公款的事。运气好的话，她一辈子都不会知道。我们会得到一笔数额很大的保险金，所谓的双倍赔偿。考虑到之前发生的事，要是拿不出有力的不在场证明，或是案情侦破没有进展的话，估计我会有不小的麻烦。事实上，我已经被警察问询了几次了。"

"孩子，你是不是雇人——"

"警察也问过我这个问题。不，我没有。我不怕把银行账户明细给任何人看。每一分钱的去处都很正当，不管是我的还是芭芭拉的。在财务上，她是很认真的，至少在她丧失理智之前是这样。"

"神父，你能打开门吗？我想给你看样东西。"

牧师没有回答，直接打开了门。莫内特把挂在脖子上的圣克里斯托弗勋章摘下来，从门缝里塞了过去。勋章和它的细钢链从一只手交接到另一只手时，他们的手指短暂地接触了一下。

牧师打量着勋章，有五秒钟没说话。然后他问："这是什么时候还给你的？是在案发的旅馆——"

"不，"莫内特说，"不是在旅馆。是在巴克斯顿的家里，在曾经是我们卧室的那间屋的梳妆台上，事实上，就放在我俩结婚照的旁边。"

"上帝啊。"牧师说。

"可能是我上厕所时,他从汽车登记证上看到了我家的地址。"

"那么你也肯定提到过旅馆的名字……还有他们在哪个镇子……"

"多利镇。"莫内特承认。

牧师第三次呼唤了他主人的名字,接着说:"那个人根本不聋也不哑,对不对?"

"我几乎可以肯定他是哑巴,"莫内特说,"可显然他并不聋。勋章旁有张便条,是从电话便签本上撕下来的。他肯定是趁我和女儿在殡仪馆挑选棺木的时候进来的。后门是开的,可并没有撬过的痕迹。也许他开锁技术高明,但也有可能是我自己出门的时候忘记锁了。"

"便条上说什么?"

"'谢谢你的顺风车'。"莫内特说。

"天哪。"牧师陷入沉思,接着轻轻敲了敲告解室的门,莫内特正盯着那句因为世人都犯下罪孽,亏缺了上帝的荣光出神。他接过了自己的勋章。

"这件事你告诉警察了吗?"

"当然,毫无隐瞒,所有事都向他们说了。他们认为知道我说的那个人是谁,因为他们很熟悉那块牌子。他的名字是斯坦利·多赛特,已经拿着那块牌子在新英格兰游荡了好多年了。现在想来,我也如此。"

"以前有暴力犯罪的前科吗?"

"有几桩,"莫内特说,"主要是斗殴。他曾经在酒吧里把一个男人打成重伤,进过好几家精神病院,包括奥古斯塔的静山疗养院。我想,警察并没有把所有信息都告诉我。"

"你想知道吗?"

莫内特思考了一下,回答:"不。"

"警察还没有抓住他。"

"他们说这只是时间问题。他们说他智商不高。不过,他的智商足够把我骗了一回。"

"他骗你了吗,孩子?或者说你知道自己说的话有人听吗?在我看来，这似乎才是问题的关键。"

　　莫内特陷入了长时间的沉默。他不知道从前是否诚实地在心中搜索过答案，但他觉得自己此刻正在这样做，而且是在亮光的照耀下。他并不喜欢在里面找到的每一样东西，可是搜寻？是的，而且不忽视所看到的，至少不去刻意忽视。

　　"我真的以为他是聋子。"他终于回答。

　　"你的妻子和他的情人死了，你高兴吗？"

　　莫内特的内心立刻回答是的。说出口来的话则是："我松了口气。很抱歉这样说，神父，可是想想她留下的烂摊子吧——而现在，不会有审判，也可以用保险理赔金悄悄地把亏空补回去——我真的觉得松了口气。这么想是犯罪吗？"

　　"是的，孩子。抱歉对你这样说，但这个想法确实是有罪的。"

　　"您能宽恕我吗？"

　　"念十遍天父祷辞和十遍万福玛利亚祷辞，"牧师爽快地回答，"天父辞是因为你不够仁慈——这是重罪，但并非罪不可赦。"

　　"万福玛利亚呢？"

　　"为了告解时用语不洁。过些时间，通奸的问题——你的，不是她的——也需要忏悔，可是现在——"

　　"您有约。我能理解——"

　　"事实上，我已经没胃口吃午饭了，尽管我应该欢迎我的访客。主要问题是，我想我……脑子有点乱，现在无法跟你谈你旅途中所谓的乐子。"

　　"我明白。"

　　"很好。那么现在？"

　　"怎么了？"

　　"我不是想在这一点上反复纠缠，可是你真的没有授意那个人？或是以某种方式鼓励过他？因为一旦那样，我们该讨论的就是罪孽而不是过失。我要跟自己的精神导师确认一下，不过——"

　　"我没有，神父。可是您认为……有没有可能是上帝把这个人放进我车里的？"

牧师的心中立刻回答是的。可是他说出口的是:"那个想法是对上帝的亵渎,请再念十遍天父祷辞。我不知道你离开主的怀抱多久了,可你也不该说出那样的话。现在,你是想再说一些不得不念万福玛利亚的事情,还是到此结束?"

　　"到此结束,神父。"

　　"那么,你的忏悔被接受了。走吧,别再犯罪。照顾好你的女儿,孩子。对每个孩子来说,母亲只有一个,不管她是否称职。"

　　"是的,神父。"

　　纱窗后的身影活动了一下。"我能再问一个问题吗?"

　　莫内特不情愿地坐了回去。他想离开。"请问。"

　　"你说警方认为他们可以逮住这个人。"

　　"他们说只是时间问题。"

　　"我的问题是,你想让警察抓住他吗?"

　　由于他真的很想离开,在车里这个更私密的空间里忏悔,莫内特回答:"我当然想。"

　　回家的路上,他又多念了两遍万福玛利亚和天父祷辞。

阿雅娜

我还以为自己永远不会把这个故事讲出来。我的妻子让我不要讲；她说，没有人会相信你，讲出来也只能让你自己难堪。当然，她的意思是，我会让她难堪。"拉尔夫和特露迪呢？"我问她，"他们当时也在，也看到了。"

"特露迪会让他闭嘴的，"露丝说，"而且，说服你哥哥并不困难。"

这话倒是很有道理。拉尔夫当时还是新罕布什尔四十三号学区的主管，而一个小州的教育部门官员最不愿意看到的，就是自己出现在有线电视新闻的最后时段，那段时间通常都是留给飞过凤凰城的不明飞行物和能数到十的山狗的。何况，没有了制造奇迹的人，孤零零一个关于奇迹的故事并没什么吸引人的，而阿雅娜已经不在了。

可如今，我的妻子已经去世了，在飞往科罗拉多照顾我们第一个孙子的路上，她突发心脏病，几乎是立刻就不行了。（这也是航空公司的人说的，但这年头连行李都不敢放心地托付他们，谁知道他们的话有多可信呢。）我哥哥拉尔夫也不在了——他在一次老年高尔夫比赛中中风——特露迪则得了老年痴呆。我的父亲去世多年；要是他还活着，就是个百岁老人了。我是家里唯一还活着且神志清醒的，所以我要把这个故事讲出来。露丝说得对，这个故事难以让人相信，而且不能说明任何问题——奇迹总是这样，除非对于那些随处都能碰到奇迹的幸运儿们来说——但它很有趣。而且，它是真实的。我们大家都看到了。

父亲得的是胰腺癌，已经到了晚期。我认为，通过倾听人们对那种情况的描述，能更好地了解一个人。（你看，我把癌症描述为"那种情况"很可能就能透露我这个叙述者的某些信息，比如我一辈子都在教孩子们英文,而他们碰到的最严重的健康问题不过是粉刺和运动受伤。)

拉尔夫说:"他快要走完他的旅程了。"

我的弟妹特露迪说:"他糟透了"。乍一听,我还以为她说的是"他熟透了。"我知道她说不出那么有诗意的话,但希望自己听到的是对的。

露丝说:"他剩下的日子屈指可数了。"

我没有说出口的话是:"愿他得到安息,"但我的确是这么想的,因为他在受罪。那是二十五年前——一九八二年——痛苦仍然是癌症晚期可接受的状态。我还记得十年还是十二年之后读到一篇文章,里面说,大多数癌症患者安静地死去,只是因为他们太虚弱,叫不出来。那篇文章又让我回想起父亲的病榻,回忆如此强烈,以至于我冲进厕所,跪在马桶前,满心以为会吐出来。

但我的父亲其实是四年后,也就是一九八六年才去世的。他当时请了晚年看护,而且并非死于胰腺癌。他是被一块牛排卡住而窒息的。

唐·"医生"·金特里和他的妻子,贝尔纳黛特——我的父母——退休后住在福特城郊区的家里,离匹兹堡不远。母亲去世后,父亲考虑过移居佛罗里达,发现自己财力无法承担后,就安心待在宾夕法尼亚了。确诊患了癌症后,他在医院住了一小段时间。住院期间,他反复向人解释他的外号来自多年的兽医工作,当所有听得进他说话的人都知道了之后,他们便把他送回家等死,他的家人——拉尔夫,特露迪,露丝和我——来到福特城陪他最后一段时间。

我还清楚地记得他的卧室。墙上是一幅群童围绕耶稣的画,地板上铺着母亲亲手做的百衲布垫:令人作呕的绿色布块,算不上母亲的得意之作;床边放着吊针架,上面贴着匹兹堡海盗队的贴画。每一天靠近那间屋子,我都越来越害怕,在里面待的时间也越来越长。我记得,小时候住在康涅狄格的德比,"医生"老爸坐在门廊的长椅上,一手拿着牛肉罐头,一手拿着香烟,白得耀眼的 T 恤向上卷了两卷,露出平滑的二头肌和左胳膊肘上方的玫瑰文身。他属于身穿不褪色的深蓝牛仔而不感觉奇怪的一代人——他们把牛仔服称为工作装。他把头梳得像猫王,带着点危险的气质,像是个到岸上喝醉酒闯祸的水手。我还记得德比街头的夏日狂欢,他和妈妈一起伴着艾克·特纳和旋律之王的《火箭88号》跳吉特巴舞。拉尔夫那年十六岁,我想,我十一岁。我们俩目瞪口呆地看着自己的父母,这是我第一次意识到他们晚上也会做爱,会赤身相对,眼中只有彼此,把我们抛在脑后。

八十岁时,他衰弱地从医院回家,曾经有些危险的、气派的父亲变成了睡衣里的一副骨架。(他的睡衣上也有海盗队的队徽。)他的双眼隐藏在乱糟糟的眉毛下。尽管开着两台风扇,他还是不停地出汗,潮湿的皮肤上散发出的气味让我想起了一栋废弃房屋里古老的墙纸;他的口腔中散发着消化的味道。

拉尔夫和我远称不上富裕,但我们凑了一点钱,和"医生"老爸的积蓄放在一起,为他请了一位兼职的私人护士和一位每周工作五天的管家。他们很尽责,及时为父亲换洗,保持他的清洁,但我嫂子说父亲"熟透了"——我还是宁肯她说的是这个——的那天,气味战争已经快结束了。干结的粪便已经领先了强生爽身粉好几轮;很快,我想,裁判就要喊停了。"医生"再也无法去厕所——他总是把马桶叫做"罐子"——所以他穿尿不湿和方便裤。尚且清醒的意识让他为此很不好意思。有时,泪水会从他的眼角流下来,曾经对着世界说出"嗨,美人"的喉咙里此时发出不成调的哭声,听上去绝望而滑稽。

疼痛开始蔓延。刚开始是在腰腹部,慢慢向上扩散,他甚至抱怨连眼皮和指尖都疼,止疼药也没用了。护士本可以给他更大剂量的止疼药,但担心会使他送命而不肯那样做。我却想无论如何都要多给他些。如果露丝支持的话,我可能就那么做了,然而我的妻子不是会提供呐喊和支持的人。

"她会知道的,"露丝指的是护士,"到时候你就有麻烦了。"

"他是我爸爸!"

"那也阻止不了她。"露丝就是这样万事只往坏处想的人。她的悲观不是后天养育的结果,而是天生的。"她会报警的。说不定你会进监狱。"

就这样，我没有杀死父亲。没有任何人那样做。我们做的就是等待。我们给他读书，虽然并不知道他听懂了多少。我们给他换洗，并随时更新墙上的用药表。天气非常炎热，我们定时挪动两个风扇的位置，希望能有些凉风。我们在把草地显像为紫色的小彩电上看海盗队的比赛并告诉他今年海盗队表现不错。我们彼此讨论他越来越瘦削的侧影。我们看着他受苦，等着他死亡。一天，他睡着了，鼾声不断，我从《二十世纪美国最佳诗歌选》中抬起眼来，看到卧室的门口站着一个体格高大健壮的黑人女子和一个戴着深色眼镜的黑人小女孩。

那个女孩——我记忆犹新，就像是今天早上发生的事情——我想，她那时大概是七岁，但与同龄人比起来个头要小得多，事实上，就是个小不点。她身穿一条粉红色裙子，露着瘦骨嶙峋的膝盖；同样瘦的一条小腿骨上贴着印有华纳兄弟卡通人物的创可贴，我记得上面有两手各握一支手枪的红胡子山姆大叔。她的深色眼镜看上去就像是跳蚤市场上的搭赠货。对于她的小脸来说，眼镜太大，滑到了鼻尖，露出了厚眼睑、眼神呆滞的一双眼睛，上面蒙着蓝白色的膜。她的头发梳成了一排排小辫子，一只胳膊上挂着破了半边的塑料玩具手袋，脚上是脏兮兮的球鞋。她的皮肤并不是标准的黑色，而是油腻腻的灰黄色。虽然她是自己站着的，看上去却跟我病榻上的父亲一样衰弱。

由于注意力都被小女孩吸引，我记不太清那个女人的模样。她是四十岁还是六十岁，我也说不清。她留着非洲式的短发，表情平静。除此之外，我就什么都回忆不起来了，甚至连她衣服的颜色、是否穿着裙子都想不起来。可能是穿着裙子吧，但也有可能是宽松裤。

"你们是谁？"我问。我的声音听上去很蠢，像是刚打了会儿瞌睡，而不是看了会儿书——尽管这两件事对我来说的确有相似之处。

特露迪从她们背后出现，也问了同样的问题，但她听上去比我清醒得多。在她身后，露丝一惊一乍地叫道："门肯定是开的，那门从来就插不上。她们肯定就这么走进来了。"

拉尔夫站在特露迪旁边，扭头看了看。"现在是关着的。她们一定是随手把门关好了。"好像她们帮了我们什么忙似的。

"你们不能到这里来,"特露迪对那女人说,"我们很忙,这里还有病人。我们不知道你们想要什么,但你们必须离开。"

"你们不能就这样走到别人家里来。"拉尔夫补充道。他们三个人一起堵在卧房的门口。

露丝拍了拍女人的肩膀,动作可算不上温柔。"离开这里,除非你想让我们报警。你想让我们报警吗?"

女人对他们的威胁不加理会。她把小女孩推上前,对她说:"正前方。四步。有个棍子样的东西,小心别绊倒。让我听到你数步子。"

小女孩开始数:"一……二……三……四。"她轻巧地跨过吊针架的金属脚,都没往下看一眼——显然,她不会透过那副脏兮兮的、过大的眼镜看任何东西,那双像蒙了雾一样的眼睛是看不见的。她离我很近,裙子都碰到了我的胳膊。她的身上闻起来有灰尘和汗水,还有——像"医生"老爸一样——疾病的味道。两条小胳膊上都有深色的色块,不是疤痕,而是淤紫。

"阻止她!"哥哥对我喊道,但我没理他。一切发生得很快。小女孩弯下腰,凑近父亲深陷的脸颊,亲了一下。不是轻轻一吻,而是重重一下,发出啵的声音。

她的小塑料包轻轻地碰在了父亲的头上,他睁开了眼睛。之后,特露迪和露丝都说父亲是因为头被包打了才醒的。拉尔夫不确定,我却认为绝对不是。小包碰到爸爸头上时没有发出任何声音。我敢说,里面最多有一包克里内克斯纸巾。

"你是谁,孩子?"父亲沙哑而虚弱地问道。

"阿雅娜。"那孩子回答。

"我是道格。"父亲的床榻仿佛黑暗的洞穴,他从中抬起目光,看着小女孩。来到福特城的两周来,我们还没见过他的眼神如此清醒,他已经到了被推着在屋里转一圈也醒不过来的地步了。

特露迪大步冲了过来,推开那女人,又打算推开我,想要抓住这个突然闯到父亲病床前的小女孩。我拽住她的手腕,"等等。"

"你什么意思,等等?她们莫名其妙就闯进来了。"

"我病了,我要走了。"小女孩说。她又亲了亲他,然后往后退去。这一次,她被吊针架的底座绊了一下,差点把架子和她自己都撞倒。特露迪一把抓住架子,我扶住小女孩。她瘦得真的只剩皮包骨了。她的眼镜掉到了我腿上,那双模糊的双眼看了我一会儿。

"你会没事的。"阿雅娜说,一边用她的小手掌碰了碰我的嘴唇。她的手像炉灰一样烫,但我没有躲闪。"你会没事的。"

"阿雅娜,过来,"女人说,"我们该走了。两步。让我听到你数。"

"一……二。"阿雅娜数着。她把眼镜戴上,往鼻子上推了推,我敢说它在那儿也待不长。女人牵过她的手。

"祝你们愉快,"她说,然后看着我,"我对你感到抱歉,"她说,"但这孩子的梦结束了。"

女人握着小女孩的手,穿过起居室,拉尔夫像牧羊犬一样跟在后面,我猜他是怕她们偷东西。露丝和特露迪俯下身去检查道格的情况,他还眨着眼睛。

"那孩子是谁?"他问。

"不知道,爸爸,"特露迪说,"别为那个操心。"

"我想让她回来,"他说,"我还想要个吻。"

露丝扭头看着我,嘴唇抿了进去,这是一个她长年以来不断完善的表情,毫无可爱可言。"她把吊针管拽出来一半……他在流血……你竟然坐在那儿,什么都不管。"

"我会放好的。"我说,听上去不像我自己在说话。仿佛我身体里还有另一个人,而他站在一旁,震惊得说不出话来。阿雅娜滚烫的手掌仿佛还贴在我的唇上。

"算了,用不着劳你大驾!我已经弄好了。"

拉尔夫回来了。"他们走了,"他说,"沿街朝公共汽车站去了。"他转身面向我的妻子,"说真的,露丝,你想让我报警吗?"

"不。否则我们一天都会浪费在填表和回答问题上。"她停了停,"说不定还要出庭作证。"

"为什么作证?"拉尔夫问。

"我不知道,我怎么会知道?你们谁去拿胶布来,好把这根针固定住。我记得在厨房的工作台上。"

"我还想再要一个吻。"父亲说。

"我去。"我回答,但我先去了前门——拉尔夫不仅把门关上了,还上了锁——朝外看去。带绿色塑料顶棚的小车站只有一个街区的距离,但没有人站在站牌或是车棚下,人行道上也是空的。阿雅娜和那个女人——不知道是她妈妈还是照顾她的人——不见了。只剩下小女孩留在我嘴唇上的碰触,仍然是温暖的,但已经开始变凉了。

现在到了奇迹的部分了。我不会省略这部分——既然讲故事,就要好好讲——但也不会大费笔墨。奇迹故事虽然让人高兴,却很少有趣,因为它们都差不多。

我们住在福特城大路上的一家叫拉美达的汽车旅馆,墙壁很薄。拉尔夫开玩笑地叫它辣妹多。"如果你一直这样叫,当心在陌生人面前也脱口而出,"我妻子说,"那样你就会弄个大红脸了。"

由于墙壁很薄,我们听见了隔壁拉尔夫和特露迪在争吵,为的是还能在这里待多久。"他是我的父亲。"拉尔夫说,而特露迪回答:"等账单到期的时候,请对康涅狄格电力照明公司说。或者,病假用完时,请对你的上司这么说。"

那是个炎热的八月的晚上,刚过七点钟。很快,拉尔夫就会离开旅馆到父亲那里去,因为兼职护士八点就会走。电视里在放海盗队的比赛,我开大声音,想盖住隔壁令人沮丧的争吵声。露丝在叠衣服,她警告我,如果下次再买折扣店的廉价内衣,她就跟我离婚,或者抛弃我跟陌生男人私奔。电话铃响了,是科乐护士打来的——有个广告词是"请为科乐护士多喝一点汤",她便让我们叫她科乐护士。

她没有浪费时间寒暄。"我想你们应该马上过来,"她直截了当地说,"不只是拉尔夫来值夜班,你们都过来。"

"他要走了吗?"我问。露丝放下手上的衣服,走过来,一只手放在我的肩膀上。这个结果并不出人意料——事实上,我们希望他能不再受苦——但真的事到临头的时候,却感觉那么荒谬,难以置信,连伤痛的余地都没有。小时候,他教我玩板球,那时我也就和今天闯入家里的盲人小女孩差不多大。少年时,他逮到我躲在葡萄架下抽烟,告诉我——不是气愤地,而是慈祥地——抽烟是个愚蠢的习惯,如果能不被烟瘾控制,我会过得更好。明天的报纸送到的时候,他就会不在了?太荒谬了。

"我不这样认为,"科乐护士说,"他看上去好些了。"她停了停。"我这辈子从没见过这样的事。"

他是好些了。十五分钟后我们到达时,他正坐在客厅的沙发上,在大一些的电视上看海盗队的比赛——这台电视也没有高级多少,但起码色彩还算正常。他用吸管喝着蛋白质饮料,脸色有了些血色,脸颊似乎圆润了些,也许是因为刚刚刮过脸的缘故。看来,他已经恢复了元气。当时我是那样想的;随着时间流逝,那种印象越发深刻。我们达成共识的另一件事是——即使是我娶的那位多疑的托马西娜[①]:医生们把他送回家等死后一直像醚般弥漫在屋里的死亡气息消失了。

他依次叫出了我们的名字,告诉我们威利·斯达格尔刚刚为巴克斯队击出一记本垒打。拉尔夫和我面面相觑,不敢相信自己的耳朵。特露迪一下子跌坐在道格旁边的沙发上。露丝跑到厨房,给自己倒了杯啤酒。露丝喝啤酒,也算是个奇迹了。

"也给我来一杯,小露丝,"父亲说,接着——很可能把我呆板茫然的表情错认为反对,"我感觉好些了,肚子基本上不疼了。"

"我的意见是,你不要喝啤酒。"科乐护士说。她坐在起居室另一边的椅子上,毫无收拾东西的迹象。通常,下班二十分钟前她就会开始收拾,而且,她那一贯令人讨厌的颐指气使的口气也柔和了许多。

"这是什么时候开始的?"我问,其实也不确定我说的"这"是指什么,因为父亲的好转是全面的。但若真要说我脑子里想的是某个具体的方面,我想,我应该想问的是味道是什么时候消失的。

"今天下午我们离开时他就好些了,"特露迪说,"我只是不敢

[①] 托马西娜,Thomasina,据前文对露丝的描述,此处应该是指比阿特丽克斯·波特(Beatrix Potter)《小兔彼得》系列中有洁癖而絮叨的点点鼠托马西娜夫人。

相信。"

"布尔什维克。"露丝说,她能允许自己说的骂人话最多也就如此了。

特露迪没理她。"是那个小女孩。"她说。

"布尔什维克!"露丝又冒了一句。

"什么小女孩?"父亲问道。现在一局结束,电视上出现了一个秃头、大牙、眼神疯狂的男人向我们叫喊着朱克斯店里的地毯便宜得等于白送,而且,上帝啊,预约订购不需要任何费用。我们还没来得及对露丝的感叹语做出反应,道格就已经开口向科乐护士请求喝半杯啤酒了,结果被她拒绝了。但科乐护士在那栋小房子里的权威差不多终结了,接下来的四年里——在一块嚼了一半的肉永远堵住他的喉咙之前——我的父亲喝了数百上千杯啤酒。我希望他尽情享受了每一杯。毕竟,啤酒本身也是个奇迹。

就是那天晚上,躺在"辣妹多"旅馆硬邦邦的床上听空调轰隆轰隆响的时候,露丝让我不要把盲人女孩的事情告诉别人。她一直没有叫她阿雅娜,而是称她为"有魔力的黑孩子",那副难听的嘲讽口气十分不像她。

"还有,"她说,"这种状况不会持久的。有时,一个灯泡坏掉之前还会变亮一会儿。我相信对于人来说也是如此。"

或许吧,但发生在医生·金特里身上的奇迹却是持久的。周末之前,他已经能在我或拉尔夫的搀扶下在后院里走走了。那之后,我们就都各自回家了。到家的第一晚,我接到了科乐护士的电话。

"我们不会回去的,不管他病成什么样子,"露丝近乎歇斯底里地说,"告诉她。"

但科乐护士只是想说,她碰巧看见道格从福特城的兽医诊所出来,他是去和年轻的医师讨论马匹的蹒跚症的。她说,他拿着拐杖,但没有拄。科乐护士还说,她从来没见过一个"他这个岁数"的人气色这么好的,"我还是不敢相信"是她的原话。一个月后,他已经能走过整个街区了(不用拐杖)。那个冬天,他每天都去当地的健身房游泳。他看上去像个六十五岁的人,每个人都这样说。

我跟父亲的主治医师们讨论了他的康复,这样做的原因是由于父亲身上发生的事情让我想起了中世纪欧洲村庄里流行的所谓奇迹剧。我告诉自己,把老爸的名字改一下——或许就称呼他为G.先生①就行——说不定能写篇有趣的文章投给某家杂志。也许可以,但我从未真的动手写。

是斯坦·斯洛恩,道格的家庭医生首先举起了红旗。是他把道格送到匹兹堡大学癌症研究中心的,因此他可以责怪那里的肿瘤专家雷迪夫医生和扎马科夫斯基医生误诊。而他们把误诊的责任推到了影像科,雷迪夫说影像科的主任无能得连胰腺和肝脏都分不清。他要求我不要转述他的话,但二十五年过去了,我猜那个限制已经失效了。

扎马科夫斯基医生则将之解释为简单的器官畸形。"我一直不敢苟同最初的诊断。"他向我透露。我和雷迪夫通的电话,和扎马科夫斯基是面谈。他穿着实验室的白大褂,下面是件红T恤,隐约透出T恤上印着我宁愿去打高尔夫。"我一直认为是VHL综合征②。"

"那种病不是致命的吗?"我问。

扎马科夫斯基神秘地一笑,这是医生们为毫无头绪的水管工、家庭主妇和英语老师特别保留的笑容。然后他说,他约了人,已经迟到了。

去找影像科的负责人时,他两手一摊。"我们只负责拍片,不负责解读,"他说,"再过十年,我们的仪器设备将会使这样的误读成为不可能。而现在,为什么不放掉其他想法,庆祝你老爸还活着呢?"

我尽力照办了。在被我理所当然称之为研究的短暂调查中,我知道了一件有趣的事:奇迹的医学定义就是误诊。

一九八三年我比较清闲。我和一家学术出版社签了合同,写一本

---

① G是金特里(Gentry)的首字母。
② 一种全身性的血管瘤,属于良性疾病。

名叫《授人以渔：创造性写作的教学法》的书，但是，和我那篇关于奇迹剧①的文章一样，那本书也没有真正落笔。七月，露丝和我原本打算去野营，我的小便却突然变成粉红色了。那之后开始了疼痛，先是在左边臀部的深处，紧接着蔓延到腰腹，痛感也更强。后来，我就开始尿血了——我想，那应该是出现首次症状四天后，而当我还在玩全球流行的游戏"自动消失"时，疼痛已经从严重变成了酷刑。

"肯定不是癌症。"露丝说，而从她嘴里说出这样的话就意味着她认为是。她的眼神更让人警觉。她绝对到死也不会承认——她以自己的现实主义为傲——但我知道，那时她一定觉得癌症离开父亲逃到我身上了。

的确不是癌症。是肾结石。对于我这种情况，奇迹就叫做体外震波碎石术——和利尿剂一起——粉碎了那些小石头。我告诉医生，这辈子从来没那么疼过。

"我想你今后也不会这么疼了，即使得了冠心病，"他说，"女性患者把结石的疼痛和分娩相比，还是难产。"

术后，我仍然疼得不轻，但等医生复查的时候，已经能够看杂志了，我把这视为巨大的进步。这时，有人坐到我旁边，说："来吧，到时间了。"

我抬起头。不是来到父亲病房的那个女人，而是一个身穿棕色西装的男子，看上去十分平常。然而，我知道他为什么来，这从来就不是个问题。我还确定，如果我不跟他走，那么全世界的碎石术都帮不了我了。

我们出去了。接待台前没有人，所以我也就不用跟人家解释为什么会突然离开。反正我也不知道该编个什么理由。说我的肚子突然不疼了？听上去又荒谬又不可信。

穿西装的男人看上去三十五岁左右：从他一头精干的短发来看，或许是前海军陆战队员也说不定。他不说话。我们绕过我的主治医生

---

① 奇迹剧为英国早期主要戏剧形式之一。从十三到十五世纪，在英国广为上演。从广义上说，它是指取材于《圣经》故事、通常在宗教节日上演的戏剧；从狭义上说，它仅包括根据圣徒故事、圣徒所创造的奇迹或者圣物的传说等改编的戏剧。

所在的医疗中心，然后朝康复病院方向走去。由于肚子还有点疼，我一直略微弯着腰。

我们走上人行道，又钻进一条走廊，走廊两边的墙上画着迪士尼的壁画，头顶的扬声器里在唱《小世界》这首歌。前海军陆战队员头颅高昂、步履轻快，好像他本来就属于这里。可我与这里格格不入，而且自己也知道这一点。我从来没觉得离家和能够理解的生活这么远过。就算此刻变成一只孩子们收到的"祝你康复"的气球飘到天花板上，我也不会吃惊的。

在中心护士站，前海军陆战队员拽了一下我的胳膊，让我停下，直到那里的两个护士———一男一女——又忙开了。然后，我们从护士站前过去，走进另一个大厅，里面有一个坐轮椅的光头小女孩，她渴望地看着我们，伸出一只手。

"不。"前海军陆战队员带着我继续往前走。拔脚之前，我又看了看那双明亮的、濒死的眼睛。

他把我带到了一间病房，里面有个三岁左右的小男孩在玩积木，他的病床上罩了一顶透明的帐篷。男孩好奇地看着我们，他看上去比坐轮椅的女孩健康得多——起码满头的红色卷发还在——但是，他的皮肤是铅灰色的。在前海军陆战队员把我推上去，自己跨立站在一边后，我才看清面前的男孩其实病得非常重。尽管帐篷上写着无菌环境，我也没有理会，拉开拉链后，我看出，这个孩子剩下的时间恐怕是按天数而不是星期计算的。

我向他伸出手去，与此同时，我闻到了与父亲病榻前类似的味道。这里的气味虽然轻些，但本质上是一样的。孩子毫无保留地向我展开双臂，我在他的嘴角亲了一下，他立刻给了我一个大大的吻，足以显示长时间以来，没有人这样接近过他，至少除了给他带来疼痛的接触之外。

没有人走进来问我们在做什么，也没有人威胁要报警，就像露丝那天在父亲房里那样。我又拉上帐篷。走到门口时，我回头看看坐在透明帐篷里、手拿一块积木的小男孩。他扔下积木，向我挥挥手——孩子的挥手方式，手指两次打开又并拢。我也以同样的方式向他挥挥手。他看上去已经好些了。

路过护士站时,前海军陆战队员又拽了我一下,但这次,我们没逃过男护士的眼睛,他脸上挂着不满的微笑,我们学校英语组的主任把这种微笑修炼成为了一种艺术。男护士问我们在做什么。

"对不起,我们走错楼层了。"前海军陆战队员说。

几分钟后,我们来到了医院外的台阶上,他说:"你可以自己找到回去的路,是不是?"

"当然,"我说,"不过我必须跟我的医生另约时间。"

"是,恐怕是这样。"

"我还会再见到你吗?"

"会的。"他说完就朝停车场走去,一次也没有回头看过。

他第二次来是一九八七年,露丝去市场了,我一边在花园修剪草坪,一边祈祷脑袋一跳一跳的难受不是偏头痛的开始,虽然心里其实也明白肯定事与愿违。自从上次康复病院的小男孩事件后,我就常犯偏头痛。但深夜里,我用湿布蒙住眼睛,辗转不成眠的时候,我想的不是他,而是最初的那个小女孩。

那次,我们去见圣裘德医院的一个女人。亲吻她时,她把我的手放在了她的左胸上。那是她仅剩的一个乳房,医生们已经割掉了另一个。

"我爱你,先生。"她哭着说。我不知道该说什么。前海军陆战队员站在门口,双腿分开,手放在背后,跨立姿势站立。

再次见到他是多年之后:一九九七年的十二月中旬,那是最后一次。那时,我的问题是关节炎,现在仍然是。他头上竖起的短发大多数都变成了灰色,嘴角的皱纹深得像口技演员手中拿的玩偶。他带我去了城北的 I-95 号公路的出口,那里刚刚发生了一场车祸,一辆小货车与一辆福特撞在了一起。福特被撞得一塌糊涂,医护人员已经把司机——一个中年男人——捆在了担架上。警察正在向惊魂未定但并没有怎么受伤的货车司机问话。

医护人员砰的一声把救护车的门关上,这时前海军陆战队员说:

"现在，伙计，动起来吧！"

于是我动起衰老的屁股来到救护车的后面。海军陆战队员挤到前面指着一个地方叫起来："哟！哟！这儿怎么有一条腕带？"

医护人员们回过头来看，其中一个，还有一名刚才向货车司机问话的警察，走过去看他指的东西。我趁机打开救护车后门，钻到受伤司机面前。同时我紧握住口袋中的怀表，那是父亲作为结婚礼物送给我的，我一直戴着它。精致的金质表链的一端别在我的腰带上，但没有时间磨蹭了，我一把把表扯了下来。

担架上那人阴郁地盯着我，折断的颈椎骨像蒙着皮肤的门把手一样从颈部隆起来。"我的脚趾头动不了了。"他说。

我吻了他的嘴角（我猜那应该是我的专属部位），这时一名医护人员发现了我，把我拉了出来。"你这家伙想干什么？"他问道。

我指着担架旁边的怀表说："表落在草丛里，我想那是他的。"等福特司机发现那表不是他的、表盖里铭刻的首字母对他也没有任何意义时，他早不知身在何处了。"你找到他的腕带了？"

医护人员看上去很恼火。"那不过是个金属片，"他说，"离开这里。"然后，还算大度的，他说："谢谢你，没有自己留着那块表。"我真想留着那块表啊，但是……唉，时机所迫，手头只有那样东西。"你手背沾上血了。"在开车回去的路上，前海军陆战队员对我说。我们坐在他那辆雪佛兰轿车里，后排座位上放着一条狗绳，一枚圣克里斯托弗勋章用银链子挂在车子的后视镜上。"回去好好洗一洗。"

我说我会的。

"你不会再见到我了。"他说。

我想起那个黑人妇女对阿雅娜说过的话。这些年我从没有想起过那句话。"我的梦结束了？"我问。

他看起来有点困惑，耸了耸肩。"你的工作结束了，"他说，"我一点也不知道你梦的事情。"

在他最后一次把我送下车、从此在我生活里消失之前，我又问了他三个问题。我没想着他会回答，但他确实回答了。

"那些我吻过的人——他们还会再去吻其他人吗？吻他们，让疾病消失？"

"某些会，"他说，"就是这么运转的。其他人不行，"他耸耸肩，"或者说不会。"他又耸耸肩，"反正一个意思。"

"你知道一个叫阿雅娜的小女孩吗？尽管我想她现在应该是个大姑娘了。"

"她死了。"

我的心一沉，但并不太严重。我想我早已经知道结果。我又想起了坐在轮椅里的那个小女孩。

"她吻了我的爸爸，"我说，"她只是碰了碰我。为什么是我？"

"因为就是你，"他说，然后拐进我回家的路口，"我们到了。"

我突然有了一个想法。看起来是个善意的想法，上帝才知道为什么。"来过圣诞节吧，"我说，"一起吃圣诞晚餐。很丰盛的。我会告诉露丝你是我新墨西哥州的表亲。"因为我从来没有告诉她有关前海军陆战队员的事情。我明白我父亲的事情对她来说已经足够了。事实上，太多了。

前海军陆战队员笑了。应该不是唯一一次我看到过他的笑，但却是唯一一次我记得的。"我想我会失约的，兄弟。但我还是谢谢你。我不过圣诞。我是个无神论者。"

故事就是这样的，我想——除了吻过特露迪之外。我告诉过你她糊涂了，记得吗？早老性痴呆症。拉尔夫的投资很成功，留给她丰厚的财产；在她不再适合待在家里的时候，孩子们将她送到一个不错的地方。露丝和我一直一起去看望她，直到露丝在进丹佛国际机场的通道里突发心脏病去世。不久以后，我开始自己去看特露迪，因为我孤独、悲伤，想和往日岁月还有一点联系。但看到特露迪现在的样子——只知道呆呆地盯着窗外而非看着我，咬着自己的下嘴唇，清亮的唾液从口角垂下来——只能让我更难受。就像你回到故乡去看从中长大的老屋子，却发现只剩一片荒地。

离开前，我吻了吻她的嘴角，但当然了，什么都没发生。没有制造奇迹的人，也就不再有奇迹，而属于我的奇迹的日子早就过去了。

然而,深夜我仍旧无法入睡。那时,我就会下楼来,看任何想看的电影,甚至无码的色情片。要知道,我有卫星锅,还有个叫做环球电影的频道。如果我愿意订职棒大联盟套餐的话,连海盗队也能看得到。可我如今收入有限,尽管近日无忧,也不敢随意开销。海盗队的赛况可以在网上关注。那些电影本身就是奇迹了,我知足。

困　境

每天早上，柯蒂斯·约翰逊会骑行五英里。贝齐死后，他曾一度中断，而后发现晨练少了，哀伤更甚。于是他又恢复了锻炼。与之前唯一不同的是，他不再戴头盔。他会沿着布尔瓦海湾大道骑行两里半，然后掉转车头骑回去。他只在自行车道上骑车。并非特别在意自己的生死，他只是尊重法治而已。

布尔瓦海湾大道是海龟岛上仅有的一条路，这条路经过许多百万富翁的家。柯蒂斯不会去注意那些豪宅。其一，他自己就是个百万富翁。他是靠传统方式也就是股市发家的。其二，他跟沿途各栋豪宅的主人并无过节。唯一与他有矛盾的那人叫蒂姆·格朗沃德，又名混蛋，住在反方向。不是日光隧道往前的最后一家，而是倒数第二家。而造成他俩之间矛盾（或者说矛盾之一）的，恰恰是最后那块地。那块地面积最大，观景最好，也是仅有的一块上面没有建筑物的土地。那里只有灌木、海燕麦、矮棕榈和几棵澳洲松。

关于早上的骑行，最好的一点，最最好的一点，就是没有电话，完全脱离了通讯网络的钳制。而一旦回去，就会电话不离手，特别是股市开放的时间。他会健步如飞，走到哪里都拿着无绳电话，偶尔会回到办公室，而里面的电脑屏幕上数字滚动不停。有时，他会出门到路上去，那时他就会拿上手机。通常，他会往右拐，朝布尔瓦海湾大道的末端走去，也就是混蛋的房子所在的方向。但柯蒂斯不会走到有可能被格朗沃德看见的地方，他才不会让那个男人如意。他只是要确定格朗沃德没有试图在文顿那块地上动手脚。混蛋肯定没办法在不引起他注意的情况下让重型建筑机械过来，晚上也别想——自从没有贝齐躺在身边以后，柯蒂斯就睡得很浅。但还是要确认一下才放心，他通常躲在二十几棵棕榈树中的最后一棵下窥探。只是为了确认。因为毁坏空地、用成吨的水泥将其掩埋，正是格朗沃德的专长。

还有，混蛋是很狡猾的。

然而，到目前为止，一切正常。万一格朗沃德真的趁人不备地动手脚，柯蒂斯也绝不退让。而且，格朗沃德还要对贝齐负责。即使柯蒂斯已经丧失了在此事上与他纠缠的大部分斗志——对此他虽不愿承认，但心里也知道事实的确如此——他也一定要让他负责。混蛋会看到，柯蒂斯·约翰逊长着铁嘴铜牙，一旦咬住，就绝不放松。

在这个周二的清晨，离华尔街开市的铃声响起还有十分钟时，柯蒂斯回到了家，同往常一样，查收了手机里的信息。有两条。一条是电子商城发来的，很可能是某个推销员打着调查他对上月购买的挂墙式平板电视满意度的旗号试图再卖给他点东西。

查看第二条信息时，他看到：3830910 TMF。

TMF①。混蛋。就连他的诺基亚都知道格朗沃德是什么货色，因为柯蒂斯已经教会它记住了。问题是，在这样一个六月的周二清晨，混蛋找他做什么呢？

也许是为了解决问题，当然是按柯蒂斯的条件。

想到可能如此，他笑了，然后播放了信息。格朗沃德的真正目的——或者说表面上看来的真正目的——让他吃了一惊。柯蒂斯的第一反应就是混蛋一定是在搞阴谋，但他实在不明白那家伙从中能得到什么好处。而且，他的语调也耐人寻味：沉重、谨慎、几乎是在恳求。也许并不是真的伤心，但无疑听上去很伤心。这段日子以来，柯蒂斯想重新进入游戏中，他自己在电话里也一直是这副腔调。

"约翰逊……柯蒂斯。"格朗沃德用恳求的语气说。语音信箱里，他的声音停顿了更长时间，像是在犹豫该不该用柯蒂斯的名而不是姓来称呼他，随后，又用他一贯的死气沉沉、毫无感情的声音继续下去。"我无法两线作战，结束吧，我已经失去兴趣了。其实也说不清我是否真正有过兴趣。我现在陷入了困境，邻居。"

他叹了口气。

"我打算放弃那块地了，并不是出于经济上的考虑。我还要赔偿

---

① The Motherfucker，骂人的粗话。

你，为了你的……为了贝齐。要是对我的提议感兴趣，就到金葛洛夫村来找我。大多数时候我都在那里。"长时间的停顿，"我现在经常去那里。某种程度上，我还是不能相信金融就这么垮了，但另一层面上，我又一点不意外。"又是长时间的停顿，"也许你明白我在说什么。"

柯蒂斯认为自己的确明白。他似乎丧失了对市场的敏感嗅觉，或者更准确地说，他似乎根本不在意。他发现自己竟然对混蛋抱有类似同情的某种可疑情绪。也许是因为他恳求的语气。

"我们曾经是朋友，"格朗沃德接着说，"你还记得吗？我记得。也许我们再也回不到朋友的状态——时过境迁，发生了太多事——但说不定我们可以再做邻居。邻居。"长时间停顿，"如果在格朗沃德拙居没看到你，我会让律师来处理。按你的条件。可是……"

沉默，只听到混蛋的呼吸声。柯蒂斯等待着。他现在坐在厨房的桌边，说不清什么心情。也许过一会他会知道，目前还不行。

"可是，我想和你握握手，告诉你，我对你那条讨厌的狗深表遗憾。"信箱里传来哽咽的一声，竟像是抽泣，接下来滴答一声，语音信箱告诉他没有新的信息了。

甚至在清晨，空调也无法冷却佛罗里达明媚的阳光，柯蒂斯又坐了一会，然后起身去了书房。华尔街已经开市；电脑屏幕上，数字已经开始了无休止的滚动。他突然意识到，这些数字对他毫无意义。于是他任由它们翻滚，只给威尔逊太太写了个便条——急事出门——随后离开了家。

从钉子上取下小摩托车的钥匙而挂在上面的其他东西随之响动时，他感到一阵伤心苦痛。他还以为随着时间流逝，这样的情绪会过去，可现在，他几乎是欢迎它的到来，就像欢迎一个朋友。

柯蒂斯和蒂姆·格朗沃德之间的矛盾因里基·文顿而起，此人曾经苍老而富有，后来发展成苍老而衰弱。在进一步发展到死亡之前，他把海龟岛尽头的那块地以一百五十万美元的价格卖给了柯蒂斯·约翰逊，收了柯蒂斯一张十五万美元的支票作为定金，相应的，给了柯蒂斯一张写在广告单页背面的出售合同作为凭证。

柯蒂斯觉得自己有点像条猎狗，占了老头儿的便宜，可文顿——文顿电线电缆公司的老板——并不会有食不果腹之忧。况且，尽管对海湾边最好的一块地产来说，一百五十万美元是个低得荒谬的价格，但考虑到目前的市场情况，也并非便宜到疯狂的地步。

好吧，承认吧，就算它便宜到疯狂，但他和老头儿对彼此印象还不错，而且柯蒂斯属于相信爱情和战争中一切公平的一类人，生意不过是战争的一种。老头儿的管家——就是为柯蒂斯打点家庭琐事的同一个威尔逊太太——见证了两人签字成交。事后回想起来，柯蒂斯意识到有些不妥，但他当时太激动了。

把未开发的那块地卖给柯蒂斯·约翰逊之后，文顿又把它卖给了蒂姆·格朗沃德，又名混蛋。这次，价格是更合理的五百六十万美金，这次，文顿——也许他根本就不糊涂，反而是只老狐狸，哪怕是只垂死的老狐狸——拿到了五十万美元的定金。

这次签约的见证人是混蛋的园丁（碰巧也是文顿的园丁）。交易的可信度同样经不起推敲，柯蒂斯想大概格朗沃德也跟自己一样兴奋过了头。只不过两人激动的出发点并不相同，柯蒂斯是高兴自己终于能够将海龟岛尽头的那块净土保持清洁、质朴和安静，完全是他喜欢的样子。

格朗沃德却是将它看做完美的开发商机：一套公寓，甚至是两套（当柯蒂斯想到两套时，就想给它们起名叫混蛋双子楼）。柯蒂斯对这样的开发并不陌生——在佛罗里达，它们就像疏于照料的草坪上疯长的蒲公英——他也知道混蛋带来的是什么：把退休金错当成天堂钥匙的白痴们。四年的开发后，接着就是几十年看到细瘦大腿旁挂着尿袋的骑车老头儿。还有戴着防晒板，抽国会烟，牵着花哨宠物狗的老太太，狗在海滩上拉了屎也不知道该把排泄物捡起来。当然，随之而来的还会有冰淇淋和一群叫林赛或杰森一类名字，被宠坏了的孙子孙女们。柯蒂斯知道，要是任由这一切发生，到死他的耳朵都不得安宁，充满了诸如"你说了今天去迪士尼乐园的！"一类的号叫声。

他不会让这种情况发生的。事实证明也不是什么难事儿。令人不快的是，那块地并不属于他，也许永远也不会属于他，可至少也不是格朗沃德的。它甚至跟突然冒出来，讨论哪份买卖合同上的证人签名更有效的文顿的亲戚们（就像灯光乍亮会看见垃圾堆上爬满蟑螂一样）也没什么关系。它属于律师和法庭。

也就是说，它不属于任何人。

不属于任何人，柯蒂斯就可以斗争下去。

已经斗了两年，光诉讼费就花了近二十五万美元。柯蒂斯试着把这笔花销想成捐献给了某个特别讨人喜欢的环境组织——约翰逊和平组织而非绿色和平组织——可他当然也无法把这笔钱从所得税的征收额中去掉。格朗沃德让这桩买卖演变成了私人恩怨，一部分是由于他讨厌输（柯蒂斯也讨厌输，但那是过去的事了，如今已今非昔比），一部分是由于他个人生活上有些麻烦。

格朗沃德的老婆和他离婚了，这是第一号个人问题；她不再是混蛋太太了。第二号个人问题，格朗沃德动了个手术。柯蒂斯并不确定他生的是癌，只知道坐着轮椅从萨拉索塔纪念医院出来后，混蛋的体重掉了二三十磅。他后来倒是摆脱了轮椅，可掉下去的肉始终也没再长回来，从前紧实的脖子上现在只有一条条耷拉的皮肤。

他那家从前健康得令人生畏的公司也出了问题。在当下混蛋实行其焦土政策的地点，柯蒂斯自己就能看得出来这一点。说的就是德金葛洛夫村，位于海龟岛东边二十英里的陆地上。那个地方是个建了一半的废城。柯蒂斯曾停车在小山上，像个视察敌营残局的将军般看着半途而废的工地，心生万事尽在掌握的豪情。

贝齐改变了一切。她是——曾经是——一只劳臣犬，上了年纪，可是仍然很活泼。柯蒂斯带她到海滩散步时，她总叼着她那根红色的橡胶骨头。柯蒂斯想要电视遥控器时，只要说"把懒人棒拿来，贝齐"，她就会从咖啡桌上把遥控器叼起来送到他手上。这个本事是她的骄傲，当然也是他的。十七年来，她是他最好的朋友。通常，法国小狮子犬的寿命不会超过十五年。

可是，格朗沃德在他和柯蒂斯的房子之间装了电网。

该死的混蛋。

其实电压并不算特别高，格朗沃德说他可以证明这一点，而柯蒂斯也相信他的话，可对于一只心脏不好又有点超重的老狗来说，那样的电压已经足够。而且，为什么要装电网呢？混蛋说了一堆什么威慑潜在入室盗窃犯的屁话——在他看来盗窃犯是会从柯蒂斯的房子爬到他家的——但柯蒂斯不相信。真要有心登堂入室，敬业的盗贼会从海湾方向乘船而来的。他相信的是，被文顿那块地弄得心中不爽的格朗沃德，扯电网的目的显而易见，就是让他柯蒂斯·约翰逊不痛快。也许还为了伤害他心爱的狗。至于真的要了他心爱的狗的命？柯蒂斯相信对混蛋来说是个意外的收获。

他很少哭，但在火化贝齐之前，把狗牌从她的项圈上拿下来时，他掉了泪。

柯蒂斯起诉混蛋，要求赔偿——开价一千二百美元。如果可以开一千万的话——看着咖啡桌上现在没有、以后也永远不会沾上狗唾液的懒人棒，他心里的痛苦大约就有那么多——他会毫不犹豫地那样做，可是律师说，这样的民事诉讼中，痛苦和折磨并不算数。那些东西是对离婚而言的，不是对狗而言的。能拿到的就是一千二百美元，他下定决心要拿到。

混蛋的律师回应，电网扯在格朗沃德的地产上，离柯蒂斯的地盘足有十码远。于是，战争——第二场战争——再度燃起硝烟。双方已经纠缠了八个月。柯蒂斯相信，混蛋那边的律师采取拖延的战略表明他们知道柯蒂斯是稳操胜券的。他还相信，他们无法结案而格朗沃德坚持不肯付那一千二百块钱表明这件事对于格朗沃德就和对于他一样具有个人意义，格朗沃德花在律师们身上的钱也不会比他少。但当然了，事到如今，早已不是钱的问题了。

柯蒂斯沿着17号公路骑行，穿过曾经的农场、现在只是一片长荒了的草地（格朗沃德曾疯狂地叫嚣着要开发这里），他只希望自己此刻的兴致更高昂些。按理说，胜利应该让人雀跃，可他并没有高兴的感觉。他想要的似乎只是见到格朗沃德，亲耳听到他的提议，只要不是太荒谬，他就愿意了结这个烂摊子。诚然，这或许意味着那堆像蟑螂般的亲戚得到文顿那块地，而他们说不定也会进行同样的开发，但那又有什么关系呢？现在的他似乎再也不在乎了。

柯蒂斯有自己的问题要处理，尽管他的问题是精神方面的，而不是婚姻（上帝都不许）、经济或身体上的。那些问题是他在院子里发现贝齐冰冷而僵硬的尸体后不久出现的。也许别人会称之为神经衰弱，但柯蒂斯认为他是焦虑过度。

自十六岁初识以来，股市一直都让他着迷，如今的精神抽离无疑是焦虑最显著的症状，但并不是唯一的表现。不知何时起，他开始数自己的脉搏，注意刷牙时刷了多少下。因为头屑的烦恼，他再也无法穿深色的衬衫，这还是初中以来的第一次。垃圾般的白色死皮铺满他的头皮并滑落到肩膀上，要是用梳子刮挠，就会像下雪一样哗哗地往下掉。他讨厌这样，却发现自己看电脑或打电话时会不由自主地梳头发，有一两次甚至把头皮都刮出血来。

刮，不停地刮，把那些白色的死亡刮干净。有时，是一边看着咖啡桌上的懒人棒一边刮，同时还会想着（这是自然）贝齐把遥控器叼给他时有多高兴。人类的眼睛很少露出那么高兴的神情，特别是在做此等琐事的时候。

这是中年危机，萨米说（萨米是每周为他按摩一次的男按摩师）。你需要性爱，萨米说，但柯蒂斯注意到，他没有主动提出自己来服务。

不管怎样，中年危机听上去还是有道理的——像二十一世纪的任何新闻语言一样真实。到底是文顿地的那场闹剧引发了危机，还是危机引发了闹剧，他不得而知。他只知道，每次胸口出现短暂刺痛的时候，他想到的是心脏病发作而不是消化不良，并且执着地认为自己的牙齿马上就要脱落（尽管它们并没带给他任何麻烦）；四月份的一次感冒，他就会自我诊断为免疫系统彻底瓦解的前奏。

还有一个小问题。这个小小的强迫症，他没告诉医生，连萨米也没告诉，而通常他对萨米是万事无隐瞒的。

此刻，骑行在距海岸十五英里的17号公路上，这个小毛病就上身了。17号公路少有人迹，从来也未热闹过，现在更是由于375号的延伸而荒废。足有十年甚至更久，这里不再有牛群；两侧的草疯长,甲虫在高高的草间鸣叫,上方的电线嗡嗡作响,阳光如裹了棉套的钝锤般砸在他未戴头盔的脑袋上。就是在这样的情况下,他的强迫症发作了。

他知道,仅仅是想,就能把它召唤出来,但知道这一点并没什么用。事实上,是一点用都没有。

他在一条标着德金葛洛夫村之路的小路突兀向左拐的地方停下车来(此处,路中央的土丘上长满了草,一支箭头指向通往失败的路径),把他的黄蜂牌小摩托车挂了空挡。当它开始在他的两腿间满足地嗡嗡叫时,他将右手的前两根手指伸成个V字,塞进自己的喉管。过去的两三个月里,他的呕吐反射已经麻木了许多,直到整只手几乎没入手腕处才能成功。

柯蒂斯弯下腰,把早餐吐了出来。让他感兴趣的并不是摆脱吃进去的食物。他毛病不少,但厌食症并不是其中一个。呕吐也不是他喜欢的。他喜欢的是作呕的那部分:腹部的剧烈翻滚,加上嘴巴和喉咙的抽动,整个身体都被动员起来,坚决地要将入侵者驱逐出境。

空气中的味道——绿草、野生的金银花——突然变得浓烈了,光线也更加强烈。阳光的力度更大了,就好像锤子上的棉套取了下来,他觉得后脖颈的皮肤被烧得嗞嗞作响。此刻,那里的细胞说不定已经叛变,一头扎进黑色素瘤的贼窝了。

可他不在乎。活着最重要。他将手指摊开,再次塞进喉咙里,手指刮擦着喉管。剩下的早饭也吐了出来。第三次,只吐出来一长串唾液,微微带着粉红色,是喉咙的血。这样,他终于满足了。终于可以去德金葛洛夫村了,去混蛋在安静得只能听到蜜蜂叫的夏洛特县建了一半的那个行宫。

柯蒂斯低调地在簇叶丛生的小道上靠右骑行。他突然想到,现如今,格朗沃德也许不是唯一身处困境的人。

德金葛洛夫村一团混乱。

到处是水坑,遍布在尚未铺好的街道上的车辙里,和还没完成(有些甚至连框架都没搭好)的建筑中挖的地窖里。柯蒂斯看到的——建了一半的店铺、四处散落的外表寒酸的建筑器具、垂落的黄色警戒条——无疑是严重财政危机、甚至是破产的信号。柯蒂斯不知道是不是混蛋对于文顿地的纠缠——更不用说妻子的离去、身体的疾病,还有牵涉柯蒂斯那条狗的官司——导致了他如今的过度扩张,可他知道过度扩张的后果。甚至在看到洞开的大门和贴在上面的告示之前,他就知道了。

  此处已依法关闭
  夏洛特县建筑规划部
  佛罗里达州税务局
  美国国家税务局
  更多信息请咨询 941-55-1800

  下面,不知哪路神仙用喷漆涂鸦了一行:拨打 69 分机享受至尊私人服务!

  经过仅有的三栋完工的建筑之后,脚下就不再是柏油路面,而是遍布坑洞的泥巴路了。那三栋建筑分布在路的两边,一边是两家商店,另一边是令柯蒂斯浑身发冷的科德角风格的样板房。他觉得没铺过的路面并不适合黄蜂,于是在一辆铲车旁停下,放下撑板,关掉引擎。那辆铲车貌似废弃了足有一百多年,铲斗停滞在抬了一半的状态,下方的土里长满了草。

  寂静填充了原先被黄蜂摩托的嗡嗡声占据的耳道。随后,不知哪里传来一声乌鸦叫,接着又是一声,像是应和。柯蒂斯抬起头,看见一栋未完工的砖石建筑的脚手架上栖了三只乌鸦。本来那里也许是要建银行的,现在却成了格朗沃德的墓碑石,他想,但这个想法并没让他有一丝一毫高兴。他又想呕吐了,而且差点就对自己下手了,却在那时看到,在远处的土路上——事实上,是土路的尽头——有个男人站在一辆白色的轿车旁。那辆车上画着棵棕榈树,树的上方印着:格朗沃德,下方印着:承包人和建筑商。那人正冲着他挥手。不知什么原因,格朗沃德开了公司的车,而不是他那辆保时捷。柯蒂斯想,要说格朗沃德卖了保时捷也并非毫无可能；或是被国税局收缴也不是完全没可能，说不定是连同他在海龟岛上的产业一起。要真是那样，文顿那块地还算是混蛋目前最小的麻烦了。

只希望他们给他留下足够的钱来赔偿我的狗，柯蒂斯想。他朝格朗沃德挥手回礼，顺手拔出钥匙（条件反射而已；他并不认为黄蜂在这里有被偷的危险，但他早已学会照看好自己的东西），按了按点火开关下面的红色警示灯，然后把钥匙放进装手机的衣袋里。接着，他朝土路那端走过去——这条土路不曾有机会成为，现在看来将来也绝无机会成为这里的主干道——去见自己的邻居，如果可能的话，一劳永逸地解决他们俩之间的问题。他小心地绕开昨夜下雨在路上留下的水坑。

"嗨，邻居！"柯蒂斯走近后，格朗沃德向他打招呼。他穿着卡其裤和印有公司棕榈树标志的T恤衫。T恤像布袋一样挂在他身上。除了两颊的潮红和眼睛下方深色——几乎是黑色——的阴影外，他的脸色一片苍白。尽管他听上去精神不错，但实际看上去比以往任何时候病得都厉害。不管他们试图从他身上把什么东西割下来，柯蒂斯想，看来都没成功。格朗沃德的一只手放在背后。柯蒂斯本以为那只手在后裤袋里，后来证明并非如此。

车辙和水坑密布的路上，稍远处有一栋车拖的活动房屋停在砖台上。算是现场办公室吧，柯蒂斯想。一个塑料小吸盘下方挂着个蒙在保护套里的牌子，上面印着许多字，柯蒂斯只能看出（他也只需要看出这些）最上面的几个字：禁入。

是的，混蛋确实境况不妙。伊夫林·沃会说，托尼遇上倒霉事了[①]。

"格朗沃德？"这样的开场足够了；想想贝齐，混蛋完全是罪有应得。柯蒂斯在离他十英尺的地方停下，两腿微微分开来避开水坑，格朗沃德的腿同样分开。柯蒂斯突然想到他们俩的站姿很经典：像是

[①] 伊夫林·沃（Evelyn Waugh，1903—1966），英国作家，托尼是他作品《一把尘土》(*A Handful of Dust*) 里面的人物。

两个枪手即将在某个废城唯一的街道上决斗。

"嗨，邻居！"格朗沃德重复道，这次，他竟真的笑了。他的笑声有些熟悉。为什么不呢？他曾经听过混蛋笑。虽然记不起来是什么时候，但他一定听过。

格朗沃德身后，活动房屋的对面、离格朗沃德开来的那辆公司轿车不远的地方，并排立着四个蓝色的简易厕所，底座下长满了杂草。六月常有的雷暴天气中（夏天午后的雷暴是海湾地区的特色），流窜的闪电袭击了它们前方的地面，劈出一条沟渠，几乎成了一条小溪。里面积满了水，水面落满尘土和花粉，只能隐隐倒映出蓝天。四个厕所一字排开，略向前倾，像是冰霜倾压下的墓碑。这里干活的人必定曾有许多，因为还有第五个厕所。只是最后那个已经门朝下，完全倒在水沟里了。这也是最后的证据，表明了这个工程——起初热火朝天——现在已经彻底停摆。

一只乌鸦从包围未完工银行的脚手架上飞起，扑啦啦地飞过雾蒙蒙的蓝天，一边对着下方面面相觑的两个同伴叫嚷。高草中，响着漫不经心的虫鸣声。柯蒂斯意识到自己能闻到厕所的味道；肯定是好一段时间没有清理了。

"格朗沃德？"他又问，接着又说（因为此刻似乎有必要再多说点了），"我能帮你什么吗？有什么要和我讨论的吗？"

"是这样，邻居，严格说来，是我有什么要帮你的问题。"他又大笑起来，随即又猛地掐断笑声。柯蒂斯突然明白为什么他的笑声这么熟悉了。他曾在手机上听过一次，就是混蛋语音信息的最后。那声音终究不是压抑的抽泣声。而眼前的人看上去也并非有病——或者说不仅仅是有病。他看上去像个疯子。

就算他真的疯了也没什么出奇的。这个男人什么都没了。你竟然单独来这么个地方见他。不明智啊，伙计。真是欠考虑啊你。

的确如此。自从贝齐死后，他在很多事情上都欠考虑，思考似乎都变成了麻烦。但这次，他真的应该事先想想清楚的。

格朗沃德微笑着。至少露出了牙。"我注意到你没戴头盔，邻居。"他摇摇头，潮红而病态的脸上还挂着笑容。风吹动了他耳边的头发，他的头发看上去有段时间没洗了。"我敢说,做妻子的是不会让你这么不小心的,可是像你这种人是没有妻子的,对不对?你们只有狗。"他把狗字拖长了声音,像是《正义先锋》①里的某个人物在说话。

"滚你的,别对我指手画脚。"柯蒂斯不客气地说。然而,事实上,他的心在怦怦乱跳,他觉得自己的表情并没有露馅。希望没有。突然,不让格朗沃德看出他的恐惧似乎变得非常重要。他开始慢慢转身,想从来路退回去。

"我想,文顿那块地说不定能让你过来,"格朗沃德说,"但我有把握要是加上那条丑狗的话,你就一定会来。告诉你吧,我听到她叫了,在她撞到屋栏上的时候。随便闯到别人家里来,该死的畜生。"

柯蒂斯转过身,不敢相信自己的耳朵。

混蛋点着头,稀疏的头发从苍白的笑脸旁耷拉下来。"是的,"他说,"我走过去,看见她歪着身体倒在地上,像条长着眼睛的破布袋子。我看着她断气。"

"你原来说你不在的。"柯蒂斯说。他的声音在自己听来十分轻微,像个小孩子。

"那又怎样,邻居,我说谎了。我从医生那里提前回来了。他花了那么大劲儿想说服我接受化疗,我却拒绝了他,自己都觉得不好意思。正在心情低落的时候,我看到你那条破布袋子躺在她自己的呕吐物里,喘着粗气,旁边一团苍蝇绕着飞,立刻就高兴起来了。我想:'上帝,这世界还是公平的。终究还是公平的。'不过是个低电压、低电流的寻常畜栏——关于这一点我绝对没有撒谎——但它效果还不错,不是吗?"

有好一会儿,柯蒂斯·约翰逊完全无法理解他的话,也许是执拗地不愿意相信吧。接着,他握紧双拳,向格朗沃德冲过去。自从三年级时在学校操场上的那场群架以后,他再不曾打过任何人,但现在,他真的想揍人,他想揍混蛋。虫子们仍在草丛中没心没肺地叫

---

① 《正义先锋》,The Dukes of Hazzard,二〇〇五年上映的美国电影,二十世纪八十年代有过红极一时的同名电视剧集。

着，阳光仍然灼人——现实世界中，改变的只有他。什么都不在乎的状态已经结束了。至少他在乎一件事：狠揍格朗沃德一顿，揍到他哭天喊地、头破血流、倒地求饶。他自信做得到。格朗沃德比他老二十岁，身体又不好。而当混蛋倒在地上时——希望他带着被打断的鼻梁倒在地上某个肮脏的水坑里——柯蒂斯会说，这是为了我的破布袋，邻居。

格朗沃德本能地向后退了一步，接着把一直藏在身后的手拿了出来。手里握着一把大手枪。"站着别动，邻居，否则我会在你脑袋上再开一个洞。"

柯蒂斯差点没止住步子。那把枪看上去是那么不真实。死亡，会从那个漆黑的洞眼里钻出来吗？当然不会。然而——

"是一把阿卡迪亚生产的点四五，"格朗沃德说，"里面放的是软尖弹。上次去拉斯维加斯时，在某个枪展上买的。就在金妮离开后不久。本想说不定会用这把枪打死她的，但后来发现，我对她也没什么兴趣了。不过是另一个贱货而已。但是你——你不一样。你是恶毒的，约翰逊，你这个该死的不男不女的同性恋。"

柯蒂斯完全停住了脚步。他相信了。

"套用一句话，你现在在我的手心里了。"混蛋大笑，只是又一次戛然而止，听上去像是古怪的抽泣，"我甚至都不用击中你的要害。买枪的时候人家告诉我，这把枪杀伤力很大。哪怕打在手上都会要你的命，因为它会把你的手当场打掉。要是打在肚子上呢？你的肠子能飞四十英尺远。怎么样，想试试吗？觉得幸运吗，伙计？"

柯蒂斯不想试。他也不觉得自己幸运。事实虽然迟到却显而易见：自己被个丧心病狂的疯子骗到这儿了。

"你想要什么？我会满足你。"柯蒂斯咽了口唾液。喉咙里发出虫鸣般的咯哒一声，"想让我撤销贝齐的案子吗？"

"不要叫她贝齐。"混蛋说。他用枪——那把全不锈钢结构的大家伙——对着柯蒂斯的脸，此时枪口看上去十分巨大。柯蒂斯意识到，他很可能在听到枪响之前就被打死了，尽管说不定会看到火焰——或刚开始的一点点火星——从枪膛中蹿出来。他还意识到，他的膀胱处在危险的失控边缘。"叫她'我那条屁股长在脸上的贱狗'。"

"我那条屁股长在脸上的贱狗。"柯蒂斯立刻跟着说了一遍,心里并未感到丝毫对贝齐的歉意。

"现在说,'我是多么喜欢舔她臭烘烘的肛门'。"混蛋进一步下令。

柯蒂斯不作声。他释然地发现自己还能够坚持底线。而且,就算他真的说了,也只会换来混蛋更过分的羞辱。

格朗沃德似乎并不十分失望。他晃了晃手中的枪。"不说算了,反正我也是开玩笑的。"

柯蒂斯仍然不说话。他的心中充满恐慌和困惑,然而自从贝齐死后,他的脑子还没有像现在这么清醒过。或许多年来都没有过。他清醒地意识到,自己真的可能死在这里。

他想,会不会真的吃不到明天的面包了?一时间,体内矛盾的两部分形成了统一——困惑的那部分和清醒的那部分——统一在强烈到可怕的求生欲望之下。

"你想要什么,格朗沃德?"

"我想让你进其中一间厕所,最边上那个。"他又晃了晃手枪,这次是朝左边。

柯蒂斯带着一丝希望扭头顺着格朗沃德的手看去。如果格朗沃德的目的是把他锁起来……那还不错,不是吗?也许,把老对头吓了个半死、出了口恶气后,格朗沃德会就此罢手。也说不定,他会回家去,喂自己吃粒枪子儿,柯蒂斯想,用那把点四五的不锈钢大手枪。那可是出了名的治癌症的民间偏方。

于是他说:"没问题。我照办。"

"不过首先,你要把口袋里的东西都拿出来。就扔在地上。"

柯蒂斯先掏出钱包,接着不情愿地交出了手机。然后是纸币夹①,里面夹了一小叠钱。最后是沾满头皮屑的梳子。

"就这些?"

---

① 一种金属夹子,用来夹住钞票。

"是的。"

"把口袋翻过来，宝贝儿。眼见为实，我要自己看。"

柯蒂斯先把前面的左口袋翻出来，然后是右边。几个硬币和摩托车的钥匙掉到了地上，在炫目的阳光下闪闪发光。

"很好，"格朗沃德说，"后面的。"

柯蒂斯翻出了后面的口袋。只有一张不知放了多久的小纸片，上面潦草地写着购物清单。除此之外什么都没有。

格朗沃德说："把你的手机踢过来。"

柯蒂斯抬脚去踢，连手机都没碰到。

"蠢货。"格朗沃德大笑起来，笑声以同样的抽泣般的咽气声突兀结束。柯蒂斯今生第一次完全了解了谋杀是什么。尚且清醒的脑子意识到这是件好事，因为谋杀——以前他绝对无法理解——原来就跟约分一样简单。

"你他妈的快点，"格朗沃德说，"我还想回家，泡个热水澡呢。止疼药屁用没有，唯一管用的是热浴缸。我恨不得住在里面。"说归说，他看上去并不着急要走。他的眼睛放着光。

柯蒂斯又踢了电话一脚，这次正好把它踢到格朗沃德的脚下。

"射门，得分！"混蛋喊道。他单膝跪地，把那台诺基亚捡起来（在此期间，枪从来没有离开过柯蒂斯），然后费劲地站了起来，嘴里发出低声的呻吟。他把柯蒂斯的手机塞进裤子的右口袋中。他拿枪快速地朝散落在地上的一堆东西点了点。"现在，把你剩下的垃圾捡起来，放回口袋里。所有的零钱都拿好。谁知道呢，说不定里面有零食贩卖机呢。"

柯蒂斯默不作声地照办了，当他看到黄蜂摩托钥匙圈上的挂坠时，再次感到一阵心痛。看来，哪怕是在极端情况下，有些东西也不会改变。

"忘了你的购物单，混蛋。拿上它。所有的东西都放回口袋。至于你的电话，我会把它放回你的小房子里的充电器上。当然，在我删除发给你的信息之后。"

柯蒂斯捡起那张小纸片——上面写着橙汁、抗酸片、鱼块、英国松饼——把它塞回后面的衣袋里。"你办不到。"

混蛋扬起杂乱如草般的老头儿眉。"想告诉我为什么吗?"

"房子的警报系统开着。"其实,柯蒂斯根本不记得开了没有,"还有,你回到海龟岛时,威尔逊太太已经到了。"

格朗沃德怜悯地看了他一眼。若不是眼前的人是个疯子,柯蒂斯本会对这种眼神感到愤怒,而不是害怕。"今天是周四,邻居。周四和周五的时候,你的管家只在下午来。你以为我没有监视你吗?就像你一直监视我一样?"

"我没有——"

"哦,我可看见你了,躲在路边你最喜欢的棕榈树后面偷窥——你认为我没有吗?——但你从没看到我,对不对?因为你懒惰。懒人都是瞎子,懒人会遭报应。"他放低声音,像是吐露某个秘密,"所有的同性恋都懒惰,这是有科学依据的。同性恋议会想要掩盖这个事实,但在网上能看到研究报告。"

在越来越强烈的沮丧中,柯蒂斯几乎没有听见他在说什么。如果他连威尔逊太太的工作规律都摸清了……天啊,他到底计划了多久?

起码是从柯蒂斯为贝齐的死起诉他时开始的。说不定更早。

"至于你家警报系统的密码……"混蛋再次发出他怪异的笑声,"告诉你一个小秘密:你家的警报系统是赫恩安防公司安装的,而我跟他们合作快三十年了。只要我愿意,我可以弄到这个岛上所有他们公司安装的警报系统的密码。不过,事实证明,我唯一想要的就是你家的。"他抽了抽鼻子,往地上吐了一口痰,胸腔深处传来一声轰隆隆的咳嗽声,听上去挺痛苦(柯蒂斯希望如此),可是他手里的枪却一点也没活动。"何况我想,你根本就没打开它。你脑子里尽是你们那一伙的肮脏玩意儿。"

"格朗沃德,我们就不能——"

"不,我们不能。你罪有应得。你该当,你活该,你自找。到那该死的屎屋子里去。"

柯蒂斯朝简易厕所走去,只不过他的方向是最右端,而不是格朗沃德要求的最左边。

"不，不，"格朗沃德说，耐心地像是对待小孩，"是另一边。"

"那一个歪得太厉害了，"柯蒂斯说，"我进去的话，它会倒下来的。"

"不，"格朗沃德说，"那东西就像你深爱的股市一样坚挺，因为它的侧面构造特殊。不过，我敢肯定你会喜欢里面的味道的。你们这种人花了很多时间待在厕所里，你一定喜欢那味道。你一定爱死那味道了。"枪膛突然顶向柯蒂斯的屁股。柯蒂斯吓得叫了一声，格朗沃德大笑起来。那混蛋。"现在，滚到里面去，否则我就打发你上西天。"

柯蒂斯不得不探身越过满是浮渣的一沟死水去开门。由于简易厕所是倾斜的，所以当门栓打开时，门砰然弹开，差点打在他的脸上。这又引起了格朗沃德的一阵狂笑。他的笑声让柯蒂斯的脑中再次出现关于谋杀的联想。同样，他也再次惊奇地发现原来自己对这个世界还有诸多留恋。突然间，散发着清香的绿色叶片和佛罗里达朦胧的蓝色天空变得无比可爱。他是多么想吃一片面包啊——哪怕是最普通的白吐司现在来想都像大餐一样；他会在膝上铺好餐巾，从小酒柜里挑一瓶上好的葡萄酒来配。他只希望自己还能活着享受这些。如果混蛋只是想把他关起来，那么他还是有希望的。

他想（这个想法就像关于面包的想象一样突如其来、不着边际）：今天要是能脱险，我就开始给"拯救儿童组织"捐钱。

"进去，约翰逊。"

"我告诉你它会倒的！"

"我们俩谁懂建筑？你小心的话，它不会倒的。进去。"

"我不明白你为什么要这样做！"

格朗沃德大笑起来，像是不敢相信柯蒂斯的愚蠢。笑完，他说："上帝作证，把你的屁股挪进去，否则我马上就打烂它。"

柯蒂斯跨过水沟，钻进简易厕所。在他的重量下，厕所令人不安地向前倒去。他惊叫一声，身体探过嵌着马桶的厕台，双手摊开撑住后墙。正当他像个即将被搜身的嫌疑犯般站在那里时，门在他身后猛地关上。阳光被挡在外面，他突然陷入闷热的阴影中。他刚扭头往后看，简易厕所又摇晃起来，似乎马上就会失去平衡。

敲门声响起。柯蒂斯可以想象混蛋站在外面，身体越过水沟，一只手撑住厕所侧面，一只手握拳敲门。"里面舒服吗？温馨吗？"

柯蒂斯没有回答。至少，有格朗沃德撑住门，那该死的东西算是稳住了。

"你当然舒服了，像条蛆一样舒服。"

又是轰然一声响，厕所再次向前倾去。格朗沃德已经挪开了身体。柯蒂斯恢复了刚才的姿势，脚后跟着地跺脚站着，集中精神让这个臭气熏天的小房子保持平衡。汗水沿着他的脸滚下来，刺痛了左下巴上剃须刀留下的一道刮痕。痛感让他带着爱意和怀念想起了自己的卫生间，曾经他把那里的一切都视为理所当然。现如今，他愿意拿出退休基金里的每一块钱来换取重回那里、右手拿着剃须刀、看着血从左脸上的剃须泡沫中流出来，同时听着床边收音机闹钟里传出的某首愚蠢的流行乐。卡朋特[①]或者唐·霍[②]。

看来这次是完蛋了，肯定完蛋了，他谋划了很久了——

然而，简易厕所并没有坍塌，而是稳住了。可它仍旧处于坍塌的边缘，仅保持非常非常微弱的平衡。柯蒂斯脚尖着地，双手撑墙，弓着腰，腹部下方是马桶座。他刚刚意识到这个闷热的小房子有多臭，尽管马桶盖一直关着。还有消毒水的味道——肯定是蓝色的那种——和腐烂的人类排泄物混在一起，使这里更加难闻。

格朗沃德再次开口时，他的声音是从后墙传过来的。他跨过了水沟，绕到了简易厕所的后面。柯蒂斯惊奇地发现自己想后退，却没有后退。但他仍然不自觉地吓了一跳，摊开的手指瞬间离开了墙壁。厕所晃动起来。他立刻把手放了回去，尽可能地往前探身，厕所又稳住了。

"你怎么样了，邻居？"

[①] 卡朋特乐队是美国歌星理查德·卡朋特和卡伦·卡朋特兄妹二人组成的演唱组合，二十世纪七十至八十年代初期风靡一时。
[②] 唐·霍（Don Ho，1930—2007），美国夏威夷著名歌手，自二十世纪六十年代初开始进入怀基基海滩一带的演艺圈。

"吓破了胆。"柯蒂斯回答。他的头发从前额耷拉下来，被汗水黏住，但他连晃晃头把它甩开都不敢，甚至那种程度的多余动作都会让厕所摇晃。"让我出去吧，你已经笑够了。"

"如果你认为我从中得到了乐趣，你就大错特错了，"混蛋摆出一副掉书袋的口气，"这件事我已经想了很久，邻居，终于决定有必要实施——这是唯一的途径。而且必须是现在，再等的话，我不知道我的身体还能不能做它必须做的事。"

"格朗沃德，我们可以像男人一样解决问题。我发誓。"

"想怎么发誓随便你，我不会相信你这种人，"他仍旧是刚才的语气，"把你这样的人当男人来相信绝没有好下场。"他突然大叫起来，声音都喊破了，"你不是认为自己聪明吗？现在感觉如何啊？"

柯蒂斯一言不发。每一次他自以为能稍稍缓和混蛋的疯狂时，疯狂却总是愈演愈甚。

最后，格朗沃德用稍冷静些的语气接着说。

"你想要个解释，你认为自己死也应该死个明白。也许是吧。"

不知何处传来了乌鸦的叫声。在身处闷热小盒子的柯蒂斯听来，叫声也像笑声。

"我叫你基佬巫婆的时候，你以为我在开玩笑吗？我没有。那是不是意味着你知道自己是个，嗯，被派来考验我的超自然的邪恶力量？我不知道。我不知道。老婆拿着珠宝跑了之后，许多个不眠之夜，我都在思考这个问题——不止这个问题——但仍然没有答案。你很可能也不知道。"

"格朗沃德，我向你保证，我不是——"

"闭嘴。这里只有我能说话。你当然会那样说了，不是吗？不管事实上你知不知道，你都会那样说。看看萨勒姆女巫们的供词吧，看看吧。我看过。因特网上都有。她们发誓自己不是女巫，而当她们认为只有承认才能免于一死时，又发誓自己是，可是，只有少数人确切地知道事实究竟如何。这一点变得显而易见，只要你用你茅塞顿开的⋯⋯嗯，茅塞顿开的⋯⋯茅塞顿开的什么东西。思想？或是其他什么。嘿，邻居，我这样做你感觉如何？"

突然，混蛋——虽然身体有病，却仍然非常强壮——开始摇晃简易厕所。柯蒂斯几乎被甩到门上，那样的话后果绝对不堪设想。

"停下！"他吼道，"别这样！"

格朗沃德放肆地大笑起来，简易厕所停止了摇晃。但柯蒂斯觉得地板比以前倾斜得更厉害了。"你可真是个孩子。告诉你，这个厕所就像股市一样坚挺！"

停了一下。

"当然了……事实是这样的：所有的基佬都是骗子，但并非所有的骗子都是基佬。这两者并非恒等，如果你明白我的意思的话。我直的像根箭，一直都是，我可以操了圣母玛利亚，再去跳个谷仓舞，可我还是把你骗到这儿，我毫不否认我撒了谎，而且现在说不定还在撒谎。"

他又咳嗽起来——从喉咙深处传来、带着疼痛的咳嗽。

"放我出去，格朗沃德。求你。求求你。"

长时间的停顿，混蛋似乎在考虑他的恳求，但稍后又继续了先前的话题。

"最后——涉及女巫——我们不能指望招认，"他说，"甚至也不能指望供词，因为它们有可能被歪曲。跟女巫打交道时，主观的东西变得……变得……你知道的。我们只能依靠证据。于是，我考虑了一下在我这件事中的证据。我们来看看事实。首先，你在文顿那块地上玩了我。这是第一桩。"

"格朗沃德，我从来没有——"

"闭嘴，邻居。除非你想让我把你的小安乐窝掀翻，要是那样的话，你想说什么随便你。你是想要那样吗？"

"不！"

"好极了。我并不十分清楚你为什么要耍我，但我相信你那么做是因为你害怕我会在岛上再建几座公寓楼。不管怎样，证据——也就是你那张滑稽的出售合同——本身就说明了这事儿就是个他妈的笑话，就这么简单。你扬言里基·文顿打算以一百五十万美元把那块地卖给你。好吧，现在我问你，邻居，世界上有任何法官和陪审团会相信吗?"

柯蒂斯没有回答。他现在甚至连清喉咙都不敢,并不是因为怕激怒混蛋,而是因为担心把本来就极不稳当的简易厕所弄翻。他担心,哪怕把小指头从后墙上挪开都有可能让厕所翻掉。这种担心很可能是愚蠢的,但也说不定不是。

"然后,那些亲戚们过来了,把本来就够复杂的情况弄得更加复杂——全是因为你他妈的在搅局!是你叫他们来的。你,要么是你的律师。很显然,你是摆出一副'证明完毕'的姿态,因为你喜欢事情发展成那样。"

柯蒂斯仍然保持沉默,不去反驳他。

"你就是在那时开始诅咒我的。一定是。证据显示如此。'无需看见冥王星来推断它的存在。'有个科学家说。你知道吗?他通过观察某个行星轨道的不规律变动推导出冥王星的存在。推断巫术的存在就像那一样,约翰逊。你必须检查证据,寻找你——你生命轨道中的异常。还有,你的灵魂发黑了。它发黑了,我能感觉得到。就像日食,它——"

他又咳嗽了。柯蒂斯还保持那副准备好被搜身的姿势,屁股撅着,肚子下方是马桶,格朗沃德的木匠们曾在早晨的咖啡代谢后来此解决问题。

"其次,金妮离开了我。"混蛋接着说,"她现在住在科德角。她说自己独住,这点我相信,因为她还想要诉讼期的赡养费——她们都一样——但我知道不仅如此。那个浪荡的婊子要是没男人的话,就会坐在《美国偶像》前面吃巧克力球吃到自己爆炸。"

"接下来是国税局,那群混蛋带着他们的笔记本电脑和问题来了。'你做这个了吗,你做那个了吗,另一个的书面材料呢?'那算巫术吗,约翰逊?或者没这么夸张,只是寻常的下流事?比如,你拿起电话说:'审计这个人,他比你们想象中有钱。'"

"格朗沃德,我从来没有打过——"

简易厕所摇晃起来。柯蒂斯朝后倒去,这次肯定——

然而,厕所再一次稳住了。柯蒂斯开始觉得眩晕。又头晕又恶心，似乎不是因为臭，而是因为热，也许是两者都有。他能感觉衬衫都黏在了胸上。

"我在给你摆证据，"格朗沃德说，"我摆证据的时候不要插嘴。见鬼的法庭也要讲个顺序。"

这里为什么这么热？柯蒂斯抬头看看天花板，发现上面没有通风口。或者——本来是有的，但是被盖住了，被看上去像是钢板的一个东西盖住了。上面有三四个洞眼，透进来一些光，但绝没有一丝风。那些洞眼比两角五分的硬币大，比一元硬币小。他扭头往后看，又看见了一排洞，但门上的两个通气口几乎全被堵住了。

"他们冻结了我的资产，"格朗沃德恨恨地说，"先做了审计，还说只是惯例，但我知道他们要做什么，也知道接下来是什么。"

你当然知道，因为你的罪孽像地狱一样深。

"甚至在审计前，我就开始咳嗽了。这当然也是拜你所赐。我去了医院。肺癌，邻居，已经扩散到我的肝脏、胃，还有不知道哪里。所有柔软的部分。正是巫婆会攻击的地方。我还奇怪你为什么没把它放在我的睾丸和屁股里，尽管我敢肯定假以时日它一定会过去，如果我放任的话。但我不会。所以，尽管我认为我能解决这里的问题，但就算没有，也无所谓。很快，我就会往自己的脑袋上打一枪。就用手上这把枪，邻居。在我泡热水澡的时候。"

他伤感地叹了口气。

"现在，那是我唯一感到快乐的地方。在我的浴缸里。"

柯蒂斯意识到了一件事情。也许是因为听到混蛋说我想我控制了这里的局面，但更可能的是，之前他就猜到了。混蛋一开始就打算把简易厕所掀翻。不管是柯蒂斯哭喊也好、反抗也好，或是一声不吭，混蛋都会那么做。他作何反应根本就是无关紧要的。但不管怎么说，他决定还是不吭声。因为他想尽可能久地保持平衡——这是当然——还有，就是一个令他不寒而栗的想法。格朗沃德的话并非隐喻；他是真的相信柯蒂斯·约翰逊有某种巫术。他的脑子一定是和身体其他部分一起腐烂了。

"肺癌！"格朗沃德对着废弃的工地喊道——紧接着又咳嗽起来。

乌鸦们哇哇地抗议起来。"我三十年前就戒烟了，现在却得了肺癌？"

"你疯了。"柯蒂斯说。

"当然，整个世界都会这么说。那就是你的计划，是不是？就是你该死的计划。还有，害了我那么多之后，你竟然还为了那条破狗起诉我？那条闯到我家里的狗？你为了什么？拿走我的地、我的老婆、我的生意、我的性命之后，还要来这么一下子，到底为了什么？羞辱我？那是当然！侮辱加伤害！雪上加霜，伤口撒盐！巫术！你知道《圣经》是怎么说的吗？行邪术的女人，不可容她存活①！我遇到的所有事都是你的错，行邪术的女人，不可容她⋯⋯存活！"

格朗沃德又开始晃动简易厕所。他一定是真的用肩膀去撞了，因为这次的晃动没有犹豫，没有迟疑。柯蒂斯瞬间失重，猛地向后栽去。重压之下，门栓本该断裂，可是并没有。混蛋一定是加固了门栓。

随后，重量回来了，当这间可移动的厕所门朝下倒在地上时，他也后背着地摔倒了。他的牙齿一下子咬在了舌头上，后脑砸在门上，眼前冒起了金星。马桶盖啪地打开，像是张开的大嘴，吐出了如糖浆般黏稠的棕黑色液体，一块半腐的粪便落在了他的胯部。柯蒂斯尖叫一声，一把把那恶心的东西打到一边，又赶忙擦手，衬衫上留下了一块棕色的印记。污秽的液体源源不断从断裂的马桶座上流下来，在他的球鞋旁积了一摊，一张好时花生牛奶巧克力的包装纸浮在上面，泡烂了的卫生纸一条条地挂在马桶口；这里看上去活像地狱里的新年狂欢夜。这种事情绝不可能真的发生，简直就像童年留下的一个梦魇。

"现在里面的味道怎么样啊，邻居？"混蛋在外面喊道，笑声夹杂着咳嗽声，"就像在家里，对不对？把它当成二十一世纪基佬的浸水椅②如何？你现在需要的就是你那个基佬同伴，加上一堆'维多利亚的秘密'，就能来个内衣派对了！"

柯蒂斯的后背也湿了。他意识到简易厕所一定是栽进了或至少搭

---

① Thou shalt not suffer a witch to live，出自《圣经·出埃及记》。
② 浸水椅（ducking stool），一种刑具。

到了前面的水沟里。水从门上的洞眼里流了进来。

"大多数可移动厕所多是塑型的薄塑料——在货车停靠站或公路休息区看到的那种———够用力的话,你能用拳头把墙壁或屋顶打穿。但在建筑工地上,我们在四壁包了金属。叫做包膜。否则,来往的人们会在上面打洞,有纯粹为了好玩的,还有像你这样的变态。你们管那样的洞叫'炉口[①]'。哦是的,那些东西我都知道。所有信息我都有,邻居。小孩们也会跑过来,往屋顶上扔石头,只是为了听个响。告诉你,砸破塑料屋顶会发出噗的声音,就跟捅破纸袋一样。所以,我们把屋顶也封住了。当然,这样一来里面更热了,可这样提高了效率。没有人会在热得像土耳其监狱一样的茅厕里待个十五分钟边办事儿边看杂志。"

柯蒂斯翻过身。如今他躺在一摊臭气熏天的黑色液体里。一张厕纸绕在他的手腕上,被他一把扯下。他看到纸上有片棕色的污迹——某个待业已久的建筑工人留下的痕迹——便开始哭了起来。他躺在屎尿和厕纸堆里,更多的水正冒着泡从门外涌进来,而这一切并不是做梦。并不算遥远的某处,他的苹果电脑上还在滚动着来自华尔街的数据,而这里,他却倒在污水里,角落里还有一坨干硬的粪便,脚跟附近是张着大嘴的马桶,而这一切竟然不是梦。现在,他宁肯出卖灵魂来换取在自己的床上凉爽干净地醒来。

"放我出去!格朗沃德,求你了!"

"抱歉。都计划好了,"混蛋一副公事公办的口气,"你跑到这儿看风景,内急,然后看到了这些简易厕所。你走进最后那间,它倒下了。故事结束。当你被发现时——当你终于被发现时——警察们会看到它们都是倾斜的,因为下午的落雨冲刷了下面的土壤。他们无从得知你所在的那一间比其他几个倾斜得更厉害,也不知道我拿了你的手机。他们只会断定你把它忘在家里了,你个白痴。案情一目了然。至于证据嘛——最后总是要谈到证据。"

他大笑起来。志得意满,一副万事尽在掌控的样子,没有咳嗽。

[①] 炉口(glory hole),有性方面的暗示。

柯蒂斯躺在已经积了两英寸的污水里，感到污水正渗透他的衬衫和裤子，沾到了他的皮肤。他真希望混蛋因心脏病突发而死；见他的鬼的癌症，就让他倒在他那愚蠢的破了产的工地上吧。最好背靠地面朝天，让鸟把他的眼睛啄出来。

如果真的那样，我就会死在这里。

不假，但格朗沃德一开始就打算让他死在这里，所以又有什么区别呢？

"警察会看到，没有任何盗窃的痕迹；你的钱还在口袋里，还有摩托车的钥匙。顺便说一句，这种摩托很不安全，几乎跟全地形车一样危险。而且还不戴头盔！真为你感到羞耻，邻居。但我注意到你打开了警报系统，这一点值得表扬。事实上，做得非常好。你身上甚至连一支能在墙上写个便条的笔都没有。尽管就算你有，我也会拿走，可你毕竟带都没带。整件事情看上去就会像一场可悲的意外。"

他停了一下。柯蒂斯的脑海中完全可以想象他在外面的样子，这画面清晰得可怕：穿着松垮的衣衫站在那里，手插在口袋中，未梳洗的头发耷在耳边。他在沉思。他既是对着柯蒂斯说话，也是对自己说，在说的过程中找寻漏洞，尽管这个计划肯定是几星期殚精竭虑仔细筹划的结果。

"当然了，计划赶不上变化。一手牌中总有几张坏事儿的。万一有人碰巧到这儿来发现了你怎么办？我是说，在你还活着的时候？可能性很小。况且，我还失去什么呢？"他大笑起来，似乎对自己很满意，"你躺在屎堆里吗，约翰逊。希望如此。"

柯蒂斯看着刚从裤子上打落的那坨排泄物，没有说话。嗡嗡声盘旋不绝。苍蝇。只有几只，但就柯蒂斯看来，几只已经够了。它们是从打开的马桶口中飞出来的，一定是原先被困在蓄污池里的。而那蓄污池，本该在他下方，如今却在他的脚边。

"我要走了，邻居，请记住：你的下场是真正的巫婆应得的。而且，正如人所说：没有人能听到你在茅坑里嚎叫。"

格朗沃德转身离去，柯蒂斯可以从他渐行渐远的咳嗽声中知晓他的动作。

"格朗沃德！格朗沃德，回来！"

格朗沃德喊道："现在换成你处境不妙了。极其不妙。"

然后——他应该早就意料到，的确也已经预料到，可事实仍然让他不敢相信——他听到那辆边上印着棕榈树的车发动了。

"回来，你这个混蛋！"

然而，渐行渐远的声音变成了汽车声，能听出格朗沃德的车沿着未铺的道路（柯蒂斯能听到车轮涉水驶过水坑的声音）开上小山，路经他停放黄蜂摩托的地方，当时的柯蒂斯·约翰逊与此时大不同。混蛋摁了一下喇叭——残忍而愉快——接着，马达的声音湮没于周遭，只能听到草中昆虫的鸣叫和从蓄污池逃出的苍蝇的嗡嗡声，远远的还有一架飞机飞过，上面头等舱的人们大概在就着饼干吃布里白乳酪。

一只苍蝇叮在了柯蒂斯的胳膊上，被他一把打开。它停到那坨粪便上，开始了它的午餐。从打开的蓄污池中散发出的恶臭似乎突然间变成了活物，犹如一只棕黑色的巨手，刮擦着柯蒂斯的喉咙。腐烂已久的排泄物的臭味还不是最难以忍受的，更糟的是消毒剂的味道。是蓝色的那种，他知道是蓝色的那种。

他折身坐了起来——所幸还有点空间——趴在两腿间呕吐，吐在地上的积水和漂浮的厕纸上。经过早些时候的那次自行释放后，除了胆汁也没什么好吐的。他坐在门上，弯腰喘着粗气，双手在背后撑着，下巴上剃须刀留下的伤口一跳一跳地刺痛。随后他又想吐了，但这次只打出了蝉鸣般的一个嗝。

奇怪的是，他竟然感觉好些了，是一种自我感觉诚实的释然。这次的呕吐是自然而非自发的，不需要把手指伸进喉咙。谁知道他的头皮屑会不会同样得到改善呢？或许他可以献给世界一种新的疗法：陈尿洗浴法。他打定主意，出去后要检查一下头皮看是否真有好转。如果他能出去的话。

还好坐起来不成问题。这里热得像蒸笼，恶臭扑鼻，令人作呕（他不愿去想掀翻的蓄污池里到底有什么东西在涌动，却抑制不住自己的思维总往上面跑），但值得庆幸的是头顶空间还算充足。

"必须数数不幸中的幸事，"他咕哝着，"必须仔细数数这些该死的东西。"

是的，要数，还要记住。记住也是有好处的。他屁股下方的水没有继续变深，这可能是另外一件幸事，起码他不会被淹死。除非下午的小雨变成倾盆，这种事从前又不是没见过。告诉自己下午之前一定能出去纯属自欺欺人，要是以为意念真能唤来救星，恐怕结果只会正中混蛋下怀。他不能坐以待毙，等人来救，一边还像傻瓜似的感谢上帝还给他留下抬头的空间。

或许夏洛特县建筑规划部的人会过来，或者是国税局的一队"猎人"们。

想象是美好的，但他觉得这事儿不会发生。混蛋肯定把这些可能性都考虑在内了。某个或某几个官员当然有可能来个计划外的造访，可是把注下在这上面就像指望格朗沃德会弃恶从善一样愚蠢。至于威尔逊太太，她会以为他去萨拉索塔看下午场电影了，正如他平日常做的那样。

他敲了敲墙，先是左边，再是右边，两边都能感觉到轻薄而脆弱的塑料之外包裹着厚厚的金属，即所谓的包膜。他直起身体，双膝跪地，脑袋碰到了板上，他却几乎没有注意到。他看到的东西让人沮丧：这间屋子是用水平端口的螺丝钉拧在一起的，钉头在外面。困住他的不是一间厕所，而是一口棺材。

这个想法让他先前的冷静和条理土崩瓦解，恐慌瞬间降临。他用力敲打厕所墙壁，哭喊着请求放他出去。他像个发怒的孩子般用身体左右撞击，想把简易厕所翻过来，至少把门从身下解放出来，但这该死的东西几乎纹丝不动。这鬼东西重得要命，金属包膜让它沉重无比。

重得像棺材一样！他的脑中在狂喊。慌乱中，所有其他思维都消失了。只剩下重得像棺材一样！像棺材一样！棺材！

他不知道自己失控的举止持续了多久，但过了一段时间，他试着站起来，就好像他能像超人般穿破那面朝天的墙一样。可结果只是他又碰了头，而且比上次重得多。他朝前跌倒在地上，手插进了某个黏糊糊的东西里——这东西黏在了他的手上——他在牛仔裤的后面抹了一把。做这个动作时,他没有睁眼。他的眼睛闭得紧紧的,泪从眼角滴落下来。紧闭的眼皮后,星星在黑暗中升腾又爆裂。他没有流血——他想,这总是好的,又是一桩他妈的该感恩的事——可他几乎要把自己撞晕了。

"冷静。"他对自己说,然后再次双膝跪地。他低着头,闭着眼,头发垂下来,看上去像是在祈祷,而他也的确认为自己是在祈祷。一只苍蝇在他后颈上叮了一下又飞走了。"精神错乱一点好处也没有,你哭你喊他才高兴呢,所以冷静下来,别让他得意,你他妈的冷静下来,好好想想。"

然而,到底有什么好想呢?他被困住了。

柯蒂斯重新坐回到门板上,脸埋在双手间。

时间一点点流逝,世界照旧如常。

生活在继续。

17号公路上,一些车辆——大多数都满载货物;有农民的卡车,其目的地要么是萨拉索塔的集市,要么是诺克米斯的全食超市,有偶然经过的拖拉机,还有车顶亮黄灯的邮递车——慢慢开过。没有一辆拐弯驶向德金葛洛夫村。

威尔逊太太到了柯蒂斯家,自己开了门,看到了约翰逊先生留在厨房桌子上的便条,打开了吸尘器。接着,她边看下午的肥皂剧边熨衣服。最后,她做了一份意粉焙盘塞进冰箱,匆匆写下烹饪要求——烤箱三百五十华氏度,四十五分钟——并把字条留在了柯蒂斯原先放置便条的位置。当雷声开始在墨西哥湾上空低吼时,她提前离开了。下雨时她一向如此。这里没有人知道如何在雨中开车,他们把每场阵雨都当成佛蒙特的东北风暴般慎重对待。

在迈阿密,负责格朗沃德一案的税务官正在吃一块古巴三明治。他没有穿正装,而是穿了一件热带风情的衬衫,上面印着鹦鹉。他坐在街边餐馆的阳伞下。迈阿密没有下雨。他在度假。等他回去时,格朗沃德案也不会跑;政府公务的车轮运行得虽缓慢,却非常平稳。

格朗沃德在他阳台的浴盆中舒服地泡着热水澡,昏昏欲睡,直到下午的暴雨挟裹着雷声逼近，将他吵醒。他起身出来，走进室内。刚拉上阳台和起居室之间的玻璃滑门，雨就落下来了。格朗沃德露出了笑容。"这会让你凉快些，邻居。"他说。

将施工搁浅的银行三面包围的脚手架上，乌鸦们再次占据了领地。但当雷声在正上方炸响、雨点开始落下之际，它们飞了起来，钻进树林寻找庇护，一边呱呱叫着，对遭到打扰表达不悦。

在简易厕所里——他感觉自己被关在这里已经至少三年了——柯蒂斯听着雨落在自己牢笼的屋顶上。现在的屋顶原本是厕所的后部，直到混蛋把它掀翻。雨点先是敲击、继而拍打，最后变为怒号。大雨中，他简直像待在排了一列立体声喇叭的电话亭里。雷声在头顶爆炸，一瞬间，他想象自己被闪电击中，像只微波炉中的阉鸡般扭曲了身体。他发现这个想法并不十分困扰他。至少，死也死个痛快，而现在，却是缓慢的折磨。

身下的水又开始变深了，但速度并不快。事实上，断定自己并不会像只跌进马桶里的老鼠般被淹死后，他对此是感到高兴的。至少灌进来的是水，而他非常渴。他低头凑近钢板上的一个洞眼。水从外面的沟里溢出来，冒着泡从洞里涌进来。他像匹扑在水槽边的马般狂饮一气，水里有沙，但他不在乎，一直喝到肚里的水都哗哗作响，不断地提醒他那确实是水，是水。

"里面说不定也有尿的成分，不过我能肯定含量不高。"他说着开始大笑起来。笑声转瞬变成抽泣，又再次变回笑声。

同每年这个季节的惯例一样，雨在大约六点钟时停止。天空及时放晴，露出一流的佛罗里达落日美景。海龟岛上为数不多的消夏居民聚集在海滩上观看落日，这也是他们的常规节目。没有人对柯蒂斯·约翰逊的缺席发表意见。有时他会来，有时则不来。蒂姆·格朗沃德在场，有几个看日落的人注意到那个傍晚他的情绪出奇的好。和丈夫牵着手沿着海滩回家的路上，彼博斯太太对丈夫说，她相信格朗沃德终于摆脱了失去妻子的打击。彼博斯先生说她是个浪漫主义者。"是的，亲爱的，"她说，一边把头在丈夫的肩上倚了一下，"所以我才嫁给了你。"

当柯蒂斯看到从洞眼——少数几个不面向水沟的——透进来的光从桃红变为灰色时,他意识到自己真的要在这个恶臭的棺材里过夜了,身下还有两英寸的积水,脚边有个半开半合的马桶。他很可能会死在这里,可这个结果是理论上的。而在这里过夜——一小时接着一小时,时间像巨大的黑色书本般堆积着——却是真实和不可避免的。

恐慌再次袭来。他又一次喊叫、捶打,膝盖跪地,左右扭动身体,先是用右肩膀去撞一侧墙壁,接着用左肩膀去撞另一侧。就像一只被困在教堂尖塔里的鸟,他想,但就是无法停止。一只胡乱踹动的脚将逃离马桶的粪便踢溅到了厕台的座椅上,裤子也撕裂了,指节先是擦伤,后来像是折断了。最后,他终于停了下来,吮着自己的双手,泪水流了一脸。

必须停下。必须节省力气。

可是他又想:节省力气干什么呢?

到八点钟时,气温开始下降了。十点钟时,柯蒂斯身下的水坑也凉了下来——事实上,甚至感觉冷——他的身体开始发抖。他环抱住自己,膝盖贴着前胸。

只要牙齿没打架,就没问题,他想,我忍受不了牙齿作响。

十一点时,格朗沃德上床睡觉。他穿着睡衣,躺在转动的风扇下,看着漆黑的天花板,露出了微笑。几个月来,他从未感觉这么好。对于这一点,他感到满意,但并不意外。"晚安,邻居。"他说完闭上了眼睛。他睡得很香,一夜没有醒过,这还是六个月来的第一次。

半夜,离柯蒂斯的临时牢房不远的地方,不知何种动物——很可能是条野狗,但在柯蒂斯听来像匹土狼——发出一声尖利的、拖长了的嚎叫。他的牙齿开始打架了,那叫声击中了他内心最深的恐惧。

不知究竟过了多久,他终于睡着了。

醒来时,他浑身发抖,甚至连脚都在抽搐,像个毒瘾发作的瘾君子般。我生病了,必须要去看医生,浑身都疼,他想。接着,他睁开眼,看见了自己身在何处,记起了自己的处境,不由得悲从心起,发出一声哀号:"啊啊……不!不!"

可他应该高兴些。至少,简易厕所里不再是全然的黑暗了。光线从圆洞中透出:淡粉色的晨光。很快就会天色放亮、气温升高,里面的光线也会加强。过不了多久,柯蒂斯又会在蒸笼里了。

格朗沃德会回来的。他有整晚的时间可以思考,会意识到这样做太疯狂了,然后他就会回来。回来放我出去。

然而,柯蒂斯并不相信。他想,却做不到。

他内急得要命,却怎么也无法容忍在角落随地小解,即使昨天的倾翻之后,这里已是遍地的污物和用过的厕纸。他觉得,如果那样做了——真的做了那么恶心的事——就等同于宣告自己放弃了希望。

我本来就已经放弃了希望。

可他并没有,至少没有完全放弃。尽管精疲力竭、浑身疼痛,尽管惊恐交加、失神无措,他仍然没有完全放弃希望。光明的一面是:他没有冲动要让自己呕吐,而且,尽管昨夜漫长得仿佛永恒,他却没有一次用梳子刮擦头皮。

不管怎么说,并不一定需要在角落小解。他可以用一只手抬起马桶盖,另一手瞄准。当然了,在目前的形势下,他只能以水平而非向下的角度小解,还好鼓胀的膀胱表示这绝对不成问题。当然了,最后一两滴很可能会掉到地上,不过——

"不过,战争总有沉浮嘛,"他说,也很吃惊自己还能笑得出来,"还有,只要马桶座……能他妈的撑住。我可以做得更好。"

他并不是大力士,但半开的马桶座和把它固定在厕台上的底座都是塑料的——椅座和圈盖发黑,底座还是白的。整个马桶就是一套廉价的塑料预制品,不是建筑业的老手也能看得出来。而且,与墙壁和门不一样,马桶椅座和它的固定物并没有金属包膜。他觉得自己可以不费劲地把它扭下来,而他也愿意这么做——哪怕只是为了发泄一点愤怒和恐惧。

柯蒂斯抬起马桶盖,本想把下方的圈盖推到一边,可相反,他停下了,朝圆洞下方的蓄污池看去,想看清刚刚吸引了自己注意力的究竟是什么。

看上去像一丝亮光。

他困惑地看着这些微的亮光，心中慢慢地涌上希望——并非多大的希望，但却仿佛渗透了他污秽汗湿的身体，不断升腾。起初，他认为可能是一点荧光涂料或是自己眼花。随着那一道光线开始黯淡，后一种判断似乎更有说服力。变暗……更暗……几乎不见了。

然而，就在完全消失之前，它却突然亮了起来，如此明亮，甚至他闭上眼后都能看到。

那是阳光。厕所的底部——在格朗沃德把它掀翻之前还是底部——现在朝向东方，正是太阳升起的方向。

怎么解释它的黯淡呢？

"太阳被云遮住了，"他说，一边用没有抓住马桶盖的那只手把汗津津的头发捋到脑后，"现在又出来了。"

他生怕这个发现是自己绝望之下的错觉，再次确认之后才定下心来。证据就摆在眼前：阳光从蓄污池底部一个狭窄的缝隙照射进来。也许是个裂缝。如果他可以进去，把裂缝扩大，把那个通往外面世界的光点扩大——

不能指望它。

而且要想过去，他必须——

不可能，他想。要是想从马桶口挤进蓄污池——像钻进污秽版仙境的爱丽丝一样——你最好重新考虑一下。假如你还是从前那个骨瘦如柴的孩子还说不定有一线希望，但那个孩子是三十五年前了。

说得不假。可他仍然很瘦——他猜想主要应该归功于每天骑自行车——关键是，他觉得自己可以从马桶下方的洞里钻进去。甚至有可能没有想象中艰难。

怎么回来呢？

嗯……如果真能在光线透进来的地方找到出路，他就不用原路返回。

"假设我能钻进去。"他说。他空无一物的腹部突然抽动起来，像是里面飞满了蝴蝶，自从来到德金葛洛夫村，他第一次有想要让自己呕吐的冲动。要是把手指伸进喉咙，他就能更清晰地思考——

"不。"他粗暴地拒绝自己,同时左手猛力拉扯马桶。顶部的连接处晃了晃但没有松开。他又用上了另一只手。头发再次从额头上耷拉下来,他不耐烦地一甩头把它们弄到一边。再次用力。马桶坚持了稍长一点时间后,终于投降了。两只白色塑料钉中的一只掉进了蓄污池,另一只从中间断开,从柯蒂斯所跪的门的一边弹到另外一边。

他把马桶扔到一边,手撑住厕台,往蓄污池里看去。从里面传出的一阵恶臭让他皱着鼻子赶紧往后退。他还以为自己已经适应了这种臭味(或者说麻木了),但事实并非如此,至少离臭味的源头这么近时不行。他再次好奇上次排污是什么时候。

往好处想想;这鬼东西也好久没人用了。

或许吧,很可能,但柯蒂斯并不确定这让事情有了改观——下面仍有很多粪便,漂浮在撒了消毒剂、成分可疑的液体上。尽管光线暗,却也足够看清这一点。如何回来的问题再次浮现在他脑中。很可能也能解决——能从一条路过去,就应该能从那条路回来——可说来容易做时难,不敢想象他到时会是什么样子,臭气熏天,浑身黏糊糊的不是泥而是屎……

问题是,他还有别的选择吗?

哦,是的。他还可以坐着不动,安慰自己救援总归会来,就像老式西部片中最后一刻出现的骑兵。只不过,他认为更有可能的是混蛋过来确认一下他还……他是怎么说的?舒服地待在他的小屋子里?类似的话。

想到格朗沃德让他下了决心。他看了看厕台上那个洞,不断散发着恶臭,底部却闪耀着希望的光亮,尽管那希望与光亮同样稀薄。他琢磨了一下。先是右胳膊,接着是脑袋。左胳膊则贴在身上,直到钻进半个身体。而当左胳膊解放时……

可是万一左胳膊无法进去怎么办?他看到自己被卡住了,右胳膊在蓄污池里,左胳膊钉在身上,腰卡在洞里,空气被堵住,他将窒息,疯狂地拍打下面污秽不堪的坑洞,然后像条狗似地死去,他最后看到的东西会是那道将他诱入死亡之境的亮光。

他看到有人发现他的尸体一半卡在马桶洞里,屁股撅得高高的,两腿摊开，墙壁上到处都是棕色的污物痕迹，一看便知是他垂死挣扎时脚胡乱踢踹留下的。他能听见某个人——或许就是混蛋最恨的国税局官员——说："见鬼，他一定是把什么特别值钱的东西掉进去了。"

很滑稽，但柯蒂斯笑不出来。

他跪在地上朝蓄污池看了多久了？他不知道——手表在书房里，鼠标垫的旁边——但酸疼的大腿告诉他时间不短了。阳光变亮了许多，太阳一定已经完全升上了地平线，很快，他的牢笼将再次变成蒸笼。

"必须去，"他说着用手掌抹了抹脸上的汗，"这是唯一的出路。"可是他又犹豫了，因为突然想到了另一件事。

万一下面有蛇怎么办？

万一混蛋想到了他的巫婆敌人会铤而走险，事先在里面放了一条蛇怎么办？也许是条铜斑蛇正在凉爽的人类排泄物下沉睡。被它在胳膊上咬一口，他会体温升高，胳膊肿胀，缓慢而痛苦地死去。银环蛇的话会死得快些，但更加痛苦：心脏会狂跳，停止，再狂跳，最后彻底停止。

那里没有蛇。也许有虫子，但不会有蛇。你看到他了，你听到他的声音了。他不会想这么远，因为他太急切，也太疯狂了。

也许吧，也许不。谁能真正把握疯子的想法呢？他们是不受控制的坏牌。

"一手牌中总有几张坏事儿的。"柯蒂斯说。这是混蛋的格言。他能确定的一点是，如果不下去试试，他几乎一定会死在上面。说到底，被蛇咬死反而更痛快更仁慈。

"必须去，"他说着又抹了一把汗，"必须去。"

只要他不会被卡在半中间。那个死法太恐怖了。

"不会卡住的，"他说，"看看这个洞有多大。这个厕所是给长期吃甜甜圈的卡车司机准备的。"

他嘿嘿地笑了起来，笑声有些歇斯底里。那个洞看上去一点也不大，实际上简直称得上极小。他知道这只是他太紧张了——见鬼，何止紧张，他害怕，怕得要死——但知道这点并没让局面有任何改观。

"必须做,"他说,"没有别的办法了。"

最后很可能也是徒劳……但他觉得不会有人费劲把蓄污池也裹上金属板,想到这点,他终于下定了决心。

"上帝帮助我,"他说,近四十年来,这是他第一次祈祷,"上帝,请帮助我不要被卡住。"

他把右胳膊伸进洞里,接着是脑袋(先深吸了一口上面略清新些的空气)。他把左胳膊贴在身上,扭动身体往洞里挤。左肩膀顶住了,但还没等恐慌地往回缩——他隐约意识到,这是关键时刻,过了此处便没有回头路了——他的身体便自发扭动起来,像跳瓦图斯舞般。肩膀冲过去了。他一直钻到了腰部,屁股——虽然不大,却也没到可以忽略其存在的地步——挂在洞外。洞里一片漆黑,只有那道光线嘲讽似的在他眼前晃动。如同海市蜃楼。

哦上帝,请千万不要让它是海市蜃楼。

蓄污池大概深四英尺,也可能更深一些。比轿车的车身大,但不幸的是,比不上小卡车的车斗。虽然无法百分百肯定,但他感觉垂下来的头发碰到了消毒过的液体,所以他的头顶肯定离底部的污物只有几英寸。左胳膊还贴在身旁,在手腕处挤住,怎么也拽不过来。他左右扭动,胳膊却待在原处。最坏的噩梦成真了:被卡住了,还是被卡住了,头冲下地卡在臭气熏天的黑暗中了。

他慌了,未及思考,便把自由的那只手拼命向下伸。一时间,他看到手被底部缝隙透进来的微弱光线照亮了,因为原先贴着地的蓄污池底部现在正对着日出。亮光是真实的,就在他面前。他伸手去抓。缝隙对于他的前三个手指来说太小了,可他成功地把小指塞了进去。他用力拉拽,参差的边缘——无法判断到底是金属还是塑料——先是刺进了手指的皮肤,又把它划破。柯蒂斯不在乎,只是更有用力地拉。

他的屁股像用力许久突然被拔出的瓶塞一样嘣地一下挤过了洞眼。手腕解放了,可是来不及抬起左胳膊来支撑。他脑袋冲下,一头栽进了屎尿堆里。

柯蒂斯手脚并用地钻了出来,鼻子都被黏糊糊的东西堵住,呼吸困难，狼狈不堪。他又咳又吐，再一次意识到自己的麻烦大了。他可曾想过厕所会成为困境？荒谬。厕所是多么开阔敞亮的地方啊。厕所就是美国的西部，澳大利亚的内地，猎户座的大星云！他却放弃了那些，钻进了这个被腐烂的屎尿填了一半的黑坑里。

他擦了一把脸，又朝两边甩了甩胳膊，黑乎乎的黏稠物从指尖飞了出去。他双眼刺痛，视线模糊，只能抬起两条胳膊胡乱地擦擦。鼻子还堵着，他用小指去抠——能感觉到右手的小指在流血——尽量把鼻孔里的污物挖干净。等到又能呼吸时，恶臭却一下子扑过来，从他的喉咙钻进肚里。他强烈地干呕起来。

控制住，控制住，否则这些罪就白受了。

他倚在蓄污池的侧壁上，那里的污物已经结块。他用嘴大口呼吸，却发现比憋住时也好不了多少。他的正上方是一大块椭圆形的亮光。是那个他刚刚钻进来的马桶洞，现在想来简直疯狂。他再次干呕起来。在他自己听来，他就像大热天里一条坏脾气的狗，脖子被过紧的项圈勒住，还想叫上几声。

万一停不下来怎么办？万一一直这样怎么办？我会昏厥的。

他又慌又怕，无法思考，于是他的身体自主做出了反应。他用膝盖抵住侧壁，这并不容易——侧壁现在已经变成了蓄污池的底部，非常滑——但并不是做不到。他把嘴贴在池子原来底部的缝隙上，通过那里呼吸空气。这么做的时候，他想起了在文法学校里听过或看过的一个故事：讲的是印第安人躺在小池塘底来躲避仇家，他们用露出水面的苇秆呼吸。你也可以。只要你冷静下来，就能办到。

他闭上眼睛，深呼吸，从缝隙外过来的空气清新而甜蜜。慢慢地，他狂跳的心平静下来了。

你可以原路回去。能走一条路，就能反方向走回去。回去会简单些，因为你现在……

"因为我现在更滑溜了。"他自嘲地笑了，笑声颤抖、阴郁，连他自己都吓了一跳。

觉得情绪稳定些后，他睁开了眼睛。它们已经适应了蓄污池里更黑暗的环境。他可以看清在两条胳膊上干结的污物，还有从右手奄下来的一条厕纸。他把它捏起来扔了。他觉得自己似乎习惯了这些东西。看来，逼不得已的话，人们可以习惯任何东西。可这个想法并不让人愉快。

他看着那道裂缝。他盯着它看了一会儿，试图弄清楚到底怎么回事儿。它看上去就像缝线上的一个裂口，挂在一件缝砸了的衣服上，因为确实有道缝线。蓄污池还是塑料的——一个塑料壳——但并不是一整块，而是两块拼起来，用螺丝钉连在一起，黑暗中，那排钉子十分显眼。显眼的原因是因为它们是白色的。柯蒂斯搜索记忆，怎么也想不起来见过白色的钉子。最下方的几个钉子断了，才形成了那道缝隙。粪便污水一定从那里漏到下面的地上有一段时间了。

如果环保局知道，混蛋，你会有新麻烦的，柯蒂斯想。他摸了摸还完好固定着的一颗钉子，正在缝隙结束处的左边。虽然无法完全确定，但他初步判断那不是金属而是塑料，很可能是和马桶底座同样材质的塑料。

这么说，蓄污池是个两片结构，在密苏里、爱达荷或是爱荷华某个移动厕所组装流水线上拼装起来。硬质塑料钉把底部和侧壁边缘连在一起，接缝线看上去像个笑脸似的。钉子是用某种特殊的长筒螺丝刀拧紧的，很可能是气枪型的，修车厂里用来松动轮胎上带耳螺母的那种。为什么把钉头放在里面呢？很简单。当然是为了避免某个喜欢恶作剧的讨厌鬼从外面把蓄污池打开。

钉子之间的间隔是两英寸，而裂缝大约有六英寸，柯蒂斯由此判断坏掉的钉子大概是三颗。是材料差还是设计差呢？谁在乎呢？

缝隙左右两边的螺丝钉略微高出表面，但他没法像对付马桶座那样把钉子起下来或是掰断。没有足够的着力点。右边的那颗更松些，他觉得要是朝它下手的话，有可能松动它，再慢慢拧出来。有可能要花上几个小时，而他的手指肯定要出血，但完成的机会很大。回报是什么呢？多两寸的呼吸空间。别的也没了。

除了裂缝两边的，其余的钉子都纹丝不动。

柯蒂斯再也无法跪在膝盖上了，大腿的肌肉烧着了般酸疼。他倚着一边侧壁坐下，上臂放在膝盖上，污秽的双手垂下来。他看着光线越来越亮的马桶洞，那边是另一个牢笼，生存的希望很小，但好歹味道好些。等腿恢复点后，他想再爬回去。如果没有什么收获的话，他不会待在这儿坐在屎里等死。事实上，看上去真的没什么希望。

一只大蟑螂被柯蒂斯的静止所鼓舞，爬上了他沾满污物的裤子。他伸出一只手轻拍了一下，蟑螂不见了。"很好，"他说，"跑吧。为什么不从那个缝里挤出去呢？你很可能做得到。"他把耷拉到眼睛上的头发拂开，知道脏手把额头弄脏了也不在乎。"不，你更喜欢这里。很可能你还以为自己死了，到了蟑螂天堂呢。"

他要休息一会儿，让累得抽搐的双腿休息一下，然后从他的兔子洞爬出去，回到那个电话亭大小的牢房里。就歇一小会儿，只要可能，他绝不想在这个臭地方多待。

柯蒂斯闭上眼，试着定下神来。

他看见数字在电脑屏幕上不停滚动。纽约的股市还没有开市，所以那些数字一定是海外的。很可能来自东京证交所。大多数数字都是绿的。很好。

"金属和工业原料，"他说，"还有武田药业——要买进。任何人都能看得出……"

柯蒂斯倚在墙上的姿势十分危险，他的脸污秽不堪，屁股陷在污物里，裹了一层脏东西的双手从曲起的膝盖上耷拉下来。他就这个样子睡着了。还做了梦。

梦里，贝齐还活着，而柯蒂斯在他的起居室里。她歪着身体，躺在咖啡桌和电视之前她惯常躺的小窝里打瞌睡，手边，或者说爪边是个刚才被她拿来磨牙的网球。

"贝齐！"他说，"醒醒，把懒人棒拿过来！"

她挣扎着站起来——她当然要挣扎了，因为她已经老了——项圈上的吊牌叮当作响。

吊牌叮当作响。

吊牌。

他喘着粗气从梦中醒来，身体歪向左边，一只手伸向前面，不知是去拿电视遥控器还是去摸他那条死去的狗。

他垂下手,放在膝盖上,毫不意外地意识到自己在流泪,很可能是梦醒之前就开始哭了。贝齐死了,而他自己坐在屎堆里。要是那还不构成哭的理由,真不知道什么才算。

他再次抬头向头顶不远处透着亮光的椭圆形洞眼看去,发现那里的光线比上次看时亮得多。很难相信自己真能在这种地方睡着,可似乎的确如此,至少睡了一个小时。天知道这期间他呼入了多少有毒的气体,不过——

"不用担心,我能对付毒气,"他说,"不管怎么说,我可是个巫婆。"

不管空气污秽还是清新,那个梦却是甜蜜的。很生动。叮叮当当的吊牌。

"该死。"他骂了一句,连忙伸手去掏口袋。他几乎可以肯定刚刚掉下来的时候丢了摩托车的钥匙,只能把手伸进粪坑,借着那条细缝和马桶洞透过来的微弱光线去找了。出乎意料的是,钥匙竟然在。钱也在,但在目前的场合,钱对他没有任何用处。纸币夹也是,尽管它是黄金的,十分昂贵,可太厚了,无法帮他逃生。摩托车的钥匙也太厚。然而,钥匙圈上还有一样东西。每当看到或是听到它晃动时的叮当声,他都会感到又甜蜜又伤心。那是贝齐的身份牌。

贝齐有两块身份牌,这块是他最后拥抱她并把她交给兽医之前从她项圈上取下来的。另一块用来证明她接受了所有的防疫注射,被相关部门收走了。留下的这个包含了更多的情感因素。牌子是长方形的,跟军犬用的一样。上面刻着

贝齐
走失时请拨打 941-555-1954
柯蒂斯·约翰逊
海湾大道
海龟岛,佛罗里达州。34274

这不是螺丝刀,但它够薄,而且是不锈钢的,应该能用。他再次

祷告——不知道人们说的"散兵坑里没有无神论者"是否正确，但似乎粪坑里的确没有——接着把贝齐身份牌的一角塞进了裂缝结束处右端的钉头里，也就是稍微松些的那颗。

他本以为会费些力气，没想到刚一拧吊牌，螺丝钉就立刻转动起来。他大吃一惊，扔下钥匙圈，伸手去确认。得到肯定的结果后，他再次把吊牌的尖角放入钉头的槽里，拧了两下。剩下的用手就可以了。他笑了，简直不敢相信自己的好运气。

动手拧缝隙左边的钉子前——现在那条裂缝已扩大了两英寸——他把身份牌在衬衫上擦干净（或者说只能尽力擦干净，因为黏在身上的衬衫实际上跟他身体的其他部位一样脏），轻轻地吻了一下。

"如果能成功，我会把你装进玻璃框。"他犹豫了一下，又补充道，"求你一定要成功，好不好？"

他把身份牌塞进钉头，开始拧动。这颗钉子比第一颗紧……但也不是紧得无法对付。开始活动之后，它几乎是一下就掉下来了。

"耶稣啊，"柯蒂斯禁不住流下了眼泪，他似乎变成了个爱哭鬼了，"我是不是要出去了，贝齐？真的吗？"

他又回到右边，开始拧新的螺丝。右边—左边，右边—左边，右边—左边，他按这样的顺序不停地拧，手累了就停下来歇歇，甩甩手，活动一下，直到它又缓过劲儿来，不再僵硬。他已经在这里快待了一天了，现在更不用着急。他尤其不想掉了钥匙圈。虽然这里很小，应该能找得到，但他仍然不想冒险。

右边—左边，右边—左边，右边—左边。

慢慢地，一上午过去了，蓄污池热了起来，里面的气味也变得更浓、更臭，可是池子底部的缝隙也扩大了。他在持续地推进，离自由越来越近，但他不愿意匆忙。不要像匹受惊的马似的乱冲，这点很重要。因为最后关头也可能搞砸，是的，可是还因为他的骄傲和自尊——他最在意的两点——已经受到了严重的打击。

别去想什么自尊问题了，慢慢地、稳稳地，就能赢。

右边—左边，右边—左边，右边—左边。

快到中午时，移动厕所结满污物的底部撑开，又合上了，再度撑开，再次合上。没动静了。过了几秒钟，它被顶开一条四英尺的口子，柯蒂斯·约翰逊的头顶露了出来。接着，它又缩了回去，只听到里面传来一阵咔咔的刮擦声，那是他在继续拧螺丝：左边三个，右边三个。

裂缝被再次撑开时，柯蒂斯那颗发丝纠结、污秽不堪的脑袋持续用力，慢慢地钻出来，两颊和嘴巴像是被强大的重力牵引着往后扯，一只耳朵划破了，血流了出来。他惊叫一声，脚抵住地面，拼命往前蹬，被卡住的恐惧再次笼罩了他的心，这次是半身在蓄污池外，半身在里面。然而，哪怕在恐惧与慌乱中，他仍然感受到了空气的甜蜜：热而潮湿，他从未呼吸过如此美好的空气。

肩膀也钻出来后，他喘着粗气停下来休息。他注意到了离他汗血交织的脑袋不到十英尺的草丛里，有一个啤酒罐闪闪发亮，看上去就像一个奇迹。他再次用力，仰着头，喉咙里发出呜呜的声音，脖子上的青筋都暴了出来。蓄污池裂缝参差的边缘划破了他的衬衫，发出刺啦一下的撕裂声，他却几乎没有注意到。正前方有一个小矮松，最多也就四英尺高。他伸长手臂，一只手够到了那棵树纤细躯干的底部，接着是另外一只手。血从他划破的肩膀上流下来，他短暂地歇了一下，然后双手抓紧矮松，两脚蹬地，用尽全力进行最后一搏。

他本以为会将那棵小松树连根拔起，事实却并非如此。同衬衫一样，扭动身体往外钻时，他的裤子也被钩住、撕破，最后褪到脚边挤成一团，他只能更用力地挣扎，手拉脚蹬地往外钻，直到两只鞋都挤掉了。当蓄污池最终放开他的左脚时，柯蒂斯几乎不敢相信自己真的自由了。

他仰面朝天倒在地上，身上只剩下内裤（就连内裤也是歪的，腰部的皮筋断了，松松垮垮地垂下来，后部也划开了，露出一大块流血的臀部）和一只白袜子。他睁大眼睛着蓝色的天空看了一会儿，突然叫了起来。几乎直到把嗓子喊哑了，他才意识到自己其实是在喊：我还活着！我还活着！我还活着！

二十分钟后，他爬了起来，跛着脚走到稳稳地停在石台上、搁置已久的车拖活动房屋旁，它的阴影里藏了一个昨天阵雨留下的大水坑。车门上了锁，但简陋的木台阶旁边还有一些石块，其中一块裂成了两半。柯蒂斯捡起较小的那一半，用它把锁砸开。门颤巍巍地打开了，一股闷热、陈腐的气息跑了出来。

他本能地背过身去。那几个移动厕所在路的另一边，路面上的水坑倒映着蓝色的天空，像肮脏而破碎的镜面。五个移动厕所中，三个立着，两个面朝下倒在水沟里。他差点死在左边的那个里面。尽管他就那么狼狈地站在那里，只穿一条破短裤和一只袜子，身上到处都是粪便，似乎还有一百个伤口在流血，死在那里却已经显得那么不真实。就像一个噩梦。

活动屋里的办公室部分是空的——或者说部分被搬空了，很可能是在项目正式停止的一两天前。屋内没有分隔；狭长的空间内摆放了一张桌子、两把椅子，前半部分放了一张廉价商店买来的长沙发。后半部分，一台落满灰的加法计算机放在地板上，还有一台没插电源的小冰箱，一个收音机和一把椅背上贴了便条的转椅。给吉米留着，便条上写着。

还有一个半开着门的衣柜，但在查看它之前，柯蒂斯先打开了冰箱。里面有四瓶和风牌矿泉水，其中一瓶打开过，里面只剩四分之一的水。柯蒂斯抓起一瓶满的，整个灌进了肚里。水是温的，但对他而言，天堂里的水也不过如此。刚喝光，他就感觉肚子一阵抽紧，连忙冲到门口，抓住门框，把水全都吐在了台阶的一侧。

"看吧，老妈，不用我自己抠了！"眼泪沿着他污秽的脸流下来。其实他可以把水吐在活动房屋的地板上，本来这里也就没人要了，可他不想跟自己的污物同处一室，特别是经过这件事之后。

事实上，我决定不再随处呕吐了，他想，以后要以宗教般整洁不苟的方式来排空自己。

第二瓶水他喝得慢得多，这次没有吐。他一边小口喝水，一边翻看衣柜里的东西。两条脏裤子和几件同样脏的衬衫堆在一角。柯蒂斯猜想以前这里说不定有台带烘干的洗衣机，就在堆放纸箱的地方。或者还有一个活动房屋，只不过已经被挂在车上拖走了，这个问题不关他的事。他在意的是两件廉价店里买来的工装裤，一件挂在衣架上，另一件挂在橱壁的衣钩上。钩子上那件看上去太大了，衣架上那件似乎还可以。他穿上后一件，勉强凑合，但必须把裤管卷两圈。他觉得自己看上去像一个刚喂完猪的农民而不是成功的股票经纪人，但能穿就行了。

他可以报警，可是报警太便宜混蛋了。他觉得自己有权利为遭受的折磨讨回公道。

"巫婆们不报警，"他说，"特别是我们这些基佬巫婆。"

他的小摩托还在原地，但他现在不想骑它回家。首先，会有很多人注意到这个骑在红色黄蜂摩托车上、满头满脸都是屎的男人。并不是怕有人会报警，而是他不想引人注意，也不想被人嘲笑，哪怕是在他背后也不行。

其次，他很累。这辈子都没有这么累过。

他躺在那张长沙发上，脑后放了一个枕头。活动房屋的门没关，一阵微风从屋外吹进来，像温柔的手指抚摸着他肮脏的皮肤。除了那件连体服，他什么都没穿。穿衣之前，他就把脏内裤和袜子脱掉了。

根本闻不到身上的臭味嘛，他想，真神奇。

然后，他睡着了，睡得很熟。他梦见贝齐把懒人棒叼给他，项圈上的吊牌叮当作响。他把遥控器从她嘴里接过来，对准电视，却发现混蛋正在窗外偷窥。

四小时后，柯蒂斯醒了。他大汗淋漓，手脚麻木，浑身刺痛。屋外雷声隆隆，宣告下午的暴雨即将来临。他一脚深一脚浅地沿着临时搭建的台阶走下去，像个患关节炎的老头。事实上，他的确也这么觉得。接着他坐下来，看看越来越暗的天空，又看看那间险些让他送了命的移动厕所。

雨终于落下来时，他脱下工装裤，把它扔回室内以防打湿，裸身站在瓢泼而下的大雨中。他仰着头，面露微笑，甚至当一道闪电击中德金葛洛夫村的另一端，并在空气中注满强烈的臭氧味道时，他的笑容也没有丝毫动摇。他觉得很安全，很美妙。

冰冷的雨水把他的身体冲刷得相对干净，雨势放缓后，他慢慢爬上台阶，晾干身体，把衣服穿好。太阳开始穿过渐散的云层时，他慢慢走上停放摩托车的小山坡。车钥匙紧紧地握在右手，贝齐那块磨豁了角的身份牌捏在拇指和食指间。

那辆黄蜂摩托并不习惯停在雨中，但它是个好坐骑，引擎震动两下后便发动了，立刻恢复了它惯常的好状态。柯蒂斯神清气爽地跨上摩托，光着脚，也没有头盔。他就这样一路骑回了海龟岛，任由风吹拂着他脏兮兮的头发，并把他的裤子吹得哗哗响。他几乎没看到什么车，平安无事地穿过了主干道。

他觉得自己应该吃两片阿司匹林再去找格朗沃德，但除此之外，他从来没有感觉这么好过。

晚上七点钟时，天已完全放晴，下午的暴雨不剩一点痕迹。再过差不多一个小时，海龟岛上看落日的人们又会聚集在海滩上，进行一天最后的保留节目。格朗沃德也打算去。不过此刻，他正闭着眼躺在阳台的浴缸里，手边放着一杯掺了奎宁水的淡杜松子酒。为了提前为走到海滩的那一小段路做准备，他在入浴前服用了一片氨酚羟考酮。事实上，那种梦幻般的满足感还持续着，他几乎用不上止疼片了。也许过段时间情况会改变，但就目前而言，他多年没有感觉如此好了。是的，他破产了，可他在别处存了足够的钱使他可以舒舒服服地度过剩下的日子。更重要的是，他处理掉了给他带来一切灾祸的罪魁祸首。没错，邪恶的巫婆已经——

"你好，格朗沃德。你好，你这个混蛋。"

格朗沃德猛地睁开眼。一个阴影站在他和西沉的太阳之间，像是从黑纸上刻下来的剪影，也可能是从丧服上扯下来的。看上去像约翰逊，但那绝对不可能；约翰逊被锁在掀翻的厕所里，约翰逊是一只掉到粪坑里的老鼠，不管是死了还是将死。再说，像娘们似的注重外表的约翰逊不可能穿得像个土包子，一脸死相地站在这里。是梦，肯定是做梦。可是——

"你醒了？很好。我想让你醒着欢迎我。"

"约翰逊?"声音小得像蚊子哼。他能挤出来的只有这样。"并不真的是你,对不对?"可是,阴影移动了一下——刚好让夕阳照到他到处都是划痕的脸——格朗沃德终于看清了。那么他手里拿的是什么?

柯蒂斯注意到了混蛋的目光,特意又活动了一下身体,好让光线也照到手里的东西。格朗沃德看到,那是一个电吹风。是个电吹风,而他自己正坐在齐腰深的热水缸里。

他抓住浴缸边缘,想爬出来,却被约翰逊一脚踩在手上。格朗沃德吃痛大叫,连忙把手缩回来。约翰逊光着脚,可他刚刚先落的是脚跟,而且十分用力。

"我希望你待在原地,"柯蒂斯笑着说,"我敢说你也是这么希望我的,可是我出来了,对不对?还给你带了个礼物,是特意回家拿的,为了这个也别拒绝我。用过几次,我在来的路上把我基佬的灰尘都吹掉。事实上,我是从后院进来的。你用来杀死我家狗的那个蠢畜栏断电了,这样就方便多了。准备好。"说着,他把电吹风扔进了浴缸。

格朗沃德尖叫着想接住它,但失败了。电吹风溅起了水花,然后沉到了浴缸底。缸底的喷水口喷出的水流使它不停地上下翻滚,突然碰到了格朗沃德骨瘦如柴的腿,吓得他大叫一声,连忙挪开,认定自己会触电。

"别紧张。"约翰逊说,笑容依然挂在脸上。他解开工装裤上一根背带的搭扣,接着是另一根。裤子滑到了膝盖。他什么都没穿,胳膊和大腿内侧还留着污痕,肚脐眼上更糊着一陀可疑的棕色块状物。"没插电源。我甚至都不知道电吹风放进浴缸是不是真的导电。但我承认,手边有插头的话,我愿意做个试验。"

"离我远点。"格朗沃德声音嘶哑地喊道。

"不,"约翰逊说,"别这么想嘛。"他还笑着,一直笑着。格朗沃德怀疑眼前的人是不是已经疯了。要是他自己待在约翰逊待过的地方肯定就疯了。他是怎么出来的?到底怎么出来的?

"今天下午的雨洗掉了大多数屎,但我还是很脏。你看看。"约翰逊看到了肚脐上的脏东西,用一只手指把它抠出来,像弹鼻涕块儿似的随手弹到了浴缸里。

那块脏东西落到了格朗沃德脸上。棕色的,臭气扑鼻。它开始溶化、往下流了。天啊,是屎。他再次尖叫起来,这次是因为恶心。

"射门,得分!"约翰逊微笑着说,"不太讨人喜欢,是不是?尽管已经闻不到了,我也看烦了。所以,做个好邻居,行不行,借我浴缸一用?"

"不!不,你不能——"

"谢啦!"约翰逊说完,微笑着跳进了浴缸,溅起了大片水花。格朗沃德能闻到他身上的味道,简直是臭气熏天。格朗沃德挣扎着挤到浴缸的另一边,枯柴般的大腿白花花地露出水面,而同样细瘦却晒得比较黑的小腿则像穿了灰褐色尼龙袜般。他把一条胳膊甩出了浴缸。约翰逊伸出一条遍布划痕却强壮得可怕的手臂,扣住他的脖子,一下把他重新拽回水里。

"不不不不不!"约翰逊笑着说,一边把格朗沃德拽到自己身边。水面上漂浮着棕黑色的斑点。"我们这些同性恋很少独自入浴。这一点你在网上调查时肯定知道了。至于基佬巫婆?从不!"

"放我走!"

"也许吧。"然而约翰逊把他抱得更紧了,紧得可怕。约翰逊的身上仍然散发着移动厕所的味道。"不过首先,我觉得你应该试试同性恋男孩们的浸水椅。算是洗礼,洗去你的罪孽。"他的微笑变成大笑,大笑继而变得狰狞。格朗沃德意识到自己会死。不是在床上,也不是在将来服了药物神志恍惚的某一天,就是现在。约翰逊要把他淹死在自己的浴缸里,他死前看见的最后一样东西会是肮脏的小颗粒漂浮在曾经干净的水上。

柯蒂斯抓住格朗沃德赤裸而消瘦的肩膀,把他摁到水里。格朗沃德拼命挣扎,双腿踢打着,稀疏的头发浮在水面上,银色的小水泡从他的大鼻孔中咕嘟嘟冒出来。柯蒂斯有种强烈的欲望要把他就这样摁在水底……而他也能做到,因为现在他是强者。曾经,格朗沃德一只手就能打败他。然而,今非昔比,面前的格朗沃德病重体衰。这也是柯蒂斯放开他的原因。

格朗沃德浮上水面，咳嗽不止。

"你是对的！"柯蒂斯叫道，"这个宝贝对治疗疼痛很有好处！不过别操心我了；你怎么样？想再到水里去吗？浸水对灵魂有好处，最好的宗教都是这么说的。"

格朗沃德拼命摇头，水从他稀疏的头发和相对浓密的眉毛上不住地往下滴。

"那么就老实坐着，"柯蒂斯说，"坐着听我讲。我想我们并不需要这个，对不对？"他伸手到格朗沃德的一条腿下——格朗沃德猛地弹起来，发出一声尖叫——抓住了那个电吹风，向身后扔去。电吹风滚到了阳台上格朗沃德常坐的椅子下。

"我很快就走，"柯蒂斯说，"回我自己家。要是你愿意，你还可以去看日落。你想吗？"

格朗沃德摇头。

"不想？我想也是。你已经看过了你最后一个美好的日落，邻居。事实上，我认为你已经度过了你最后一个美好的日子，所以我才让你活着。你知道讽刺的地方是什么吗？如果你不来害我，反倒会如愿。因为我已经把自己锁在粪坑里了，却还浑然不觉。是不是很有趣？"

格朗沃德没有回答，只是用惊恐的双眼看着他。惊恐而病态的双眼。要是移动厕所的记忆不那么鲜明，不会想起像嘴巴一样张开的马桶和像死鱼一样落到他腿上的粪便，他几乎要对他心生怜悯了。

"回答，否则我们就再给你来次洗礼。"

"有趣。"格朗沃德哑着嗓子说，接着又咳嗽起来。

柯蒂斯一直等到他咳完，他的脸上不再有笑容。

"是的，"他说，"很有趣。从正确的角度来看的话，整件事真的很有趣。我相信我是看到了。"

他起身出了浴缸，知道混蛋永远不可能再像自己这样动作麻利了。门廊下有个衣柜，里面放着毛巾。柯蒂斯拿出一条，开始擦身。

"听着。你可以报警，告诉警察我试图把你淹死在这个浴缸里，但如果你这么做，你的所作所为也瞒不住。除了其他的麻烦外，你的余生还要被用在一场持久的刑事官司上。可是如果你放手,这事儿就这么结束了。里程计归零。只不过——这是关键——我会看着你腐烂。有一天,你会像困住我的那个茅厕一样臭不可闻。人们会闻到,你自己也会闻到。"

"我会先杀了自己。"格朗沃德从牙缝中挤出这句话。

柯蒂斯把工装裤往身上套。他觉得自己似乎喜欢上这件衣服了。在舒适的小书房里看着电脑上的股市信息时,它说不定会是完美的行头。他可能会去塔吉特百货再买上几条。新的、不再有强迫症的柯蒂斯·约翰逊:改头换面①的男人。

扣第二个搭扣时他停了一下。"自不自杀随便你。你有枪,那把——你叫它什么?——不锈钢大手枪。"他扣好搭扣,朝格朗沃德俯下身去,后者还泡在水里,惊惧地看着他。"那个选择也是可以接受的。说不定你有这个胆,但真到了扣动扳机的时候……谁知道呢?不管怎样,我将满怀期待等着听那声枪响。"

说完,他离开了格朗沃德,但并未原路返回。他走上公路。向左转是回家,但他向右转朝海滩走去。自从贝齐死后,他还是第一次想去看看落日。

两天后,坐在电脑前的柯蒂斯(他正对通用电气加以特别关注)听到隔壁传来砰的一声巨响。音乐没开,枪声在潮湿的六月末的空气中格外清晰。他坐着没动,还在低头听着,尽管不会再有第二声了。

我们巫婆就是知道这类事情,他想。

威尔逊太太冲了进来,手里还握着洗碗布。"听上去像枪声啊!"

"很可能只是发动机回火。"他笑着说。经历了德金葛洛夫村的遭遇之后,他就经常微笑。也许跟贝齐还活着的时候不完全一样,但笑总比不笑好。这点肯定不假吧?

威尔逊太太疑惑地看他。"好吧……也许是。"她转身要离开。

"威尔逊太太?"

她转过身。

---

① 工装裤的英文 overall 也有全面的意思,此处一语双关。

"如果我再养一条狗的话,你会辞职吗?一条小狗?"

"我,因为一条小狗辞职?单凭一条小狗可别想赶我走。"

"要知道,它们喜欢咬东西。而且不是——"他停了一下,黑暗肮脏的蓄污池又浮现在脑海。那个不见天日的世界。

与此同时,威尔逊太太一直好奇地看着他。

"而且不是什么时候都老老实实地用厕所。"他终于说完了。

"调教好之后,狗总是很听话地去它们该去的地方,"她说,"特别是这里气候温暖。你需要陪伴,柯蒂斯先生。我一直……坦率地说,我一直有点担心你。"

他点点头。"是的,某种程度上来讲,我像待在粪坑里一样。"他哈哈一笑,看到她以奇怪的目光看着自己,便住了口。"对不起。"

威尔逊太太朝他摆了摆洗碗布,表示她不在意。

"这次不养纯种狗了。我在考虑到威尼斯动物收容所去看看,抱一条流浪狗回来。人们称为获救犬的那种。"

"好极了,"她说,"我期待听到小脚丫吧嗒吧嗒在屋里跑。"

"好。"

"你真的认为是发动机回火吗?"

柯蒂斯倚在座椅上,装出一副思考的样子。"很可能……不过,隔壁的格朗沃德先生病得很厉害。"他压低声音,充满同情地说,"癌症。"

"哦,天啊。"威尔逊太太大吃一惊。

柯蒂斯点点头。

"你不会是认为他……"

屏幕上滚动的数字融进了屏保画面:天空和海滩的照片,都是海龟岛的。柯蒂斯站起来,朝威尔逊太太走去,拿下她手中的洗碗布。"不,我也不知道,但我们可以去隔壁看看。毕竟,邻居应该互相关照。"

日落注释

在有些人看来，这样的写作说明很没必要，甚至很讨厌。理由是，需要解释的故事极有可能不是好故事。我对此观点并非全然反对，这也是我把它作为补充放在书末的原因之一（放在这里也是为了避免它引来某些人大骂其"老鼠屎"的恼人声音，而这些骂声通常是来自于常会搅坏一锅粥的人）。之所以还要附上这些说明，是因为有许多读者喜欢它们。这些读者希望知道诱发一个故事最终被写出来的究竟是什么，或者写作时作者脑子里在想什么。本书的作者并不知道这两个问题的确切答案，但他能提供一些随意的想法，读者或许会感兴趣。

《薇拉》

这很可能并不是本书中写得最好的一篇，但我十分喜欢它，因为是它引领了我的一个新的创作时期——至少对于短篇来说如此。《日落之后》的大多数故事都是在《薇拉》之后写的，并且是在一个很短的、连续的时间段里（不到两年）。至于故事本身……幻想故事有一点很棒，它能使作家们有机会去探索生命消亡后可能会（或可能不会）发生的事。在这本《日落之后》中，有两篇是探讨这个主题的。（还有一篇是《〈纽约时报〉特惠中》。）我从小接受的是正统卫理公会教义，而尽管很久之前我就摒弃了系统的宗教及其种种生硬而顽固的断言，心中却一直相信它的主要观点，即我们以某种形式超越了死亡。我实在无法接受，如此复杂并且有时如此美妙的生物到最后竟会灰飞烟灭，如路边垃圾般不堪。（很可能只是我不愿意接受而已。）不过，是以何种形式超越的呢？我还需要等待有朝一日得到答案。目前能想到的最合理的答案是，我们会困惑，而且不太愿意接受新的状态。我最大的希望是，爱可以超越死亡。（我承认我是个浪漫主义分子，不服气就去告我吧。）若真是这样，那么就会是困惑的爱……还有一点点忧伤。当爱与忧伤同时出现在脑中时,我开始听乡村音乐:乔治·斯特雷特、BR549、马蒂·斯图尔特……和脱轨器乐队。当然,最后一个担当了这个故事的背景音乐。我想,薇拉和大卫会有一个非常非常长的订婚期。

《姜饼女孩》

现在,我和妻子每年都会在佛罗里达州过一段时间,靠近墨西哥湾旁边的环岛。那里有许多十分庞大的住宅——有些古老而优雅,有些花哨而浮夸。几年前,我曾和一位朋友在其中一个岛上漫步。他指着一排巨无霸豪宅对我说:"这里的大多数住宅一年里有半年,甚至八个月都是空的,你能想象吗?"我能……而且觉得可以从中想出一个好故事。故事由一个非常简单的设定而来:无人的海滩上,恶棍在追逐一个女孩。可是我想,首先这个女孩要先逃离某样东西或某件事才会来到这里。也就是说,她是一个姜饼女孩[①]。只不过,就算是跑得最快的人也必须要停下来抗争。还有,我喜欢用关键性小细节推动的悬念故事。这个故事里有很多。

《哈维的梦》

关于这个故事,我只能告诉你们一点,因为这是我唯一知道的(很可能也是唯一有意义的):它来自于梦中。我一气呵成地写完,所做的不过是把潜意识讲述的故事记录下来而已。这本书中还有一个关于梦的故事,关于它我知道得稍微多些。

《休息站》

六年前的一天晚上,我在圣彼得斯堡的一所大学里读书读到很晚,所以,等我将车开上佛罗里达收费公路时,已经是半夜时分了。中途,我在一个休息站停下小解。如果读过这个故事,你就会知道那

[①] 姜饼女孩的寓意来自于一八七五年首次刊登在《圣尼古拉斯杂志》中的故事《姜饼男孩》,描述了一块男孩形状的小姜饼从想要吃掉它的人们身边不断逃离的冒险经历。

里的厕所就像个中等安防标准的监狱里的小隔间。言归正传，我在男洗手间外停了一下，因为我听到一男一女正在女洗手间里争吵。两人听上去都十分激动，似乎马上就要动起手来。我的脑海里天人交战，不知道万一他们真打起来我该怎么办。我想：看来必须把理查德·巴克曼①召唤出来，因为他比我强悍。结果，女洗手间的两个人相安无事地走了出来，尽管那位女士在哭。于是此事不了了之，我开车回了家。那一周的稍晚些时候，我写下了这个故事。

《健身车》

若是曾经骑过这一类玩意儿，你肯定知道它们有多乏味。而要是你也曾逼着自己坚持每天锻炼，你就会明白那有多难。（我的格言是：吃更容易。不过，是的，我也坚持锻炼。）这个故事来源于我与此类健身器械除了恨还是恨的不良关系，不只是健身车，还有我踏上过的每一台跑步机和每一台爬阶器。

《遗物》

就和几乎所有美国人一样，九一一事件对我的影响也是深刻的、根本性的。和大批文学小说或大众小说的作者相同，对于书写这样一个与珍珠港被袭和肯尼迪遇刺并列为美国历史里程碑式的事件，我也有所迟疑。可是，写作是我的天职。双子楼倒下的大约一个月后，我有了这个故事。如果不是想起二十五年前和一位犹太裔编辑的谈话，或许我还不会把它写下来。他对于我写作《纳粹高徒》②颇有微词。他说，你不该写集中营，因为你不是犹太人。我的回答是，正因为我不是，那个故事才更有意义——因为写作是一个主动去理解的行为。像每一个那天早上看到纽约的天际线燃烧的美国人一样，我想去理解那个事件和它不可避免地留给人们的伤疤。这个故事正是出于这个目的而写下的。

---

① 斯蒂芬·金早年的笔名。
② 斯蒂芬·金以前的一个中篇小说，收在《肖申克的救赎》这部小说集里。

《毕业日午后》

一九九九年的车祸以后，我开始服用一种名叫多塞平的抗抑郁药——并不是因为我抑郁（他忧郁地说），而是多塞平据说有镇痛作用，而事实证明它的确是有用的。可是，二〇〇六年十一月前，去伦敦宣传《丽赛的故事》时，我感觉是时候扔掉那玩意了。我没有征询主治医师的意见就自作主张地停了药。骤然停药的副作用是……有趣的。大约一周时间，夜里闭上眼时，我会看见栩栩如生的摇摄镜头，就像电影里一样——树林、田野、桥梁、河流、篱笆、铁轨、挥舞锹镐的筑路工人……然后，所有画面会一遍又一遍重放，直到我睡着为止。只有这些纤毫毕现的画面，从来没有情节。画面消失时，我莫名地感到有些伤感。停药后，我还做过一些梦。其中一个——我在梦里看到巨大的蘑菇云在纽约上空炸开——成为了这个故事的主题。写下它时，我甚至意识到这个画面已经在不计其数的电影（更不用说电视系列片《耶利哥》①）中出现过，因为那个梦有某种纪录片般的真实感。我一边心怦怦地乱跳，一边想，这是有可能发生的。而且，几乎可以肯定，迟早会发生。就像《哈维的梦》一样，这个故事更像是听写下来的。

《N.》

这是本书中最新的故事，也是第一次发表。它深受阿瑟·梅森的《潘神》的影响，那个故事（和布拉姆·斯托克的《德拉库拉》一样）克服了冗长叙事带来的疲惫，毫不留情地击中了读者心中的恐惧区域。它带来过多少不眠之夜呢？上帝才知道，但其中有些是我的。在我看来，《潘神》在恐怖小说类型中的地位已接近一头"白鲸"②，每一个严肃对待此类型的作家或早或晚都会触及它的主题：现实是稀薄的，而其背后真正的现实是个满是怪物的无底深渊。我想尝试将梅森的主题和强迫症嫁接在一起……部分是因为在我看来，每个人都在

---

① 耶利哥，西亚死海以北古城；据《圣经》载，祭祀吹响号角，该城城墙即神奇地塌陷。
② 此处借麦尔维尔的《白鲸》作比。

不同程度上受到强迫症的困扰；（我们不是都曾临出门前又回过头去检查烤箱或煤气炉关掉没有吗？）部分是因为强迫症几乎是所有恐怖故事不可或缺的因素。你能想出任何一个成功的恐怖故事里的人物没有主动去触碰自己讨厌和厌恶的东西吗？最好的例子可能就是夏洛特·珀金斯·吉尔曼的《黄色壁纸》。如果它是你大学课程的选读篇章，教授们很可能会告诉你那个故事体现了女权主义思想。的确是那样，可与此同时，它也是一个描述思想如何在其自身强迫性思维的重压下挣扎的故事。同样的主题也出现在了《N.》里。

《来自地狱的猫》

如果说《日落之后》里有像 CD 的隐藏曲目似的作品，这篇《来自地狱的猫》应该就是了。为此，我要感谢跟我共事已久的助理玛莎·德菲利玻。当我告诉她，我打算再出一个短篇集时，她问我是否终于决定要将《来自地狱的猫》收进去了。这个短篇还是我年轻时向男性杂志投稿阶段写的，曾经于一九九〇年被拍成电影，成为影片《黑暗的故事》中的部分内容。我答复她说，那个故事已经被放入以前的四个短篇集中的一个了。她向我出示了目录，以证明事实并非如此。就这样，在它出现在《骑士》杂志三十年后，这个故事终于在此时被放进了精装本中。说起当初为何写它，还有个有趣的过程。当时，《骑士》杂志小说版的编辑名叫奈·维尔登，为人十分体贴和善。他寄给我一张猫的特写照片。照片中猫的与众不同之处在于——除了愤怒的表情——它的脸从中间分为截然不同的两半，一半纯白，另一半却黑得发亮。奈计划举办一次短篇小说比赛。他提议以那只猫为主题，由我写个五百字的开头，再请读者们接着往下写，最好的一篇将被出版。我同意了，却在写的时候产生了浓厚的兴趣并完成了整个故事。我记不清最终写出的故事是否被当做最佳作品发表，但之后它确实被别人编入了几部短篇小说选集中。

《〈纽约时报〉特惠中》

二〇〇七年夏天，我去澳大利亚旅行，租了一辆哈雷·戴维森，把它从布里斯本开到了珀斯。(好吧,我承认,穿越澳大利亚大沙漠时,我把它塞进了丰田陆上巡洋舰的后备厢里,那里的路,比如说枪筒高速公路,简直就像你所能想象的地狱之路的样子。)旅行很愉快,我经历了许多冒险,也吃了很多尘土。痛苦的是在二十一小时的飞行后倒时差。我从不在飞机上睡觉,怎么都睡不着。要是空乘拿着时髦的睡衣出现在座位旁,我就会画个十字,请她离开。从旧金山飞到布里斯本的奥兹酒店后,我拉上窗帘倒头就睡,一觉睡了十个小时,醒来后精神抖擞,立刻便可上路。只可惜那时是当地时间凌晨两点,连电视节目都没有,而我带的书又在飞机上看完了。幸运的是,我还有一个笔记本,于是我趴在酒店房间的小桌子上写下了这个故事。太阳升起来时,我已经写完了,于是爬到床上又睡了几个小时。故事也应该让它的写作者感到愉快——这是我的观点,欢迎你们提出自己的看法。

《哑巴》

我在本地报纸上读到了一则报道:一位在某所高中工作的秘书挪用公款逾六万五千美金去买彩票。我想到的第一个问题是,不知她的丈夫对此作何感想,于是我写下这个故事来探究答案。它让我想起了曾经每周在《希区柯克剧场》中品尝到的"毒糖果"。

《阿雅娜》

如我早些时候在这些注解文字中所说,愿意涉猎幻想题材的作家总是能在"死后的世界"这一主题中找到灵感。上帝——不管以何种形式出现——是这类故事的另一主题。每当我们问关于上帝的问题时,排在前几位的总有:为什么有些人活着,另一些却死去;为什么有些人康复,另一些却没有。一九九九年我在车祸中重伤,只要当时坐的位置再偏上几英寸,我的命就保不住了。(从另一方面来说,若是往别的方向偏一点,我可能一点伤都不会受。)当时,我就问了自己同样的问题。一个人活下来了,我们说"这是奇迹";如果他或她死了,我们则会说"这是上帝的旨意"。我们不会以理性对待奇迹,也无法理解上帝的旨意——如果真的有上帝的话,他对我们的兴趣恐怕不会超过我们对皮肤上细菌的兴趣。可是，在我看来，奇迹确实会发生；每次的呼吸都是一个奇迹。现实固然稀薄，却不总是黑暗的。我并不打算给出答案，我只想书写问题，并试着表达这样的看法：奇迹有可能不只是神佑，也可能是负担。或许，这都是胡扯。不过，不管怎样，我喜欢这个故事。

《困境》

每个人都会偶尔用到路边的可移动厕所，哪怕只是用过夏季里公路部门为了应付旅客高峰而在休息站里临时增加的那些。（想到这句话听上去能让人产生多么不愉快的联想，我忍不住偷笑。）天呀，没什么比在炎热的八月午后，踏进一个那样阴暗闭塞的小房间里更让人感觉糟糕的了。热得像蒸笼，加上那非凡味道。事实上，每次进去，我都会想到爱伦·坡的短篇故事《活埋》，并不停地担心万一厕所倒下来该怎么办？特别是周围没有人能把我救出来的时候。最后，我写了这个故事，原因同我写其他一些特别让人不舒服的故事一样，亲爱的读者：为了将那些让我恐怖的东西传达给你们。不得不告诉你们这个故事带着孩子气的恶趣味，我甚至把自己恶心到了。

好吧。

有一点点被恶心到。

说到这里，我要向亲爱的你们说再见了，至少是暂时。如果奇迹继续发生，我们将再次见面。在此期间，谢谢你们阅读我的故事。我希望，这些故事中至少有一个会让你在熄灯之后辗转难眠。

保重……等等！烤箱是不是还开着？露台烧烤后有没有忘记关煤气？后门锁了吗？你真的记得把锁拧了一圈吗？那些小事是很容易忘记的，说不定现在就有人溜进来了，可能是个拿刀的疯子。所以，不管是不是强迫症，你……

最好还是去看看，对不对？

斯蒂芬·金

二〇〇八年三月八日